Margaret Kennedy
Das Fest

Roman

Aus dem Englischen von
Mirjam Madlung

Oktopus

Die englische Originalausgabe erschien 1950 unter dem Titel
The Feast im Verlag Cassell, London.
Die deutsche Erstausgabe erschien 1951 im Scherz Verlag, Bern.

Für den Blick hinter die Verlagskulissen:
www.oktopusverlag.ch/newsletter

Für Margot Street

Ein Oktopus Buch bei Kampa

Eine Koproduktion der Verlage Kampa und Schöffling & Co.
Copyright © 1950 by The Estate of Margaret Kennedy
Für die deutschsprachigen Rechte
Copyright © 2023 by Schöffling & Co. Verlagsbuchhandlung
GmbH, Frankfurt am Main
www.oktopusverlag.ch
Covergestaltung: Lara Flues, Kampa Verlag
Covermotiv: © Mathieu Persan
Satz: Fotosatz Amann, Memmingen
Gesetzt aus der Stempel Garamond LT / 240125
Druck und Bindung: GGP Media GmbH, Pößneck
Auch als E-Book erhältlich
ISBN 978 3 311 30076 2

PROLOG

Die Leichenrede

Im September 1947 verbrachte Pfarrer Gerald Seddon von St Frideswide, Roxton, die Ferien wie jedes Jahr bei Pfarrer Samuel Bott von St Sody, Nord-Cornwall.

Sie sind alte Freunde, und die gemeinsame Zeit bereitet ihnen immer das größte Vergnügen. Mr Bott kann sich Ferien an einem anderen Ort nicht leisten, und so verbringt er sie zu Hause, zusammen mit Mr Seddon. Für diese Tage tauscht er den Talar, in dem man ihn sonst sieht, gegen alte Flanellhosen und Pullover und unternimmt Expeditionen auf die Klippen, wo er die Vögel studiert. Abends spielen sie Schach. Beide sind Junggesellen, Ende fünfzig und anglokatholisch. Sie werden von den Gemeindemitgliedern »Vater« genannt und genießen die Streitereien mit den Protestanten weniger als früher. Vater Bott ist grauhaarig, struppig und untersetzt; er ähnelt einem Scotch-Terrier und ist in der Gemeinde von St Sody nicht sehr beliebt. Vater Seddon hat die triefäugige Melancholie eines Bluthundes; sein Leben ist härter und unerfreulich, aber seine Gemeinde verehrt ihn.

Er trifft rechtzeitig zum Abendbrot ein, und kaum ist die Mahlzeit beendet, wird das Schachbrett hervorgeholt. In London muss Vater Seddon seine Abende in Vereinen und Missionshäusern verbringen und freut sich auf die bevorstehende Erholung.

Deshalb war er nun etwas enttäuscht, als sein Freund ihn am Abend seiner Ankunft aufforderte, das Schachbrett wegzulegen.

»Es tut mir leid«, erklärte Bott, »ich kann heute Abend nicht spielen. Ich habe eine Predigt zu schreiben.«

Seddon zog die Augenbrauen hoch. Sie hatten vor langer Zeit vereinbart, dass Bott alle Predigten im Vorhinein schrieb, damit ihre gemeinsame Zeit frei von dieser Verpflichtung wäre.

»Es ist eine unvorhergesehene Predigt«, entschuldigte sich Bott. »Ich habe heute Nachmittag schon versucht, sie zu schreiben, aber mir ist nichts eingefallen.«

»Wie ungewöhnlich«, spottete Seddon.

»Na ja … es handelt sich um eine Leichenrede.«

Bott ging zu seinem Schreibtisch und nahm den Deckel von der Schreibmaschine.

»Es ist nicht mal ein gewöhnliches Begräbnis«, klagte er. »Überhaupt kein Begräbnis, im Grunde genommen. Wir können die Verstorbenen nicht begraben. Sie sind schon begraben. Unter einer Klippe.«

»Oh! Die Pendizack-Bucht?«

Seddon kam nicht oft dazu, Zeitung zu lesen, aber an dieses Unglück erinnerte er sich, weil es in der Gemeinde seines Freundes geschehen war. Im August war einige Kilometer von dem Dorf St Sody entfernt plötzlich eine Felswand in eine kleine Bucht gestürzt und hatte das Haus, das auf einer Landzunge am Ostufer gestanden hatte, unter sich begraben. Alle Menschen in dem Haus waren dabei umgekommen.

»War nicht eine Mine die Ursache?«, fragte Seddon. »Die Flut hatte sie in die kleine Höhle hinter dem Haus gespült, richtig?«

»Zum Teil, ja. Aber das mit der Mine ist schon Monate her«, erklärte Bott. »Sie ist vergangenen Winter im Innern dieser Höhle explodiert, schien aber keinen Schaden angerichtet zu haben. Wir dachten alle, wie knapp das Haus dem Untergang entgangen ist. Es war ein Hotel, weißt du, und vorher ist es ein Privathaus gewesen. Die Höhle liegt genau unter den Klippen. Die Explosion muss die Felsen im Inneren erschüttert und ein Stück aus der Felswand herausgerissen haben. Später hat man oben auf den Klippen, ungefähr hundert Meter landeinwärts, einige Risse entdeckt. Humphrey Bevin, er ist der Sachverständige und wohnt drüben in der Nähe von Falmouth, hörte davon und kam, um sich die Risse anzusehen. Er war sich nicht sicher. Zuerst hielt er sie für ungefährlich. Dann aber schrieb er an Siddal, den Hotelbesitzer, wenn die Risse breiter würden, dann wäre das Haus gefährdet, und sie sollten lieber ausziehen. Siddal hat auf diesen Brief nie geantwortet. Er hat sich überhaupt nicht darum gekümmert. Und jetzt liegt er unter den Klippen.«

»Willst du damit sagen, die Opfer liegen noch dort begraben?«

»Es gibt keine Möglichkeit, sie dort herauszuholen. Du solltest den Ort jetzt sehen, du würdest ihn nicht wiedererkennen. Die Bucht ist verschwunden. Keiner käme auf die Idee, dass dort jemals ein Haus mit Garten und Ställen stand. Und nun soll dieses unangenehme Begräbnis stattfinden… Zuerst der Gottesdienst in der Kirche und der Rest dann in größtmöglicher Nähe zu den Toten. Das bedeutet Kraxelei in den Felsen. Ich bin nicht besonders begeistert, aber ich kann mich natürlich nicht davor drücken. Wir müssen den Verunglückten ein christliches Begräbnis geben, so anständig es geht. Morgen soll es sein. An deiner Stelle würde ich mich aus dem Staub machen. Die ganze Presse wird erscheinen, nehme ich an, und Wagenladungen voll Schaulustiger… Und ich soll da eine Predigt halten!«

Bott setzte sich an die Schreibmaschine. Er schrieb seine Predigten nie von Hand, denn nicht einmal er selbst konnte seine Schrift entziffern. Allerdings war das mit der Maschine Geschriebene oft voller Fehler, denn das Tippen war nicht seine Stärke.

Er tippte die Überschrift:

HöherEgEwalt.

Dann legte er eine zwanzigminütige Pause ein. Seddon brütete unterdessen über einem Schachproblem, das er sich selbst gestellt hatte. Auf dem Kaminsims tickte der billige Wecker.

Bott zeichnete nun Figuren auf ein Löschpapier. Zuerst einen Delfin. Dann geschwungene Säulenkapitelle. Danach die Pendizack-Spitze, die in das Meer hinausragte. Sie war immer noch dort. Es gab sie schon Hunderte, vielleicht Tausende von Jahren. Aber das Chaos von abgestürzten Felsblöcken und Geröll, das kahle Gesicht der Klippen auf der östlichen Seite der Bucht war erst einen Monat alt. Das konnte Bott nicht zeichnen. Er wollte diesem Chaos keine Form geben.

Seit Wochen schon versperrte ihm dieses steinerne Durcheinander die Bahn seiner Gedanken, so wie es ihm in der Nacht, als er zur Unglücksstelle geeilt war, den Weg versperrt hatte. Wie alle anderen im Dorf hatte er das Brüllen und Tosen der stürzenden Klippe gehört. Als er über die Wiesen rannte, begegnete er Leuten, die schrien, mit dem Pendizack-Hotel sei es vorbei. Er erwartete, Trümmer, Lärm, Verwirrung, Schreie, Leichen zu sehen – aber nicht diesen furchtbaren Anblick.

Eine Staubwolke wälzte sich ihnen entgegen, als sie den Hügel hinunter zu den Klippen liefen, man konnte kaum die Hand vor Augen erkennen. Der Pfad zum Hotel wand sich am Rand einer Schlucht zwischen Bäumen und Sträuchern in steilem Zickzack hinunter. Die Stille aus der Tiefe legte sich bereits wie eine eiskalte Hand um Botts Herz. Nach der zweiten Wegbiegung stand er plötzlich vor einem Hügel aus Geröll. Den Weg nach unten gab es nicht mehr.

Zunächst hielt er den Hügel für eine Aufhäufung loser

Steine und Erde und versuchte hinüberzuklettern. Doch die lockeren und rutschenden Steine unter den Füßen ließen es nicht zu, und er kehrte zurück auf den Weg. Von dort aus stieg er durch einen tunnelartigen Seitenpfad zwischen Rhododendren auf das Plateau. Und hier, im staubigen Mondlicht, sah er, was geschehen war. Die Klippe war abgebrochen und in die Bucht gestürzt und hatte sie vollkommen zugeschüttet. Es war keine Spur mehr von irgendetwas zu sehen, weder von dem Haus noch von der Landzunge, auf der es gestanden hatte.

Die Flut leckte bereits an den neuen Felsstücken, als hätten sie schon immer dort gelegen. Die Küstenlinie hatte ihre Form verändert, und die Anderen Klippen waren ruhig und starr wie eh und je.

Bott seufzte, xte die Überschrift aus und tippte eine neue.

Seid ruhig undwisseT ichbin Gott.

»Du kommst nicht grade schnell voran«, bemerkte Seddon.

»Ich hatte solche Angst«, sagte Bott.

Er schrieb: *Plötzlicher Tod,* und sagte:

»Ich fürchte mich immer noch.«

»Nichts im Vergleich zu London 1941, würde ich denken«, entgegnete Seddon.

»Ich weiß.«

Bott erhob sich und trat ans Fenster. Es war eine schöne Nacht, ein leichter Wind wehte. Die Blätter der Bäume um die Kirche zitterten, eine dunkle, bewegte Masse vor dem sternenlosen Himmel. Bald würden die Blätter fallen und verstreut auf den Gräbern liegen, dann verwelken und sich wieder in Erde verwandeln. In den Winterstürmen würden die nackten Äste gegen die Kirchmauern peitschen und auf die neuen Blätter warten. Mit jeder Woche und jedem Monat würde die Erinnerung an diese Sommernacht tiefer in die Vergangenheit zurücksinken. Bott fühlte sich sicherer im Gedanken an die Zukunft. Nichts ist gewiss, dachte er, nur der Frühling.

»Die Überlebenden«, sagte er, »kamen her. Sie baten mich um Unterschlupf in der ersten Nacht.«

»Es gab Überlebende?«

»O ja. Sie kamen und erzählten. Sie saßen hier und redeten die ganze Nacht. Du weißt, wie Menschen unter Schock sprechen. Sie sagen Dinge, die sie sonst nie über die Lippen brächten. Die erstaunlichsten Dinge. Sie erzählten mir, wie sie entkommen waren... Es war viel zu viel. Ich wünschte, sie hätten das nicht getan.«

»Wie konnten sie denn entkommen?«

»Ich weiß nicht, was ich darüber sagen soll«, meinte Bott und drehte sich vom Fenster weg. »Ich weiß nicht, was ich denken soll. Sie haben sehr viel erzählt, aber doch nicht alles. Die ganze Wahrheit wird nie jemand erfahren. Aber was sie mir erzählten...«

Er setzte sich Seddon gegenüber in einen Sessel vor das Kaminfeuer.

»Also, hör zu«, sagte er. »Und mach dir selbst ein Bild.«

SAMSTAG

I

Brief von Lady Gifford an Mrs Siddal

The Old House
Queen's Walk
Chelsea

13. August 1947

Liebe Mrs Siddal,
ich hätte Ihnen schon früher schreiben sollen, um Ihnen zu
sagen, wie *sehr* wir uns alle auf unsere Ferien in Pendizack
freuen. Aber es ging mir in diesem Frühling, als mein Mann
bei Ihnen die Zimmer reservierte, nicht besonders gut, und
Briefe zu schreiben war mir verboten. Es geht jetzt viel besser. Die Ärzte wetzen ihre Messer und versprechen, mich
zum Herbst wieder *vollkommen* gesund zu machen.

Wir werden Samstag, den 16., ankommen. Die Kinder reisen mit dem Zug, sie müssten mit einem Auto an der Station
abgeholt werden – die Sekretärin meines Mannes teilt Ihnen
noch schriftlich mit, welcher Zug, welche Station usw. Ich
werde mit meinem Mann im Auto fahren, wir treffen hoffentlich zwischen Tee und Abendessen ein. Sollten wir uns aber
verspäten, hätten Sie die Freundlichkeit, die Kinder *früh* zu
Bett zu schicken? Sie werden nach der Reise müde und aufge-
kratzt sein.

Unsere gemeinsame Freundin, Sibyl Avery, hat mir viel von
Pendizack erzählt. Es muss wundervoll sein, viel netter als
in einem gewöhnlichen Hotel, besonders für die Kinder. Sie

sagte, Sie hätten einige Söhne, wusste jedoch deren Alter nicht. Wenn einige von ihnen noch klein sind, könnten Michael und Luke mit ihnen zusammen essen, denn sie wären im Speisesaal vielleicht allzu laut. Ich werde die meisten Mahlzeiten leider auf meinem Zimmer einnehmen müssen, sodass ich nicht auf die Jungen aufpassen kann. Ist das eine große Unannehmlichkeit für Sie? Mein Mann kann mir das Essen natürlich heraufbringen. Es tut mir leid, Ihnen solche Mühe zu bereiten. Aber mein Arzt besteht auf Ruhe während meiner Mahlzeiten. Ich leide an schrecklichen Verdauungsstörungen, und er sagt, mein Geist sei zu rege – ich denke und spreche zu viel beim Essen; also ist es wirklich besser, ich esse allein.

Sibyl berichtete mir, Sie besäßen einen eigenen Bauernhof, was Ihnen die Zubereitung meiner Diät sicher erleichtern wird. In einem großen Hotel ist so etwas schwierig, man würde für eine Kranke dort keinen Aufwand betreiben. Es ist keine komplizierte Diät. Ich schreibe Ihnen hier auf, was ich

a) essen *darf* und was ich

b) *nicht* essen darf.

a) Geflügel, Wild, *frisches* Fleisch, Leber, Nieren, Speck, Zunge, Schinken, *frisches* Gemüse, Salate, *frische* Eier, Milch, Butter usw.
Sie sehen, eine große Auswahl.

b) Wurst, aufgewärmtes Fleisch, Margarine, Trockeneier, Trockenmilch, Sachen aus Konserven, Corned Beef usw.

Ich will Sie nicht mit Einzelheiten langweilen. Nur so viel: Mein Stoffwechsel hat sich seit Carolines Geburt nie mehr erholt, und die ganze Ärzteschaft der Harley Street scheint ratlos zu sein. Ich hasse es, jemandem Mühe zu bereiten. Aber ich weiß, Sie werden mich verstehen. Sibyl erzählte mir, dass

Sie ein wundervoller Mensch sind und ausgezeichnet für Ihre Gäste sorgen. Nach einer Woche Pendizack werde ich ein neuer Mensch sein, behauptet sie. Und noch etwas zu meinen Mahlzeiten: Sie können in diesen harten Zeiten selbstverständlich ganz unmöglich allen das Gleiche vorsetzen wie mir. Deshalb ist es für Sie sicher angenehm, wenn ich auf meinem Zimmer esse, damit die anderen Gäste nicht sehen, was ich bekomme. Die Leute sind oft so selbstsüchtig und rücksichtslos.

Ich bewundere so sehr, dass Sie auf diese Idee kamen, um Ihr hübsches altes Haus behalten zu können. Wir mussten unseren Landsitz in Suffolk aufgeben. Keine Dienstboten! Alles Schöne und Angenehme scheint aus unserem Leben verschwunden zu sein, nicht wahr?

Oh, und haben Sie etwas gegen eine Katze? Hebe möchte ihre Katze unbedingt mitbringen, und ich habe nicht das Herz, es ihr zu verbieten. Ich fürchte, ich verwöhne meine Familie, aber Sie werden mich verstehen, denn Sibyl hat Ihnen gewiss meine komische, traurige kleine Geschichte erzählt! Keine Kinder mehr nach Caroline, ich, die ich ein Dutzend Kinder haben wollte! Ich konnte es nicht ertragen, Caroline als Einzelkind aufwachsen zu sehen, deshalb suchte ich mir ihre kleine Schwester und die zwei kleinen Brüder unter den armen ungewollten Babys der Welt aus. Ich fühle die Verantwortung, ihnen mehr als nur eine Mutter zu sein, um sie für ihr früheres unglückliches Schicksal zu entschädigen. Hebe ist zehn Jahre alt, die Jungen (Zwillinge) sind acht.

Ich bemerke soeben, dass ich nichts von Fisch gesagt habe. Ich darf alle Sorten essen, nur keinen Bückling. Aber auch Schellfisch bekommt mir nicht gut, oder nur mit sehr viel frischer Butter übergossen. Krebse und Hummer sind nicht verboten, was angenehm ist, denn ich denke, Sie bekommen immer eine Menge, sodass viele Menschen davon essen können.

Ich freue mich sehr, Sie kennenzulernen. Ich werde darauf bestehen, dass Sie nicht Ihre ganze Zeit nur als wundervolle Hausfrau verbringen, sondern hin und wieder ein bisschen davon erübrigen, um mit mir zu plaudern, denn ich glaube, wir haben viele gemeinsame Freunde.

Sie kennen die Grackenthorpes gewiss auch. Ich mag Veronica so gern und vermisse sie sehr, jetzt, wo sie nach Guernsey gezogen sind. Aber dort werden wir wohl alle bald leben müssen, wenn die Einkommenssteuer nicht herabgesetzt wird.
Mit herzlichen Grüßen
Ihre Eirene Gifford

P. S. Ob mein Mann irgendwo Gelegenheit haben wird, Golf zu spielen?

2

Nicht beendeter Brief von Miss Dorothy Ellis an Miss Gertrude Hill

Hotel Pendizack
Porthmerryn

Samstag, den 16. August 1947

Liebe Gertie,

ich habe deine Karte gestern Abend erhalten. Ja, auch deinen Brief. Bitte sei mir nicht böse, dass ich ihn nicht beantwortet habe. Seit ich hier bin, komme ich buchstäblich nicht dazu, mich hinzusetzen. Was die Frage in deinem Brief betrifft: Nein, ich rate dir nicht, hierherzukommen, wenn du eine andere Stelle finden kannst – eine Köchin findet immer eine Stelle, anders als ich Bedauernswerte. Wenn ich die Hitze in einer Küche ertragen könnte, wäre ich nicht, wo ich jetzt bin – in diesem vermaledeiten Loch, dem schlimmsten, das ich je gesehen habe – ich werde kündigen, sobald ich etwas Neues gefunden habe – ich habe mich auf mehrere Inserate beworben – aber natürlich sind die besten Stellen für diese Saison schon vergeben. Das habe ich davon, dass ich die Stelle angenommen habe – sie hat mich mit falschen Versprechungen hergelockt: Sie braucht nämlich nicht eine Hausdame, sondern ein Mädchen für alles – wenn ich nicht sehr aufpassen würde, müsste ich jeden Handschlag selbst tun.

Es ist nicht einmal ein richtiges Hotel, sondern bloß ein heruntergekommenes Gästehaus mit Löchern im Dach; man sieht, dass seit Jahren nichts daran gemacht worden ist. Und es gibt nur ein einziges Badezimmer. Sie haben ihr ganzes Geld verloren, und da kam sie auf die großartige Idee, das Haus in ein Hotel umzuwandeln, denn ihre süßen Jungen müssen natürlich weiter auf die stinknoblen Schulen gehen. Sie hat keinen blassen Schimmer davon, wie man ein Hotel führt. Ich werde verrückt, wenn ich sie mit diesem riesigen Haus sehe – ich hätte aus meiner Teestube Gewinn schlagen können, wenn ich die Chancen anderer Leute gehabt hätte.

Er hat, soviel ich weiß, nie irgendetwas zu seinem Leben beigetragen, außer geboren zu werden – er muss in einer lochartigen Kammer schlafen und zählt hier nicht mehr als ein lästiger Kopfschmerz. Letzte Woche war eine Familie Bergman hier, keine erstklassigen Leute – eigentlich ganz gewöhnliche –, und Mr Bergman beklagte sich, das Wasser würde nie heiß – es ist sowieso nie heiß –, und die Siddal rauschte herbei und sagte, Gerry, ihr ältester Sohn, würde den Heizkessel reparieren, wenn er heimkommt. »O nein«, sagte Mr Bergman da, »das werden Sie schön selbst tun, Mrs Siddal, und zwar jetzt. Mir ist es egal, wer den Heizkessel repariert. Ich zahle sechs Guineen in der Woche, damit *ich* mal Ruhe habe und nicht *Sie*!« Du hättest ihr Gesicht sehen sollen! Ich lache nicht oft – es gibt ja nicht viel zu lachen –, aber da hab ich mich totgelacht, ich stand gerade günstig auf dem Flur. Unsere sozialistische Regierung hilft zwar den Armen nicht, wie sie es versprochen hat, aber immerhin bringt sie die Reichen zu Fall, das ist auch schon was.

Das Hotel liegt meilenweit von Porthmerryn und den Geschäften entfernt, deshalb kriegt sie natürlich keine Bediensteten. Sie hat nur ein Mädchen für tagsüber und einen unterbelichteten Jungen, der den Kellner spielt. Sie muss selbst kochen, bis sie eine Köchin findet. Zurzeit sind keine Gäste da, außer einem langweiligen alten Ehepaar namens

Paley – heute Abend sollen aber noch zwei Familien ankommen.

Also, Gertie, ich muss den Brief ein anderes Mal zu Ende schreiben, denn es ist fast acht Uhr morgens, und ich sehe von meinem Fenster aus Nancibel, besagtes Dienstmädchen, über den Strand kommen; ich muss ihr ständig auf die Finger sehen, sonst tut sie überhaupt nichts. Keine Ruhe für die Bösen!

3

Aus Mr Paleys Tagebuch

Pendizack
Samstag, den 16. August

Ich habe seit fünf Uhr morgens an meinem Fenster gesessen und der einsetzenden Ebbe zugeschaut. Nun sehe ich das hübsche Dienstmädchen ... ich habe ihren Namen vergessen ... den Felsenweg vom Pendizack-Plateau herunterkommen. Sie geht jeden Morgen da unten über den Strand. Es muss später sein, als ich dachte.

Christina schläft. Sie wacht immer erst auf, wenn das Mädchen den Tee bringt. Dann beginnt ein neuer Tag. Die Schonfrist ist bald vorüber; wenn Christina aufwacht, bin ich nicht mehr allein.

Sie wird nicht fragen, weshalb ich die halbe Nacht hier gesessen habe. Sie stellt mir keine Fragen: Sie kümmert sich nicht mehr darum, wie es um mich steht. Sie verbringt ihr Leben still und schweigend an meiner Seite. Es ist zweifellos ein elendes Leben, aber ich kann ihr nicht helfen. Wenigstens kann sie schlafen. Ich nicht.

Das Mädchen hat den Strand erreicht, aber sie geht sehr langsam. Ein anmutiges junges Geschöpf. Sie hat einen schönen Gang. Ich glaube, Christina mag sie sehr. Aber meine Frau neigt dazu, jungen Mädchen gegenüber sentimental zu sein: Sie erinnern sie an unsere verlorene Tochter. Der Mutterinstinkt ist eine ganz animalische Angelegenheit. Eine Katze,

die ihre Jungen verloren hat, wird an deren Stelle auch Hunde-
welpen säugen, habe ich gehört.

Gestern habe ich mit Siddal gesprochen, dem Hotelbesitzer. Er erzählte, dass die Pendizack-Bucht früher die Höllen-
küche genannt wurde und dass seine Söhne das Hotel nun
»Höllenhotel« nennen. Da er das witzig zu finden schien,
versuchte ich zu lachen, obwohl mir auf der Zunge lag, mit
Mephisto zu sagen: »Dies ist die Höll', entrinnen kann ich
nicht.« Diese Zeile verfolgt mich, wo immer ich bin. Ich kann
ihr nicht entrinnen.

Ich will versuchen, an etwas anderes zu denken. Woran soll
ich denken? *Kann* ich überhaupt denken? Oft kommt es mir
vor, als könnte ich es gar nicht mehr. Gedanken reisen. Und
ich bleibe ... wo ich war.

Ich will an Siddal denken. Er ist ein komischer Kauz.
Könnte ich für ein anderes Wesen noch Gefühle aufbringen,
hätte ich tiefes Mitleid mit ihm. Er war wohl nie imstande,
sich selbst zu erhalten. Und nun, da er all sein Geld verloren
hat, muss er von der Arbeit seiner Frau leben – aus ihrer
Hand das Brot annehmen. Er hat hier kein Ansehen. Niemand bringt ihm Respekt entgegen. Er lebt, so sagte man
mir, in einer kleinen Kammer hinter der Küche, in der früher
der Hausdiener schlief. Die besten Zimmer im Haus sind natürlich den Gästen vorbehalten. Mrs Siddal schläft irgendwo
auf dem Dachboden, und die Jungen schlafen in einem Raum
über den Stallungen.

Wie erträgt Siddal ein solches Leben? Wenn er schon in
der Knechtekammer schlafen muss, weshalb besteht er dann
nicht darauf, dass seine Frau auch dort schläft? Ich würde das
jedenfalls verlangen. Aber ich hätte auch in anderer Beziehung nicht so gehandelt wie er. Ich hätte verboten, dass mein
Haus für diesen Zweck benutzt wird. Sie tun das nur, um den
beiden jüngeren Söhnen das Studium bezahlen zu können.

Wenn Bildung zu einem solchen Preis erkauft werden muss, dann, sage ich, wird sie zu teuer erkauft. Zu allem Überfluss scheinen die Jungen ihren Vater zu verachten, sie behandeln ihn wie Luft.

Dabei fehlt es ihm nicht an Klugheit; er war, soviel ich weiß, ein vielversprechender junger Mann. Rechtsanwalt. Warum er in dem Beruf versagte, weiß ich nicht. Er hatte eigenes Kapital, und diese Tatsache, gepaart mit Gleichgültigkeit und völligem Mangel an Ehrgeiz, hat vielleicht seinen Untergang bewirkt.

Ich sollte dankbar sein, dass ich nie einen Penny besessen und nie Hilfe oder Unterstützung angenommen habe. Ich war immer nur von mir selbst abhängig.

Ich erröte, wenn ich ihn treffe; meistens ist er unsichtbar. Manchmal erscheint er auf der Terrasse oder im Salon, immer erpicht darauf, zu jemandem, der bereit ist, ihm zuzuhören, zu sprechen. Immer schlecht rasiert und etwas schmuddelig. Er hat drei Söhne, die ihn verachten. Ich habe kein Kind. Trotzdem möchte ich mit Siddal nicht tauschen …

4

Ein Paar Hände

Nancibel Thomas war ein wenig verspätet; trotzdem ging sie, wie Mr Paley bemerkt hatte, sehr langsam über den Strand. Jeden Morgen war es dasselbe. Sie konnte auf diesem letzten Stück ihres Weges einfach nicht schneller gehen. Sobald sie das Haus erblickte, schwand ihre Fröhlichkeit dahin; mit jedem Schritt trübte sie sich ein, als ginge sie in einen Nebel von Elend und Niedergeschlagenheit hinein. Jeden Tag wurde dieses Gefühl stärker.

Sie konnte sich nicht erklären, weshalb. Die Arbeit im Hotel Pendizack war nicht schwer oder unangenehm, und alle behandelten sie gut. Sie mochte Miss Ellis nicht, aber in der Zeit beim Frauenhilfsdienst im Heer hatte sie gelernt, mit allen möglichen Menschen umzugehen, auch mit solchen, die sie nicht mochte. Miss Ellis konnte kaum für das Unbehagen verantwortlich gemacht werden, das sie überkam, wenn sie sich dem Haus näherte, dieses Gefühl, dass dort etwas unbeschreiblich Trauriges geschah.

Manchmal dachte sie, dass es nur ihre eigene Traurigkeit war beim Anblick des Hauses, wo sie einen Teil ihrer fröhlichen Kindheit verbracht und Botengänge zwischen Pendizack und der Hütte ihres Vaters auf der Klippe erledigt hatte. Sie war mit Liebeskummer nach Hause zurückgekehrt, der vergangene Winter war für sie schwer gewesen. Aber wenn das niederdrückende Gefühl mit mir zusammenhängt, dachte sie, als ihre Schritte immer langsamer wurden, dann müsste es besser werden. Denn ich glaube, nach und nach komme ich darüber hinweg. Ich denke nicht öfter als zwei- oder dreimal in der Woche daran. Aber mein Gefühl diesem Haus gegenüber wird immer stärker.

Und doch bot das Hotel an diesem Morgen einen unschuldigen und hilflosen Anblick. Die Vorhänge waren noch überall zugezogen. Es hingen keine Badeanzüge zum Fenster hinaus, denn nun, da die Bergmans abgereist waren, badete niemand mehr im Meer. Nancibel erinnerte sich, wie sie Mr Bergman eines Morgens, als sie über den Strand kam, bei den Felsen begegnet war. Er war auf dem Weg zum Meer gewesen, um zu baden. Er hatte sie angestarrt und gezögert, als wollte er sie ansprechen. Aber er tat es nicht. Er sagte nur höflich guten Morgen und stieg weiter durch die Felsen hinab. Nun machte niemand mehr den Versuch, sie anzusprechen. Durch ihren Kummer und die Kraft, mit der sie ihn ertragen hatte, war sie ein Jemand geworden. Sogar der plumpe Mr Bergman hatte bemerkt, dass sie nicht irgendein gewöhnliches hübsches, schwarzhaariges Mädchen war. Auch ihre Mutter schien das zu sehen, denn sie hatte aufgehört, ihr gute Ratschläge zu geben, und fragte nun oft ihre Tochter um Rat.

Nicht alle Vorhänge waren zugezogen. Nancibel sah es, als sie vor dem Haus ankam. Der arme Mr Paley saß wie immer an dem großen Fenster im ersten Stock, das auf die Bucht hinausging. Wie eine Statue saß er da und starrte aufs Meer hinaus.

Und oben bewegte sich der Vorhang eines Dachkammerfensters. Miss Ellis hatte wohl Ausschau nach ihr gehalten.

Nancibel beschleunigte ihre Schritte und lief die in die Felsen gehauenen Stufen hinauf. Oben angelangt, ging sie durch die Gartenpforte und folgte dem Pfad ums Haus zum hinteren Eingang. Vor der Küche hing ihre weiße Ärmelschürze, auf dem Boden standen ihre Arbeitsschuhe. Rasch kleidete sie sich an und betrat die Küche. Ein Kessel summte schon auf dem Herd. Das, wusste sie, hatte sie Gerry Siddal zu verdanken, und nicht Fred, dem Kellner. Die Arbeit war immer leichter, wenn Mr Gerry in den Ferien zu Hause war. Er arbeitete nicht nur selbst viel, sondern achtete auch darauf, dass Fred, der ebenfalls über den Stallungen schlief, am Morgen rechtzeitig aufstand.

Sobald Nancibel den Tee und die Krüge mit heißem Wasser hinaufgetragen hätte, würde sie den Salon in Ordnung bringen, während Fred Halle und Treppen reinigte und Mrs Siddal das Frühstück bereitete. Dann wären Geschirrwaschen und das Reinigen von Schlafzimmern und Badezimmer an der Reihe. Irgendwie schafften Fred und Nancibel es immer alles vor dem Mittagessen.

Aber nicht, dachte Nancibel, als sie den Tee für die Paleys hinauftrug, wenn heute wirklich zehn neue Gäste ankommen. Ich kann nicht noch alle diese Schlafzimmer vorbereiten. Einen Teil muss Miss Ellis erledigen.

Vor einem Jahr, als sie noch ein Niemand gewesen war, hätte sie das nicht so ruhig denken können. Sie hätte sich bei Mrs Siddal hitzig über zu viel Arbeit beklagt und wäre vor Aufregung rot geworden. Mittlerweile wusste sie, wie sie für sich selbst sorgen konnte, ohne unangenehm aufzufallen.

Sie klopfte an die Tür der Paleys und wurde hereingerufen. Das Morgenlicht strömte durch das offene Fenster, an dem Mr Paley saß und in ein Heft schrieb. Mrs Paley lag im Bett, das ordentliche graue Haar in ein rosa Netz gehüllt.

Im Zimmer herrschte eine Atmosphäre von Versteinerung. Als wäre etwas Gewaltiges darin vorgefallen und die Bewohner wären mit Nancibels Klopfen erstarrt. Die Paleys strahlten eine nur für den Moment unterbrochene Gewalttätigkeit aus. Sie aßen ihr Frühstück jeden Morgen in düsterem Schweigen, als müssten sie sich für eine ungeheure Anstrengung stählen, die tagsüber zu ertragen war. Wenig später sah man sie über den Strand gehen, beladen mit Büchern, Kissen und einem Picknickkorb. Mr Paley immer vorneweg. So stiegen sie den Weg zu den Klippen hinauf und entschwanden oben den Blicken. Um vier Uhr, nachdem sie, wie Duff Siddal spöttisch sagte, die Leiche losgeworden waren, kehrten sie in der gleichen Reihenfolge zurück, um auf der Terrasse ihren Tee zu trinken. Man konnte wirklich schwer glauben, dass sie den ganzen Tag nur Bücher lasen und Sandwiches aßen und sonst nichts.

Nancibel stellte den Heißwasser-Krug auf den Waschtisch und trug das Tablett ans Bett. Mrs Paley schlief nicht. Sie lag mit geschlossenen Augen steif und reglos da. Auch Mr Paley sprach kein Wort, und sobald Nancibel die Tür geschlossen hatte, brach alles Heftige bestimmt von Neuem los.

Nun kam Miss Ellis an die Reihe. Sie sagte nie »Herein«, wenn geklopft wurde, sondern rief zuerst: »Wer ist da?«

Eines Tages, schwor Nancibel, antworte ich: Der Herzog von Windsor.

»Ihr Tee, Miss Ellis.«

»Oh! Kommen Sie herein.«

Das Zimmer roch muffig, und überall standen Kartonschachteln herum. Es war ein hübsches kleines Zimmer gewesen, bevor Miss Ellis es bezogen hatte, mit fröhlichen Chintzvorhängen und hellen Möbeln. Aber ihr war es gelungen, ihm etwas Ärmliches zu geben. Sie räumte nichts weg; ihre Sachen lagen verstreut umher, damit jeder sehen konnte, wie schäbig, schmutzig und zerbrochen sie waren. Auf dem Toilettentisch grinste schamlos ihr Gebiss neben einer verfilzten Bürste und einem von Staub ergrauten Kamm.

Das Schmutzigste im ganzen Raum war jedoch Miss Ellis selbst in ihrem schlammfarbenen Schlafrock und mit den fettigen Haaren, die ihr in die Augen hingen.

»Haben Sie den Salon schon in Ordnung gebracht?«

»Nein, Miss Ellis.«

(Das würde einen schönen Krach geben, wenn ich ihr den Tee erst nach dem Aufräumen des Salons brächte!)

»Dann erledigen Sie das am besten jetzt sofort, Nancibel.«

»Ja, Miss Ellis.«

»Ist Fred auf?«

»Ja, Miss Ellis.«

»Hat er den Speisesaal sauber gemacht?«

»Er ist dabei.«

»Gut. Wenn Sie den Salon aufgeräumt haben, können Sie in der Küche helfen. Ich komme auch bald hinunter.«

Wie beleidigend war dieses allmorgendliche Gespräch! Es setzte voraus, dass Nancibel sich weder die täglichen Abläufe merken noch sie ohne tägliche Erinnerung erledigen konnte. Man nannte das »dem Mädchen auf die Finger sehen«. Nach Miss Ellis' Ansicht machte es den größten Teil ihrer Pflichten aus: eine Aufgabe, die mit mindestens vier Pfund entlohnt werden musste.

Fred schob noch den Staubsauger hin und her, als Nancibel herunterkam. Sie nahm ihm das Gerät aus der Hand und forderte ihn auf, die Treppe zu wischen. Er antwortete schwer atmend:

»Du bist hier unerwünscht, Nancibel.«

Auch das wiederholte sich täglich. Es war der einzige Witz, den Fred zustande brachte, und er war sehr stolz darauf. Aber er war ein gutmütiger Junge und tat alles, was Nancibel ihm auftrug.

Nachdem Nancibel den Salon aufgeräumt hatte, unterbrach sie ihre Arbeit für einige Minuten und ging eine Tasse Tee trinken. In der Küche roch es nach Kaffee, Toast und brutzelndem Speck. Mrs Siddal sagte, man müsse in der großen Dachkammer noch ein viertes Bett aufstellen.

»Mrs Cove, die heute Nachmittag ankommt, will mit all ihren Kindern im Zimmer schlafen. Sie müssen noch ganz klein sein, denn sie schrieb, dass sie kein Abendbrot essen.«

»Das wird schwierig, da noch ein viertes Bett hineinzuzwängen«, meinte Nancibel und nippte an ihrem Tee.

»Ja, und dann müssen wir noch drei andere Zimmer fertig machen. Das Zimmer mit der Aussicht aufs Meer für Lady Gifford und ihren Mann, und die zwei Zimmer darüber für ihre Kinder. Miss Ellis soll Ihnen die Betttücher herauslegen. Und dann…«

Ihre Worte wurden vom Gong übertönt, auf den Fred in der Halle einschlug. Mrs Siddal hob sofort die Porridgepfanne vom Herd auf den Tisch und tat den Paleys auf, die jeden Morgen erschienen, bevor der Gong auch nur verhallt war. Die Pfanne war schwer, und Nancibel dachte bei sich, wie seltsam es war, dass eine Dame sich mit so schwerer Küchenarbeit abgeben musste. Mrs Siddal war keine schlechte Köchin, aber sie hatte sich zu spät der Hausarbeit zugewandt. Ihr fehlten sowohl die Muskeln als auch das Geschick. Sie war unbeholfen und ohne Routine; viele ihrer Bewegungen waren überflüssig. Ihr hübsches Haar fiel ihr ständig in die Augen, und ihre Schürzen waren schon nach einer halben Stunde vollkommen zerknittert. Nancibels Mutter hätte in der gleichen Zeit zweimal so viel geschafft.

Armes Ding!, dachte Nancibel. Hoffen wir, dass sie bald eine gute Köchin findet. Vielleicht ist es das, was mit dem Haus nicht stimmt. Vielleicht wäre ich weniger niedergeschlagen, wenn es hier eine Köchin gäbe.

Frühstück in der Küche

Duff und Robin kehrten vom Baden zurück, die nassen Badetücher um die Schultern. Sie wurden wieder hinausgeschickt,
damit sie sie zum Trocknen auf die Wäscheleine im Hof häng-
ten. Ihre Mutter tat unterdessen Porridge auf ihre Teller und
stellte sie auf einen kleinen Tisch am Fenster. Sie hatte sich bei
der Eröffnung des Hotels nicht vorgestellt, die Mahlzeiten mit
der Familie in der Küche einzunehmen, sondern hatte an einen
eigenen Tisch im Speisesaal gedacht, wo Fred ihnen aufwarten
sollte. Aber dort konnten sie nicht miteinander reden. Die
Gäste störten sie zu sehr.

»Wo ist Gerry?«, fragte Mrs Siddal die Jungen, als sie wieder in die Küche kamen.

»Hat er nicht mit euch gebadet?«

»Nein«, antwortete Duff. »Er bedient die Lichtmaschine.«

»Sein Porridge wird kalt.«

Sie stellte Gerrys Teller in den Ofen. Wer hätte sich wohl
um die Elektrizität gekümmert, wenn Gerry nicht hier gewesen wäre? Von ihren drei Söhnen war er der liebevollste, aber
am wenigsten geliebt. Denn er hatte nichts von dem Charme
seines Vaters geerbt, der sie zu der Heirat verleitet hatte. Nur
der Himmel wusste, von welcher plebejischen Seite er die
untersetzte Gestalt, die Stupsnase und seinen Jähzorn mit-
bekommen hatte. Schon als Baby hatte er sie gelangweilt,
obwohl er ihr überhaupt keine Mühe machte. Schwerfällig,
freundlich und pflichtbewusst war er herangewachsen, ohne

ihr irgendeine kostbare Erinnerung zu hinterlassen. Auch seine Briefe während des Krieges (er hatte in Arnheim mitgekämpft) waren fast unlesbar gewesen, weil so uninteressant.

Sie schämte sich für dieses Gefühl und die Tatsache, dass die beiden anderen ihr enttäuschtes Herz bis in den letzten Winkel besetzt hielten. Denn Robin hatte ihre Art – die Art der Trehernes – geerbt. Er war das Ebenbild eines Bruders, den sie 1918 verloren hatte: rothaarig, hübsch und lustig. Und Duff war der Sohn ihrer Träume: Er besaß Dicks Charme, seine Schönheit und seinen sprühenden Geist, noch nicht von Misserfolg verdunkelt wie der seines Vaters. Duff konnte sie nichts abschlagen. Nun allerdings widersprach sie schwach, als er Sahne zu seinem Porridge verlangte.

»Von heute an nicht mehr«, sagte sie. »Ich muss die übrige Sahne ab jetzt für Lady Gifford aufheben. Es wird schwierig sein, für sie zu kochen. Aber ich muss mein Bestes tun, denn Sibyl Avery hat sie zu mir geschickt.«

»Was hat die Lady denn?«, fragte Duff. »Ihre Krankheit klingt angenehm. Ich möchte mich von ihr anstecken lassen.«

Vor der Küche waren schlurfende Schritte zu hören. Der Herr des Hauses hatte sich von seinem Lager in der ehemaligen Dienerkammer erhoben. Er blieb einen Augenblick auf der Schwelle stehen und zog seinen alten Schlafrock enger um sich, als wäre er unsicher, ob er eintreten durfte. Duff und Robin rückten mit ihren Stühlen zur Seite, um ihm Platz zu machen, und seine Frau reichte ihm einen Teller Porridge, den er mit übertriebener Unterwürfigkeit annahm, entschuldigte sich bei seinen Söhnen dafür, dass sie sich seinetwegen hatten bewegen müssen. Er war in seiner Arme-Verwandte-Stimmung.

Nach einer kurzen verlegenen Stille zwang sich Duff, das Gespräch wieder aufzunehmen.

»Noch zwei Familien mehr«, sagte er, »bedeuten eine Menge mehr Arbeit.«

»Ja«, stimmte ihm Mrs Siddal zu. »Und Nancibel kann nicht alles allein bewältigen. Miss Ellis muss die Schlafzimmer übernehmen. Ich habe ihr das gestern Abend angekündigt.«

»Mutter!«, rief Robin. »Wie kühn! Was hat sie dazu gesagt?«

»Sie war so entsetzt, dass sie gar nichts gesagt hat. Schließlich brachte sie die Frage heraus, ob ich von ihr erwarte, dass sie die Nachttöpfe leert. Ich sagte, jawohl, das erwarte ich.«

»Sie wird dir kündigen«, prophezeite Duff.

»Das glaube ich nicht«, entgegnete Mrs Siddal. »Sie würde keine andere Stelle finden.«

Ihre Stimme klang scharf bei diesen Worten, und eine harte Linie erschien um ihren Mund. Diese Schärfe und Härte waren nicht ihre eigentliche Natur. Sie scheute weder Arbeit noch den freiwilligen Verlust von Muße, Ruhe und Bequemlichkeit, aber sie hasste es, für sich selbst einstehen zu müssen, wenn man sie schlecht behandelte. Ruppige Rücksichtslosigkeit war die einzige erfolgversprechende Möglichkeit, mit Miss Ellis umzugehen, das hatte sie begriffen. Duffs wegen musste sie lernen, sich zu behaupten; denn Duff würde nur aufs Balliol gehen können, wenn das Hotel für das Studium aufkäme.

»Ich würde es ja selbst machen«, sagte sie. »Aber es passt nicht in meinen Ablauf, wenn ich morgens oben bin.«

Mr Siddal aß seinen Porridge und warf schüchterne Blicke von einem zum anderen. Er nutzte seine stillen Möglichkeiten, um eine unbehagliche Stimmung zu schaffen. Es gelang ihm aufs Feinste, sich im Gespräch übergehen zu lassen. Dabei wussten alle, dass er, sollten sie versuchen ihn mit einzubeziehen, Unverständnis heucheln würde. Die Angelegenheiten des Hotels seien für ihn, mit dem Kopf eines Wurms, zu hohe Mathematik.

Duff wagte es trotzdem, ihn anzusprechen:

»Ich halte es nicht für besonders klug, dass Ellis die Nachttöpfe leeren soll, findest du nicht auch? Sie könnte sich dabei versehentlich selbst ausleeren. Sie ist dem Inhalt eines Nachttopfs sehr ähnlich.«

Siddal übermittelte seine grandiose Unkenntnis in allen Fragen der Nachtgeschirre und deren Platz in der Ordnung der Dinge. Aber nach einer Weile schien ihm ein Licht aufzugehen.

»Ich beginne den Sinn zu erfassen«, sagte er zu Duff. »Es ist das Grundproblem des Sozialismus, nicht wahr? So wie es ein Franzose definiert hat, dem die Vorzüge einer gleichgestellten Gesellschaft erklärt wurden: ›Aber wer leert dann die Pisspötte aus?‹«

»Das«, warf Mrs Siddal errötend ein, »sollte jeder zivilisierte Mensch selbst tun. Aber ich wünschte, wir hätten mehr Badezimmer.«

»Oh, ich weiß«, sagte Siddal. »Das wünschte ich auch. Ebenso empfand Tolstoi diesen Wunsch. Wenigstens glaube ich mich zu erinnern, dass er leidenschaftlich über dieses Thema schrieb. Nicht wahr, Duff?«

»Weiß ich nicht«, brummte Duff.

»Oh … ich vergaß. Deine Generation liest Tolstoi nicht. Verzeih. Ein so altmodischer Herr wie ich sollte keine Bücher erwähnen, die vergriffen sind. Und überhaupt, unsere Gäste scheinen keine zivilisierten Menschen zu sein. Sie besitzen Kapitalistenseelen und überlassen alles Unangenehme Nancibel, wie wir es übrigens auch getan haben, bevor wir zu Proletariern wurden. Sie ist schön, sie ist gut, sie ist außerordentlich klug, und sie ist so viel wert wie wir alle zusammen, aber sie ist die einzige Person im Hause, der wir diese Arbeit anvertrauen dürfen, ohne eine soziale Auflehnung ihrerseits erwarten zu müssen, da sie die Tochter eines Farmarbeiters ist.«

»Ich habe Tolstoi gelesen«, entgegnete nun Duff. »Aber ...«

»Hier, dein Speck«, unterbrach ihn seine Mutter und hielt seinem Vater den Teller unter die Nase.

»Danke. Das ist wirklich für mich? Das alles? Kannst du es denn entbehren? – Nun, in einer wahrhaft gerechten Gesellschaft«, fuhr Siddal zu Duff gewandt fort, »und das ist es doch, was wir verwirklichen möchten, nicht wahr, Duff? – in einer solchen Gemeinschaft also würde diese Arbeit dem geringsten, dem unbrauchbarsten, dem unproduktivsten Bürger übergeben. Ein bewundernswerter Grundsatz! Ich bin ganz dafür. Wir müssten nur darüber nachdenken, wer in unserem Haushalt dafür geeignet ist. Wer ist der Geringste? Wen kann man am leichtesten bei wichtigeren Arbeiten entbehren?«

Er blickte sich um und wartete auf Vorschläge.

»Miss Ellis«, meinte Robin.

»Meinst du? Sie wäre sicher nicht deiner Ansicht. Ich zum Beispiel bin ein viel nutzloseres Subjekt. Denn gegenwärtig verdiene ich meinen Lebensunterhalt nicht selbst. Das besorgt mich durchaus, auch wenn eure Mutter es nicht glauben will. Aber es gibt so wenig, wozu ich geeignet bin. Diese Arbeit scheint meiner nicht unwürdig, und ich bin völlig bereit ...«

»Red keinen Unsinn, mein Lieber«, unterbrach ihn Mrs Siddal.

»Unsinn? Rede ich Unsinn? Tut mir sehr leid. Es war keine Absicht. Ich dachte, ich könnte wenigstens einmal nützlich sein.«

»Aber du könntest unmöglich ...«

»Weshalb denn nicht? Ist es so schwer?«

»Die Gäste wären empört.«

»Ihr glaubt also, *Mesdames* Paley, Gifford und Cove würden es nicht gerne sehen, dass ich in ihre Zimmer eindringe und unter ihren Betten ...«

Robin brüllte vor Lachen, aber Mrs Siddal rief aus:

»Dick! Wirklich! Es reicht!«

Augenblicklich versank Mr Siddal in ein niedergeschlagenes Schweigen. Robin wechselte das Thema und fragte, wie lange sie sich Nancibel wohl leisten könnten.

»Nur für diese Saison, befürchte ich«, antwortete seine Mutter. »Sie könnte natürlich eine viel bessere Stelle haben, aber sie wollte einige Zeit zu Hause sein, nachdem sie aus dem Hilfsdienst beim Heer zurückgekehrt war. Und, das sagt ihre Mutter ... ist Fred eigentlich in der Spülküche?«

»Noch nicht«, antwortete Robin, nachdem er sich auf dem Stuhl zurückgelehnt und durch die offene Tür in den Nebenraum gespäht hatte.

»Sie hatte wohl eine unglückliche Liebe und hat lange gebraucht, um darüber hinwegzukommen. Sie war verlobt, ihre Aussteuer und alles war fix fertig, und im letzten Augenblick gab er ihr den Laufpass. Offenbar hielt er sich für zu gut für sie. Sein Vater ist Auktionator in Mittelengland. Seinen Eltern passte das Mädchen nicht, und so brachten sie ihren Sohn dazu, die Verlobung aufzulösen. Er kann nicht viel wert gewesen sein, aber sie hat ihn geliebt, das arme Kind! Was für ein Unsinn! Wie kann es sein, dass Leute Nancibel nicht gut genug für ihren Sohn finden!«

»Du, zum Beispiel«, warf Siddal ein, »wärst bestimmt nicht erfreut, wenn Gerry sie zu heiraten gedächte.«

Mrs Siddal blickte so entsetzt drein, dass alle drei in schallendes Gelächter ausbrachen.

»Keine Angst«, beruhigte er sie. »Das wird er nicht tun. Es sei denn natürlich, du befiehlst es ihm.«

»Nun, es gäbe Schlimmeres«, meinte Mrs Siddal, die sich von ihrem Schrecken erholt hatte. »Ich kenne weit und breit kein netteres Mädchen.«

»Warum hast du dann so entgeistert ausgesehen?«, fragte Duff.

»Es war nicht der Gedanke an Nancibel, der sie erschreckt hat«, erklärte sein Vater, »sondern ganz allgemein der Gedanke, dass Gerry einmal heiraten könnte. Er kann es sich nicht leisten. Wir brauchen sein Geld, um dich, mein Lieber, nach Oxford zu schicken. Gerry darf für die nächsten sieben Jahre kein Mädchen anschauen, nicht, bis du Rechtsanwalt bist und dir vor Gericht einen Lorbeerkranz geholt hast. Deshalb wird seine Mutter auch nichts gegen seine Pickel unternehmen. Sie hofft, die Pickel halten die Mädchen von ihm fern.«

Diese Worte trafen so nahe auf die Wahrheit, dass niemand etwas darauf zu erwidern vermochte.

6

Die Gedanken von Sir Henry Gifford

Ein Polizeibeamter wünscht Lady Gifford zu sprechen. Ich ertrage es nicht mehr. Wenn ich weiter darüber nachdenke, fahre ich gegen einen Baum. Ich kann in dieser Sache nichts unternehmen. Nur warten. Es hat keinen Sinn, sie auszufragen. *Ich darf mich nicht aufregen, Harry. Mein Herzarzt nahm mir das Versprechen ab, dass ich mich nicht aufrege.* Und ganz ruhig verlässt sie das Zimmer. Wenn wir heute noch in Pendizack ankommen wollen, müssen wir uns beeilen. Wir haben keine Zeit für einen Umweg von fünfzig Kilometern, nur weil sie von irgendeiner kleinen Gastwirtschaft gehört hat, wo man Hummer und Schlagrahm kriegen kann. *Himmlischer kleiner Ort!* Nie stimmt das. Sie liest diese albernen Inserate. *Ein Polizeibeamter…* Ich will nicht auf Guernsey leben. Wenn wir die Kreuzung erreichen, fahre ich daran vorbei. Tut mir leid, Eirene, aber ich habe sie wohl verpasst. Zu spät, umzukehren. Wenn wir heute Abend noch in Pendizack ankommen wollen, müssen wir uns beeilen. Sie raschelt mit der Landkarte, hinter mir im Auto. Entschlossen, die Kreuzung nicht zu verpassen. Aber sie kann keine Karten lesen. Zu blöd dazu. Aber nicht zu blöd, um zu kriegen, was sie sich in den Kopf gesetzt hat. Wenn sie wirklich zu diesem Gasthof will, dann schafft sie es, die Karte zu lesen. Wenn sie etwas wirklich will… aber nicht Guernsey. Ich will nicht auf Guernsey leben. Sie versteht nur, was sie verstehen will. Wenn wir heute Abend noch ankommen wollen, müssen wir mittags

in Okehampton essen. Grässliches Mittagessen, wahrscheinlich. Kann's nicht ändern. Wir müssen uns beeilen. Sollten
möglichst bald nach den Kindern ankommen. Ich will nicht,
dass sie ... Ging ja alles glatt bei der Abreise. *Ein Polizeibeamter ...* Herrgott! Hab heute Morgen angerufen zu Hause. Sind
die Kinder in Paddington gut abgefahren? *O ja, Sir Henry.
Und ein Polizeibeamter wollte mit Mylady sprechen. Nein, er
hat nicht gesagt, weshalb. Ich sagte, dass sie verreist ist und gab
ihm die Adresse.* Liebling ... ein Polizeibeamter wollte dich
sprechen ... *Ein Polizeibeamter? Warum denn das, wie seltsam! Nein, Liebling. Ich habe nicht die geringste Ahnung. Was
will denn ein Polizeibeamter von einem?* Sie hätte mich doch
ängstlich angeblickt, wenn ... Nein. Sie hat nie Angst. Sie hat
versprochen, sich nicht aufzuregen, also regt sie sich nicht auf.
Außerdem kann sie sich gar nicht vorstellen, dass ihr irgendetwas Unangenehmes widerfahren könnte. Vielleicht ist es ja
nichts ... Fünfundsiebzig Pfund. Hat sie sich daran gehalten?
Aber ich habe es schon hundertmal ausgerechnet. Wenn sie
wirklich bei den Varens gewohnt hat ... *Ich weiß nicht, wie du
dazukommst, sie Kollaborateure zu nennen, Harry. Louise
sagte: Die Wüstlinge waren im Land, und wir mussten uns
zivilisiert betragen.* Aber sie scheinen nicht besonders gelitten
zu haben. Saßen hübsch still während des ganzen Krieges; sitzen auch jetzt noch hübsch still. Typisch französisch ... Und
was haben wir erlitten? Eirene und ich? Saßen Eirene und die
Kinder nicht auch hübsch still in Massachusetts? Und nun
will sie hübsch still sitzen auf Guernsey, und niemand hindert
sie daran außer mir. Dieser Krieg wurde von den Armen ge-
kämpft, und nun wird er auch von den Armen bezahlt ...
Wenn sie wirklich bei den Varens wohnte und keine Hotelaus-
gaben hatte, konnte sie mit fünfundsiebzig Pfund auskommen. Sie hat es mir versprochen. Ich nahm ihr das Versprechen
ab, bevor sie abreiste. Ich habe ihr die Devisenbestimmungen

erklärt. Ich habe sie gewarnt, dass ich mein Amt als Richter niederlegen muss, wenn sie gegen die Bestimmungen verstößt. Ein Richter kann unmöglich ... Das versteht doch sogar Eirene? Aber sie versteht ja nur, was sie verstehen will.

O Gott! Schafe! Wenn ich in diesem Tempo kilometerweit hinter dieser Schafherde herkriechen muss, verlieren wir viel Zeit. Und ihr verschafft es Zeit, um ... o nein! Ah, sie gehen durch das Tor. Das gefällt mir schon besser. Kann nichts dafür, dass sie ein Haus auf Guernsey gekauft hat. Konnte es nicht verhindern. Sie darf ihr Geld nach eigenem Gutdünken verwenden. Aber ich werde nicht dort wohnen, und dann wird sie der Einkommensteuer auch nicht entgehen. Was soll mit meiner Arbeit geschehen? *Aber Harry, warum solltest du arbeiten? Wenn du auf Guernsey leben würdest und keine Steuern bezahlen müsstest, wärst du ein reicher Mann.* Sie begreift es nicht. Sie war in Amerika. Sie hat den Blitz nicht erlebt. Ich schon. All das Leiden, diese Opfer, das Heldentum ... Ich habe es miterlebt. Ich werde nicht nach Guernsey ziehen. Wenn sie nur nicht so krank wäre! Wenn man bloß herausfinden würde, was ihr fehlt. Man muss Zugeständnisse an sie machen. Das arme Ding. Sehr ruhig, da hinten. Eingeschlafen? Sie hatte eine schlechte Nacht. Jetzt sind wir vorbei an der Kreuzung. Ja, sie hatte diesen Nervenzusammenbruch. Ich darf nicht so ungeduldig sein mit ihr. Sie muss mit einigem fertig werden. Aber ich muss auf meinem Standpunkt beharren, was Guernsey angeht. Wenn wir noch heute Abend in Pendizack ankommen wollen, müssen wir uns beeilen. Mittagessen in Okehampton. *Ein Polizeibeamter ...*

7

Unerwartete Gäste

Gerry Siddals Wutausbrüche waren zu Hause immer schlimmer. Sie packten ihn wie einst Hiob; es war der Ausgleich zu einer Geduld, die bis zum Äußersten auf die Probe gestellt wurde.

Gerry war eine freundliche Natur. Er liebte seine Mutter und hatte erst vor Kurzem aufgehört, seinen Vater zu lieben. Er liebte seine Brüder. Aber das Leben in Pendizack hatte nun einen Punkt erreicht, wo er alles tun, jede Beschäftigung erfinden würde, um die Begegnung mit seiner Familie während der Mahlzeiten zu vermeiden. Mit jedem Einzelnen von ihnen kam er gut aus, aber als Gruppe konnte er sie nicht mehr ertragen.

So vertrödelte er die Zeit an der Lichtmaschine, bis er sicher sein konnte, dass das Frühstück beendet war und der Vater sich in seine Kammer zurückgezogen hatte. Dann ging er endlich in die Küche und aß seinen kalten Porridge, während seine Mutter Sandwiches für die Paleys machte. Zu seinem Erstaunen gab sie ihm alle Sahne, die sie für Lady Gifford aufgehoben hatte. Offenbar hatte sie einen ihrer Anfälle von schlechtem Gewissen.

»Du brauchst mehr Fett«, erklärte sie. »Deshalb bekommst du sicher immer diese Pickel. Ich bin entschlossen, etwas dagegen zu tun. Liebling … gehst du heute Morgen nach Porthmerryn?«

»Wenn du etwas von dort brauchst …«

»Ich habe eine Einkaufsliste zusammengestellt, aber ... ich weiß nicht, ob ich selbst die Zeit habe. Kannst du, bevor du gehst, bitte Nancibel helfen, das vierte Bett in Mrs Coves Zimmer aufzustellen?«

»Ich hoffe wirklich, du bleibst dieser Mrs Cove gegenüber fest«, sagte Gerry. »Aus ihrem Brief geht klar hervor, dass sie einen Preisnachlass erwartet, weil sie alle in einem Zimmer schlafen.«

»Na ja ... wenn die Kinder noch klein sind ...«

»Ach, du gibst ihnen sowieso eine Ermäßigung. Du musst es gar nicht weiter erklären.«

»Sie scheint schrecklich arm zu sein. Sie wollte keinen Wagen bestellen, sondern sagte, sie würden am Bahnhof den Autobus nehmen.«

»Auch wir sind schrecklich arm. Sie braucht ja nicht hierherzukommen, wenn sie es sich nicht leisten kann.«

»Ich bin froh, dass sie kommt. Wir haben sonst keine Anmeldungen.«

»Ich weiß. Aber es gibt immer die Möglichkeit einer unverhofften Anmeldung, jetzt, wo die Hotels in Porthmerryn überfüllt sind. Leute, die dort keinen Platz mehr finden ...«

»Das ist nicht die Art Leute, die ich will. Wie diese schrecklichen Bergmans. Ich möchte nette, ruhige Leute, über die ich etwas weiß.«

Sie begann die Sandwiches einzupacken, und Gerry trug sein Geschirr in die Spülküche, um Nancibel diese Mühe zu ersparen. Sie war beim Spülen und dankte ihm mit ihrem warmen, lieben Lächeln. Er lechzte nach Wärme und Liebe, aber ihm wäre nie eingefallen, diese in der Spülküche seiner Mutter zu suchen, also bahnte er sich seinen qualvollen Weg durch eine Welt, die ihm weder Wärme noch Liebe bot. Er stellte das zusätzliche Bett in die Dachkammer, nahm die Liste der Einkäufe und stieg dann den steilen Pfad vor dem Haus hinauf.

Bei der zweiten Wegbiegung begegnete er einem großen, hageren Mädchen, das ihn schüchtern fragte, ob dies der Weg zum Hotel sei.

»Zum Hotel Pendizack? Ja. Kann ich Ihnen behilflich sein? Die Besitzerin ist meine Mutter.«

Sie zögerte und murmelte:

»Oh, dann... Vielleicht sollte ich lieber... Ich wollte nur... Ich war nicht sicher... Man sagte mir, es gebe vielleicht noch freie Zimmer...«

»Wünschen Sie Zimmer?«

»Oh, ja, das heißt... Ich nehme nicht an, dass... Ich dachte, ich versuche es einmal... Aber natürlich verstehe ich...«

»Wie viele Zimmer?«

Sie schien die Frage nicht beantworten zu können. Überhaupt wirkte es, als versetzten alle Fragen sie in Schrecken. Er begann sich zu fragen, ob sie vielleicht nicht ganz richtig im Kopf war, denn sie zitterte, während sie sprach, und vermied ängstlich seinen Blick. Sie hielt die Augen gesenkt und den Kopf ein wenig zur Seite geneigt, wie er es schon an Geisteskranken bemerkt hatte.

»Ich zeige Ihnen den Weg«, schlug er vor. Nun sah sie ihn rasch an. Ihre Augen waren sehr schön, hatten jedoch einen leicht irren Ausdruck.

»Oh...«, sagte sie. »Danke.«

Sie gingen den Weg hinunter, und Gerry versuchte unauffällig, ihr Fragen zu stellen.

»Gegenwärtig haben wir ein Doppelzimmer im Erdgeschoss und zwei kleine Einzelzimmer im ersten Stock frei.«

»Zwei Einzelzimmer? Oh, danke.«

»Sie wünschen also zwei Einzelzimmer? Wir können Sie sofort herrichten.«

»Ja? Oh, danke.«

»Der Pauschalpreis für eine Woche beträgt sechs Guineen.«

»O danke.«

Eine Pause trat ein. Wie er sie so anblickte, entdeckte er, dass sie noch sehr jung war, jedoch so mager und verhärmt, dass ihre Jugend nicht gleich zu erkennen war. Sie hatte den Gang, die Stimme und die zittrigen Bewegungen einer alternden Jungfer.

»Sie haben Ihre Freundin in Porthmerryn zurückgelassen«, vermutete er.

Das schien sie ganz aus der Fassung zu bringen. Erschrocken starrte sie ihn an und antwortete:

»Ich ... ich habe keine Freundin.«

»Aber Sie sagten, Sie benötigten zwei Zimmer.«

»Ja ... auch eines für mich ... ich meine, es ist für meinen Vater ... er will ein Zimmer ... und eines für mich.«

»Oh? Ihr Vater. Sie benötigen zwei Zimmer. Eines für Sie selbst, eines für Ihren Vater.«

»O ja. Danke.«

»Und Ihr Vater ist noch in Porthmerryn?«

»O nein. Er ... er ist hier.«

»Hier?«

»Im ... oben auf ... oben auf ... Im Auto.«

»In Ihrem Auto?«

»O ja. Ich meine, in *seinem* Auto.«

»Dann werden Sie eine Garage benötigen.«

»O ja. Danke.«

Währenddessen waren sie beim Hotel angelangt, und er führte sie ins Büro. Mit seiner Mutter sprach sie viel vernünftiger und gesammelter als mit ihm. Sie heiße Wraxton, erklärte sie; ihr Vater sei ein Kanonikus. Sie hätten im Hotel Bellevue logiert, seien aber heute Morgen dort ausgezogen, weil es ihnen nicht gefallen habe. Sie benötigten zwei Zimmer für eine Woche. Ihr Vater warte oben auf dem Hügel im Auto, während sie sich hier nach Zimmern umsehen sollte.

»Ich werde ihm ausrichten gehen, dass wir die gewünschten Zimmer freihaben«, bot Gerry an. Er fand, das arme Ding sah nicht so aus, als könnte es den Hügel noch einmal erklimmen.

Aber der Vorschlag schien sie zu verwirren, und sie beharrte darauf, selbst zu gehen, und zwar allein, sodass er aufgab.

»Seltsam«, meinte Mrs Siddal, als sie gegangen war, »dass es ihnen im Bellevue nicht gefallen hat; es ist sehr nett dort. Ich frage mich, ob etwas mit ihnen nicht stimmt.«

»Ruf lieber im Bellevue an und erkundige dich, bevor sie kommen«, riet ihr Gerry.

»Ja, das werde ich tun. Ich frage Mrs Parkings selbst im Vertrauen. Einen unerwarteten Glücksfall mag man nicht ausschlagen.«

Kaum hatte sie dann am Telefon den Namen Wraxton genannt, stürzte eine Flut von empörten Ausrufen an ihr Ohr. Mrs Parkings hatte tatsächlich viel zu sagen über die Wraxtons.

»Nun?«, fragte Gerry nach Beendigung des Gesprächs.

»Was das Geld betrifft, sind sie in Ordnung. Sie haben für eine Woche im Voraus gezahlt, obwohl sie nur zwei Nächte geblieben sind. Aber Mrs Parkings sagt, sein Charakter sei schrecklich; er hat sich mit jedem gestritten und Einspruch erhoben gegen Kartenspielen und Tanzen im Salon. Und sich den Angestellten gegenüber höchst rücksichtslos benommen.«

»O Mutter ... Lassen wir es bleiben!«

»Wenn er ein Kanonikus ist, muss er ein geachteter Mann sein. Wir können uns leere Zimmer nicht leisten.«

»Aber wenn er *so ist* ...«

»Bei uns werden keine Karten gespielt, noch wird getanzt ... auch haben wir nicht so viele Angestellte, die seinen Zorn hervorrufen könnten. Und übrigens bleiben sie nur eine Woche. Das bedeutet immerhin zwölf Guineen.«

Draußen knirschten Räder auf dem Kies. Mrs Siddal und Gerry blickten zum Fenster hinaus und sahen einen großen Wagen, der vorsichtig zwischen den Rhododendronbüschen um die letzte Biegung fuhr. Vor dem Haupteingang hielt er an.

Miss Wraxton saß am Steuer und ihr Vater hinter ihr. Er entsprach so genau dem Bild, das sich Mutter und Sohn von ihm gemacht hatten, dass sie beide verblüfft waren. Sie hatten sich einen Mann mit mächtiger Nase, buschigen Augenbrauen, kleinen roten Augen, rotem Gesicht und kämpferisch vorgeschobener Unterlippe vorgestellt; und hier saß er. Sein Priestergewand ließ ihn noch mächtiger erscheinen, denn es drohte jedem, der Widerworte wagte, mit ewiger Strafe.

»O Gott«, flüsterte Mrs Siddal. »Das *kann* ich nicht …«

Sie ging zur Tür, begleitet von Gerry. Sie war entschlossen, auf die zwölf Guineen zu verzichten. Aber der Kanonikus, der inzwischen ausgestiegen war, benahm sich so friedlich und leutselig, und sie war so dankbar dafür, dass sie ihm sofort die beiden Zimmer anbot. Nichts schien ihn zu ärgern; er war froh zu hören, dass auch einige Kinder im Hotel wohnten; er erhob keinen Einspruch gegen kleine Zimmer, und er wollte eine Woche im Voraus bezahlen. Der Handel wurde im hellsten Sonnenschein abgeschlossen; die einzige Wolke zog auf, als die linkische Tochter Gerry seine Frage nach dem Gepäck nicht beantworten konnte. Sie verzog den Mund, stotterte und blinzelte, bis es ihr Vater bemerkte. Er warf ihr einen Blick voll Widerwillen zu und sagte:

»Da meine Tochter sich wie eine Halbirre beträgt, muss ich Ihnen selbst antworten, Mr Siddal. Der kleine blaue Koffer ist ihrer. Der Rest des Gepäcks gehört mir.«

Er unterband jeden weiteren Versuch seiner Tochter zu sprechen, indem er sie anfuhr:

»Das genügt, Evangeline. Wenn du nicht vernünftig reden kannst, sei still.«

Sonst jedoch geschah nichts, das ihn ärgerte, bis sie in der Halle auf die Paleys stießen, die eben aufbruchbereit zu ihrem täglichen Ausflug zur Tür kamen. Mrs Siddal stellte sie einander vor, und der Kanonikus streckte in seiner strahlenden Laune Mr Paley die Hand hin. Aber dieser verbeugte sich nur und schritt zur Tür hinaus. Mrs Siddal hatte sich schon so sehr an die kühle, niemals lächelnde Art der beiden gewöhnt, dass sie den Eindruck, den sie auf den Kanonikus machten, nicht vorausahnte. Sprachlos starrte er dem Paar nach.

»Welch unerträgliche Frechheit!«, rief er endlich. »*Wer* ist Mr Paley?«

»Er ist Architekt. Sie haben gewiss von ihm gehört. Er hat die Wessex-Universität erbaut.«

»Ach? Der? Ja. Von dem habe ich gehört. Benimmt er sich immer so beleidigend?«

»Er ... es sind sehr zurückhaltende Leute«, stammelte Mrs Siddal. »Ich glaube nicht, dass sie mit Absicht unhöflich waren.«

»Nein? Aber ich glaube es. So bin ich noch nie in meinem Leben behandelt worden.«

Während Mrs Siddal ihn hinaufführte und ihm die Zimmer zeigte, fuhr er fort, seinem Ärger über die Unhöflichkeit der Paleys Luft zu machen. Als er sie noch dazu vom Fenster aus unten über den Strand gehen sah, trommelte er zornig auf die Scheibe und brummte:

»Ich denke, mit diesem Mr Paley werde ich ein Wörtchen zu reden haben, wenn er sein Benehmen nicht ändert.«

Als Mrs Siddal die Treppe hinunterkam, war Gerry vorwurfsvoll.

»Was hast du getan!«, rief er. »Warum hast du das getan?«

»Oh, ich weiß es selber nicht. Ich hatte Angst vor ihm. Und er war so nett, als er nach den Zimmern fragte. Ich wollte ihn nicht verärgern.«

»Er war nicht so außerordentlich nett«, widersprach Gerry. »Ganz normal höflich. Was hast du denn erwartet? Dass er alle Möbel zertrümmert?«

»Ich bin sicher, dass ich ihn schon mal irgendwo gesehen habe. Wenn ich mich nur erinnern könnte! Auch sein Name kommt mir bekannt vor ...«

Gerry schleppte das Gepäck des Kanonikus hinauf, dann trug er den kleinen blauen Koffer in Miss Wraxtons Zimmer. Sie saß auf dem Bett und starrte vor sich hin. Sie rührte sich nicht und dankte ihm auch nicht, als er den Koffer hinstellte. Aber als er hinausging, lächelte sie. Das Lächeln schien jedoch nicht ihm zu gelten, sondern etwas Unsichtbarem hinter ihm. Ein sehr seltsames Lächeln, das ihm einen Schauer über den Rücken jagte.

Dieses Mädchen, dachte er, ist auf dem besten Weg, den Verstand zu verlieren.

8

Die Reise

Der Zug von Paddington war überfüllt, und viele Leute mussten die ganze Fahrt nach Penzance stehend verbringen. Aber die vier Gifford-Kinder hatten Sitzplätze. Weder hatten sie vor der Schranke Schlange gestanden noch auf dem Bahnsteig das Wettrennen um Sitzplätze mitgemacht. Zwei saftig bestochene Dienstmänner hatten, unter Aufsicht einer Sekretärin und eines Butlers der Giffords, die Sitze für sie in einem Dritteklasse-Abteil belegt. Dort war die Konkurrenz zu anderen saftig bestochenen Dienstmännern nicht so groß wie in der ersten oder zweiten Klasse. Eine Witwe mit drei kleinen Mädchen, die ihr früheres Anrecht auf diese Plätze geltend zu machen versuchte, wurde in den Gang hinausgeschoben. Die Giffords wurden hingesetzt, mit Coupons für das Mittagessen im Speisewagen, mit Süßigkeiten und Zeitschriften versehen und angewiesen, sich an den Schaffner zu wenden, wenn sie etwas brauchten.

Die Sympathie ihrer Mitreisenden galt der Witwe und ihren Kindern, und der Anblick der Giffords änderte daran nichts. Sie waren ungewöhnlich wohlgenährt und so tadellos gekleidet, wie es keiner Familie mit den gesetzlich zugeteilten Kleidercoupons gelungen wäre. Sie gehörten ganz offensichtlich zu der Klasse, die vom Schwarzmarkt lebte, geschmuggelte Nylonstrümpfe trug und in einer Zeit des Mangels keine Skrupel hatte, sich mehr zu sichern, als ihr zukam.

Aber die Menschen sind nachsichtig, besonders Kindern

gegenüber, und die Giffords hätten unter den Sünden ihrer Eltern nicht zu leiden gehabt, wenn sie sich nicht benommen hätten, als gehörte der Zug ihnen. Sie machten einen wilden Lärm, und Hebe beharrte darauf, ihre Katze aus dem Korb herauszunehmen. Die sorglose Hochnäsigkeit veranlasste ihre Mitreisenden, sich zu rächen. Denn kaum hatten die Kinder das Abteil verlassen, um sich in den Speisewagen zu begeben, wurden ihre Sitze von der Witwe und ihren Töchtern eingenommen, und niemand hinderte sie daran.

Diese vier Menschen hatten nichts von Schwarzmarkt oder von Kleidercoupons, die bedürftigen Wäscherinnen abgekauft worden waren. Vielmehr sahen sie aus wie die Illustration zu einem »Rettet Europa«-Plakat. Alles an ihnen war ärmlich. Die drei Mädchen waren hoch aufgeschossen und bleich, wie Pflanzen, die im Dunkeln gewachsen sind. Ihre vorstehenden Zähne wurden von keiner Spange begradigt; ihre blassblauen Augen blickten kurzsichtig, aber sie trugen keine Brille. Die Haare waren ihnen offensichtlich zu Hause geschnitten worden, und die schäbigen Baumwollkleider reichten ihnen kaum bis zu den knöchrigen Knien.

Die Witwe selbst war eine dürre, strenge und selbstsichere Frau. Sie schubste ihre Kinder in das Abteil hinein, als das letzte der Giffords noch kaum verschwunden war, und drückte sie auf die Sitze. Dann riss sie das Gepäck der Giffords aus dem Netz und hob ihr eigenes hinauf. Sie tat dies hastig und schweigend, als wollte sie jedem Protestversuch eines Mitreisenden zuvorkommen.

Als sie selbst saß, zog sie aus einem Marktnetz ein Paket trocken aussehender Sandwiches hervor und reichte jedem Kind eines; dazu ließ sie einen Emaillebecher mit Wasser herumgehen. Als das spartanische Mahl beendet war, versorgte sie ihre Töchter mit grauem Strickzeug. Noch war zwischen ihnen kein einziges Wort gesprochen worden.

Eine düstere Stimmung breitete sich im Abteil aus, und das Pendel der Sympathie schwankte leicht auf die Seite der adretten, lauten Giffords hinüber. Diese Frau war allen vertraut. Sie waren ihr schon einmal irgendwo begegnet: Beim Schlangestehen an der Bushaltestelle hatte sie sich vorgedrängt. Oder ihnen im Fischladen die letzten Fische weggeschnappt. Ihre Kinder, die stumpfsinnig strickten, benutzte sie wie Waffen.

Aber als sich die Giffords mit von der Mahlzeit geröteten Wangen lärmend ihren Weg durch den Gang bahnten, wobei sie gegen die Reisenden stießen und ihnen auf die Füße traten, schwang das Sympathiependel mit einem Ruck zurück an seine alte Stelle. Solche Rabauken wussten sich offensichtlich gut zu helfen.

Die Giffords hielten verblüfft inne, als sie ihr Gepäck im Gang entdeckten und durch das Abteilfenster die Eindringlinge erblickten.

»Es sind die vom Waisenhaus«, sagte Hebe. »Sie haben uns die Plätze geklaut.«

Denn sie hatte die drei mageren Mädchen schon vorher bemerkt und hielt sie für Waisen, die in Begleitung einer »Aufsichtsmutter« (so nannte sie die Witwe) reisten. Sie hatte sich gefragt, ob sie wohl auch so schrecklich aussähe, wenn Lady Gifford sie nicht als Schwester für Caroline adoptiert hätte.

»Wie gemein!«, rief Luke aus. Caroline schlug vor, den Schaffner zu rufen. Aber Hebe hatte bereits die Tür geöffnet und segelte kampfeslustig ins Abteil.

»Entschuldigen Sie«, sagte sie zur vermeintlichen Aufsichtsmutter, »das sind unsere Plätze.«

Die Frau sah auf und ließ ihren Blick prüfend von Hebes braunen Locken bis zu ihren festen Beinen gleiten, dann strickte sie weiter.

»*Wir* haben hier gesessen«, versuchte es Hebe noch einmal. »Wir sind nur zum Mittagessen gegangen, aber wir haben unser Gepäck hiergelassen. Sie hatten kein Recht, es in den Gang zu stellen.«

Sie sah sich im Abteil nach Unterstützung um, mit dem Vertrauen eines Kindes, das an Vorrechte gewöhnt ist. Sie blickte jedoch nur in gleichgültige, belustigte, aber nicht in mitfühlende Gesichter.

»Sie hätten sie daran hindern müssen«, sagte sie ärgerlich zu den Mitreisenden. Daraufhin bemerkte die Frau in der Ecke:

»Sie haben für ihre Plätze bezahlt wie ihr auch.«

»Wir waren aber zuerst hier«, entgegnete Hebe.

Plötzlich trat sie auf die kleinste der vermeintlichen Waisen zu, riss sie hoch und wollte deren Platz einnehmen, als die vermeintliche Aufsichtsmutter eingriff. Schnell und ruhig packte sie Hebe am Arm und stieß sie in den Gang hinaus. Ihre Hand schien aus Eisen zu sein; sie fühlte sich an, als sei überhaupt kein Fleisch daran. Und bevor sie Hebe losließ, kniff sie sie kräftig. Dann schlug sie die Tür hinter ihr zu, setzte sich und setzte ihre Strickarbeit fort.

»Ich hole den Schaffner«, meinte Caroline.

»Nein«, widersprach Hebe und rieb sich den schmerzenden Arm. »Die sind auch ohne Schaffner reingekommen. Wir müssen die Festung aus eigener Kraft zurückerobern und die Regeln der Kriegsführung beachten.«

»Aber Mathers hat ihm zehn Schilling Trinkgeld gegeben.«

»Ich weiß. Aber Spartaner würden nie den Schaffner zu Hilfe rufen.«

»Ich habe die Wasserpistole bei mir«, sagte Michael und versuchte seinen Koffer zu öffnen. »Ich kann sie auf der Toilette füllen.«

»Nein. Die Eingeborenen sind uns nicht freundlich gesinnt. Wir dürfen keine Artillerie verwenden. Wir müssen ihnen einen Hinterhalt legen. Wir warten. Früher oder später wird jede der Waisen ihren Platz mal verlassen müssen. Dann dringen wir ein und erobern unsre Plätze zurück.«

»Da wird sie uns dran hindern.«

»Nicht, wenn wir uns vorbereiten. Sie hat mich überrumpelt. Wenn sie uns kneift, kneifen wir zurück.«

So warteten sie, und tatsächlich dauerte es nicht lange und eins der Waisenkinder stand auf und ging den Gang hinunter. Wie der Blitz schoss Hebe ins Abteil und setzte sich auf den leeren Platz. Niemand erhob Einspruch, bis das Mädchen zurückkam und schüchtern in der Tür stehen blieb. Da beugte sich die Aufsichtsmutter vor und sagte zu Hebe:

»Würdest du bitte den Platz meiner Tochter freigeben?«

Tochter?, dachte Hebe. Dann sind sie also keine Waisen. »Nein«, entgegnete sie. »Ich stehe nicht auf. Dies ist mein Platz, ich habe zuerst hier gesessen. Wenn Sie noch einmal versuchen, mich hinauszuwerfen, zeige ich Sie wegen tätlicher Beleidigung an. Mein Vater ist Richter, und ich kenne mich aus mit Gesetzen. Sie haben mich so doll gekniffen, dass ich einen blauen Fleck habe, den könnte ich dem Gericht zeigen.«

Sie schob den Ärmel hinauf und deutete auf die Stelle.

Nach einer kurzen Pause lehnte sich ihre Widersacherin zurück und sagte zu ihrer Tochter:

»Ich glaube, Blanche, du wirst eine Weile stehen müssen, da dieses Kind nicht weiß, was Anstand heißt. Setz dich draußen auf einen Koffer. Du musst deinen armen Rücken schonen.«

»Ja, Mutter«, sagte Blanche.

Der arme Rücken kam unerwartet und machte mit einem Schlag den Eindruck zunichte, den Hebes blauer Fleck bei den Mitreisenden erweckt hatte.

»Krank gewesen, wie?«, fragte die Frau in der Ecke.

»Ja«, bestätigte die Feindin. »Sie hat eben erst das Krankenbett verlassen.«

Ein mitfühlendes Murmeln lief durch das Abteil. Hebe errötete, fragte jedoch trotzig, ob alle ihre Kinder kranke Rücken hätten. Die Meinung ihr gegenüber verhärtete sich.

»Schade für einige Kinder«, sagte die Frau in der Ecke. »Glauben, die Welt gehört ihnen, weil ihr Vater Richter ist. Arbeiterkinder würden sich schämen, sich so aufzuführen.«

Blanche hatte sich draußen auf einen Koffer gesetzt und wurde von Caroline, Luke und Michael angestarrt. Auch sie waren beeindruckt vom kranken Rücken. Caroline bot ihr eine ihrer Süßigkeiten an; Blanche lehnte mit deutlichem Bedauern ab.

»Nimm nur«, mischte Luke sich ein, »wir haben noch viele. Es sind kandierte Kastanien. Nicht rationiert.«

Noch immer schüttelte sie den Kopf.

»Magst du keine kandierten Kastanien?«, fragte Caroline.

»Ich habe noch nie welche gegessen«, flüsterte Blanche.

»Na ... dann versuch doch mal eine.«

»N-n-nein, danke.«

»Fährst du in die Ferien?«, wollte nun Michael wissen.

»Ja«, murmelte Blanche.

»Wohin?«

»Ins Hotel Pendizack.« Blanche lispelte ein wenig.

»Oh!«, riefen die drei Giffords.

Luke und Michael gaben Hebe durch die Scheibe heftige Zeichen. Die warf ihnen jedoch einen warnenden Blick zu. Die eine von Blanches Schwestern verließ nämlich soeben das Abteil, und Hebe benötigte einen Verbündeten, der sich auf den zweiten Sitz setzen sollte. Aber ihre Geschwister hatten keine Lust; im Gang war es lustiger. Sie schüttelten nur lächelnd den Kopf. Aus Hebes Augen schossen wütende Blitze. Aber obwohl die anderen sie zu sich winkten, rührte sie sich nicht von ihrem Platz.

»Da fahren wir auch hin«, berichtete Caroline.

»Wo ist euer Vater?«, fragte Michael.

»Tot«, antwortete Blanche traurig.

»Oh. Das tut mir leid.«

Die Erwähnung des toten Vaters erregte ihr volles Mitleid. Caroline drängte sie von Neuem, eine kandierte Kastanie zu nehmen; aber Blanche erklärte, sie hätte nichts, um es im Gegenzug anzubieten.

»Oh, das ist egal«, beruhigte sie Caroline. »Wir haben ganz viele. Wir kriegen immer Pakete aus Amerika.«

Endlich nahm Blanche schüchtern eine.

»Bekommt ihr auch Pakete aus Amerika?«, erkundigte sich Michael.

»Ja.«

»Was ist darin?«

»Ich weiß nicht. Mutter behält sie.«

»Wir machen Feste mit unsern«, sagte Luke.

Blanches Augen weiteten sich. Sie starrte ihn erregt an.

In diesem Augenblick kehrte ihre Schwester zurück, und auch ihr wurde eine Kastanie angeboten, die sie wie Blanche nur zögernd und mit derselben Erklärung annahm. Sie schienen beide zu glauben, man teile nur Geschenke aus, um andere dafür zu erhalten. Sie hieß Beatrix, und sagte, die dritte Schwester heiße Maud. Mit Nachnamen Cove.

»Warum gehst du nicht ins Abteil zurück und ruhst deinen Rücken aus?«, schlug Caroline Blanche vor. »Jetzt könnte Beatrix sich ein bisschen hersetzen.«

»Mir gefällt es hier besser«, antwortete Blanche eifrig.

Ihrer Schwester murmelte sie zu:

»Sie geben Feste!«

»O-o-oh!«, stieß Beatrix ganz atemlos hervor.

Die beiden Schwestern schienen beide in einem Traum zu versinken, während sie andächtig die Süßigkeit lutschten und diese wunderbaren Giffords anstarrten.

Das Wort *Fest* barg eine zauberhafte Bedeutung für die Geschwister Cove. Sie hatten noch nie an einem Fest teilgenommen, aber oft davon gelesen. Sie besaßen ein Buch, *Der Tollkopf von Sankt Monika*, wo um Mitternacht im Schlafsaal Feste gefeiert wurden. Das Wort »Fest« weckte in ihnen die schönsten Vorstellungen. Ihr bevorzugtes Spiel war, Feste zu planen, die sie geben würden, wenn sie reich wären. Das Problem, für diese Gelegenheit Gäste zu finden (denn sie kannten nur wenige Leute), hatte Beatrix gelöst mit dem Vorschlag, ein Plakat an ihre Haustür zu hängen, worauf stehen sollte: *Hier wird ein großes Fest stattfinden. Alle sind eingeladen.* Und dann kämen wirklich alle.

Ihre Unkenntnis der Welt war fantastisch; denn ihre Mutter konnte es sich nicht leisten, ihnen irgendeinen Wunsch zu erfüllen. Aber Träume kosten nichts. Also lebten sie in Wunschträumen und fütterten ihre hungrige Fantasie mit allem Nahrhaften, das sie finden konnten. Und diese Giffords, diese Tollköpfe, die geradewegs aus einem Märchen gestiegen sein mussten, waren das reinste Festmahl.

»Besitzt ihr ein Pony?«, fragte Blanche endlich.

Ja. Jedes Gifford-Kind hatte ein eigenes Pony. Aber die Tiere waren ihren Cousins und Cousinen geliehen worden, als man das Landhaus hatte aufgeben müssen. Michael und Luke ergingen sich in farbenprächtigen Schilderungen dieses Hauses, und obwohl Caroline wusste, dass sie stark übertrieben, brachte sie es nicht über das Herz, sie zu unterbrechen, denn die Coves schienen die größte Freude daran zu haben. Auch Maud war inzwischen dazugekommen, hatte eine kandierte Kastanie erhalten und hörte zu. Die Giffords erzählten, und die Coves hörten zu, ohne Groll und Neid. Im Gegenteil, sie fühlten sich bereichert durch dieses Abenteuer. Sie hätten den Giffords die Füße geküsst dafür, dass sie so viel besaßen und erlebten.

»Und wir gehören einem Geheimbund an«, sagte Luke. »Hebe hat ihn gegründet. Er heißt Der Edle Bund der Spartaner. Ich bin sicher, sie lässt euch beitreten, wenn wir in Pendizack sind.«

Arme Hebe! Allein saß sie im Abteil, zu stolz, den schwer errungenen Sitzplatz zu verlassen, eine Zielscheibe für kritische Bemerkungen der Erwachsenen. Beim Anblick der allgemeinen Verbrüderung draußen im Gang hatte sie das Gefühl, von allen schmählich im Stich gelassen zu sein. Zum ersten Mal schmeckte sie die Bitternis, die keiner Führungsperson erspart bleibt. Sie hatte sich ins Abteil gestürzt, sie war tapfer gewesen, sie war gekniffen worden, sie hatte ihr Ziel zu erreichen gewusst – und ihre Verbündeten belohnten sie mit Abtrünnigkeit.

Aus dem Durcheinander in ihrer Handtasche kramte sie ein Notizbüchlein und einen Bleistift hervor. In diesem Büchlein standen die Statuten des Edlen Bundes der Spartaner. Sie hatte soeben den Beschluss gefasst, eine neue Regel hinzuzufügen, auch wenn sie erst in Kraft treten würde, wenn die anderen zustimmten. Nachdem sie den Bleistift eine Weile im Mund befeuchtet hatte, schrieb sie:

Regel 13) Wenn ein Spartaner zum Nutzen aller eine tapfere Tat vollbracht hat, müssen alle Mitglieder ihn unterstützen, auch wenn er in der Woche nicht der Anführer ist.

9

Jemand sein ist alles

Mrs Thomas machte den Abwasch vom Abendessen. Nancibel kam die Treppe herunter; sie trug ein weißes Kleid mit rotem Gürtel und ein rotes Band in den Haaren. Auf eine rote Handtasche sparte sie noch.

»Gehst du aus?«, fragte ihre Mutter.

»Ja. Ich gehe mit Alice spazieren. Aber ich helfe dir noch zuerst. Ich bin nicht eilig.«

»Mach dein Kleid nicht schmutzig. Es sieht so hübsch aus. Du solltest deine Nylonstrümpfe dazu tragen.«

»O Mum! Im Sommer trägt kein Mensch Nylonstrümpfe. Ich hebe sie mir auf für Tanzabende. Gib mir ein Geschirrtuch.«

»Deine Beine sind voll blauer Flecken!«

»Die würde man auch durch die Nylonstrümpfe sehen. Die Kohleeimer knallen mir immer gegen die Schienbeine.«

»Übrigens, heute kam diese Miss Sauersüß, Miss Ellis, wegen des Honigs bei uns vorbei. Sie stand hier und schwatzte, als wollte sie Wurzeln schlagen. Ich begreife wirklich nicht, wie du sie ertragen kannst. Ich finde sie unerträglich.«

Nancibel lachte.

»Sie war den ganzen Tag außer sich, weil Mrs Siddal ihr aufgetragen hat, die Nachttöpfe zu leeren.«

»Sie scheint mir eine sehr neugierige Person zu sein.«

»Ist sie auch«, stimmte Nancibel zu. »Sie weiß alles über die Gäste in Pendizack, glaub mir. Sie sagt zum Beispiel, die

Tochter des Geistlichen – weißt du, die sind heute Morgen gekommen, ich habe dir vorhin von ihnen erzählt – sitzt den ganzen Tag in ihrem Zimmer und schabt mit einer Feile an einer Scherbe herum. Den Glasstaub sammelt sie in einer Pillendose. Ellis behauptet, dass sie beabsichtigt, jemanden zu ermorden. Weißt du … den Glasstaub ins Essen streuen.«

»Du meine Güte! Sie wollte auch von dir jede Kleinigkeit erfahren. Ob ich mir deinetwegen keine Sorgen mache. Und wie unendlich froh sie ist, keine Töchter zu haben, denn heutzutage machen die Mädchen einfach, was sie wollen. Und wir Frauen wüssten ja, was die Männer im Sinn haben. Sie wollen doch immer nur das Eine von uns armen Frauen, sagte sie. Was weiß sie denn schon davon? Ich wette, vor ihrer Tür hat noch niemand Schlange gestanden.«

»Oh, sie weiß mehr, als du denkst«, sagte Nancibel und hängte das Geschirrtuch auf. »Manchmal, wenn sie mir beim Arbeiten zusieht, erzählt sie mir ihre Lebensgeschichte. Sie lautet jedes Mal wieder anders, bis auf eine Sache: dass alle sie schlecht behandelt haben. Das kommt immer.«

»Du willst damit doch nicht sagen, dass sie …«

»O doch. Behauptet sie jedenfalls. Beim ersten Mal, als sie mir von sich erzählte, tat sie mir fast leid, denn der Kerl ist ihr wohl davongelaufen. Aber ein anderes Mal erzählte sie, er sei der Freund ihrer Schwester gewesen und sie habe ihn ihr abspenstig gemacht. Und wirklich, Mum, ich will nicht gemein sein, aber ich mag mir gar nicht vorstellen, wie ihre Schwester aussieht, die angeblich weniger anziehend ist als sie … Du kennst ja Miss Ellis!«

»Ja. Mich erinnert sie an eine Kröte. Aber das will nichts heißen«, sagte Mrs Thomas. »Jede Frau kann jeden Mann haben, wenigstens für einmal, wenn sie nur bereit ist, sich zu erniedrigen.«

»Das stimmt«, seufzte Nancibel.

Der Seufzer veranlasste ihre Mutter, scharf hinzuzufügen: »Für einmal, sagte ich, nicht für immer. Und es geht nie gut aus.«

»Ich weiß. Dieser Kerl machte sich also aus dem Staub. Aber die Schwester war natürlich sehr verletzt, und die ganze Familie stand auf ihrer Seite. Deshalb hat sich Miss Ellis mit der ganzen Verwandtschaft zerstritten und muss sich ihr Leben selbst verdienen, obwohl die Familie reich ist. Sagt sie.«

Nancibel trat vor den Spiegel, um einen letzten Blick hineinzuwerfen, bevor sie ging.

»Ich komme nicht spät nach Hause«, sagte sie. »Wir gehen nur zur Parade und hören ein wenig Musik.«

Mrs Thomas kam mit ihr zur Tür und sah ihr nach.

Wenn sie nur jemanden kennenlernen würde, dachte sie. Irgendeinen netten Jungen, der sie achtet und für sie sorgt. Nicht allzu jung. Jemand Vernünftigen. So lieb und hübsch ist sie, meine Nancibel. Und klug dazu. Niemand ist gut genug für sie. Sie kann von Glück reden, dass sie diesen weichlichen Brian los ist, auch wenn sie das nicht einsehen will. Aber hier in der Gegend ist niemand gut genug für sie.

Denn Mrs Thomas kam aus der Gegend um London und empfand Geringschätzung für die bäurische Bevölkerung von Porthmerryn.

Das erste Häuschen oben auf dem Hügel trug an der Haustür die Inschrift:

Leddra. Kaminfeger.

Hier trat Nancibel ein, um ihre alte Schulfreundin Alice Leddra abzuholen. Zusammen gingen sie dann den Hügel hinunter, durch die engen Gassen zur Marine Parade, wo eine Musikkapelle spielte und fast ganz Porthmerryn auf und ab spazierte. Alice war ganz erfüllt von einem jungen Mann, den sie am Mittwochabend beim Tanz in der Drill Hall kennengelernt hatte. Er hatte gesagt, er wohne im Hotel Marine Parade. Sie hoffte, ihn wiederzusehen.

Nancibel war skeptisch.

»Im Hotel Marine Parade? Was hat er dann in der Drill Hall zu suchen gehabt? Im Marine Parade ist jeden Abend Tanz, und die Kapelle ist viel besser.«

»Oh, die Tanzabende dort mag er nicht. Ihm wird schlecht von den Leuten dort. Lauter Geschäftsherren und ihre bong sammie.«

»Ihre Bong ... was?«

»Bong sammie. Du weißt schon ... französisch für Dirne! Er sieht fabelhaft aus, Nancy! Und tanzen kann er! Aber verstehst du, er fühlt sich nirgends zu Hause, wegen seiner Kindheit.«

»Was war denn mit seiner Kindheit?«

»Na ja, es klingt wie aus einem Roman. Er wurde in einem Elendsviertel geboren. In Limehouse. Ein schrecklicher Ort. Er brannte seiner Familie durch, bildete sich selbst, schloss viele Freundschaften mit Künstlern, und nun ist er Schriftsteller.«

»Du meine Güte! Wann hat er dir das alles erzählt? In der Drill Hall?«

»Ja. Er sagte, er hätte das Gefühl, mit mir könne er über alles sprechen. Ich sei irgendwie anders als die meisten Mädchen.«

»Alice, ich weiß, dass du noch nie von zu Hause fort warst, weil du in der Netzfabrik arbeitest. Aber sogar in Porthmerryn gab es GIS. Warum bist du noch so grün hinter den Ohren?«

»Er ist nicht von der Art, wie du denkst«, erwiderte Alice heftig. »Keiner von denen, wie du sie vielleicht beim Heer kennengelernt hast.«

»Mir ist noch nie einer von der Art begegnet, der nicht nur

von sich gesprochen hat, und sie haben alle gesagt, dass ich anders sei als die meisten Mädchen. Aber zugegeben, ich habe noch nie einen getroffen, der mit Schreiben so viel Geld verdient hat, dass er im Marine Parade wohnen konnte. Hoffentlich schickt er seiner armen Familie in Limehouse ein bisschen davon.«

Sie waren jetzt beim Wasser angelangt, lehnten sich an die Hafenmauer und hörten den Klängen aus dem »Troubadour« zu. Die Dämmerung senkte sich langsam auf den Platz, und die Hafenlichter spiegelten sich im Wasser. Ruhig lag das Meer da; nur hin und wieder rollte eine Welle lässig gegen das steinige Ufer. Der Leuchtturm von Pencarrick sandte seinen langen Strahl durch die Luft, der zwischen dem Horizont und der geheimnisvollen, düsteren Masse der Häuser auf dem Hügel hin- und herwanderte.

»Da ist er!«, rief Alice plötzlich. Sie zeigte auf einen erstaunlich gut aussehenden jungen Mann, der allein am Ufer entlangging.

Nancibels Herzschlag stolperte. Dann setzte er fast ganz aus vor Erstaunen. Denn sie hatte geglaubt, solche Augenblicke seien für immer vorbei. Sie hatte geglaubt, ihr Herz sei kaputt. Sie hatte nicht einmal den Wunsch gehabt, es heilen zu lassen; sie hatte beschlossen, ohne es weiterzuleben.

»Ist er nicht wundervoll?«, seufzte Alice.

»Aus einem Elendsviertel soll er sein?«, sagte Nancibel. »Was für ein Unsinn! Der hat so einen Ort nie gesehen. Nur Orangensaft und Vorzugsmilch bringen ein solches Erzeugnis hervor.«

Und als er dann aufblickte, Alice erkannte und ihr ein strahlendes Lächeln zuwarf, fügte sie hinzu:

»Schau dir diese Zähne an! Ich weiß, wie Kinder aus den Elendsvierteln aussehen.«

»Du weißt wohl alles, nicht wahr, Nancibel Thomas?«

»Einige sind vielleicht zäh. Aber sie sind klein und haben nicht Zähne wie ein Filmstar.«

Er stieg die Stufen hinauf, die zu der Parade führten. Alice klemmte eine widerspenstige Locke unter ihr Haarband.

»Wie heißt er denn?«, fragte Nancibel. »Das hast du noch gar nicht gesagt.«

»Bruce.«

Nun stand er vor ihnen, und Alice machte ihn mit Nancibel bekannt:

»Meine Freundin Miss Thomas.«

Er bedachte auch Nancibel sekundenlang mit seinem strahlenden Lächeln, bis es aus seinem Gesicht verschwand. Er hatte erkannt, dass sie ein Jemand war und nicht irgendein Mädchen. Er starrte sie an, zögerte und schlug dann vor, sie sollten gemeinsam Eis essen gehen im Hafencafé.

»Wir möchten aber Musik hören«, entgegnete Alice.

»Das können Sie unmöglich wollen«, protestierte Bruce. »Die Musik ist schrecklich. Ihr Mädchen werdet doch nicht solch scheußliches Gedudel anhören wollen!«

»Okay«, willigte Alice ein. »Gehen wir ins Hafencafé.«

Ihr war plötzlich eingefallen, dass sie auf dem Weg dorthin vielen ihrer Freundinnen begegnen würde, und sie wollte mit ihrer neuen Begleitung angeben.

So zogen sie los. Bruce unterhielt die Mädchen, indem er ihnen von den skandalösen Vorgängen im Hotel erzählte.

»Fünftausend Kleidercoupons«, versicherte er ihnen. »Alle gestohlen, natürlich. Die Sache wird in aller Öffentlichkeit betrieben. Der Oberkellner verkauft sie im Speisesaal.«

Alice tat einen entsetzten Ausruf und wollte mehr hören. Nancibel verhielt sich schweigend und lächelte den beiden nur wohlwollend zu. Kellnergeschwätz, dachte sie. Er tut so, als wüsste er das alles von den Gästen, aber ein Gast wüsste solche Dinge niemals. Er muss eine Art Bediensteter sein ...

»Sie sagen ja nicht besonders viel«, beklagte er sich ihr gegenüber.

»Vielleicht ist das gut«, antwortete Nancibel.

»Sie gehört zu den Stillen im Lande«, sagte Alice.

»So sieht sie gar nicht aus.«

Er musste Geld haben. Seine Kleider ließen darauf schließen, und die Brieftasche, die er im Café hervorzog, war voller Banknoten.

Ihr Herz schlug nun wieder regelmäßiger. Es hatte sie nur im ersten Augenblick im Stich gelassen, als sie ihn allein hatte den Strand entlangschlendern sehn. Für einen Moment hatte es ausgesehen, als wäre er ihr Gegenstück: allein, jung und unglücklich. Und noch immer hatte sie das Gefühl, dass er ihr gut gefallen könnte, wenn nicht so vieles an ihm falsch wäre.

Seine Sprache zum Beispiel: eine verfeinerte Redeweise, jedoch auf Cockney beruhend. Fast alle seine Redewendungen hatte er offensichtlich erst in jüngster Zeit bei irgendwem aufgeschnappt. Sie zierten sein Gespräch wie Christbaumschmuck eine Tanne. Und immer wieder prahlte er – mit dem Hotel, mit seinen intellektuellen Freunden, mit seiner armen Herkunft. Und alle diese Prahlereien richtete er an sie, wie Nancibel durchaus bemerkte. Alice, die etwas schwer von Begriff war, achtete jedoch nicht darauf. Ganz merkwürdig würde es beim Abschied sein, denn er wollte sie bestimmt heimbegleiten, und Alice würde denken, ihre Freundin habe ihr Bruce abspenstig gemacht.

Aber Alice hatte ihr eigenes Problem und war nicht darauf erpicht, dass er sie begleitete. Sie fürchtete, dass er das Schild an ihrer Haustür lesen könnte, denn sie hatte selbst geprahlt. Als sie das Café verließen, war es zu Nancibels Erleichterung Alice, die Bruce vorschlug, er solle Nancibel nach Hause begleiten.

»Ich habe noch eine Verabredung mit einer Freundin«, erklärte sie. »Ich verabschiede mich hier von euch.«

»Okay«, rief Bruce aus und benutzte vor lauter Eifer diesen sonst verschmähten Ausdruck. »Ich meine«, korrigierte er sich, »das tue ich sehr gern. Vielen Dank für den netten Abend.«

»Ich danke Ihnen«, sagte Alice. »Bye-bye, Nancibel.«

»Bye-bye, Alice.«

Schweigend gingen sie zusammen die Hauptstraße hinauf. Nancibel war ein wenig erstaunt über sich selbst, dass sie seine Begleitung angenommen hatte, wo sie doch so viel an ihm auszusetzen fand. Den ganzen Abend, während er schwatzte und sie dabei voll Hoffnung anblickte, sie möchte etwas sagen, während sie still gewesen war, hatte sie gefühlt, dass es auf eine Erklärung hinauslaufen würde. Dazu wäre jetzt der geeignete Zeitpunkt.

Als sie das Gewirr der engen, kleinen Gassen erreicht hatten und hügelan stiegen, brach es aus ihm hervor:

»Was für ein Mädchen sind Sie, Nancibel? Weshalb sagen Sie nie etwas?«

»Weil ich nicht mag, wie Sie reden«, antwortete sie.

»Ah! Ich dachte es mir. Weshalb denn?«

»Nun… erstens mochte ich nicht, was Sie über Ihr Zuhause erzählt haben.«

»Nein? Hätte ich meine Herkunft aus dem Elendsviertel verbergen sollen?«

»Weshalb nennen sie es immer Elendsviertel?«, rief Nancibel aufgebracht. »Es kommt mir ungerecht vor Ihrer Mutter gegenüber.«

»Wie bitte?«

»Sie muss Ihnen eine sehr gute Mutter gewesen sein. Wenigstens hat sie Ihnen genügend zu essen gegeben, Ihrem Aussehen nach zu urteilen. Weshalb sagen Sie so verächtlich, dass

Sie in einem Elendsviertel aufwuchsen? Vielleicht war Ihr Heim ärmlich, aber ich bin überzeugt, dass Ihre Mutter hart gearbeitet hat, um es so hübsch wie möglich zu gestalten.«

Bruce erwiderte nichts auf diese Worte. Er schwieg so lange, dass Nancibel zu glauben begann, er sei beleidigt. Oben auf dem Hügel angekommen, ließen sie dann die Häuser hinter sich. Ein gewundener Fußpfad führte sie über die Klippen, zwischen kleinen, von Steinmauern abgegrenzten Feldern hindurch. Die Stadt mit ihren Lichtern lag unter ihnen, und sie konnten den mächtigen Bogen des dämmrigen Meeres erblicken.

»Ich bin gar nicht in einem Elendsviertel geboren«, sagte Bruce endlich.

»Wie bitte?«

»Wir haben in einem hübschen Haus mit fünf Zimmern, einem Badezimmer und einem recht großen Garten gelebt. Mein Vater war sehr stolz auf diesen Garten. Er arbeitete beim Wasserwerk und verdiente acht Pfund die Woche.«

»Du lieber Himmel! Sie wurden gar nicht in Limehouse geboren?«

»Nein. Alles gelogen. Ich lüge, weil die Leute mehr von einem halten, der sich aus der Gosse emporgearbeitet hat. Aber ein Zuhause wie meins wird man nicht so leicht los.«

»Warum wollen Sie das denn? Es klingt doch sehr schön.«

»Nun … ich möchte ein Jemand sein. Ich … ich will kein Massenprodukt sein; ich möchte einzigartig sein.«

Nancibel nickte. Sie verstand das alles sehr gut, diesen unbedingten Wunsch, Jemand zu sein.

»Sie sind jetzt nicht so angewidert, dass Sie nicht mehr mit mir sprechen wollen?«

»Nein«, antwortete sie. »Auch ich habe ganz ähnlich gehandelt. Als ich in den Hilfsdienst beim Heer eintrat, nannte ich mich Rita, weil ich meinen Namen hasste: Er klingt so ländlich und altmodisch. Ich dachte, ich könnte jemand ganz anderes sein, wenn man mich Rita riefe.«

Ihre Art hatte sein Selbstbewusstsein wieder so gestärkt, dass er ihr kaum zuhörte.

»Dass ich schreibe, stimmt aber«, beeilte er sich zu sagen. »Ich habe einen Roman geschrieben, der gedruckt werden wird.«

»Wirklich?«

»Ja. Und wenn ich genug Geld habe, werde ich nur noch schreiben. Äh … gegenwärtig bin ich Sekretär … Chauffeur-Sekretär.«

»Wovon handelt Ihr Buch?«

»Ich erzähle Ihnen davon, wenn ich darf«, sagte Bruce glücklich. »Die Hauptperson ist zu Beginn noch ein Kind.«

Die Christbaumschmuck-Redewendungen waren abgehängt, und mit zunehmendem Eifer trat das ursprüngliche Cockney-Englisch immer deutlicher hervor.

»Geboren in einem Elendsviertel …«

»O Hilfe!«, rief Nancibel aus. »Ihr Kopf steckt voll von Elendsvierteln!«

»Mehrere bedeutende Schriftsteller haben das Buch gelesen«, entgegnete Bruce ein wenig steif. »Und sie halten viel davon.«

»O ja, bestimmt. Entschuldigen Sie. Fahren Sie fort.«

»Manche finden es zu offenherzig, aber wenn es ihnen nicht gefällt, sollen sie es eben bleiben lassen. Ich schreibe nicht, um ihre Gefühle zu schonen. Solche Dinge müssen ausgesprochen werden.«

»Beginnt das Buch mit seiner Geburt?«, fragte Nancibel.

Bruce war wieder besänftigt und antwortete:

»Ja. Er ist ein Bastard, müssen Sie wissen.«

Nancibel dachte, damit sei der Charakter gemeint und nicht die Abstammung des Kindes, und fragte:

»Weshalb? Was hat er getan?«

»Nichts. Aber er hatte keinen Vater. Seine Mutter verdiente sich ihr Brot auf der Straße. Das erste Kapitel, das seine Geburt schildert, ist ziemlich stark. Der Junge wächst in dieser schrecklichen Umgebung auf, und dann gibt es Krieg, und er wird aufs Land evakuiert.«

»Gut für ihn!«

»Nein. Er wird auf einem grässlichen Bauernhof untergebracht und schlechter behandelt denn je. Einer dieser abgelegenen Bauernhöfe, wo Dinge vor sich gehen, über die niemand zu schreiben wagt. Aber ich will, dass die Leute aufhorchen. Nun ... er wird älter, und dann trifft er diese Frau ... sie ist ziemlich viel älter als er, reich, vornehm und natürlich sehr schön. Sie nimmt ihn zu sich, aus irgendeiner Laune heraus, und er wird ihr Geliebter.«

»Wo lernt er sie kennen?«, fragte Nancibel.

»Er ist Hausdiener in einem Hotel, in dem sie sich aufhält. Sie nimmt ihn mit sich in ihr Haus in Mayfair. Sie ist natürlich eine schrecklich verdorbene Frau, und als er entdeckt, was sie ist, erwürgt er sie und wird deswegen gehängt.«

»Ist das alles?«

»Ja. Ich wollte es *Das Verderben* nennen, aber der Titel ist vergeben. Jetzt nenne ich es *Galgenfrist.*«

Er schwieg, und Nancibel fühlte, dass sie etwas sagen sollte.

»Nun«, meinte sie. »Ich denke, jetzt ist Ihnen wohler, da Sie alles aufgeschrieben haben.«

»Die Geschichte scheint Ihnen gar nicht zu gefallen?«

»N-nein. Nicht besonders. Ich muss gestehen, ich mag niederdrückende Bücher nicht.«

»Welche Art Bücher mögen Sie denn?«

»Bücher über nette Leute, wo am Ende alles gut ausgeht.«

»Aber Nancibel, so ist das Leben nicht.«

»Möglich. Aber warum sollten Bücher sein wie das Leben?«

»Sie wollen den Tatsachen ausweichen.«

»In Büchern schon. Ich muss genügend Tatsachen ins Gesicht sehen, von Montag bis Samstag, ohne etwas über sie zu lesen.«

Bruce seufzte.

»Ich finde, ein Buch sollte nicht traurig sein«, wiederholte Nancibel. »Es sei denn, es ist ein klassisches Buch wie *Sturmhöhe*.«

»Oh! Sie haben *Sturmhöhe* gelesen! Mochten Sie es?«

»Ja, obwohl ich nicht fand, dass Merle Oberon die passende Schauspielerin dafür war. Die ganze Zeit barfuß herumzulaufen … meistens hat sie gehumpelt. Man konnte sehen, dass sie nicht daran gewöhnt war.«

»Ach … Sie meinen den Film.«

»Ja. Der Film war ein Klassiker. So wie *Stolz und Vorurteil*. Das waren klassische Schriftstellerinnen.«

»Aber ein Film ist nicht das Gleiche wie ein Buch.«

»Oh, das weiß ich nicht. Die Geschichte ist ja dieselbe, oder nicht? Ich meine, ein guter klassischer Schriftsteller kann in den Lesern ein so starkes Interesse erwecken, dass es ihnen nichts ausmacht, wenn das Buch traurig ist.«

»Und ich bin kein klassischer Schriftsteller?«, fragte Bruce.

»Das können Sie erst werden, wenn Sie tot sind«, sagte Nancibel.

»Die Brontës waren aber schon zu ihren Lebzeiten berühmt.«

»Ach so, ich verstehe, was Sie meinen. Nun … es hängt einfach davon ab, ob Sie die Leute interessieren können.«

»Und meine Geschichte interessiert Sie nicht?«

»Nicht, wie Sie sie erzählen. Schauen Sie … hier bin ich zu Hause. Gute Nacht, Bruce.«

»Gute Nacht, Nancibel.«

Sie lief den Weg hinauf und öffnete die Haustür. Einen Augenblick blieb sie noch im Lichtviereck des Türrahmens stehen, und Bruce konnte den Blick auf eine Familie werfen, die um einen runden Tisch vor Teetassen saß. Die Gesichter wandten sich Nancibel grüßend zu. Dann ging die Tür zu.

Bruce kehrte um und schlenderte auf die Stadt zu. Nancibel war ein einfältiges, ja fast ungebildetes Mädchen. Nancibel war einzigartig; das entzückendste Mädchen, dem er je begegnet war. *Galgenfrist* war nichts wert. Er würde es verbrennen. Er war ein großer klassischer Schriftsteller, er könnte es mit den Brontës aufnehmen, wenn er nur etwas fand, worüber er schreiben konnte. Bald, sehr bald würde er etwas finden. Die Welt lag vor ihm. Er musste Nancibel wiedersehen.

Er war niedergeschmettert und wieder aufgehoben worden. Nun fühlte er sich demütig, doch erfüllt von einer stärkenden Heiterkeit. Er wusste, dass er bis jetzt noch nichts geleistet hatte, aber er war noch nie so überzeugt gewesen, dass er ein Jemand war. Er ging wie auf Wolken, bis die Stadt vor ihm auftauchte. Unten spielte immer noch die Musikkapelle.

Seine Fröhlichkeit fiel in sich zusammen. Es wusste wieder, wer und was er war.

SONNTAG

Aus Mr Paleys Tagebuch

17. August 1947

Gestern Nacht hatte ich wieder den Traum. Ich wachte auf, und mir war übel und kalt. Ich konnte nicht mehr einschlafen. Ich habe keine Lust, den Traum zu erzählen, aber wenn ich ihn wieder träume, schreibe ich ihn hier auf. *Ich bin nicht sicher, dass es wirklich ein Traum ist.*

Ich sitze an meinem üblichen Platz am Fenster. Christina will zur Kirche gehen, um das Abendmahl zu nehmen. Sie hat gestern unseren Schweigevertrag gebrochen und mich gebeten, sie um sieben Uhr früh zu wecken. Ich habe es ihr versprochen.

Die Kirche hier gefällt mir nicht. Der Pfarrer ist anglo-katholisch und nennt sich, glaube ich, Vater Bott. Er liegt ständig im Streit mit seinem Bischof; er behält das Sakrament ein, nimmt die Beichte ab und liest nicht, was im Gebetbuch steht, sondern ändert den Text in höchst unverantwortlicher Weise ab. Er maßt sich einen Einfluss an, der einem römisch-katholischen Priester anstünde, zu dem ihn die englische Staatskirche meiner Ansicht nach jedoch nicht berechtigt.

Trotzdem halte ich es für meine Pflicht, Christina zu begleiten. Selbstverständlich werde ich das Abendmahl nicht nehmen, ich fühle mich dessen nicht würdig. Als ich dies Mallon, dem Rektor von Stoke, sagte, entgegnete er, niemand sei dessen eigentlich würdig. Ich konnte ihm meine Lage nicht verständlich machen. Er hätte mir das Sakrament ohne die geringsten Bedenken gereicht. Er meinte, Gott habe mir vergeben. Ich erwiderte, aber ich selbst vergebe mir nicht.

Meine Frau habe mir auch vergeben, erzählte ich. Aber ich finde, sie hätte das nicht tun sollen. Hätte sie einen schärferen Sinn für Gerechtigkeit, ein feineres Empfinden für moralische Werte, hätte sie anders geurteilt. Mallon fragte mich, ob ich diesen Mangel an Urteilskraft auch dem Allmächtigen vorwerfe. Ich antwortete, ich könne mir nicht vorstellen, dass der Schöpfer in dieser Beziehung unter dem von Ihm geschaffenen Wesen stünde. Warum sollte ich mir einbilden, Er habe mir vergeben, da ich selbst mir doch nicht vergeben kann?

Ich weiß, was Christina beschäftigt. Heute ist der Geburtstag des Kindes. Glaubt sie, ich dächte nicht daran? Sie beklagt sich, oder pflegte sich zu beklagen, dass sie es nicht ertragen kann, in ihrem Kummer allein zu sein. Aber glaubt sie wirklich, sie sei allein? Gibt es eine einzige Erinnerung, die sie quält, die nicht auch mich quält? Wenn wir Seite an Seite in der Kirche knien, werden wir beide an die gleichen Dinge zurückdenken. Nur werden sie mir klarer vor Augen stehen, da mein Gedächtnis schärfer ist als ihrs.

Ich könnte sogar die Tapete des Zimmers beschreiben, in dem sie lag: mit blauen Bändern umwundene Kornblumen auf weißem Grund. Das war in Leeds. Das Zimmer war so klein, dass es kaum Platz für die Wiege gab.

Es war der glücklichste Tag unseres Lebens. Aber sogar an dem Tag erregte sie meinen Ärger, weil sie sich irgendetwas Unnützes wünschte, eine rosa Decke, glaube ich, die sie in einem Schaufenster gesehen hatte. Wir konnten uns zu jener Zeit so etwas nicht leisten. Sie sprach unbedacht, ohne die Absicht, mich zu verletzen. Aber sie hätte mich nicht an meine Armut erinnern sollen. Ich hätte ihr die rosa Decke gekauft, hätte ich das Geld dafür gehabt. Ich hätte ihr den

Mond gekauft, wäre es mir möglich gewesen. Aber ihre Klagen ließen mich spüren, wie sehr sie den Luxus von zu Hause vermisste, den sie durch die Heirat mit mir hatte aufgeben müssen. Sie war krank und schwach, also sagte ich nichts.

Ob sie in der Kirche an all das denkt? Ich bestimmt.

2

Zum Bettenmachen braucht es
zwei Paar Hände

Miss Ellis hörte Schritte im Korridor und legte Mr Paleys Tagebuch schnell dorthin zurück, wo sie es gefunden hatte. Sie hatte ohnehin genug darin gelesen. Herumliegende Tagebücher waren selten lesenswert, diese Erfahrung hatte sie schon oft gemacht, und Mr Paleys Tagebuch bildete keine Ausnahme.

Nancibel trat ins Zimmer. Mrs Siddal hatte kürzlich vor Miss Ellis' Behauptung, ein Bett könne man nicht allein machen, kapituliert und angeordnet, dass Nancibel ihr dabei helfen sollte, bevor sie mit dem Abwasch begann. Aber was die Leerung der Nachttöpfe anbelangte, war sie unerbittlich geblieben.

»Man glaubt doch nicht«, sagte Miss Ellis zu Nancibel, »dass diese beiden ein Kind gehabt haben, nicht wahr?«

»Weshalb denn nicht?«, meinte Nancibel, die gerade die schwere Doppelmatratze umzudrehen versuchte.

»Sie hatten wirklich ein Kind, aber es ist gestorben.«

»Woher wissen Sie das?«

»Oh ... ich weiß recht viel über sie.«

Nancibel gab ihren Kampf mit der Matratze auf und sah Miss Ellis herausfordernd an. So war es jeden Morgen. Sie arbeitete, während die Haushälterin schwatzte. Aber jetzt reichte es ihr.

»Es war eine Tragödie«, fuhr Miss Ellis unbekümmert fort.

»Ihre Leute waren reich, und sie wollten nicht, dass sie ihn heiratet, denn er war arm. Also brannte sie mit ihm durch. Er konnte nicht verwinden, dass seine Schwiegereltern ihn nicht gut genug fanden, und hat ihnen ihre Verachtung nie verziehen. Er verbot seiner Frau jeden Kontakt mit ihrer Familie; sie durfte nicht mal mehr schreiben oder so.

Nun, sie hatten ein schreckliches Leben. Arm wie Kirchenmäuse. Und sie war natürlich nicht daran gewöhnt. – Machen Sie doch weiter, Nancibel! Auf was warten Sie denn?«

»Ich bin so weit, wenn Sie es sind, Miss Ellis.«

Miss Ellis legte widerwillig ihre Hand an die Matratze und meinte dann klagend:

»Sie sollte keine so schweren Matratzen haben. Wenn ich mir deswegen einen Bruch hole, verklage ich sie auf Schadenersatz. Lassen wir's bleiben, ja? Schließlich ist Sonntag. Also … sie hatten ein kleines Mädchen; es wurde krank. Tuberkulose. Geld für ein Sanatorium hatten sie nicht, und seine Frau durfte noch immer nicht nach Hause schreiben. Sie sagte, wenn ihr Kind stirbt, wird sie's ihm nie verzeihen. Und das Kind starb wirklich, und sie hat es ihm nie verziehen.«

»An ihrer Stelle«, meinte Nancibel und nahm ein Leintuch, »hätte ich trotzdem geschrieben, hätte das Geld angenommen und ohne sein Wissen das Kind in ein Sanatorium gebracht; und ich hätte mich geweigert, ihm zu sagen, in welches.«

»Sie ist kein Mensch, der selbstständig handeln kann. Und er gibt sich die Schuld. Er weiß, dass er schuld ist am Tod des Kindes. Und inzwischen hat er auch viel Geld. Er war später in seinem Beruf sehr erfolgreich und bekam den Auftrag, eine Kunstgalerie oder so was zu erbauen.«

»Die armen Leute«, sagte Nancibel. »Kein Wunder, dass sie so traurig aussehen.«

Stimmen aus dem Garten ließen Miss Ellis ans Fenster eilen. Nancibel stand immer noch mit dem Leintuch neben dem Bett, entschlossen, kein einziges Bett mehr allein zu machen.

»Um Gottes willen, schauen Sie!«, rief Miss Ellis. »Was stellen diese Kinder als Nächstes an?«

Nancibel trat neben sie ans Fenster und sah die kleinen Coves, die eben der ersten der sieben Prüfungen des Edlen Bundes der Spartaner unterzogen wurden. Mit verbundenen Augen gingen sie auf einer schmalen Mauer am Rand der Terrasse, wo die Felsen steil zum Strand abfielen. Die Giffords liefen neben ihnen her und feuerten sie an:

»Weiter! Weiter! Ihr habt fast die Hälfte! Wir sagen Bescheid, wenn ihr das Ende erreicht. Nicht stehen bleiben! Sonst werdet ihr disqualifiziert!«

Hintereinander stolperten und wackelten die Coves mit ausgestreckten Armen und nackten Füßen über den rauen Stein. Sie blieben erst stehen, als das Ende der Mauer erreicht war und Hebe ihnen auf den sicheren Boden hinunterhalf.

»Natürlich, diese Hebe hat sich das ausgedacht!«, rief Miss Ellis aus. »Wenn ein Kind es verdient, den Hintern versohlt zu kriegen, dann diese Hebe. Aber kommen Sie, Nancibel! Mrs Siddal bezahlt Sie nicht dafür, dass Sie aus dem Fenster starren. Kein Wunder, dass das Bettenmachen so lange dauert!«

3

Liebe Leute, kommt und betet!

Die Kirchgemeinde Pendizack liegt auf dem kahlen Plateau über den Klippen. Sie besteht aus sieben kleinen Häusern, einem Postamt und einem Wirtshaus, die sich eng an eine mächtige, von Bäumen umstandene Kirche drängen – die Kirche von St Sody. Dieser Heilige war vor langer Zeit zusammen mit Tausenden anderen Heiligen in einem Steinboot von Irland herübergekommen.

Die Gottesdienste sind während großer Teile des Jahres schlecht besucht, denn die meisten Einwohner gehen in die Nonkonformisten-Kapelle, und den Wohlhabenderen unter den Gemeindemitgliedern missfällt der Anglokatholizismus Vater Botts. Aber im Sommer locken der schöne Spaziergang über die Klippen, der berühmte Chor oder die Gerüchte über ein außergewöhnliches Ritual doch ab und zu ein paar Feriengäste aus Porthmerryn herbei. Die Messe in St Sody wird hauptsächlich von Gästen des Hotels Marine Parade besucht, die sonst überhaupt nicht in die Kirche gehen.

Bruce aber erklomm den steilen Abhang nicht aus Begeisterung für Chorgesang oder für die Schönheit der Landschaft oder um einen Mann zu sehen, der angeblich am Palmsonntag einen Esel vor den Altar führte. Sondern, weil er musste. Seine Herrin hatte den Wunsch, sich die Kirche anzusehen, und zwar in seiner Begleitung. So wartete er denn, ziemlich mürrisch, in der Hotelhalle auf sie. Er fühlte die kritischen Blicke der anderen Gäste auf sich ruhen.

Endlich erschien sie oben auf dem Treppenabsatz. Das grelle Morgenlicht fiel durch das Fenster auf sie herunter und beleuchtete ihr Alter, ihre massige Gestalt und ihre Schäbigkeit so erbarmungslos, dass er beruhigt war. Nur ein Mensch mit schmutziger Fantasie konnte auf den Gedanken kommen, dass Bruce mehr wäre als der Sekretär-Chauffeur seiner überreifen Arbeitgeberin.

»Hättest du nicht einen Hut aufsetzen sollen?«, fragte er, als sie das Hotel verließen.

»Mein Gott!«, rief Mrs Lechene aus. »Ich hoffe nicht! Glaubst du, sie werfen mich aus der Kirche? Ich besitze keinen Hut.«

Sie könnte keinen Hut tragen, selbst wenn sie wollte, dachte Bruce. Kein Hut auf der ganzen Welt würde ihr stehen. Ich kann froh sein, dass sie sich die Haare hochgesteckt hat.

Denn Anna Lechene war sehr stolz auf ihre Haare, die echt goldblond, dicht und glatt waren und ihr bis zu den Knien reichten. Sie nahm jede Gelegenheit wahr, sie offen zu tragen. War sie jedoch gezwungen, sie aufzustecken, flocht sie zwei dicke Zöpfe und wand sie um den Kopf. Die Wirkung war etwas kopflastig, aber auffallend.

»Immerhin trage ich nicht meine Strandhosen«, sagte sie. »Ich habe ein Kleid angezogen, wie du siehst.«

Ja, aber was für ein Kleid! Für ein dreizehnjähriges Mädchen mag es angehen; aber keine Frau über zwanzig sollte diese Dirndlkleider tragen. Oh, schon gut! Ich weiß, alle Großmütter in Mazedonien oder woher immer Anna das Kleid hat, tragen sie. Wir sind hier aber nicht in Mazedonien!

Er starrte angewidert auf Annas breiten Rücken, als er ihr durch die Fore Street folgte. Er war ein unbeständiger junger Mann. Noch vor Kurzem hatte er Annas goldenes Haar und ihre Bauernstickereien bewundert. Aber nun war er froh, als sie die belebte Straße hinter sich ließen und die Stufen zum Hügel hinaufstiegen.

»Wo ist diese Kirche?«, wollte Anna wissen.

»Auf den Klippen, auf dem Weg nach Pendizack. Du hast bestimmt den Kirchturm schon bemerkt.«

»Ach? O ja, natürlich.«

Seine Stimmung hob sich. Denn in der Nähe der Kirche lag Nancibels Heim. Vielleicht sah er sie wieder. Vielleicht war sie in der Kirche.

Mrs Lechene keuchte, die Stufen waren steil. Sie sprach von Vater Bott. Sie hatte gehört, er sei ein bemerkenswerter Mann.

»Ein Junggeselle«, fügte sie hinzu und sinnierte über Ursache und Wirkung von Vater Botts Ehelosigkeit.

Oben auf dem Hügel kamen sie an einem hässlichen kleinen Bau vorbei, der Kapelle Bethesda, aus der eine Hymne erklang. Bruce fand, er sollte Anna dankbar sein, dass sie ihn nicht hineinschleppte. Er konnte nicht wissen, dass dort Nancibel mit ihrer ganzen Familie saß. Sonntags bekam sie frei, damit sie in die Kapelle gehen konnte. Aber er hoffte immer noch, sie in der Kirche von St Sody zu sehen, und beeilte sich, zu dem hohen eckigen Turm zu gelangen.

Was wird sie von mir und Anna denken, grübelte er. Nichts. Weshalb sollte sie sich etwas denken? Wenn ich ihr mal wieder begegne und sie mich fragt, sage ich: Das war Mrs Lechene. Meine Chefin. Sie ist Schriftstellerin. Eine sehr bekannte Schriftstellerin. Nein. Ihre Bücher würden Ihnen nicht gefallen. Sie war sehr gut zu mir. Sie hat einen Verleger dazu bewegt, meinen Roman anzunehmen. Sie kümmert sich um junge Schriftsteller. Ja, ich weiß, sie sieht sonderbar aus. Die meisten Schriftstellerinnen sehen sonderbar aus. Wenn Sie, Nancibel, so viele kennengelernt hätten wie ich, dann würde Sie das Aussehen von Mrs Lechene nicht so irritieren.

Ja, *Mrs* Lechene. Nein ... nun ... ich glaube, sie ist geschieden. Ich tippe ihre Romane ab und fahre sie im Auto umher. Ich bin ihr Sekretär-Chauffeur.

»Hübsch hier oben«, sagte er nun. »Ich glaube, nach dem Gottesdienst gehe ich noch ein bisschen auf den Klippen spazieren.«

Anna wandte sich um und erwiderte scharf:

»Das glaube ich nicht. Nach dem Gottesdienst gehst du zurück ins Hotel und schreibst drei Kapitel vom *B. Z.* ab. Ich weiß nicht, weshalb du das nicht gestern Abend erledigt hast.«

Der B. Z. war *Der blutende Zweig*, so hieß der Roman, den Anna schrieb und der auf dem Leben von Emily Brontë beruhte.

»Ich habe kein Kohlepapier mehr«, sagte Bruce.

»Lieber Gott! Nie hast du Kohlepapier. Kauf doch welches.«

»Am Sonntag sind alle Läden geschlossen.«

Der volle Klang der Glocken flutete nun vom Kirchturm über die Felder und das glatte blaue Meer. In einiger Entfernung bewegte sich ein langer Zug von Leuten auf dem schmalen Pfad durch ein Kornfeld. Gerry Siddal ging an der Spitze, ihm folgten Duff, Robin, Kanonikus Wraxton, Evangeline Wraxton, Maud, Beatrix, Blanche, Mrs Cove, Michael, Luke, Hebe, Sir Henry Gifford, Caroline und, in beträchtlichem Abstand, Mr Paley und seine Frau.

»Was sind das wohl für Leute?«, fragte Bruce.

»Ich glaube, aus dem kleinen Hotel dort unten an der Bucht. Es soll sehr hübsch und angenehm sein. Ich habe schon daran gedacht, das Hotel zu wechseln. Aber jetzt wo ich die Bewohner sehe – wenn sie es wirklich sind ... Ich weiß nicht, ob es ratsam wäre.«

»Hübsches kleines Mädchen«, bemerkte Bruce.

Anna glaubte, er meine Evangeline Wraxton, und rief:

»Was? Dieses Gerippe in der Tweed-Jacke?«

»Nein, das Kind im grünen Kleid, das mit seinem Vater spricht.«

»Oh«, sagte Anna besänftigt. »Du meinst die kleine Bobby Sox?« Kritisch betrachtete sie Hebe, die um ihren Vater herumhüpfte und lachte.

»Macht ihrem Vater hübsche Augen, scheint mir.«

»Liebe Leute, kommt und betet«, riefen die Glocken.

Die Gesellschaft aus dem Hotel Pendizack stieg nun die Stufen in den Kirchhof hinauf. Einer nach dem anderen hob sich oben auf der Mauer einen Augenblick deutlich gegen den hellen Himmel ab und entschwand dann den Blicken. Als Anna und Bruce die Kirche betraten, saßen alle schon auf ihren Plätzen. Die Siddal-Jungen hatten sich in die Sakristei begeben, denn Duff und Robin sangen im Chor, und Gerry diente als Ministrant. Die anderen saßen im großen, leeren Hauptschiff. Wie es Kirchgänger im Allgemeinen tun, hatten sie die vorderen Reihen leer gelassen und sich ziemlich weit hinten hingesetzt. Ein alter Mann verteilte Gebetbücher an Sommergäste, die keine bei sich hatten. Die Glocken verklangen. Lautes Getrampel war zu hören, als die acht Glöckner die Turmtreppe herunterstampften; in dieser kleinen Gemeinde hatte fast jeder doppelte Pflichten: Sechs der Glöckner sangen auch im Chor.

Anna und Bruce setzten sich in die Bank hinter den Wraxtons. Ein leichter Geruch von morschem Holz vermischte sich mit dem Weihrauch. Die große Kirche zerfiel zusehends, und der arme Vater Bott brachte mit den Kollekten nicht einmal genug Geld ein, um die Kirchenbänke ausbessern zu lassen.

»Ein bisschen muffig hier«, bemerkte Anna laut.

Jedes Kind drehte sich um, um zu sehen, wer das gesagt hatte.

»Wer in aller Welt soll das denn sein?«, fuhr sie fort und zeigte auf eine Fahne mit dem Bild St Sodys, die für Prozessionen benutzt wurde.

»Weiß nicht«, brummte Bruce.

»Gar nicht schlecht«, erklärte sie. »Ein bisschen unmännlich ... Wahrscheinlich hat es einer der Künstler in Porthmerryn entworfen.«

Erst jetzt bemerkte sie das zornige Gesicht von Kanonikus Wraxton, der sich nach ihr umgedreht hatte und sie wütend anblitzte.

»Würden Sie freundlicherweise still sein?«, bellte er.

Anna starrte ihn mit offenem Mund an. Sie mochte Geistliche nicht und ließ es sie gewöhnlich auch merken.

»Nun ...«, erwiderte sie endlich. »Sie haben mich wahrhaftig erschreckt.«

»Ich meine es ernst«, donnerte der Kanonikus. »Wenn Sie sich nicht anständig betragen, lasse ich Sie hinauswerfen.«

»Seien Sie doch selbst still«, gab Anna zurück.

»Psst!«, flüsterte Bruce entsetzt.

»Weshalb sollte ich schweigen? Es ist nicht seine Kirche. Wenn es seine wäre, verstünde ich, warum sie so leer ist.«

Der Kanonikus wandte sich nun an Bruce.

»Sollten *Sie* wissen, was Anstand ist, dann gehen Sie und nehmen Sie Ihre Mutter mit.«

Nichts hätte Anna wirkungsvoller den Mund verschließen können. Für ein paar Sekunden fiel ihr keine Erwiderung ein. Und dann wurde sie durch Gerry abgelenkt, der mit einer Wachskerze erschien und vor den Altar trat. Eine Kerze nach der anderen flammte auf. Der Kanonikus drehte sich nach vorn wie ein wütender Stier, dem sich eine neue Ungeheuerlichkeit bot. Anna kicherte, wagte jedoch nichts mehr zu sagen. Auch die übrigen Köpfe schauten wieder nach vorn, um den Anblick des Kreuzes, das vor den Chorknaben hergetragen wurde, nicht zu verpassen. Dann erschien Vater Bott aus der Sakristei, umgeben von Messdienern.

4

Getippte Notizen für eine Predigt
von Pfarrer S. Bott
Sonntag, den 17. August 1947

– uND ERLo4SE nS VOn dem VOESen.

1) Frucht. Unsicherheit. AtomBombe. HiLFlosigkeit.

2) Nichts neues betr. BEoses. Ursachen altwie Adam. Ergebnis blosz dramatischer. SEUnde.

3) Suende trennt Seele

4) von Gott

5) von Mitmmenschn. GfEgenseitige GroszzeugiGKeit, Wille zu geben ud erhalten, wichtigste Bedingung der Erloesung (Rettung)

6) Belehrung durch KIrche. 7 toedl. Formen geistiger ABSONderng. Laster zersteoren DAnkbarkeit ud GRozzuegigkeit

STolZ nimmt nichts an.

NEuD gibt nichts.

TRaeGHeit bes. heimtueckisch für Gebildeten. Mueszige Gedankn STatt TatWn

7) ZORN Gier nach Macht

8) WOLLLLUST sex. AUSbeutg. Verhaertet Seele, Herzund Gefuehle

9) VOELLEREI ihr Gott sizt im Bauch

10) HABSUCHT finanz. Asubeutg

Diese Suenden toedlichste Waffen des Feindes.
Sollten sie mehr fuerchten als alle Menschenwaffen.
Gnade unser ein e8nziger Schutz.
Deshalb Wichtig letzte Bitte in Vaterunser.

5

Der Kanonikus äußert sich

Ja, dachte Sir Henry Gifford, als er sich zum Offertoriums-gesang erhob. Aber wo komme ich ins Spiel? Ich bin ein Sünder, denke ich. Wir alle sind Sünder. Aber welcher Punkt geht mich an? – Nummer vier. Ich kenne diese Melodie. Hübsch und leicht. – Ich glaube wirklich nicht, dass ich stolz bin. Ich weiß, dass ich nicht neidisch bin.

Ich bin nicht träge. Ich arbeite hart. Und ich habe mich lange darin geübt, meinen Zorn zu beherrschen.

Auch bin ich nicht besonders habsüchtig, wollüstig oder gefräßig.

Wäre ich habsüchtig, würde ich mich auf die Kanalinseln zurückziehen und könnte so die Einkommenssteuer umgehen. Aber ich werde durchhalten. Und wenn nicht, wenn sie meinen Widerstand bricht, dann gehe ich nicht aus Stolz oder Neid in die Knie, sondern aus reiner Erschöpfung. Da kommt der Sammelteller. Du mein Gott! Michael wird ihn fallen lassen. Nein ... alles in Ordnung. Hebe hätte ihn nicht so zu stoßen brauchen. Sie ist unerträglich herrschsüchtig. Muss ich den Teller zurückgeben oder weiter an die Coves? Ein Pfund ist etwas viel, aber ich habe kein Kleingeld bei mir. Muss morgen wechseln gehen. Meine Sünde ist die Schwachheit. Das trifft, glaube ich, auf die meisten der hier Anwesenden zu. Wir tun nichts Böses, aber wir stimmen zu ... wir lassen uns herumschubsen.

Ja, pure Rückgratlosigkeit. Es gibt nur wenige wirklich

böse Menschen auf der Welt; aber wir lassen sie uns vor sich hertreiben. Eirene ... glaube ich wirklich, dass sie böse ist?

Ja, das glaube ich. Manchmal glaube ich das.

Die Giffords hatten erwartet, der Gottesdienst wäre nach dem Offertorium zu Ende. Aber nun knieten alle nieder, und Vater Bott betete für die streitende Kirche. Dann murmelte er, zu der Gemeinde gewandt, ein Gebet, das vielen unbekannt war. Die Gifford-Kinder begannen hastig in ihren Gebetbüchern zu blättern, was ihnen Beatrix, Blanche und Maud eifrig nachmachten, bis ihre Mutter das Gesicht von den schwarzbehandschuhten Händen hob und es verbot. Darauf erstarrten die Coves und pressten ihre Stirnen gegen das Brett der Kirchenbank vor ihnen.

»Jetzt folgt das Abendmahl«, flüsterte Sir Henry.

Hebe blickte entsetzt zu ihm auf und protestierte:

»Wir dürfen nicht hier sein, wir sind nicht konfirmiert.«

»Ich weiß. Du musst trotzdem ruhig knien bleiben.«

Er selbst war sehr in Verlegenheit. Zuletzt hatte er vor Jahren an einem Abendmahl teilgenommen. Er war kein großer Kirchgänger, aber er fand es wichtig, bei der Erziehung der Kinder die Religion nicht zu vernachlässigen. Wenn niemand anderes aufzutreiben war, begleitete er sie selbst zur Kirche. Auch er hatte nur einen gewöhnlichen Frühgottesdienst erwartet, zu dem er nichts beitragen müsste als ein angemessenes Benehmen. Er versuchte, sich an die Einzelheiten der kommenden heiligen Handlung zu erinnern, und dann bemühte er sich, seinen fortschweifenden Gedanken eine ernsthafte Wendung zu geben, wie er es bei Begräbnissen tat. Denn, das fühlte er, es wäre unschicklich, in einem Augenblick, der für seine Mitmenschen von höchster Bedeutung sein mochte, an alltägliche Dinge zu denken.

Aber bei Begräbnissen konnte er über den Tod nachdenken, der dem Leben Würde verleiht und ihm seine Alltäglichkeit nimmt. Hier aber fiel ihm nichts Geeignetes ein. Seine Gedanken waren während des Gesangs zu weit gewandert, zu zerstreut. Er wollte jetzt etwas *fühlen*, wenn möglich. Er starrte auf die Bank vor sich und strengte sich an, seinen Geist von dem kleinlichen Verkehr, der jeden Tag darin brauste, zu reinigen, wie man eine Straße für eine bevorstehende Prozession reinigt. Aber es erschien keine Prozession erhabener Gedanken.

Ich muss an die Menschen denken, die ich liebe, beschloss er, doch ihm fielen keine ein. Die Kinder... Er blickte auf die kleinen Wesen zu seinen beiden Seiten. Caroline hatte ihren Kopf in den Armen vergraben. Luke folgte der heiligen Handlung in seinem Gebetbuch. Michael drehte unruhig einen Knopf an seiner Weste. Hebe kniete sehr aufrecht und starrte auf Vater Bott. Sie bedeuteten ihm sehr wenig. Sie waren Eirenes Angelegenheit. Nur eines von ihnen war sein eigenes, und gerade dieses war das hässlichste. Während des Krieges hatten sie fünf Jahre in Amerika zugebracht. Aber selbst zu Hause sah er sie nur selten. War mit ihnen alles in Ordnung? Waren sie glücklich? Wuchsen sie heran, wie es sich gehörte?

Er schob diese unangenehmen Betrachtungen beiseite. Sie würden später, in einem weniger heiligen Moment, passen. Er sollte lieber an seine eigene Kindheit denken, an Menschen, die er geliebt hatte und die nicht mehr unter den Lebenden weilten, an glückliche Begebenheiten. Er blickte über die vergangenen Jahre hin und suchte einen Weg zurück.

Evangelines Angstgefühle begannen nachzulassen. Es würde nichts Schreckliches geschehen. Die kleine Störung zu Beginn des Gottesdienstes war bedeutungslos: Diese Leute hatten es wirklich verdient. Ihre größte Befürchtung war nicht eingetreten, trotz Weihrauch, Kerzen und Niederknien. Gott hatte es verhütet.

Ihr Vater nahm allerdings ganz offensichtlich nicht teil am Gottesdienst. Er saß da, die Arme verschränkt, und betrachtete die Vorgänge mit grimmigem Vergnügen, als wüsste er von einer wohlverdienten Strafe, die Vater Bott ereilen würde. Das war schon schlimm genug, denn die Leute starrten ihn an, als er sich für das Glaubensbekenntnis nicht erhob. Aber an starrende Leute war Evangeline gewöhnt, und wenn ihr Vater sich nur still verhielt, so wollte sie wirklich glauben, dass Gott Gebete erhörte. Sie würde ihre Dankbarkeit bezeugen und ihre Sünde aufgeben – obschon niemand es eigentlich eine Sünde nennen konnte, da sie niemandem etwas zuleide tat. Vielleicht nannte man es Zeitverschwendung, ein Stück Glas zu feilen, aber Schlimmeres doch nicht? Sie würde ja mit dem Glasstaub nie etwas Böses tun. Und es bedeutete ihr eine solche Erleichterung, diese Pillendose voll Glasstaub zu besitzen. Man sagte, der Staub könne im Essen unmöglich entdeckt werden. Wäre sie ein böser Mensch, dann könnte dieser Staub sie von ihrem Martyrium erlösen. Sie war ein machtvoller Schatz, diese kleine Dose. Manchmal küsste sie sie. Aber wenn Gott ihren Vater ruhig sitzen lassen wollte, dann existierte Er wirklich, und sie würde Ihn besänftigen, indem sie die Dose ins Meer warf. Er würde dann schon wissen, welche Bewandtnis es damit hatte.

Wenn ich erst konfirmiert bin, dachte Caroline, dann werde ich fromm sein. Der Bischof wird mir die Hand auf den Kopf legen, und der Heilige Geist wird in mich fahren wie ein elektrischer Schlag. Und dann werde ich fromm sein. Aber Hebe wünscht sich bestimmt, sie wäre der Bischof.

»Es ziemt sich, ist recht und unsere Pflicht und Schu-hul-dig-keit ...«, sang Vater Bott.

Das Abendmahl!, dachte Beatrix. Ich nehme am Abendmahl teil, mit Hebe und all den anderen Leuten. Ihr schwoll das Herz vor Entzücken. Sie hob den Kopf und blickte auf das verwirrende Flackern der Kerzen, halb in Erwartung, den langen Tisch mit den Jüngern und in ihrer Mitte Jesus zu sehen. Aber sie sah nur Vater Bott und Gerry Siddal. Wie hübsch der junge Mr Siddal den Weihwedel geschwungen und sich zur Gemeinde hin verneigt hatte! Daraufhin hatte auch die Gemeinde sich höflich verneigt. Diese anmutigen Verbeugungen ließen sie an ein Fest denken. Sie drehte den Kopf, um zu sehen, ob Blanche auch so glücklich war wie sie. Aber Blanche, blass und reglos, hatte Tränen in den Augen, allerdings keine Tränen der Seligkeit, sondern der Schmerzen. Das Knien hatte ihren Rücken gemartert, und sie konzentrierte sich darauf, den Schmerz auszuhalten. Als sie den Blick ihrer Schwester sah, zwang sie sich zu lächeln.

»Stets Dich lo-ho-bend und ru-hu-fend …«

Duff und Robin hielten den Blick auf ihre Noten gerichtet und holten tief Luft.

»Heilig! Heilig! Heilig!«, sang der Chor von St Sody.

Ich bin verstummt, betete Mrs Paley, und habe den Mund nicht aufgetan. Denn Du hast es so gefügt … Höre mein Gebet, o Herr, und vernimm mein Rufen. Verschließe Dich nicht vor meinen Tränen. Denn ich bin ein Gast bei Dir, wie alle vor mir es waren. O Herr, verschone mich nur eine Weile, damit ich finde meine Kraft … bevor ich schwinde und nicht mehr bin.

Vater Bott ließ seine Stimme zu einem Flüstern werden, und als er innehielt, fielen drei weiche, klare Glockentöne in die Stille, bevor der unglaubliche Schrecken über sie kam. Eine

Art Donnern stieg aus dem Kirchenschiff, und eine mächtige Stimme dröhnte:

»Das ist reiner Mumpitz!«

Wie vom Schlag getroffen, fuhren alle zusammen. Noch auf den Knien, wandten sie sich um und sahen den Kanonikus aus seiner Kirchenbank heraustreten.

»Dieses ist eine protestantische Kirche ...«, begann er.

Er wurde von dem markerschütternden Schrei seiner Tochter unterbrochen. Evangelines Nerven versagten. Sie kreischte nun nicht nur, sondern schlug heftig mit ihrem Gebetbuch auf die Bank vor ihr.

»Nein!«, brüllte sie. »Nein ... nein ... nein! Ich kann nicht mehr! Ich kann es nicht ertragen ... Aaaah ...«

Diese Attacke schien den Kanonikus aus der Fassung zu bringen. Er hatte vorgehabt, nach vorn zum Altar zu schreiten und Vater Bott abzukanzeln. Doch nun drehte er sich um und gebot seiner Tochter zu schweigen. Daraufhin schrie sie nur noch lauter. Er zerrte an ihrem Arm, um sie hochzuziehen. Sie lachte wie eine Irre und schlug mit dem Gebetbuch nach ihm.

»Jemand soll mir helfen«, sagte er, fast demütig.

Die erschrockene Gemeinde löste sich aus ihrer Starre. Bruce und Sir Henry eilten dem Kanonikus zu Hilfe und schleppten das lachende, schreiende Mädchen gemeinsam aus der Kirche. Der Kirchendiener schloss die Tür hinter dem Lärm, aber die Stille war noch nicht wiederhergestellt, da einige Kinder zu weinen begonnen hatten. Es dauerte noch eine Weile, bis ihre Schluchzer verstummten und Vater Bott mit dem Gottesdienst fortfahren konnte.

6

Meinst du, dass du mit Recht zürnst?

»Du kannst dir nicht vorstellen, wie widerwärtig es war«, erzählte Gerry. »Was für eine Ungeheuerlichkeit … Man liest von solchen Dingen in der Zeitung, und schon dort findet man es empörend. Aber es aus nächster Nähe zu erleben … sie *müssen* gehen. Wir können sie hier nicht mehr dulden. Ich habe zu Vater Bott gesagt, dass wir sie sofort vor die Tür setzen.«

»Das ist nicht möglich«, seufzte Mrs Siddal. »Ich habe mit Kanonikus Wraxton gesprochen und ihm erklärt, wie unangenehm es für uns ist. Aber er sagte nur, dass er für eine Woche bezahlt hat und auch eine Woche bleiben wird.«

»Was ist mit dem Mädchen? Sie war noch schlimmer als er … was für einen grässlichen Lärm sie gemacht hat!«

»Ich weiß nicht, wo sie ist. Sie war nicht beim Mittagessen, und sie ist auch nicht auf ihrem Zimmer.«

»Könnte nicht Vater …?«

»Gerry, du weißt genau, dass er das nicht tun würde.«

»Also gut. Dann mache ich es. Ich spreche mit dem Kerl und mache ihm klar, dass er unser Haus verlassen muss. Gib mir das Geld, das er bezahlt hat, ich gebe es ihm zurück.«

Daraufhin stapfte Gerry kampfeslustig die Treppe hinauf. Er war kein streitsüchtiger Mensch, aber die empörende Tat vom Morgen verlangte nun doch ein tatkräftiges Eingreifen. Die Wraxtons mussten erledigt werden. Er machte keinen großen Unterschied zwischen den beiden, außerdem hatte er von dem Geschehen ein klares Bild. Die beiden hatten in übelster Weise den Gottesdienst gestört, gebrüllt und gelacht, und dann waren sie hinausgeworfen worden. Von seinem Platz beim Altar aus hatte er nur wenig sehen können. Er hatte ins Kirchenschiff stürzen und Kanonikus Wraxton einen Schlag versetzen wollen, aber Vater Bott war ihm in den Arm gefallen. Gerry hatte nicht erkannt, dass Evangelines Gelächter nicht höhnisch, sondern hysterisch war, und er dachte, sie und ihr Vater hätten die Störung geplant.

Der Kanonikus lag auf seinem Bett und machte ein Nickerchen, aber als Gerry eintrat, setzte er sich auf und schwang die Beine auf den Boden.

»Nun?«, fragte er. »Und was kann ich für Sie tun?«

Gerry legte zwölf Guineen auf den Nachttisch.

»Sie müssen gehen, bitte«, sagte er. »Sofort. Hier ist Ihr Geld zurück.«

»Sind Sie«, fragte der Kanonikus, »der Besitzer des Hotels?«

»Nein. Ich spreche für meine Mutter.«

»Weshalb spricht sie nicht selbst mit mir?«

»Weil Sie sie nicht anhören würden.«

»Ich habe sie angehört. Aber sie *mich* nicht, sonst hätte sie Ihnen berichtet, was ich gesagt habe.«

Und damit warf der Kanonikus sich wieder aufs Bett.

»Sie sagte mir, Sie weigern sich zu gehen.«

»Und ich sagte, sie soll die Polizei holen, um mich hinauszuwerfen, sonst gehe ich nicht. Damit es kein Missverständnis gibt.«

»In Ordnung«, sagte Gerry.

»Und ich sagte, wenn sie mich hinauswirft, zeige ich sie wegen Vertragsbruchs an. Sie hat uns als Gäste aufgenommen und muss uns gewisse Dienstleistungen zukommen lassen, für die ich bezahlt habe.«

»Kein Hotel muss Leute beherbergen, die einen öffentlichen Skandal verursachen.«

»Kein Skandal – wie Sie es nennen – hat sich auf dem Grundstück Ihrer Mutter ereignet. Aber wenn sie Streit will, so kann sie ihn gerne haben. Wenn Mr Bott Streit will, so kann auch er ihn haben. Er wird ihn ohnehin bekommen. Ich werde seinem Bischof schreiben. Ich sorge dafür, dass die Tatsachen bekannt werden.«

»Dafür werden auch wir sorgen«, entgegnete Gerry heftig.

»Und wenn man mich hier hinauswirft, weil ich meine Pflicht als Geistlicher der Kirche von England tue, dann werde ich das bekannt machen. Jede Zeitung im Land wird es erfahren.«

»Tun Sie, was Sie wollen, aber gehen Sie«, rief Gerry.

»Nur, wenn man mich mit Gewalt hinauswirft. Sonst nicht.«

Gerry verließ das Zimmer und suchte seine Mutter. Er konnte sie nicht dazu überreden, die Polizei zu rufen. Lieber wollte sie den Kanonikus noch diese Woche ertragen und war nicht der Ansicht, aus Treue ihrer Pfarrkirche gegenüber müsse sie außerordentliche Maßnahmen ergreifen. Als Gerry beharrte, meinte sie sogar, es sei teilweise Vater Botts Schuld gewesen, da er seinen Gottesdienst so hochkirchlich abhalte.

»Er ist kein Hochkirchler, er ist Anglokatholik«, erklärte Gerry.

»Umso schlimmer«, sagte Mrs Siddal. »Ich mag die Leute, die gegen den Anglokatholizismus sind. Wofür hatten wir denn die Reformation?«

»Ich bin ja auch Anglokatholik«, erinnerte Gerry sie.

»Ich weiß. Aber ich nicht. Ich bin Protestantin, und was in meiner Pfarrkirche vor sich geht, gefällt mir ganz und gar nicht. Es ist Jacke wie Hose, und ich will die Polizei nicht hier haben.«

Voller Verzweiflung tat Gerry einen ungewöhnlichen Schritt. Er beschloss, sich bei seinem Vater Rat zu holen, in der Hoffnung auf väterliche Unterstützung. Denn Dick Siddal hatte seine Frau oft verärgert, indem er eine gewisse Bewunderung für Vater Bott äußerte. Gerry durfte nicht erwarten, dass sein Vater ihm tatkräftig beispringen würde, aber vielleicht konnte er einen rechtlichen Grund ertüfteln, um die Polizei zu rufen.

Auch sein Vater machte ein Nickerchen, als Gerry seine Kammer betrat, die übersät war mit den Sonntagszeitungen. Dick hatte soeben das Kreuzworträtsel im *Observer* gelöst und sammelte neue Kräfte, bevor er das im *Sunday Express* in Angriff nahm. Er öffnete ein Auge und blinzelte seinen Sohn gut gelaunt an.

»Nun?«, fragte er. »Wie geht's Martin Luther?«

»Er weigert sich zu gehen.«

»Warum muss er gehen?«

»Wir können solche Leute nicht hierbehalten.«

»Warum habt ihr sie dann überhaupt als Gäste aufgenommen?«

»Wir wussten ja nicht, wie sie sind.«

»Aber ihr müsst es gewusst haben. Lest ihr denn keine Zeitungen? Er macht immer wieder solche Sachen. Sein Name ist ein Begriff. Erst letzten Monat hat er irgendwo in Dorset einen Streit vom Zaun gebrochen. Er wurde suspendiert, oder was immer sie mit Pfaffen machen, die sich schlecht betragen. Aber er tut es immer wieder.«

Gerry starrte seinen Vater mit offenem Mund an und fragte:

»Wusstest du das schon gestern?«

»Natürlich«, antwortete Siddal. »Als ich hörte, ein Kanonikus Wraxton hätte sich eingeschrieben, dachte ich, es kann nur *der* Kanonikus Wraxton sein.«

»Aber weshalb hast du uns nicht gewarnt?«

»Ich wurde nicht gefragt.«

»Aber Vater, du weißt doch … wir hätten ihn abgewiesen, wenn wir geahnt hätten …«

»Ich wollte mich nicht einmischen. Mein Rat wird selten geschätzt. Ich behaupte nicht zu verstehen, wie oder weshalb deine Mutter die Gäste auswählt.«

»Dann wusstest du … als wir alle zur Kirche gingen … du wusstest, dass es wahrscheinlich geschehen würde?«

»Ich hielt es für möglich. Und als ich euch von der Kirche zurückkommen sah, wusste ich, dass ich recht gehabt hatte. Ich habe selten so gelacht, seit eure Mutter dieses Hotel eröffnet hat. Ihr hättet eure Gesichter sehen sollen!«

Hier war keine Hilfe zu erhoffen, und so stieg Gerry den Hügel hinauf, um mit Vater Bott zu sprechen. Der würde ihm doch darin zustimmen, dass er als treuer Kirchgänger die Pflicht hatte, den Kanonikus mit Gewalt aus dem Haus zu werfen. Aber Vater Bott, den er auf dem Friedhof fand, ermutigte ihn nicht dazu.

»Oh, lass das lieber«, meinte er. »Er kann nicht mehr Unheil anrichten als bereits geschehen. Sollte er meine Kirche wieder betreten, werde *ich* mich mit ihm abgeben.«

»Aber wir! Wir können solche Leute nicht im Haus dulden!«

»Mein lieber Junge, das müssen deine Eltern entscheiden. Es ist ihr Hotel, nicht deins.«

»Aber ich ärgere mich so«, protestierte Gerry. »Es war so niederträchtig … so widerlich … es macht mich krank.«

»Mich auch«, stimmte ihm Vater Bott zu. »Aber was soll man tun!«

Und er seufzte. Er fühlte sich sehr alt und entmutigt diesen Nachmittag. In jüngeren Jahren hatten ihm Streitereien mit den Protestanten Vergnügen bereitet, mit der Zeit jedoch betrachtete er sich selbst kritischer und hielt seine Streitlust eher für ein Laster als für eine Tugend. Er wusste, dass ein neuer Skandal für seine Kirche alles andere als vorteilhaft wäre. Er blickte zum Himmel, dann zu Boden und endlich auf Gerrys zornrotes Gesicht.

»*Meinst du, dass du mit Recht zürnst?*«, sagte er mit einem plötzlichen Lächeln.

»Ja«, sagte Gerry. »Ich glaube wirklich, es gibt Gelegenheiten, in denen Zorn gerechtfertigt ist.«

»Das mag sein«, stimmte Vater Bott zu. »Aber ich habe bis heute nicht herausgefunden, welche Gelegenheiten es sind.«

»Er hat Gott beleidigt«, meinte Gerry.

»O nein, nein! Das konnte er doch gar nicht, oder?«

»Er hat es versucht.«

Der Pfarrer seufzte, sah auf seine Uhr und sagte ungeduldig:

»Wir sollten nicht so ein Theater um Gott machen.«

Er verkniff sich ein Lachen, als er Gerrys erschreckten Blick sah, und fügte hinzu:

»Gott kann für sich selbst sorgen. Und Er hat uns geboten, kein Theater zu machen. *Seid ruhig und wisset, ich bin Gott.* Entschuldige mich jetzt. Ich muss zum Kindergottesdienst.«

»Sie meinen also ... man soll nichts unternehmen?«

»Jedenfalls nicht jetzt. Was immer du jetzt tust, es ist ziemlich sicher falsch. Ich muss gestehen, dass ich mich auch sehr ärgere. Aber ich bezweifle, dass ich im Recht bin.«

Damit drehte er sich um und ging über das Gras davon. Sein alter Talar flatterte ihm um die dürren Beine.

Verwirrt kehrte das treue Kirchenmitglied nach Pendizack zurück. Niemand erlaubte ihm, den Kampf aufzunehmen, wo doch sein Zorn mit unverminderter Kraft in ihm loderte. Die Wraxtons trugen nicht allein die Schuld an seiner grimmigen Laune; die lange Prüfung seiner Geduld, die Gleichgültigkeit seines Vaters, die Parteilichkeit seiner Mutter und sein eigenes enttäuschendes Leben hatten ihn überwältigt. Das Gefühl, sein Zorn sei gerecht, war erleichternd.

Auf der Türschwelle traf er unglücklicherweise mit Evangeline Wraxton zusammen. Sie hatte sich über Stunden irgendwo auf den Klippen versteckt gehalten, so sehr quälte sie ihre Schmach. Sie hatte gehofft, sich unbemerkt in ihr Zimmer schleichen zu können. Gerry trat mürrisch zur Seite, um ihr den Vortritt zu lassen. Aber bei seinem Anblick sprang dieses alberne Geschöpf hastig einen Schritt fort und wartete, dass er zuerst hineinging. Einige Sekunden lang tanzten sie so umeinander herum, bis Gerry mit eisiger Höflichkeit sagte:

»Bitte, gehen Sie voran.«

Sie schluckte krampfhaft und begann zu stammeln. Er verstand die Worte:

»So leid ... entschuldigen ...«

»Schon gut«, sagte er. »Wenn es Ihnen wirklich leidtäte, würden Sie nicht darauf bestehen hierzubleiben, obwohl wir Sie gebeten haben, abzureisen.«

Er sah sie durch die Hotelhalle wanken und sich die Treppe hinaufschleppen. Es hätte ihm Genugtuung verschaffen sollen, sie so unglücklich zu sehen; aber seltsamerweise war es nicht der Fall. Er fühlte sich im Gegenteil nur noch elender. Noch nie in seinem Leben war er so unfreundlich zu jemandem gewesen.

7

Alte Bekannte

Alle im Haus waren erschüttert. Das hässliche Ereignis in der Kirche lastete auf jedem, der dabei gewesen war. Die Erwachsenen wollten am liebsten allein in ihren Zimmern sitzen.

Die Kinder stoben nach dem Mittagessen davon wie ein Schwarm Stare und ließen sich an irgendeinem geheimen Plätzchen nieder. Sie flüchteten sich in ihre eigene Welt, wie Kinder es tun, wenn ihre Eltern sich seltsam benehmen. Verwirrt und ratlos kehrten sie der unangenehmen Erinnerung den Rücken.

Zum Abendessen waren sie alle zurück und verweigerten einmütig den Nachtisch aus Himbeereis, mit dem Mrs Siddal sie erfreuen wollte. Die Giffords winkten verdrossen ab. Die Coves, die ihr Abendessen auch im Speisesaal einnahmen, da Mrs Siddal auf dem vollen Pensionspreis bestanden hatte, lehnten die Süßspeise mit aufopfernder Begeisterung ab. Fred brachte eine ganze Platte voll wieder in die Küche zurück, und Siddal tröstete seine Frau, indem er vorschlug, dass Duff das Eis essen könnte.

»Es schmilzt, wenn er nicht bald kommt«, wandte sie ein. »Er und Robin sind nach Porthmerryn gegangen. Ich stelle es in die Speisekammer.«

»Ja, tu das«, meinte Siddal. »Gerry und ich wollen sowieso nichts davon!«

Leicht errötend rief sie aus:

»Oh … ich meinte natürlich, wenn ihr euch davon genommen habt.«

Und sie verteilte ihnen das Eis auf ihre Teller, während Gerry taktvoll seines Vaters Aufmerksamkeit auf ein Stück Papier lenkte, das er ihm hinhielt:

»Das hier habe ich in der Halle auf dem Boden gefunden«, erklärte er. »Sieht aus wie chiffriert.«

Auf dem Blatt, das aus einem Schulheft herausgerissen worden war, stand in großen Buchstaben geschrieben:

CFGFIM: BMMF TQBSUBOFS NVTTFO IFVUF KISFO

OBDIUKTDI BCMFIOF

Siddal, der Rätsel liebte, nahm das Blatt und setzte seine Brille auf. Als Duff und Robin eintraten, war er so sehr mit dem Entziffern der seltsamen Buchstaben beschäftigt, dass er nicht aufsah.

Mrs Siddal erkannte gleich, dass mit Duff etwas geschehen war. Sein Gesicht war gerötet, er schien erregt und verhielt sich ungewöhnlich still. Sein Anblick beunruhigte sie so sehr, dass sie Robins heftiges Schwanken nicht bemerkte. Gerry jedoch entging es nicht, und er dankte Gott, dass die Aufmerksamkeit seines Vaters anderweitig gefesselt war. Er hoffte, dass ihn das Rätsel lange in Anspruch nahm. Später, wenn sie allein in ihrer Kammer waren, würde er von seinen Brüdern zweifellos alles erfahren.

Robin hatte jedoch gar nicht vor, seinen Zustand zu verbergen.

»Wir haben getrunken«, verkündete er. »Old Fashioneds in der Bar des Marine Parade«

»Robin!«, rief Mrs Siddal entsetzt aus.

»Wer hat bezahlt?«, fragte Gerry.

Duff blickte auf und fragte, weshalb sie nicht selbst hätten bezahlen sollen.

»Weil keiner von euch beiden Geld hat.«

»Eine fremde Dame hat für uns bezahlt«, sagte Robin. »Zufrieden?«

Er ärgerte seine Mutter noch eine Weile und erklärte dann: »Wir haben sie auf der Parade kennengelernt. Ihr Feuerzeug ging nicht, und Duff hat ausgeholfen. Wir kamen ins Gespräch, und sie lud uns ein zu einem Drink im Hotel. Sie wohnt dort.«

»Nun«, sagte Mrs Siddal unglücklich, »die jungen Mädchen von heutzutage tun wohl solche Dinge.«

»Ein junges Mädchen war sie nicht«, sagte Robin. »Ich schätze, sie ist älter als du, Mutter. Was meinst du, Duff?«

»Nein«, erwiderte Duff. »Ein bisschen jünger als Mutter.«

»Es ist gar nicht schwer«, sagte Siddal. »Da steht: BEFEHL: ALLE SPARTANER MÜSSEN HEUTE IHREN NACHTISCH ABLEHNEN.«

Stolz lächelte er seine Familie an.

»Ach so«, meinte Mrs Siddal. »Irgendein Kinderspiel.«

»Sie ist Schriftstellerin«, fuhr Robin fort. »Sie sagt, sie kennt Vater.«

»Was höre ich da?«, fragte Siddal.

»Eine Dame, der wir in Porthmerryn begegnet sind. Sie heißt Mrs Lechene.«

Siddal grunzte fröhlich.

»Gute alte Anna! Die fette Anna! Sie läuft tatsächlich immer noch auf Erden herum?«

»Aber natürlich tut sie das«, warf nun Mrs Siddal ein, die von der Neuigkeit nicht allzu entzückt schien. »Sie ist nicht alt ... so alt wie ich, Duff hat richtig geschätzt. Und sie schreibt immer noch Bücher. Es gibt sie in der Leihbibliothek.«

»Da gehe ich nie hin«, entgegnete Siddal. »Und meine alten Freunde haben mich fallen lassen. Sie könnten sehr gut alle das Zeitliche gesegnet haben, ohne dass ich davon gehört hätte. Wohnt Anna denn in Porthmerryn?«

»Sie wohnt im Marine Parade«, erklärte Robin.

»Oho, im Marine Parade? Mit wem denn?«

Duff und Robin wechselten einen Blick.

»Hat sie nicht gesagt«, erwiderte Duff. »Wir dachten, sie ist allein dort.«

»Unwahrscheinlich«, sagte Siddal.

Duff blickte seinen Vater schnell und scharf an und sagte:

»Sie schreibt ein Buch über Emily Brontë.«

»O mein Gott! So was! Mich wundert nur, dass sie das nicht schon längst getan hat. Arme Emily! Welche Schande! Warum kann sie dieses unglückliche Mädchen nicht in Ruhe lassen?«

»Ist sie eine gute Schriftstellerin?«, fragte Robin.

»Sie schreibt gut. Heutzutage schreibt jeder gut. Sie schreibt biografische Romane oder romanhafte Biografien, oder wie man es nennen soll. Sie greift sich aus dem Leben einer berühmten Person irgendeinen saftigen Skandal heraus und schreibt einen Roman darüber. Alles, was ihr nicht in den Kram passt, lässt sie einfach weg. Dafür denkt sie sich Einzelheiten aus. So spart sie sich die Mühe, selber eine Geschichte und Figuren zu erfinden, und sie braucht nicht genau zu sein, denn es ist ja nur ein Roman, versteht ihr.«

»Du scheinst sie nicht sehr zu schätzen«, meinte Duff.

»Nein? Ich spreche über ihre Bücher. Die mag ich nicht. Aber das bedeutet nicht, dass ich etwas gegen das arme Mädchen persönlich habe. Findest du, man darf das Werk eines Freundes nicht kritisieren? Hältst du das für illoyal? Das wäre ziemlich überheblich von dir.«

»Ich habe nur eins von Annas Büchern gelesen«, sagte Mrs Siddal hastig. »*Die verlorene Plejade*. Ich fand es unerträglich.«

»O ja, das war der Roman über Augusta Leigh«, sagte Siddal. »Mit dem hat sie sich einen Namen gemacht. Ein unglaublicher Erfolg. Es gab ein unvergessliches Kapitel über Byron und Augusta, die eingeschneit werden ... Ich glaube, sie sind tatsächlich eingeschneit worden. Das hat Anna nicht erfunden. Aber, du lieber Gott, sie wusste alles, was die beiden gesagt, getan und gedacht hatten, von der ersten Schneeflocke an bis zum Einbruch des Tauwetters. Wie sieht Anna jetzt aus? Ich habe sie seit ... bestimmt zwanzig Jahren nicht gesehen.«

Der Blick von Duff und Robin war unlesbar.

»Sie ist dick und ziemlich bleich«, sagte Robin endlich. »Ich glaube nicht, dass sie Make-up benutzt, aber die Haare sind blond gefärbt.«

»O nein, das stimmt nicht. Es ist echtes, teutonisches Gold, und sie ist sehr stolz darauf. Lässt ihre Mähne bei jeder Gelegenheit offen herunterhängen. Sie hat sich offenbar nicht geändert. Sie war schon vor zwanzig Jahren ein fettes, bleiches Mädchen, und was immer sie trug, sah aus, als hätte sie damit im Bett gelegen. Sie pflegte ihre Haare beim Abendessen zu lösen und sich vertraulich ihrem Nachbarn zuzuneigen, bis ihre Haare in seiner Suppe schwammen. Wenn der Nachbar dann zurückwich, sagte sie, er habe ihr gegenüber Hemmungen.«

Robin prustete und sagte, Anna habe ihnen einen Vortrag über Hemmungen gehalten.

»Ach du Schreck!«, rief Mr Siddal. »Wie abgeschmackt! Aber sie hat euch wahrscheinlich für Schuljungen gehalten.«

»Wer ist Mr Lechene?«, fragte Duff, als hätte er diese Andeutung überhört.

»Keine Ahnung. Sie hatte ihn schon abgeschüttelt, als ich sie kennenlernte. Sie behauptete, sie hätte mit fünfzehn Jahren geheiratet. Aber ich nehme an, es gibt auch gegenwärtig einen Herrn. Es gibt immer einen. Habt ihr den Auserkorenen nicht gesehen? Vielleicht hatte er frei.«

»Sie will hierher zu uns ziehen«, berichtete Robin. »Fragte, ob wir Platz hätten.«

»O nein! Wir haben keinen Platz«, rief Mrs Siddal.

»Aber Mutter! Das Gartenzimmer ist noch immer unvermietet.«

»Ich will Anna nicht hier haben. Die Wraxtons sind schon schlimm genug.«

»Ja, sie könnte den Leuten auf die Nerven gehen«, stimmte ihr Robin bei. »Sie redet solchen… ihr scheint egal zu sein, was sie sagt, stimmt's, Duff?«

Duff brummte unverbindlich. Er war sich nicht im Klaren, ob es ihm angenehm wäre, wenn Anna käme. Sie hatte ihn durcheinandergebracht. Er hatte sich für die Gedanken geschämt, die sie in ihm wachgerufen hatte; und sie hatte ihn lächelnd angestarrt, als wüsste sie, was in ihm vorging.

»Duff sollte auf der Hut sein«, meinte Mr Siddal. »Sie ist älter als die Felsen, auf denen sie sitzt, und jeden Morgen verspeist sie zum Frühstück einen jungen Mann. Ihr Abfalleimer ist voll von Schädeln und Knochen.«

»Aber jetzt doch nicht mehr!«, rief Robin ungläubig aus.

»O doch. Jedes Wort und jeder Blick von ihr ist ein kräftiges Aphrodisiakum; nach einer gehörigen Dosis bemerken ihre Opfer nicht mehr, dass sie ein fettes, altes Ungeheuer ist. Sie glauben, sie würde ihnen irgendein wundervolles Geheimnis enthüllen.«

»Und tut sie das?«, fragte Duff mit herausforderndem Blick.

»Das«, gestand Siddal, »entzieht sich meiner Kenntnis. Ich kann dir darüber keine Auskunft geben. Sollte sie von mir das Gegenteil behauptet haben, dann hat ihr Gedächtnis sie im Stich gelassen. Sie kann sich nicht vorstellen, dass auch nur ein einziger ihrer alten Bekannten dem Abfalleimer entgangen ist. Ich aber, was auch immer meine Fehler sind, habe nie eine andere Frau angesehen, seit ich eure Mutter geheiratet habe. Ich bin, was man einen glücklich verheirateten Mann nennt.«

8

Mr Siddal doziert

Lady Gifford erschien erst am Sonntagabend unten im Salon. Sie hatte seit ihrer Ankunft am vergangenen Abend das Bett gehütet. Verstohlene Neugierde empfing sie. Ihre Blässe und Magerkeit und ihre schwache Stimme zeugten von ihrer Krankheit. So wagte niemand zu widersprechen, als sie um ein Feuer im Kamin bat, obschon der Abend sehr warm war. Gerry holte Holzklötze aus dem Keller herauf, und als das Feuer hell loderte, setzte sie sich dicht daneben in einen Lehnsessel, wärmte ihre zarten Hände und blickte mit einem leicht triumphierenden Lächeln um sich, als erwartete sie ein Lob für die Anstrengung, ihr Bett verlassen zu haben.

Niemand fand jedoch die rechten Worte, ausgenommen Dick Siddal, der sich jeden Abend in diesem Raum zu seinen Gästen zu gesellen pflegte. Doch auch er fand die Hitze unerträglich. Er setzte sich an die gegenüberliegende Wand außer Hörweite von Lady Giffords klagendem Geflüster. Alle erstickten fast vor Hitze. Sir Henry schrieb Briefe am Pult vor dem Fenster, das auf die Bucht hinausging. Die Paleys saßen nebeneinander auf dem Sofa und lasen die Sonntagszeitungen. Auf einem anderen Sofa saß Miss Ellis, die eigentlich nicht die Erlaubnis hatte, sich in diesem Raum aufzuhalten. Sie tat es trotzdem, aus Protest, weil sie die Nachttöpfe leeren musste. Beim Feuer saß sonst niemand außer Mrs Cove, die vor dem Abendessen den bequemen Sessel mit ihrem Strickzeug belegt hatte und sich nun von den gegenwärtigen Nachteilen nicht vertreiben ließ.

Zwischen diesen beiden Damen nun, die in ihrer selbst gewählten Hölle schmorten, entwickelte sich ein flaches Gespräch. Lady Gifford flüsterte Fragen, die Mrs Cove mürrisch beantwortete. Ihre Stimme klang dabei kalt und scharf, mit einem leicht ordinären Unterton, nicht angeboren, sondern in den vielen Kämpfen mit dem habgierigen Pöbel erworben. Sie sagte, sie könne sich diese Ferien leisten, da sie kürzlich ihr Haus im Süden von London verkauft habe. Es sei im Wert um das Doppelte gestiegen, seit sie es gekauft habe, erklärte sie, da die Fliegerbomben einen großen Mangel an Häusern in diesem Quartier geschaffen hatten.

»O ja, schrecklich!«, pflichtete Lady Gifford ihr bei. »Viel schlimmer als der Blitz! Sehr nervenaufreibend, nicht wahr?«

»Waren Sie in London während des Blitz, Lady Gifford?«

Miss Ellis zwitscherte diese Frage von ihrem Sofa aus und erinnerte daran, dass sie nicht nur das Recht hatte, hier zu sitzen, sondern auch an ihrem Gespräch teilzunehmen.

»Nein«, hauchte Lady Gifford. »Nein … tatsächlich war ich fast nie dort. Aber mein Mann hat alles mitgemacht. Und so war ich natürlich in ständiger Angst. Ich empfand es als meine Aufgabe, bei den Kindern zu sein. Wohin«, fragte sie nun Mrs Cove, »haben Sie Ihre Kinder geschickt?«

»Nirgends hin«, antwortete diese bissig. »Wir sind in London geblieben. Wir hatten einen Anderson-Unterstand. Ich war nicht nervös.«

»Die Kinder auch nicht?«

»Nein.«

Mrs Cove verzog verächtlich die Lippen, als wollte sie sagen, ihre Kinder wären nicht so blöd, nervös zu sein.

»Wie angenehm! Meine Kinder hätten es nicht ausgehalten, sie sind außerordentlich sensibel. Ich kann glücklicherweise sagen, dass nicht eines von ihnen je eine Bombe hören musste.«

»Sie waren in Amerika, nicht wahr, Lady Gifford?«, schlug Miss Ellis vor.

Lady Gifford schenkte ihr keine Beachtung mehr und fuhr fort, mit Mrs Cove zu plaudern.

»Freunde von uns in Massachusetts waren so lieb, uns einzuladen. Die Kinder haben diese Zeit sehr genossen. Aber selbstverständlich wollte ich nicht, dass sie amerikanisiert würden. So hielt ich es für meine Pflicht, sie zu begleiten.«

»Weshalb?«, fragte Mrs Cove und blickte von ihrem Strickzeug auf. »Mögen Sie die Amerikaner nicht?«

»O doch. Ich mag sie sehr. Fabelhaft nett und gastfreundlich.«

»Warum hätte es Ihnen dann missfallen, wenn Ihre Kinder amerikanisiert worden wären? Wo Sie doch all die Gastfreundlichkeit angenommen haben?«

»Oh … hm …«, Lady Gifford zuckte hilflos die Achseln. »Man möchte doch, dass sie richtige Engländer werden.«

»Jawohl«, stimmte Mrs Cove grimmig bei. »Und deshalb habe ich meine in England bleiben lassen. Ich hatte auch Einladungen für sie. Aber ich schmarotze nicht gern.«

Lady Gifford errötete leicht.

»Natürlich war mir diese Seite der Sache sehr unangenehm«, sagte sie. »Ich fand es immer lächerlich, dass man nichts bezahlen durfte. Aber trotzdem denke ich, dass wir es unseren Kindern schulden, sie in Sicherheit zu bringen, wie groß auch immer die Opfer sind. Finden Sie nicht?«

Sie wandte ihren flackernden Blick den Paleys zu, wie um sie um ihre Unterstützung zu bitten. Mrs Paley sah sie verwirrt an und schwieg. Mr Paley starrte auf seine Schuhe und sagte:

»Ich stimme Mrs Cove zu. Hätte ich Kinder gehabt, so

wären sie auch in England geblieben. Ich hätte ihnen nicht gestattet, von Wohltätigkeit zu leben.«

»Sehr viele Orte auf den Britischen Inseln waren recht sicher«, warf Sir Henry ein und wandte sich der Gesellschaft zu. »Viele Leute haben nie eine Bombe gehört.«

»Oh, aber das konnte man nicht im Voraus wissen«, erwiderte Lady Gifford. »Und ich finde, unschuldige kleine Kinder sollten nicht leiden müssen. Das sage ich immer. Die Unschuldigen sollten nicht leiden müssen.«

»Sie tun es aber trotzdem«, meinte Mr Siddal. »Und haben es immer getan.«

»Aber warum?«

Dick Siddal lehnte sich in das Sofa zurück und starrte auf drei Fliegen, die um den Leuchter herumsurrten. Lady Gifford begann ihn zu langweilen.

»Vielleicht sind die Leiden der Unschuldigen ganz brauchbar«, schlug er vor. »Dieser Gedanke kam mir das erste Mal, als eines meiner Kinder sagte, wie hässlich es von Lot gewesen sei, von Sodom fortzugehen. Denn solange er dort blieb, war die Stadt doch sicher. Die Anwesenheit eines einzigen Mannes schützte sie. Es würde mich nicht wundern, wenn die gesamte Menschheit nur wegen ihrer unschuldigen Minderheit geduldet würde.«

»Welch hübsche Idee«, sagte Lady Gifford.

Er sah sie kurz an, dann richtete er den Blick wieder auf die Fliegen. Sie war eine unerträglich dumme Frau und konnte kein einziges seiner Worte verstehen. Aber den Klang seiner eigenen Stimme liebte er, und niemand würde ihn unterbrechen.

»Ich glaube«, fuhr er fort, »dass die Menschheit beschützt und erhalten wird durch unverdientes Leiden, durch die Millionen hilfloser Leute, die für das Böse bezahlen, das wir tun, und die uns beschirmen, nur indem sie da sind, wie Lot in

Sodom. Wäre eine Gemeinschaft von Menschen ausschließlich böse, ohne ein einziges Element der Unschuld, dann würde sich die Erde vermutlich öffnen und alle verschlingen. Eine solche Gesellschaft würde das moralische Atom spalten.«

Er setzte sich auf und richtete seinen Vortrag nun an Paley, der vielleicht fähig war, ihm zu folgen.

»Es sind die Unschuldigen, die die Welt zu einem Ganzen machen. Ihre Qualen sind furchtbar, aber:

Ihre Schultern halten den Himmel im Fall.
Sie stehn – und der Erden Grund bleibt fest.

Warum öffnete sich die Erde nicht, um Bergen-Belsen zu verschlingen? Selbst in Berlin, in den Bunkern der Reichskanzlei hätten Sie Goebbels' unschuldige Kinder gefunden. Die leidenden Unschuldigen, die gekreuzigten Opfer sind die Erlöser, die uns allen dauernde Gnadenfrist sichern. Die Unterdrückten bewahren die Unterdrücker. Wenn die Unschuldigen nicht für uns litten, wären wir alle dahin.«

Lady Gifford blickte ein bisschen verstört.

»Aber es gab doch gewiss noch Babys in Sodom, auch als Lot es verlassen hatte«, sagte sie.

Siddal schüttelte den Kopf.

»Wirklich keine? Aber ...«

»Nicht eines.«

»Wirklich? Das wusste ich nicht. Steht das in der Bibel?«

Da öffnete sich die Tür, und Kanonikus Wraxton betrat den Raum. Das Gespräch erstarb sogleich.

»Es ist unerträglich heiß hier«, bemerkte er.

»Ich fürchte, es ist meine Schuld«, seufzte Lady Gifford. »Ich muss sehr vorsichtig sein, um mich nicht zu erkälten.«

»Wenn Sie sich so rösten lassen, ist das der beste Weg, sich zu erkälten, Madame. Wenn ich hier sitzen soll, muss ich wirklich bitten, einige der Fenster zu öffnen.«

»Dann kann ich nicht hierbleiben«, widersprach sie.

»Das beurteilen Sie selbst am besten«, sagte der Kanonikus.

Er ging zu den Fenstern und öffnete eins nach dem anderen. Dann setzte er sich an das andere Schreibpult, um einen Brief zu schreiben.

Lady Gifford sah sich gezwungen, ins Bett zurückzukehren, und verließ den Raum am Arm ihres Gatten.

In tiefer Nacht

Das Murmeln des Meeres drang durch die offenen Fenster herein. Ein kühler Windhauch umfächelte Christina Paleys Wangen. Sie blickte hinaus und entdeckte hoch oben am Himmel eine Möwe, deren Flügel in den letzten Sonnenstrahlen aufleuchteten.

Die Hitze und Dunkelheit im Zimmer lasteten erstickend auf Mrs Paley. Sie warf einen Blick auf ihren Mann. Weder las er, noch schien er in Gedanken versunken zu sein. Sie war überzeugt, dass er nichts dachte, wenn er so geistesabwesend dasaß, er existierte einfach im Inneren seiner Schale. Neuerdings schien er zu schrumpfen, als verschrumpelte das Hirn in seinem Schädel.

Sie wünschte, jemand würde etwas sagen, und starrte durch den stickigen Dunst zu den anderen Menschen im Raum. Es waren nur noch vier. Alle saßen still und verschlossen da. Mrs Cove strickte im Schein des Kaminfeuers. Mr Siddal stierte auf den Leuchter an der Decke. Kanonikus Wraxton zeichnete Kreise auf ein Löschblatt. Miss Ellis schien ein Loch im Teppich zu begutachten. Keiner von ihnen dachte über irgendetwas nach, war ihr Eindruck, nichts von der Außenwelt drang in sie ein. Sie hatten sich in sich selbst zurückgezogen, wie sich ein Tier mit seinem Knochen in den hintersten Winkel seines Käfigs verkriecht. Es ängstigte sie. Sie konnte es in diesem muffigen Käfig in Gesellschaft dieser seltsamen Tiere nicht länger aushalten. Sie musste hinaus, hinaus aus dem

Hotel und hin zu den Klippen in die steinerne Sicherheit. Sie stand auf und schlüpfte aus dem Zimmer. Niemand bemerkte, dass sie ging.

Die Panik ließ erst nach, als sie den Strand überquert hatte und den Weg zu den Felsen hinaufstieg. Sie meisterte den Aufstieg, nur um oben festzustellen, dass sie ihr Elend nicht losgeworden war. Die Verzweiflung war so stark, dass sie sich fragte, wie sie die Friedlichkeit und Schönheit der Landschaft überhaupt aufnehmen sollte. Doch immer noch vermittelten ihr die Sinne, dass der Himmel, das Meer, die Klippen und der Strand wunderbar waren, dass das Murmeln der Wellen Musik war und dass der Duft des Ginsters die Abendluft erfüllte. Ihr Verstand antwortete darauf: Es ist nicht mehr gut. Früher hätte es dir vielleicht geholfen.

Denn sie liebte die Natur, und zu Beginn ihrer Seelenqualen hatte ein Spaziergang auf dem Land sie oft getröstet. Aber nun war sie am Ende angelangt. Sie war zutiefst davon überzeugt, dass ihr Leben vorüber war, der Schmerz unstillbar. Wenn die schöne Aussicht sie nicht dazu bewegen konnte zu bleiben, dann war gar nichts dazu in der Lage, und sie durfte gehen, wann sie wollte.

Sie wanderte bis zur Felskante, setzte sich auf einen Stein und blickte aufs Meer. Glatt und hell erstreckte sich das Wasser, heller als der Himmel, nur am Horizont zeichnete sich dunkelblau eine gebogene Linie ab. Zu ihrer Linken, hinter der dunstigen Masse der nächsten Landspitze, glühte es noch hell nach dem Sonnenuntergang. Zu ihrer Rechten, über der Pendizack-Bucht, warf die herannahende Nacht ihren Schatten. Sie wollte noch eine Weile hier sein und dann zum Strand hinuntersteigen. Dort würde sie in das glatte, laue Meer waten, so weit hinaus, wie sie konnte, und dann würde sie schwimmen. Sie war seit Jahren nicht mehr geschwommen, aber sie war sicher, dass sie es nicht verlernt hatte. Wie weit, wusste sie nicht, aber es würde weit genug sein. Sie wollte geradewegs auf die dünne Linie am Horizont zuschwimmen, weiter und immer weiter, bis zum Ende. Irgendwann würde ihr die Kraft ausgehen. Dann könnte es Momente von Panik geben. Der Wunsch zu leben würde sich vielleicht erneut in ihr regen, bevor sie unter den erstickenden Wellen verschwand. Aber es würde bald vorbei sein. Und sie würde niemandem wehtun, denn die Hoffnung, Paul zu helfen, hatte sie längst aufgegeben. Ihr Leben war nutzlos und eine Last.

So viel Leid, dachte sie. Überall so viel Leiden. Und solange ich lebe, trage ich dazu bei. Ich bin nicht stark. Ich kann nichts tun. Ich bin bloß eine weitere hoffnungslose, hilflose Person.

Ein schwacher Windhauch strich über den Felsen, und unten rollte eine Welle, größer als die anderen, auf den Strand. Der Entschluss hatte sie gestärkt. Sie lehnte sich gegen den Stein und schloss die Augen. Ihr Geist war leer und offen für alles, das ihm erscheinen wollte. Plötzlich und lebhaft sah sie eine tiefe Grube vor sich, aus der unzählige Gesichter zu ihr aufblickten. Das Bild tauchte auf und verschwand so schnell, dass sie keines der Gesichter erkennen konnte, obwohl ihr einige vertraut vorgekommen waren; die Gesichter eines Mädchens und dreier blasser Kinder, deutlich hervorgehoben unter den vielen anderen und erhellt von einem aufzuckenden Blitz. Zugleich murmelte eine Stimme an ihrem Ohr: *Ihre Schultern halten den Himmel im Fall. Sie stehn – und der Erden Grund bleibt fest.*

Mr Siddal hatte das gesagt. Mr Siddal hatte einige sehr seltsame Dinge gesagt, während er im Salon gesessen und zur Decke hinaufgestarrt hatte. Sie war nicht sicher, ob sie ihn verstanden hatte. Er hatte gesagt, dass die Unschuldigen die Welt retten und dass ihr Leiden notwendig ist. Er hatte gesagt, dass die Opfer, die hoffnungslosen, hilflosen Menschen überall, die

Erlöser sind, die die Menschheit stützen und beschützen. Sie konnte sich nicht genau an seine Worte erinnern. Aber einen Augenblick hatte sie ein merkwürdiges Gefühl empfunden, als er so sprach, als stünde sie vor einer ungeheuren Entdeckung. Gekreuzigt, hatte er gesagt. Der Herr war gekreuzigt worden. Er war unschuldig gewesen, und Er hatte die Menschheit erlöst. Mr Siddal hatte gesagt *erlöst*, als fände das alles in der Gegenwart statt. Meinte er damit, fragte sie sich, dass wir alle... alle die Unterdrückten sind... die armen Leute in China... die Heimatlosen... die armen kleinen jüdischen Kinder, die auf Schiffen geboren wurden... ohne Zuhause, ohne Heimat, überall weggejagt... Oh, ich glaube wirklich, das ist das Schlimmste, geboren zu werden ohne Heimat... oder meinte er, wir alle zusammen sind *eine* Person, unschuldig und gekreuzigt und Erlöser der Welt... immer? Hat er das gemeint?

Wieder rollte eine Welle auf den Strand, und noch bevor sie ins Meer zurückgeglitten war, fühlte Christina, was immer Mr Siddal auch meinte, sie selbst hatte nun Gewissheit. Sie hatte eine Entdeckung gemacht und wusste, sie stand nicht mehr allein. Die Ketten ihrer Einsamkeit, ihr aufgezwungen durch Pauls Grausamkeit, die sie nicht hatte ertragen können, fielen von ihr ab. Ihr Schmerz war nicht ausschließlich ihr eigener, und er hatte sie in eine Existenz außerhalb und jenseits ihrer eigenen gebracht, in einen Geist, in ein Erdulden, von dem sie nie wieder getrennt werden konnte.

Sie erdulden meinetwegen und ich ihretwegen, dachte sie und versuchte, die aus der Grube blickenden blassen Gesichter vor ihr inneres Auge zu rufen. Aber das Bild war fort, und sie konnte es nicht zurückholen. Sie konnte nur über die Vertrautheit der Gesichter nachdenken und sich fragen, ob das Mädchen nicht Evangeline Wraxton gewesen war, die nun irgendwo im Hotel, zwischen den anderen wilden Tieren in ihren Käfigen, eingeschlossen war. Die herausgeholt werden musste aus der Grube, bevor sie endgültig versank.

»Jetzt! Sofort!«, rief Mrs Paley laut und sprang auf die Füße. »Ich darf keine Zeit verlieren!«

So schnell sie konnte, lief sie den Pfad zur Bucht hinunter.

Die Nacht war schon hereingebrochen, als sie eine halbe Stunde später mit Evangeline zurückkehrte. Sie war, ohne irgendeinen Plan gefasst zu haben, in das Zimmer des Mädchens getreten und hatte ihr einen Spaziergang auf den Klippen vorgeschlagen, so ruhig und selbstverständlich, als wäre es seit Langem eine Gewohnheit. Evangeline hatte sie erstaunt angesehen, war dann jedoch gehorsam aufgestanden und hatte einige Gegenstände von ihrem Toilettentisch in die Schublade geräumt: eine Scherbe, eine Feile und eine kleine Dose.

»Brauche ich einen Mantel?«, fragte sie.

»Nehmen Sie lieber einen mit«, riet Mrs Paley. »Dann müssen wir nicht zurück, wenn es kälter wird, und können bleiben, solange wir wollen. Mein Mantel ist unten, ich nehme ihn mit.«

Sie hatten auch noch zwei Kissen vom Sofa in der Hotelhalle gegriffen, damit sie sich beim Sitzen auf den Felsen kein Rheuma holten.

»Dieses Hotel ist nicht angenehm«, meinte Mrs Paley. »Auch nachts nicht.«

»Nein«, stimmte Evangeline ihr bei. »Ich kann dort gar nicht schlafen.«

»Ich auch nicht. Mit unseren Mänteln und Kissen können wir auf den Klippen schlafen, wenn wir wollen.«

»Wenn es nicht regnet«, wandte Evangeline ein.

»Es wird nicht regnen. Und oben bei der Pendizack-Spitze kenne ich eine Art Unterschlupf.«

Sie fanden eine mit Heidekraut bewachsene Mulde, nahe

beim Unterschlupf, und legten sich Seite an Seite nieder, blickten in die Sterne und sprachen darüber, wie man eine Portion Tee am längsten warm halten konnte. Keine hatte das Bedürfnis, sich der anderen anzuvertrauen. Aber sie wussten, was sie verband. Sie waren ein wenig verwundert über sich selbst und kicherten, wie Frauen es tun, wenn sie etwas Abenteuerliches wagen.

»Ich lasse ihn ziehen«, sagte Mrs Paley. »Ich gieße kochendes Wasser über die Blätter, nur dass sie bedeckt sind, lasse sie fünf Minuten stehen, und dann erst fülle ich die Kanne auf.«

»Sie machen mich ziemlich durstig«, bemerkte Evangeline.

»Ich habe einen Picknickkorb, einen Teekessel und einen Spritkocher. Wenn wir morgen Abend wieder herkommen, machen wir uns einen Tee.«

»Das wäre schön«, sagte Evangeline. »Ich möchte jede Nacht herkommen, bis die Woche vorbei ist. Ich wünschte, ich müsste nicht bleiben. Wir wurden aufgefordert zu gehen.«

»Die Leute wissen, dass es nicht Ihr Fehler ist.«

»Meinen Sie? Mr Gerry Siddal … Kennen Sie ihn?«

»Nur vom Sehen.«

»Er ist nett, finde ich«, sagte Evangeline gedankenverloren.

»Ja?«

»Er ist sehr rücksichtsvoll seiner Mutter gegenüber. Aber … ich habe versucht mit ihm zu sprechen … mich zu entschuldigen … und er hat nicht einmal zugehört.«

»Ich spreche morgen mit ihm«, versprach Mrs Paley. »Vermutlich hat er Sie nicht verstanden. Sie haben sicher wieder gemurmelt.«

»Ja … das stimmt. Ich kann nichts dafür. Ich fürchte mich vor den Leuten. Bitten Sie ihn doch, mir nicht böse zu sein.«

»Ja, das will ich tun.«

»Wenn die Leute mir nur nicht böse wären … wenn sie nur nicht …«, seufzte Evangeline.

Bald danach schlief sie ein. Aber Mrs Paley lag noch lange wach und blickte in die Sterne, die winzig und blass am Himmel flimmerten. Das dünne Mädchen an ihrer Seite erfüllte sie mit Zärtlichkeit und Mitgefühl, mit einer Liebe, die sie nie zuvor empfunden hatte. Sie dachte an das verlorene Kind. Heute vor dreiundzwanzig Jahren war es ihr zum ersten Mal in die Arme gelegt worden. Ihr schien, als wäre es an Stelle Evangelines gestorben; damals war ihr Herz noch enger gewesen und hätte nicht ein Wesen, das nicht ihr eigenes war, aufnehmen können. Auch hätte sie damals ein solches Wissen, wie sie es jetzt über das Mädchen neben ihr hatte, nicht tragen können. Zu ahnen, was es hieß, ein Leben mit dem Kanonikus Wraxton führen zu müssen, die Bedeutung der Pillendose und der Nagelfeile auf dem Toilettentisch zu erahnen.

Ab und zu fiel sie in dämmrigen Schlaf, und wenn sie aufwachte, standen noch mehr Sterne am tiefschwarzen Himmel. Der Wind flüsterte im Heidekraut, und schläfrig murmelte sie einen Vers aus ihrer Kindheit: *flüstert ... Weltenraum ... Wächter ... ich höre einen Wächter, der zieht von Ort zu Ort, und flüstert in den Weltenraum, in tiefer Nacht, alles ist gut.*

MONTAG

I

Miss Ellis' Allwissenheit

Miss Ellis hatte am Montag eine Menge zu sagen über die Betten von Mrs Paley und Miss Wraxton. Aber ihre Schlussfolgerungen zog sie ohne Unterstützung von Nancibel, denn die hatte die beiden auf ihrem Weg zur Arbeit auf den Klippen liegen sehen und beschlossen zu schweigen. Es war riskant, Miss Ellis irgendetwas über irgendjemanden zu erzählen.

»Seit gestern Morgen nicht berührt!«, rief Miss Ellis aus. »Was soll denn das bedeuten? Wäre es Mr Paleys Bett, hätte es mich nicht weiter erstaunt. Er ist oft die ganze Nacht wach.«

»Das erleichtert mir immerhin die Arbeit«, meinte Nancibel.

»Uns beiden! Lass uns gleich bei Lady Schlemmermaul weitermachen.«

»Geht nicht. Sie liegt noch im Bett.«

»Du meine Güte! Wo stünde dieses Haus, wenn *ich* den ganzen Tag im Bett läge!«

Ziemlich genau dort, wo's jetzt steht, dachte Nancibel und folgte Miss Ellis die Treppe hinauf zum Schlafzimmer der Coves. Dieses Zimmer war leicht und rasch aufzuräumen, denn die Coves waren sehr ordentlich. Alle vier Decken waren schon abgezogen, und die Laken hingen am Fußende über dem Bettgestell.

»Schauen Sie sich das an!«, rief Miss Ellis verärgert. »Beweist doch, dass sie uns nicht trauen, nicht wahr? Die glauben wohl, wir würden die Decken sonst nur umdrehen.«

»Bei uns zu Hause machen wir das immer so«, sagte Nancibel, während sie die erste Matratze wendete. »Wir sollen immer die Laken über einen Stuhl hängen. Meine Mutter findet, es ist eine schlechte Angewohnheit, sie auf den Boden zu werfen.«

»In einem Häuschen wie euerm mag das nötig sein«, sagte Miss Ellis hochmütig. »Aber hier ist es eine Beleidigung der Angestellten. Würden Sie sich vielleicht mal die Nachthemden ansehen? Mrs Cove sollte sich schämen.«

»Drei Kinder einzukleiden ist teuer«, bemerkte Nancibel.

»Sie kann sich das leisten. Sie hat genug Geld. Was für Geschichten ich schon über sie gehört habe! Mir kam der Name gleich bekannt vor. Cove! Aber ich wusste nicht mehr, woher. Als ich hörte, wie die Kinder heißen, Maud, Blanche und Beatrix, da wusste ich's wieder. Sie hatte diese drei alten Tanten, Großtanten eigentlich, und natürlich erwartete sie eine Erbschaft und …«

»Wären Sie so freundlich«, unterbrach Nancibel Miss Ellis, »sich auf ein Bett zu setzen, das ich schon gemacht habe? Ich möchte diese Matratze hier wenden.«

Miss Ellis wechselte den Platz und fuhr fort:

»Natürlich wünschte sie sich einen Sohn, des Titels wegen. Wie ärgerlich sie war, als immer nur Töchter kamen! Und dann starb *er* vor seinem Onkel, und Titel und Vermögen gingen an einen anderen Neffen über. Sie besitzen ein Haus in Dorsetshire – der Baronet, meine ich, der Onkel. Ich habe ganz in ihrer Nähe gelebt und viel über sie erfahren. Ich war einige Monate Haushälterin in einem Pflegeheim, und da schloss ich Freundschaft mit einer Mrs … einer Mrs … oh, wie war nur ihr Name? Egal. Sie war vor ihrer Heirat jedenfalls Gouvernante oder etwas Ähnliches am Hof gewesen, und was sie uns allen von *dieser* Mrs Cove, der Nichte, und ihren Gemeinheiten erzählte …! Alle haben gelacht. Und was dann das Fass zum Überlaufen gebracht hat, war, dass das ganze Geld den Kindern hinterlassen wurde. Sie bekam nur eine Lebensrente. Es sei denn, die Kinder sterben, natürlich. Aber die können nicht plötzlich alle sterben. Das würden die Leute komisch finden. Also, sie hatte ein großes Vermögen erwartet, einen Titel und das alte Familiengut, und als sie dann nur die Rente bekam, lebte sie weiter, als hätte sie keinen einzigen Penny geerbt. Wo gehen Sie hin?«

»Die Betten hier habe ich alle gemacht«, erklärte Nancibel. »Jetzt gehe ich ins Zimmer der Jungen hinüber.«

Luke und Michael schliefen neben den Coves. Ihr Bettzeug war nicht zurückgeschlagen.

»Weshalb lassen sie immer uns die Betten auseinandernehmen und wieder neu machen? Noch nie hatte ich so viel Arbeit mit einer Familie«, klagte Miss Ellis, als sie hinter Nancibel in das Zimmer trat. »Wissen Sie übrigens das Neueste? Lady Gifford wünscht jeden Vormittag Kaffee mit einem geschlagenen Ei darin!«

»Ich verstehe nicht, wie sie das alles essen kann und dabei so mager bleibt«, sagte Nancibel. »Sie ist doch ein Skelett!«

»Ah! Da habe ich so eine Ahnung. Es würde mich nicht wundern, wenn sie einmal sehr stark zugenommen hätte und das Fett dann auf Hollywood-Art wieder losgeworden wäre. Sie wissen schon. Wie die Filmstars.«

»Nein«, entgegnete Nancibel, »weiß ich nicht. Wie denn?«

Im Augenblick, da sie die Frage aussprach, bereute sie sie auch schon; denn am Ausdruck auf Miss Ellis' Gesicht erkannte sie, dass die Antwort widerwärtig war. Aber sie sollte nicht verschont werden. Miss Ellis kam um Lukes Bett herum zu ihr und flüsterte ihr zwei Worte ins Ohr.

»Nein!«, schrie Nancibel und erbleichte. »Das glaube ich nicht! Wie schrecklich!«

»Doch«, nickte Miss Ellis weise. »Ich habe mal mit einer gearbeitet, die Ankleiderin einem dieser Studios gewesen war, und die hat mir davon erzählt.«

»Aber wie machen sie das?«

»Mit einer kleinen Pille«, kicherte Miss Ellis. »Ich vermute, mit einem Glas Champagner lässt es leicht hinunterspülen.«

»Werden sie denn nicht furchtbar krank davon? Es … es könnte sie umbringen!«

»Sicher. Aber immerhin können sie ohne Sorge um ihr Gewicht essen, was sie wollen.«

»Ich glaube das nicht«, protestierte Nancibel. »Kein Mensch könnte das.«

»Sie *müssen* aber. Sie müssen sich ihre schlanke Linie bewahren, sonst werden rausgeschmissen.«

»Aber Lady Gifford ist kein Filmstar und muss sich nicht ihren Lebensunterhalt verdienen.«

»Vielleicht wusste sie gar nicht, was sie einnahm. Jemand könnte ihr von einem wundervollen Arzt geschwärmt haben, der für fünfhundert Pfund ein Wunder an ihr vollbringen würde, also hat sie diese Pille genommen und keine Fragen gestellt.«

Miss Ellis kicherte und fügte hinzu:

»Ihr Gesicht hätte ich gern gesehen, als sie es herausfand!«

»Mir wird auf jeden Fall richtig übel von der Geschichte«, bemerkte Nancibel.

»Wenn Sie erst von der hässlichen Seite des Lebens so viel gesehen haben wie ich, regen Sie nicht mehr so leicht auf.«

Schweigend arbeiteten sie weiter, bis Nancibel plötzlich ausrief:

»Schade, dass Sie über jeden nur Widerwärtiges erzählen.«

»Sprechen Sie mit mir, Nancibel Thomas?«

»Natürlich spreche ich mit Ihnen, Miss Ellis.«

»Dann sind Sie ein unverschämtes junges Ding, und ich habe nicht übel Lust, mich bei Mrs Siddal über Sie zu beklagen.«

»Gut, Miss Ellis.«

»Das kommt davon, wenn man mit Ihnen spricht wie mit einer Gleichgestellten. Sie erlauben sich Frechheiten.«

»Ich wünschte, Miss Ellis, Sie würden überhaupt nicht mit mir sprechen. Wenn es wahr ist, was Sie mir erzählen, ist es trotzdem widerwärtig. Und ich glaube nicht die Hälfte davon. Es ist nichts als Dienstboten-Geschwätz.«

»Noch nie in meinem Leben hat man mich so beleidigt!«, rief Miss Ellis.

Nancibel drehte sich um und ging nach nebenan, ins Schlafzimmer von Hebe und Caroline. Sie würde sich nicht länger bemühen, mit Miss Ellis gut auszukommen. Aber es machte ihr kein Vergnügen, sich zu streiten, und so schwieg sie, als die Haushälterin kam, um ihr noch weiter die Meinung zu sagen.

»Ich dachte nie, dass ich mir einmal meinen Lebensunterhalt verdienen müsste. Ich wurde nicht dazu erzogen. Mein Vater war ein wohlhabender Mann. Wir hatten fünf Dienstboten; keine ungehobelten Gören aus den Hütten, sondern adrette, wohl erzogene Mädchen. Das Bitterste für mich ist, dass ich nun mit gewöhnlichem Volk leben muss, das meint, mich beleidigen zu dürfen, weil ich Pech hatte und von niemandem beschützt werde. Ein gewisser Menschenschlag sieht nichts lieber, als dass seine Vorgesetzten zu Fall gebracht werden.«

Nancibel hob Hebes Schlafrock vom Boden auf und trug ihn zum Schrank. Ihr erstaunter Ausruf, als sie die Schranktür öffnete, brachte Miss Ellis' Redestrom zum Versiegen.

»Du lieber Gott!«, rief Nancibel.

»Was ist los?«, fragte Miss Ellis und eilte herbei. An der

Innenseite der Türe hing ein mit Stecknadeln befestigtes Stück Plakatpapier, auf dem groß geschrieben stand:

DER EDLE BUND DER SPARTANER

Zweck: eine Vereinigung von Spartanern, die England und vielleicht auch die Welt regieren.

Wahlspruch: Alles Gute ist böse. Alles Böse ist gut.

1) Gehorche immer dem Anführer.

2) Verrate nie Geheimnisse der Spartaner.

3) Scheue nie zurück vor Schwierigkeiten.

4) Sei dir selbst gegenüber nie nachsichtig.

5) Iss deine Süßigkeiten-Ratsion nie.

6) Küsse nie jemanden. Wenn jemand dich küsst und du kannst nicht ausweichen, sag im Stillen den Fluch: Verflucht seist du, dein Fleisch, deine Knochen sammt dem Mark darin, deine Leber und deine Augen, denn du hast mich gegen meinen Willen geküsst.

7) Lobe niemanden, höchstens irohnisch.

8) Wenn man dich zwingt, unspartanische Ideen auszusprechen, füge leise ein »nicht« hinzu.

9) Jede Woche wird ein neuer Anführer gewählt. Jedes Mitglied kommt mal dran.

10) Der Anführer darf keine Prüfung anordnen, die eine Schramme oder eine Beule bewirkt. Nicht-Spartaner könnten sie bemerken.

11) Nicht mehr als drei Prüfungen in der Woche.

12) Keine neuen Regeln bis zu der nächsten Zusammenkunft.

13) Wenn ein Spartaner zum Nutzen aller eine tapfere Tat vollbracht hat, müssen alle Mitglieder ihn unterstützen, auch wenn er in der Woche nicht der Anführer ist.

1) Furcht	*Etwas tun, vor dem man sich fürchtet.*
2) Essen	*a) Etwas essen, von dem einem übel wird (zum Beispiel Schokolade mit Sardinen), und die Übelkeit unterdrücken.*
	b) 24 Stunden gar nichts essen.
3) Geruch	*Während 10 Minuten einen schlechten Geruch einatmen, zum Beispiel mit Miss Rigby sprechen.*
4) Sehen	*Anatomiebilder ansehen.*
5) Hören	*Quietschender Kreide zuhören, wenn es einen davor gruselt.*
6) Kälte	*Eine Woche lang ohne Decke auf dem nackten Boden schlafen.*
7) Berührung	*Sich kitzeln lassen und sich nicht bewegen.*
8) Schmerz	*Sich den kleinen Finger einklemmen*
9)	*Etwas besonders Tapferes vollbringen, was der Anführer bestimmt. Wirklich gefährlich.*

Sobald die Junior-Spartaner alle neun Prüfungen bestanden haben, erhalten sie ihre Mitgliederkarte und können Anführer werden. Während ihrer Prüfungszeit dürfen sie bei den Zusammenkünften dabei sein, aber nicht mit abstimmen. Sie haben nicht die Priwilgien der Mitglieder, müssen aber allen Regeln gehorchen.

Dieses Manifest verblüffte Miss Ellis und Nancibel so sehr, dass sie das Kriegsbeil für eine Weile begruben.

»Es kommt mir irgendwie so unnatürlich vor«, meinte Nancibel. »*Alles Gute ist böse, alles Böse ist gut.* Wie seltsam, dass ein Kind auf eine solche Idee kommt!«

»Vielleicht ist sie so wegen all dem Zeug, das um sie herum vorgeht«, sagte Miss Ellis. »Angenommen, sie weiß etwas … wie zum Beispiel, was ich Ihnen vorhin erzählte. Es könnte sie furchtbar entsetzt haben. Genug, um auf solche Ideen zu kommen.«

»Aber *davon* weiß sie bestimmt nichts. Wie sollte sie auch.«

»Sie hätte Dienstboten schwatzen hören können. Denken Sie an meine Worte: Irgendwie so etwas steckt dahinter!«

Da hörten sie eilige Schritte den Korridor herunterlaufen, und Miss Ellis schloss hastig die Schranktür. Es war Hebe. Als sie die beiden erblickte, blieb sie auf der Schwelle stehen und sagte mit schroffer Hochmütigkeit:

»Oh … noch nicht fertig?«, und rannte mit fliegenden Locken davon.

»Eines Tages«, gelobte Miss Ellis, »werde ich Miss Hebe Gifford erzählen, wer sie ist und was sie ist. Gifford! Sie ist nicht mehr eine Gifford als ich. Sie wurde bloß adoptiert. Sie ist ein Kind der Sünde, das Kind eines Dienstmädchens, höchstwahrscheinlich. Und ich muss ihren Nachttopf leeren!«

2

Das Flaschenschiff

»Porthmerryn ist so ein kleiner Ort«, sagte Mrs Cove, als sie mit ihren Kindern über die Klippen eilte. »Und so voll von Fremden. Wenn wir uns nicht beeilen, sind die besten Süßigkeiten schon alle weg. Trödelt also nicht herum! Blanche, kannst du denn nicht schneller gehen?«

»Ihr Rücken tut weh«, antwortete Beatrix für ihre Schwester.

»Dann tut Gehen gut.«

Blanche versuchte nun, unterstützt von ihren Schwestern, schneller zu gehen. Alle drei hatten nicht das geringste Interesse, das Städtchen möglichst rasch zu erreichen, da sie es für unwahrscheinlich hielten, später die mühevoll gesicherten Süßigkeiten je wieder zu Gesicht zu bekommen. Ihre Mutter pflegte solche Dinge für einen Regentag aufzubewahren, der nie Wirklichkeit wurde. Aber sie wussten, wie wichtig es war, etwas zu besitzen, das andere Leute vielleicht begehrten; denn der Wert einer Sache stieg mit ihrer Seltenheit.

Oben auf dem Hügel angelangt, gleich beim Bethesda-Bau, hielt Mrs Cove einen Augenblick inne, um den Kindern die letzten Weisungen zu erteilen.

»Wir trennen uns besser. Wenn wir alle zusammen in denselben Laden gehen, gibt man uns eine gemischte Auswahl, da wir *eine* Familie sind. Soviel ich weiß, gibt es hier mehrere Läden, die Süßigkeiten verkaufen. Blanche! Du gehst die Marine Parade hinunter, Beatrix die Church Street, ich die Fore Street und Maud die Market Street. Hier ist eine halbe Krone für jede. Versucht vor allem, Türkischen Honig zu kriegen, es gibt ihn sehr selten. Wenn das nicht möglich ist, dann Mäusespeck oder Karamellbonbons. Lasst euch nichts Schlechtes andrehen, davon gibt es immer viel. Und falls man euch Unsinn erzählt, zum Beispiel, dass an Fremde nichts verkauft wird, dann sagt ihr, dass ihr das dem Amt für Lebensmittel melden werdet. In einer halben Stunde treffen wir uns wieder vor dem Postamt.«

Sie trennten sich, und Mrs Cove eilte die Fore Street hinunter. Aber Blanches Rückenschmerzen hatten sie zu lange hingehalten, und sie war nicht, wie beabsichtigt, die Erste im Laden. Vielmehr stand schon eine lange Schlange von Leuten vor dem Ladentisch. Mrs Cove stellte sich hinten an. Genau vor ihr standen Robin Siddal und Sir Henry Gifford.

»Sie sind ja früh«, antwortete sie mürrisch auf den Gruß der beiden.

»Ich soll Mäusespeck kaufen«, sagte Gifford. »Meine Frau hat mich früh losgeschickt, damit ich noch welchen bekomme. Es gibt hier welchen, sehe ich.«

»Und ich Karamellbonbons«, erklärte Robin. »An der Marine Parade gab es keine. Übrigens habe ich dort Blanche getroffen, Mrs Cove, und sie lässt Sie fragen, ob sie und ihre Schwestern mit mir kommen dürfen, um sich ein Flaschenschiff anzusehen. Ich habe ihnen davon erzählt.«

»Wo ist das?«

»In einem Häuschen in der Nähe des Hafens. Nancibels Urgroßmutter wohnt dort, wissen Sie. Sie besitzt einen Haufen interessanter Dinge.«

Mrs Cove überlegte und willigte dann unfreundlich ein; die Mädchen sollten jedoch zum Mittagessen wieder zurück sein.

»Sie ist sehr alt«, erklärte Robin, zu Sir Henry gewandt, »und fast blind. Man sagt, sie gehört längst ins Armenhaus.

Sie ist sehr erbittert deswegen und die anderen auch. Bei den Thomas' ist nicht genug Platz, und es müsste sich jemand um sie kümmern. Ich frage mich, ob nicht einige ihrer alten Schätze ihr etwas einbrächten – wenigstens so viel, dass sie es ein bisschen behaglicher haben könnte. Verstehen Sie zufällig etwas von schwarzem Bernstein, Sir? Sie sagten gestern, Sie lieben Bernstein.«

»Ich verstehe nur sehr wenig davon«, antwortete Sir Henry vorsichtig. »Er ist sehr selten.«

»Ich glaube, sie besitzt ein Stück. Ihr Sohn, er war Matrose, hat es ihr vor Jahren aus dem Osten mitgebracht. Er ist schon lange gestorben.«

»Wie sieht es aus?«

»Eine kleine geschnitzte Figur, etwa so groß«, sagte Robin und zeigte mit den Fingern ungefähr zehn Zentimeter. »Es sieht aus und fühlt sich an wie Bernstein. Es steht auf ihrem Küchenschrank.«

»Aber das hätte ja mindestens einen Wert von tausend Pfund!«, rief Sir Henry aus.

»Ich weiß. Schwarzer Bernstein ist sehr wertvoll. *Wenn* es Bernstein ist, bräuchte sie nicht ins Armenhaus zu gehen.«

Die Menschenschlange rückte weiter vor, aber weder Robin noch Sir Henry bemerkten es. Mrs Cove wartete einige Sekunden, überholte die beiden und stellte sich vor sie.

»Ich habe meine Vermutung ihr gegenüber nicht geäußert«, fuhr Robin fort, »um keine falschen Hoffnungen zu wecken. Ich wünschte, ein Sachverständiger würde sich das Stück einmal ansehen.«

»Ich halte es für sehr unwahrscheinlich«, meinte Sir Henry.

»Ich auch. Aber ein Blick darauf würde sich bestimmt lohnen, und ich weiß nicht, wen ich darum bitten kann.«

»Ich könnte ihn mir ja ansehen, wenn das von Nutzen ist«, sagte Sir Henry.

»Oh, Sir! Würden Sie das wirklich tun?«

Die Schlange rückte wieder ein Stück weiter, und bald stand Mrs Cove vor dem Ladentisch.

»Mäusespeck«, verlangte sie mit fester Stimme.

Sir Henry und Robin sahen um sich. Sie wunderten sich, Mrs Cove nun plötzlich vor sich zu erblicken, erkannten aber, dass es ihre eigene Schuld war.

»Und sollten Sie recht haben«, nahm Sir Henry das Gespräch wieder auf, »könnte ich ihr beim Verkauf behilflich sein, damit sie einen guten Preis erzielt.«

»Das ist furchtbar nett von Ihnen. Ich gehe heute Morgen hin. Möchten Sie gleich mitkommen?«

»Nein. Jetzt kann ich nicht. Meine Frau erwartet mich. Aber an einem anderen Tag, wenn Sie wollen.«

Nun war die Reihe an Sir Henry. Er bekam keinen Mäusespeck mehr, da Mrs Cove den letzten gekauft hatte. So erstand er Nugat, und Robin kaufte seine Karamellbonbons.

»Das war gemein von ihr«, sagte Robin, als sie den Laden verließen. »Sie hat sich vorgedrängelt.«

»Wir haben sie nicht daran gehindert. Wissen Sie, ich würde über diesen schwarzen Bernstein, wenn es wirklich einer ist, nicht in aller Öffentlichkeit sprechen. Jeder könnte mithören. Je sicherer er aufbewahrt wird, desto besser. Vielleicht können Sie der alten Frau gegenüber andeuten, dass sie lieber gut darauf aufpassen soll.«

Robin versprach es, und sie trennten sich. Robin machte einige Besorgungen für seine Mutter, dann eilte er zum Postamt, wo die drei Mädchen auf ihn warteten. Sie sagten, ihre Mutter sei schon nach Hause gegangen, und sie würden alle sehr gerne das Schiff in der Flasche sehen.

»Also dann kommt mit«, sagte Robin. »Hier, nehmt euch von meinen Karamellbonbons.«

Er hielt ihnen die Papiertüte hin. Aber sie schüttelten den

Kopf und erklärten, wie immer, sie hätten keine Gegengabe anzubieten.

»Nichts?«, rief er erstaunt. »Aber habt ihr nicht eben alle drei Süßigkeiten gekauft?«

»Unsere Mutter hat sie an sich genommen«, antwortete Beatrix.

»Verstehe. Hier, nehmt trotzdem von den Karamellen.«

Jede nahm sich ein Stück, doch ohne große Begeisterung. Viel lieber hätten sie selbst gegeben als genommen. Hätten sie ihre Süßigkeiten behalten dürfen, wären sie in ganz Porthmerryn herumgelaufen und hätten allen davon angeboten.

Robin führte sie auf einer Seitenstraße zum Hafen. Er war nicht besonders erpicht darauf, in Begleitung dieser merkwürdigen Mädchen einem seiner Freunde zu begegnen. Zeitweise wunderte er sich über sich selbst, dass er diese Expedition unternommen hatte, denn normalerweise schenkte er Mädchen zwischen sieben und siebzehn Jahren keine Beachtung; und diese hier waren besonders wenig reizvoll. Aber Blanches Lächeln hatte es ihm angetan. Sie strahlte so hell, wenn sie sich freute, dass man nicht umhinkonnte, ihr immer wieder eine Freude zu bereiten. Sie hatte in einem Ladenfenster an der Parade ein kleines billiges Flaschenschiff entdeckt und war entzückt davor stehen geblieben. Dieses Entzücken hatte sich zur Ekstase gesteigert, als er ihr von Mrs Pearce' Schiff erzählte. Blanche hatte ihn so voller Dankbarkeit angestrahlt, schon bei der bloßen Beschreibung. Bevor er sich's versah, hatte er versprochen, ihr das Schiff einmal zu zeigen. Dieses Angebot hatte sie in den sechsten Himmel versetzt, sodass er sich genötigt fühlte, ihr auch den siebten aufzuschließen, und hatte vorgeschlagen, gleich hinzugehen.

»Dieses Schiff«, erzählte er ihnen, »mag an die hundertfünfzig Jahre alt sein, denn Mrs Pearce' Großvater hat es selbst angefertigt. Es ist ein Fünfmaster, und die Flasche, die es umschließt, ist lang und dünn, nicht dickbauchig, wie man es bei den Nachahmungen sieht. Wir sind da. Hier, die Treppe hinauf.«

Die steinerne Treppe führte vor eine grüne Tür im oberen Stock; im unteren Teil des Hauses befand sich ein Fischladen. Robin klopfte an die offen stehende Tür, und schob die Mädchen in einen Raum voller Möbel, Blumentöpfe mit Farnkraut und Katzen. Nancibels Urgroßmutter, eine kleine alte Frau, stocherte im Herd herum. Sie wandte sich ihnen zu und rieb sich die trüben Augen.

»Ich bin's, Robin Siddal«, brüllte Robin ihr ins Ohr. »Ich habe drei junge Damen mitgebracht, die sich das Schiff ansehen möchten. Dürfen sie das?«

Mrs Pearce kaute eine Weile auf der Nachricht herum und fragte dann, ob es die jungen Damen von Tregoylan seien.

»Nein, nein, sie sind von London.«

»London? Ich sehe nicht mehr so gut wie früher. Die Mädchen von Tregoylan, die kommen manchmal hierher, aber nicht im August. London?«

Blanche trat vor sie hin und legte ihre Hand in die alten, knöchernen Hände.

»Ich bin Blanche Cove«, sagte sie leise, aber deutlich. »Und dies sind meine Schwestern, Maud und Beatrix. Wir wohnen in Mrs Siddals Hotel in Pendizack.«

»So, so, in Pendizack. Ein altes Haus, das. Mein Enkel, Barny Thomas, wohnt oben in St Sody. Aber ich komme da nicht mehr hinauf. Nicht, seit mein Bein so schlimm geschwollen ist. Setzt euch, ihr Lieben. Robin! Bring Stühle für die Mädchen.«

Alle setzten sich. Robin war erstaunt über das gute Benehmen der Coves, die kein Wort über das Schiff verlauten ließen, obwohl ihre Augen immer zum Kamin wanderten, wo es auf dem Sims stand. Sie erkundigten sich höflich nach

Mrs Pearce' Bein. Nach einiger Zeit erklärte Robin noch einmal den Zweck ihres Kommens, und diesmal begriff die alte Frau.

»Mein Schiff? Du meine Güte, ja. Die Mädchen sollen es sich ansehen. Gib es mir in die Hand. Du weißt ja, wo es ist.«

Er reichte es ihr, und sie hielt es den Mädchen hin, damit sie es bewundern konnten.

»Dieses kleine, alte Schiff«, erzählte sie ihnen, »steht schon auf dem Sims seit dem Jahr, das darin eingeritzt ist. Wenn ihr scharf hinschaut, könnt ihr einen Namen lesen: Phineas Pearce. Das ist der Name meines Großvaters, meine Lieben. Und hinter dem Namen stehen die Zahlen: eins, sieben, neun, fünf. Im Jahr 1795 wurde das Schiff gemacht.«

Robin hatte diese Erklärungen schon oft angehört, und so schlenderte er zum Küchenschrank hinüber, um noch einmal das Stück schwarzen Bernstein zu betrachten. Bei seinem letzten Besuch hatte es auf dem zweiten Brett, neben dem Tintenfass, gelegen. Nun lag es nicht mehr dort.

»Damals gab es hier noch keine Marine Parade«, hörte er Mrs Pearce erzählen, »auch zu meiner Zeit noch nicht. Es gab nur einen kleinen Anlegehafen für die Sardinenboote.«

»Mrs Pearce«, unterbrach er sie, »wo ist die kleine schwarze Figur, die auf der Anrichte stand?«

»In der Suppenschüssel«, antwortete sie. »Ich habe sie zur Sicherheit dort hineingelegt, als ich Staub gewischt habe.«

Er sah in der Schüssel nach. Wirklich, da lag die Figur. Sein Herz beruhigte sich.

»Denkt euch«, fuhr Mrs Pearce fort, »ich habe die erste Eisenbahn in unserer Stadt erlebt und all die Fahnen und Freudenrufe und die schöne Musik! An dem Tag gab es ein Fest in der Stadt. Ein Fest für alle und jeden.«

Ein Erschauern überlief die Mädchen. Maud fragte, ob alle Leute gekommen seien und wer das Fest gegeben habe.

»Alle zusammen gaben es, und alle kamen. Männer, Frauen, Kinder, alle waren dort, auch die Bauern, die von weit, weit her kamen. Manche sagten, es wären fünftausend Menschen gewesen, andere sagten, zehntausend. Es war eine Unmenge von Menschen, das weiß ich, weil ich ja dabei war; so viele Menschen habe ich nie vorher und nie danach gesehen. Und der Bahnhof so grün wie ein Wald, voller Zweige und Kränze. Und einer schrie: Da kommt sie! Da kommt sie! Ich hörte ihren Pfiff! Und dann ein solches Gedränge und Geschiebe, meine Güte, wie eine Herde Ochsen. Und dann sagte ein anderer: Das ist keine Eisenbahn. Das war ich, ich habe nach meinem Hund gepfiffen. Und dann ein Gelächter, so laut wie Donner. Aber dann kam sie schließlich, die Eisenbahn, ganz behängt mit Blumen, und der Bürgermeister mit seiner goldenen Kette fuhr sie. Und die Kapelle spielte, und alle sangen das *Old Hundredth*.«

»Ach, wie wunderschön!«, rief Maud.

Nur ungern verabschiedeten sie sich, und ihre Augen folgten sehnsüchtig dem Schiff, als Robin es wieder auf das Kaminsims stellte. Als Robin sich bedankte, erwähnte er, die alte Frau solle vorsichtig sein mit der Bernsteinfigur, möglicherweise sei sie wertvoll.

»Sie ist mehr als ein Pfund wert, glaube ich«, stimmte sie zu.

»Mehr als fünf Pfund vielleicht, Mrs Pearce. Passen Sie also gut auf sie auf.«

»In der Suppenschüssel ist sie sicher«, meinte sie. »Auf Wiedersehen, ihr Lieben. Ihr seid mir immer willkommen, wenn ihr mich besuchen wollt.«

Robin hatte noch etwas zu erledigen, und die Mädchen machten sich allein auf den Heimweg. Sie gingen langsam, denn Blanche war müde. Sie mussten sie den Hügel hinaufziehen. Ihre Köpfe waren so erfüllt von Festen, Eisenbahnen und Schiffen, dass sie kaum miteinander sprachen. Aber als die Felder hinter ihnen lagen und sie zu dem mit Stechginster bewachsenen Plateau auf den Klippen gelangten, begann Maud leise zu summen. Die anderen stimmten in den wortlosen Gesang ein, und eine frische Brise verwehte die schwachen Töne.

Wenn sie allein waren, waren sie meistens sehr glücklich, auch wenn ihre Blässe und Ernsthaftigkeit und die mitleiderregende Schäbigkeit ihrer Kleidung sie mitleiderregend wirken ließen. Sie besaßen so wenig, wussten so wenig, waren so wenig herumgekommen und so wenigen Leuten begegnet, kurz, ihr Leben war so leer, dass sie gar nicht in Versuchung kamen, sich mehr zu wünschen. Während des Krieges war ihre Schule aufs Land evakuiert worden. Sie aber waren zu Hause geblieben und von ihrer Mutter unterrichtet worden. Sie brüstete sich, nicht zu Unrecht, ihnen mehr Geschichte, Geografie, Mathematik und Religion beigebracht zu haben, als sie in der Schule gelernt hätten. Aber in der Nachbarschaft hatte es keine anderen Kinder mehr gegeben, und so hatten sie sich ganz aufeinander beschränken müssen. Sie stritten sich nie und waren ganz selten verschiedener Meinung. Blanche war die Intelligenteste von ihnen; doch ging ihr viel Kraft durch die häufigen Schmerzanfälle verloren, sodass sie in den Schulstunden hinter Beatrix zurückstand. Maud, die Jüngste, war die Abgeklärteste und die Unzufriedenste. Sie war manchmal ungezogen.

Dieser Ferienaufenthalt in Pendizack war das größte Abenteuer ihres Lebens. Sie waren alle ein bisschen betäubt. Es war, als hätte sich ein Märchenbuch plötzlich in Wirklichkeit verwandelt. Noch vor einer Woche hätten sie es nicht für möglich gehalten, mit Kindern wie den Giffords befreundet zu sein. Zwischen Möglichkeit und Unmöglichkeit schien es keine Schranke mehr zu geben.

»Hebe wählt morgen die tapfere Tat für uns aus«, sagte Beatrix, als sie ihren Gesang beendet hatten. »Ich möchte wissen, was es sein wird.«

»Wir haben noch nicht einmal die Hälfte der Prüfungen hinter uns«, bemerkte Maud. »Wir haben noch keinen Geruch gerochen und noch nicht am Boden geschlafen.«

»Sie sagt, das hat Zeit«, sagte Beatrix. »Ich habe ihr erklärt, dass wir nicht auf dem Boden schlafen können, weil Mutter das Zimmer mit uns teilt.«

»Hoffentlich müssen wir uns nicht zwischen Schienen legen und einen Zug über uns fahren lassen«, sagte Blanche ängstlich. »Ich glaube nicht, dass ich das tun könnte. Ich hätte zu viel Angst.«

»Hat Hebe das getan?«, rief Maud.

»Nein. Das war nicht möglich, in London. Dort darf man die Schienen überhaupt nicht betreten. Aber vielleicht findet sie, dass wir das tun sollen.«

»Was hat Hebe denn getan?«, fragte Beatrix begierig.

»Sie hat eine ganze Nacht in der St-Pauls-Kathedrale verbracht. Sie hat sich versteckt, als zugeschlossen wurde. Sie sagt, sie hätte den Geist von Heinrich VIII. gesehen.«

»Was für ein Unsinn«, rief Maud. »St Pauls wurde ja erst nach dem großen Feuer in London erbaut.«

»Neue Gebäude hindern einen Geist nicht am Spuken«, erklärte Blanche. »In London steht ein Haus, wo früher eine Straße war, und ein Mann galoppiert noch jetzt mit einem Pferd darin herum. Aber wenn wir uns unter einen Zug legen sollen, das kann ich wirklich nicht. Stellt euch bloß vor, man hört das Röhren des Zugs, wie er näherkommt.«

»Ich glaube nicht, dass es ein Zug wird«, meinte Beatrix. »Caroline meint, es wird etwas mit Schwimmen sein.«

»Aber wir können doch gar nicht schwimmen«, protestierten die anderen.

»Ich weiß. Das habe ich ihr auch gesagt. Aber sie findet, Spartaner müssen es lernen, indem sie in tiefes Wasser springen.«

»Und wenn wir es so nicht lernen?«, fragte Maud.

»Das hat sich Caroline auch gefragt. Sie sagt, wenn Hebe von uns verlangt zu schwimmen, dann wird sie sie daran hindern.«

»Wie denn?«

»Ich weiß nicht. Aber sie war ziemlich wütend. Sie hat gesagt, Spartaner zu sein sei bloß ein Spiel, und wir sollen es nicht zu ernst nehmen. Und sie selbst hat überhaupt keine tapfere Tat vollbracht, sie hat nur so getan, als ob.«

»Wie gemein!«, rief Blanche.

Als sie schon in Sichtweite der Bucht gelangt waren, sank Blanche plötzlich ins Gras und sagte, sie wolle sich kurz ausruhen. Also legten sich alle hin und rieben den wilden Thymian zwischen den Fingern. Beatrix flüsterte träumerisch:

»Wenn wir nur etwas hätten, mit dem man kleine Dinge groß machen kann, ein Zauberglas oder so, dann könnten wir das Schiff aus der Flasche holen und es groß werden lassen.«

»Wie würdest du es denn aus der Flasche nehmen?«, fragte Maud.

»Das würde ich schon hinkriegen. Phineas Pearce hat es ja auch reingebracht.«

»Warum nicht auch die Flasche vergrößern?«, schlug Blanche vor. »Wir könnten durch den Flaschenhals kriechen und auf dem Schiff leben. Und wenn es in der Flasche bliebe, könnten wir sogar bei Regen an Deck sitzen.«

»Und wo würdest du es hinstellen?«, fragte Maud.

»Oben auf die Klippen«, beschloss Beatrix, »da könnte man es schon von Weitem sehen … Eine riesige Flasche mit einem Schiff innen drin. Jeden Tag würden sich Menschenmengen versammeln und das *Old Hundred* singen.«

»Aber niemand dürfte es betreten außer treuen Spartanern«, sagte Maud.

»Und Robin«, sagte Blanche. »Und Nancibel. Oh, ich wünschte, wir könnten das tun. Hebe wäre so erstaunt.«

»Ich glaube, jeder wäre ziemlich erstaunt«, sagte Maud. »Aber ich fürchte, es geht nicht. So ein Glas kann es nicht geben.«

»Es gab einmal ein Teleskop«, behauptete Beatrix, »mit dem konnte man in die Vergangenheit sehen.«

»Beatrix! Es *gab* einmal? Wer hat dir das erzählt?«

»Es stand im *Strand Magazine*. Ein Mann guckte durch das Teleskop auf sein Haus, und es war nicht da. Also nahm er es näher an seiner eigenen Zeit in den Fokus, und da sah er, wie es gebaut wurde.«

»Das muss eine Erfindung sein«, sagte Blanche.

»Nein. Da stand *Science*.«

Blanche sah nicht sehr überzeugt aus. Sie versuchte aufzustehen, da es schon spät war. Aber ihr Rücken schmerzte so sehr, dass sie stöhnend ins Gras zurückfiel.

»Ist es so schlimm?«, fragte Beatrix ängstlich.

Blanche nickte. Tränen liefen ihr über die Wangen, was sehr selten geschah.

»Soll ich dir den Rücken reiben?«

»Versuch es mal.«

Mit großer Anstrengung legte sich Blanche auf den Bauch. Beatrix schob das fadenscheinige Baumwollkleid hinauf und massierte ihr die Wirbelsäule. Aber es wurde nicht besser. Sie weinten nun alle drei.

Plötzlich hörten sie eine Stimme:

»Hat sie sich verletzt?«

Vor ihnen auf dem Weg stand Mrs Paley.

»Es ist nur der Rücken«, erklärte Beatrix. »Er tut ihr immer weh. Wir reiben ihn, wenn es zu schlimm wird.«

»Lasst mich mal versuchen«, sagte Mrs Paley. »Ich kann das ganz gut.«

Sie kniete sich neben Blanche und begann sie sanft zu massieren. Dabei stellte sie Fragen. Wie lange hatte Blanche diese Schmerzen schon? Schon immer, antworteten sie, fügten dann hinzu: »Seit sie Diphtherie hatte.« Wusste ihre Mutter Bescheid? Ja. Maud sagte, ihre Mutter halte es für Wachstumsschmerzen.

»Hat der Arzt Massage angeordnet?«, forschte Mrs Paley weiter. »Denn manche kranken Rücken sollten lieber nicht massiert werden.«

»Oh, sie war bei keinem Arzt«, antwortete Beatrix. »Es ist keine Krankheit, nur ein Schmerz. Wir reiben ihn immer, wenn sie nicht schlafen kann.«

Nach einiger Zeit erklärte Blanche, es sei jetzt besser, und ihre Schwestern halfen ihr beim Aufstehen. Bergab zu gehen sei besonders schwierig, erklärte sie, aber es würde gehen, wenn die anderen ihr halfen. Es war doch bestimmt schon spät?

Die drei machten sich auf den Weg, Beatrix und Maud legten ihr stützend einen Arm um die Taille. Sie schienen jetzt guten Mutes zu sein. Als sie den Pfad hinunterstapften, begannen sie wieder, den Lobgesang zu summen.

Mrs Paley folgte ihnen mit besorgtem Blick, bis sie den Strand erreicht hatten.

3

Keine Lady

Nancibel war auf dem Weg in den Garten, um Pfefferminze zu pflücken, als sie hinter den Loganbeeren einen Fremden zu erblicken glaubte.

»Wer ist da?«, rief sie.

Er richtete sich auf und kam mit breitem Lächeln auf sie zu.

»Bruce! Was machen Sie denn hier?«

»Ich suche die Stallungen. Und Sie?«

»Ich arbeite hier. Und hier geht es nicht zu den Stallungen. Wer hat Ihnen erlaubt, von unseren Beeren zu essen?«

»Was heißt, Sie arbeiten hier?«, fragte Bruce etwas aufgeregt.

»Ich bin hier Dienstmädchen.«

»Aber ich dachte, Sie wohnen oben auf den Klippen?«

»Ich komme jeden Tag hierher.«

»Oh? Ach so.«

Er seufzte erleichtert. Er ergriff einen Pappkoffer, der auf dem Weg stehen gelassen worden war, mit der Bemerkung:

»Ich habe keine Himbeeren gegessen; es gibt nämlich gar keine. Wissen Sie, wo die Stallungen sind?«

»Dort, durch das Tor in der Mauer müssen Sie gehen. Warum?«

»Dort ist mein Schlafplatz.«

»Oh! Sie machen hier Halt? Ihre Leute kommen hierher?«

»Jawohl.«

»Komisch. Mrs Siddal hat heute Morgen nichts erwähnt.«

»Ich denke, sie weiß es gar nicht. Sie war nicht da, als wir ankamen. Der alte Herr hat uns die Zimmer vermietet.«

»Mr Siddal! Du meine Güte!«

»Er ist ein alter Freund meiner … meines Chefs. Deshalb haben wir an der Tür nach ihm gefragt.«

»Wer hat denn aufgemacht?«

»Ein junger Mann mit Polypen.«

»Ach der!«

»Ja, der! Ich bin froh, dass Sie so über ihn denken.«

»Warum?«

»Weil ich dann nicht eifersüchtig zu sein brauche.«

»Seien Sie vernünftig. Und dann?«

»Wir haben eine Ewigkeit in der Halle gewartet, während die Polypen Mr Siddal wecken gingen. Endlich erschien er und hat meinem Chef das Gartenzimmer vermietet. Für mich war kein Platz mehr im Hotel und so …«

»Werden Sie nicht frech. Sie beziehen wohl die kleine Kammer in den Stallungen. Die Siddal-Jungen und Fred wohnen in den beiden anderen.«

»Führen Sie mich doch bitte hin.«

»Sie brauchen keine Führung«, sagte Nancibel. »Gehen Sie einfach durch die Pforte. Sie können den Weg nicht verfehlen.«

»Freuen Sie sich kein bisschen, dass ich gekommen bin?«, rief er ihr nach, als sie sich umdrehte und ging.

»Doch natürlich«, rief sie über ihre Schulter zurück. »Ich habe seit Samstag nicht mehr richtig gelacht.«

Sie lief davon und hoffte, dass sie ihre Freude über das Wiedersehen nicht verraten hatte. Denn sie hatte seit dem Samstagabend viel über Bruce nachgedacht und war zum Schluss gekommen, dass er wirklich nett war, trotz seines dummen Benehmens. Nicht jeder Junge hätte sich von einem

Mädchen so gut gelaunt die Leviten lesen lassen wie er. Und es würde lustig sein, jemand Junges in der Nähe zu haben: jemand Lebensfrohes, eine willkommene Abwechslung zu Fred mit seinem schweren Atem und seinem *Nancibel, du bist hier unerwünscht!* Sie würde aus der Haut fahren, wenn sie sich diese Witzelei noch oft anhören musste. Bruce ist ein bisschen verknallt in mich, dachte sie, und das tut mir gut. Den ganzen Winter hindurch war es mir egal, ob sich die Jungen für mich interessieren oder nicht, aber so langsam erhole ich mich.

Sie hüpfte ins Haus, leichtfüßig und strahlend wie ein begehrtes junges Mädchen. *»Ich werd dich wiedersehn, wenn der Frühling kommt«*, sang sie am Spülstein vor sich hin.

»Musst du unbedingt solchen Lärm machen?«, fragte Fred. »Was singst du da überhaupt?«

»Ein sehr altmodisches Lied«, sagte Nancibel. »Meine Mum hat es früher immer gesungen.«

Miss Ellis kam in die Spülküche mit wichtigtuerischer Miene.

»Ein neuer Gast ist angekommen«, meldete sie. »Mit einem Chauffeur. Er wird über den Stallungen schlafen. Gehen Sie schnell, Nancibel, und machen Sie sein Bett zurecht.«

»Ja, Miss Ellis.«

Bruce hatte die Kammer inzwischen gefunden und musterte sie mit düsterem Blick, als Nancibel mit dem Bettzeug hereintrat. Wände und Diele waren aus Holz, kein Teppich lag auf dem rauen Boden, und die Möblierung bestand aus einem zerbrochenen Stuhl und einem Klappbett.

»Entbehrung ist unser Motto«, bemerkte Bruce. »Ob mir wohl Laken erlaubt sind?«

»Ja. Ich habe welche mitgebracht. Hören Sie! Setzen Sie sich nie auf das Bett! Dann klappt es nämlich mit Ihnen in der Mitte zusammen, und es ist nicht leicht, da wieder rauszu-

kommen. Fred hat einmal dort geschlafen und wurde einge-
quetscht. Hätte nicht jemand seine Schreie gehört, säße er
noch heute drin.«

»Wie lange war er denn wirklich drin?«

»Oh... zwei oder drei Tage«, antwortete Nancibel ernst
und breitete die Laken über das Bett.

»Aber wie komme ich hinein, wenn ich heia-heia machen
will?«, fragte Bruce, nachdem sie eine Weile gelacht hatten.

»Sie steigen am Fußende hinein und kriechen zum Kopf-
kissen hinauf. Aussteigen müssen Sie auf die gleiche Art.«

»Mit der Zeit werde ich es schon lernen. Erzählen Sie mir
von den Siddal-Jungen. Den Betten in ihrem Zimmer nach
sind es drei?«

»Ja. Gerry ist der älteste. Er ist *sehr* nett.«

»Oh, wirklich? Und hübsch, vermute ich?«

»Nein. Nicht besonders. Duff dafür... der nächste... sieht
traumhaft aus.«

»Besser als ich?«

»Nein. Aber er plappert nicht von Elendsvierteln.«

»O Nancibel! Müssen Sie darauf herumreiten? Ist das fair?«

»Vielleicht nicht«, stimmte sie zu. »Ich lasse es in Zukunft
bleiben, es sei denn, Sie ärgern mich.«

»Oh, ich ärgere Sie nie mehr. Sie haben mein Leben verändert.«

»Sie sehen kein bisschen verändert aus.«

»Bin ich aber! Sie ahnen nicht, wie sehr!«

Dann öffnete er seinen Koffer und begann seine Sachen
auszupacken.

»Ich habe seit Samstag immer an Sie gedacht«, sagte er,
»und mich gefragt, ob ich Sie wiedersehe.«

»Was für ein hübscher Schlafrock!«, rief Nancibel aus.

»Ja, nicht wahr?«

»Was sind das für Blätter mit Schreibmaschinenschrift?«

»Teil des neuen Buchs von meinem Chef.«

»Wer ist Ihr Chef?«

Jetzt oder nie, dachte Bruce, während er den Schlafrock aufhängte. Ein beserer Moment kommt nicht.

»Mrs Lechene«, antwortete er beiläufig.

»*Mrs* Lechene?«

»Ja. Ich habe Ihnen doch von ihr erzählt. Sie ist Schriftstellerin.«

Hatte er ihr das wirklich erzählt? Nancibel wusste es nicht. Sie würde sich doch daran erinnern, dass er für eine Lady arbeitete?

»Wie sind Sie zu der Stelle gekommen?«, fragte sie.

Bruce zögerte und dachte an seinen Vorsatz, nicht mehr zu prahlen.

»Ich war Hausdiener in einem Hotel, als sie …«, begann er.

»Oh!«, rief Nancibel. »Wie in Ihrem Buch also? Dieser Junge war doch auch Hausdiener in einem Hotel, nicht wahr?«

»Sie erinnern sich an ganz schön viel aus meinem Buch, wenn man bedenkt, dass Sie es nicht mochten«, meinte Bruce spitz.

»Nun ja, es ist doch wirklich seltsam: Er ein Hausdiener und Sie ein Hausdiener.«

»Weshalb? Man muss seine eigenen Erlebnisse nutzen.«

»Und diese Lady?«

»Sie hat nichts mit der Frau in meinem Buch zu tun. Es ist nicht autobiografisch.«

»Wie bitte?«

»Es ist nicht meine Lebensgeschichte«, erwiderte Bruce hitzig. »Das ist alles, was ich meine.«

»Ach so. Das will ich hoffen.«

»Schluss jetzt damit. Und überhaupt, das Buch ist nichts wert. Ich werde es verbrennen und ein anderes schreiben.«

»Das hilft bei Brennstoffmangel.«

»Ich werde ein Buch schreiben über einen Jungen, der in einem Bett eingeklemmt wurde. Keiner wusste, wo er war, weil er zu stolz war zu schreien.«

Er hielt inne.

»Weiter«, sagte Nancibel.

»Ich kann nicht. Zu tragisch. Tragische Bücher mögen Sie nicht.«

Sie hörten schwere Schritte auf der Leiter zu den Kammern. Eine Stimme rief scharf seinen Namen. Sein Gesichtsausdruck änderte sich.

»Bruce!«, rief die Stimme wieder.

Eine Frau erschien in der Tür und musterte sie beide. Nancibel war klar, dass es sich um die Schriftstellerin handelte. Eine alte Freundin Mr Siddals! Eigentlich keine Undenkbarkeit; sie waren wahrscheinlich Jugendfreunde gewesen. Schriftstellerin war sie vielleicht, aber bestimmt keine Lady, wie sie nun ihre Nase in das Zimmer ihres Chauffeurs steckte und sie anstarrte. Was war denn schon dabei, wenn sie ihn zusammen mit dem Dienstmädchen hatte lachen hören? Ladys überhörten und übersahen solche Dinge geflissentlich. Zum Beispiel Mrs Siddal.

Sekunden vergingen, und das Starren wurde beleidigend. Nancibel blickte Anna voll ins Gesicht; ihr war dunkel bewusst, dass ein gehauchtes »Entschuldigung« und flinkes Hinausschlüpfen nicht das Richtige war. Sie musste standhalten und ihr Recht, hier zu sein, behaupten. Wie eine dicke weiße Nacktschnecke, dachte Nancibel. Nur Nacktschnecken würden Schlabberhosen tragen. Ich werde kein Wort sagen. Soll sie merken, dass sie der Eindringling ist. Sie muss als Erste sprechen. Hoffentlich hält Bruce auch den Mund.

Aber nein. Bruce ertrug Annas Starren nicht mehr. Es machte ihn unruhig, wie sie ihren Blick unverhohlen über Nancibels Körper gleiten ließ. Es brach aus ihm hervor:

»Wir haben gerade …«

Anna wandte sich ihm rasch zu. Ihr bleicher Mund lächelte höhnisch.

»Das sehe ich«, sagte sie.

Dieses Spiel spielt man zu zweit, dachte Nancibel und begann ihrerseits, die Feindin hemmungslos zu mustern. Kein Büstenhalter und kein Mieder, und wenn ich solche Zehen hätte, würde ich keine offenen Sandalen tragen. Wir können Statuen spielen, bis die Welt untergeht, Schnecke, wenn es dir Spaß macht.

»Miss Thomas war so freundlich«, stotterte Bruce, »mir Laken zu bringen.«

Annas Blick wanderte gemächlich zum Bett.

»Ich sollte schnell den Wagen in die Garage fahren«, sagte Bruce.

»Es eilt nicht«, sagte Anna. »Ihr habt Wichtigeres zu tun.«

»Nichts! Gar nichts Wichtigeres!«, erklärte er, drückte sich an ihr vorbei und hastete die Leiter hinunter.

Nancibel hatte das Bett fertig bezogen, aber sie hielt es für besser, noch dies und das im Zimmer zu erledigen, um zu zeigen, dass es zu ihrer Arbeit gehörte, hier zu sein. Sie hob die maschinenbeschriebenen Blätter vom Boden auf, die Bruce dort verstreut hatte, und legte sie auf das Fensterbrett.

»Tut mir leid, dass ich gestört habe«, sagte Anna. »Hat Bruce Ihnen seine Lebensgeschichte erzählt?«

»O nein«, lächelte Nancibel. »Die hat er mir letzten Samstag erzählt.«

»Letzten Samstag?«, fragte Anna. »Letzten Samstag?«

Sie ging zum Bett hinüber, offenbar in der Absicht, sich hinzusetzen und mehr zu erfahren. Nancibel erkannte den günstigen Augenblick zum Rückzug.

»Entschuldigen Sie«, murmelte sie und eilte aus dem Zimmer.

Als sie die Leiter hinunterstieg, hörte sie ein Krachen und Fluchen. Anna war in die Falle von Pendizack geraten und erlitt nun dasselbe Schicksal wie Fred.

Aber *sie* kann sich selbst hochrappeln, dachte Nancibel, als sie über den Vorplatz lief. Sie ist kein kleines dürres Ding wie Fred. Du meine Güte, welche Sprache! Und so was will eine Lady sein!

4

Mäusespeck

Lady Gifford konnte gar nicht glauben, dass es in einem großen Ort wie Porthmerryn schon am ersten Tag einer neuen Rationierungsperiode keinen Mäusespeck mehr gab. Sie war überzeugt, dass eine gründliche Suchaktion noch welche zutage gefördert hätte.

»Hast du erklärt, dass er für eine Kranke ist?«, fragte sie.

»Es hätte nichts genützt«, antwortete Sir Henry. »Es gab ganz einfach keinen mehr. Ich habe es überall versucht.«

»Unter dem Ladentisch wäre bestimmt noch eine ganze Menge zu finden gewesen. Du hast nur keinen mehr *gesehen*.«

»Ich habe bei Saundry welchen gesehen, aber Mrs Cove hat den letzten gekauft, bevor ich an der Reihe war. Sie hatte sich vorgedrängt.«

»Mrs Cove! Das sieht ihr ähnlich. Wie konntest du das geschehen lassen?«

»Es tut mir leid, Eirene.«

»Nein, mein Lieber. Das glaube ich dir nicht. Täte ich dir wirklich leid, dann würdest du mir die Dinge zu erleichtern versuchen, anstatt sie zu erschweren.«

»Ich tue, was ich kann«, murmelte er.

Sie errötete vor Ärger, setzte sich im Bett auf und sprach mit ungewöhnlicher Energie.

»Wie kannst du das sagen? Du, der du mich zwingst, auf diese schreckliche Art zu leben, obwohl wir es so angenehm haben könnten. Heute Morgen bekam ich einen Brief von Veronica. Sie schreibt, auf den Kanalinseln gibt es alles, was man will, vorausgesetzt, man hat Geld.«

»Eirene, wir haben oft genug darüber gesprochen!«

»Du zwingst mich, ein armseliges Kuli-Leben zu führen.«

»Es ist kein Kuli-Leben. Du hast keine Ahnung von den Kulis und ihrem elenden Leben.«

»Schrei nicht so, Harry. Bitte! Du weißt, wie mich jede Szene aufregt. Können wir das nicht ruhig besprechen?«

Sir Henry dämpfte seine Stimme und stellte fest, dass Kulis nichts als Reis zu essen hätten.

»Den wir nicht bekommen«, triumphierte Eirene Gifford. »Wir sind also schlimmer dran als Kulis. Ich wäre nur allzu froh, Reis essen zu dürfen ... Ich liebe Risotto ... aber Mr Strachey will uns keinen Reis geben, weil die Arbeiter sich nichts daraus machen. Alle meine Freunde in Amerika sagen, sie wüssten nicht, wie wir mit unseren Rationen auskommen. Jeder, der es sich leisten kann, verlässt England, nur wir nicht.«

»Ich habe es dir schon einmal gesagt, Eirene, nichts hindert dich daran, nach Guernsey zu ziehen, wenn du das möchtest.«

»Aber es nützt nichts, wenn du nicht auch kommst. Ich müsste sonst Einkommenssteuer bezahlen. Dem können wir nur entgehen, wenn wir beide fortziehen.«

»Ich sagte bereits, ich komme nicht mit, und ich habe dir meine Gründe erklärt.«

»Du findest es unpatriotisch. Patriotismus bedeutet dir mehr als deine Frau und Kinder.«

»Nun ... ja. Ich glaube, schon.«

»Dann heuchle kein Mitleid mit mir. Wenn du mich verhungern sehen willst wegen einer Regierung, für die du nie gestimmt hast ... eine Regierung, die sagt, du seist keinen Pfifferling wert ...«

»Das hat sie nie gesagt.«

»Doch. Du bist nicht in der Labour-Partei. Mr Shinwell sagte, jeder, der nicht in der Labour-Partei ist, ist keinen Pfifferling wert.«

»Die Regierung besteht nicht aus Mr Shinwell allein.«

»Da bin ich nicht so sicher. Mr Attlee wagt nicht, ihn hinauszuwerfen, obwohl er uns keine Kohle verschaffen kann.«

»Sag, Eirene, wenn Shinwell mich nun zu seinem Günstling machen würde, wärst du dann damit zufrieden, dass ich weiterhin mein Amt als Richter versehe?«

»Red keinen Unsinn, Harry. Du weißt genau, dass er das nie tun wird.«

»Zugegeben, es ist nicht sehr wahrscheinlich.«

»Und zugunsten dieser Leute, die nur darauf bedacht sind, dich zu ruinieren, sollen meine Kinder verhungern ...«

»Ich glaube nicht, dass sie am Verhungern sind.«

»O doch. Sie bekommen nur tausendfünfhundert Kalorien anstatt dreitausend.«

»Am Tag oder in der Woche?«

Eirene antwortete nicht, und er war überzeugt, dass sie es nicht wusste.

»Sie sehen kein bisschen unterernährt aus«, bemerkte er. »Im Vergleich zu den Coves ...«

»Die Coves«, unterbrach sie ihn, »werden nun wohl jedes Mal den Mäusespeck von ganz Porthmerryn aufkaufen.«

»Zu schade. Wer ist schuld, Mr Shinwell oder Mr Strachey?«

»Beide. Wären die Konservativen ans Ruder gekommen, hätten wir nie einen solchen Mangel erlebt. Hör mal, Harry: Vielleicht wäre Mrs Cove bereit zu tauschen. Vielleicht hätte sie gern etwas von meinem Nugat.«

»Wenn sie Nugat haben wollte, hätte sie Nugat gekauft. Davon gab es mehr als genug.«

»Du könntest ihr sagen, wie krank ich bin. Aber lass nur. Sag nur weiterhin, dass es dir leidtut, und unternimm nicht die kleinste Anstrengung, mir zu helfen.«

Sie fiel in die Kissen zurück, und ihre Augen füllten sich mit Tränen.

Sir Henry zögerte und stahl sich dann aus dem Zimmer. Nach einer Viertelstunde kehrte er zurück mit einer Papiertüte voll Mäusespeck, die er auf ihren Nachttisch legte.

»Harry! Wo hast du ihn bekommen?«

Sie steckte sich einen Mäusespeck in den Mund und kostete ihn kritisch, mit gerümpfter Nase.

»Von Mrs Cove«, antwortete Sir Henry.

»Hat sie ihn gegen mein Nugat getauscht?«

»Hm … Nein. Sie hat ihn mir verkauft.«

»Du lieber Himmel!«

Sie kostete einen zweiten und sagte:

»Er ist nicht besonders gut. Hat sie dir den Verkauf vorgeschlagen oder hast du darum gebeten?«

»Ich habe einen Tausch vorgeschlagen, aber sie wollte nicht. Sie sagte, ihre Kinder machen sich nicht viel aus Süßigkeiten; sie mögen lieber Bücher. Sie verkaufen oft ihre Süßigkeiten, um sich für das Geld Bücher zu kaufen. Da bot ich an, ihr den Mäusespeck abzukaufen.«

»Wie viel hast du gezahlt?«

»Acht Schilling und sechs Pence.«

»Aber Harry! Das ist unerhört: mehr als dreimal so viel, wie sie selbst bezahlt hat!«

»Ich fand es auch ziemlich happig, aber sie sagte, für weniger gibt es kein gutes Buch. Und ich wusste ja, wie viel dir am Mäusespeck liegt.«

Es klopfte an der Tür, und Hebe kam herein, auch mit einer Papiertüte in der Hand.

»Liebling!«, rief Lady Gifford. »Guten Morgen! Hattest

du es lustig? Was hast du unternommen? Gib mir einen Kuss!«

Hebe hielt ihr die Wange hin, und als sie den Kuss spürte, verzog sie die Lippen zum stillen Fluch der Spartaner.

»Wir waren in Porthmerryn wegen unserer Süßigkeiten«, antwortete sie und legte ihre Tüte auf die Bettdecke. »Hier ist Mäusespeck. Ich habe ihn gekauft, weil ich weiß, dass du ihn besonders gern isst.«

»Ach … wie lieb von dir! Aber das kann ich nicht annehmen, weißt du. Nicht deine Ration.«

»Du nimmst sie doch sonst auch immer«, meinte Hebe kühl. »Ich mache mir nichts aus Süßigkeiten.«

Sie warf einen harten Blick auf die Tüte, die Lady Gifford bereits in den Händen hielt, und ging davon.

»Hebes Entbehrungswille ist wirklich großartig«, bemerkte Lady Gifford.

»Mhm«, sagte Sir Henry.

Die unverhüllte Verachtung in Hebes Betragen hatte ihn erschreckt.

»Ist sie oft so?«, fragte er seine Frau.

»Wie?«

»So sehr … mit der Nase in der Luft.«

»Sie ist sehr zurückhaltend. Das sind feinfühlige Kinder meistens.«

»Sie ist schlussendlich nicht unser Kind. Ich frage mich …«

»Was?«

»Ob sie … ob es ihr bei uns gut geht.«

»Mein lieber Harry! Wo hätte sie es schöner haben können? Sie hat alles, was ein Kind begehren kann; oder, besser gesagt, *hätte* alles, wenn wir nicht gezwungen wären, in diesem gottverlassenen Land zu leben.«

Da er Guernsey von Neuem aufs Tapet gebracht sah, flüchtete er. Hebes Gesichtsausdruck beunruhigte ihn immer noch.

Es war nicht richtig, dass ein Kind seine Mutter so anblickte und auf diese Weise zu ihr sprach. Jemand müsste Hebe zurechtweisen, und dieser Jemand müsste wohl er sein. Es war nicht sein Wunsch gewesen, sie und die Zwillinge zu adoptieren. Es war bloß Eirene zu Gefallen geschehen. Aber er hatte Dokumente unterschrieben und versprochen, den Kindern ein guter Vater zu sein; doch hatte er nicht das Gefühl, sich je große Mühe gegeben zu haben, dieses Versprechen auch einzulösen.

Er nahm an, dass die Kinder mit der Zeit nicht umhinkonnten, Eirene in einem gewissen Ausmaß zu kritisieren. Er selbst tat es ja auch, und offenkundige Fehler blieben ihren jungen scharfen Augen nicht verborgen. Aber sie mussten lernen – so wie er es gelernt hatte –, Eirene zu ertragen und ihre Fehler zu verzeihen, sonst würde das Leben unerträglich werden.

Er ging die Treppe hinunter und wanderte an der Küste entlang, überrascht von der Entdeckung, dass das Leben wirklich noch unerträglicher werden konnte, als es bereits war. Seit neun Jahren nahm er es als Tatsache hin, dass seine Ehe eine Katastrophe war, und versuchte das Beste daraus zu machen. Aber er hatte geglaubt, dieses Unglück betreffe nur Eirene und ihn. Die Möglichkeit, dass auch die Kinder davon betroffen sein könnten, hatte er nicht bedacht. Als kleine Kinder, behütet von Kindermädchen in den oberen Zimmern von Queen's Walk, waren sie davon ganz unbehelligt gewesen.

Und kleine Kinder waren sie noch, als sie 1940 nach Amerika zogen. Caroline war fünf, Hebe drei und die Zwillinge kaum älter als ein Jahr gewesen. Bei der Adoption von Luke und Michael, im Frühling 1939, war er leicht beunruhigt gewesen, da er den Krieg vorausgesehen und einschneidende Umwälzungen für die nächste Zukunft befürchtet hatte. Aber

Eirene hatte auf ihrem Entschluss beharrt. Starrköpfiger Optimismus war eine ihrer hervorstechendsten Eigenschaften. Sie wollte nie glauben, dass etwas Unangenehmes geschehen würde, und verachtete jeden, der das für möglich hielt. Sie blieb unerschütterlich ruhig – bis zum Einmarsch der Deutschen in Paris 1940. Der versetzte sie in umso größere Panik und ließ sie eilig über den Atlantik flitzen.

Während fünf Jahren hatte er einzelgängerisch im Erdgeschoss von Queen's Walk gelebt, gearbeitet und gegessen, so gut es in diesen Zeiten eben ging, bedroht von den Fliegerangriffen 1940 und 1941, von den Fliegerbomben und Raketengeschossen. In gewisser Weise hatte ihm dieses Leben gefallen. Dass er davon befreit war, ständig Eirene zuhören zu müssen, machte einen großen Teil der alltäglichen Trostlosigkeit wett. Er betätigte sich im Zivilschutz und genoss die grimmige Kameradschaft, die ihm seine Stellung als Luftschutzwart einbrachte. In mancher Hinsicht war dieses Leben befriedigender als sein bisheriges.

Zu Beginn des Jahres 1941 nahm er sich eine Geliebte, was er sich niemals erlaubt hätte, wäre Eirene zu Hause gewesen. Er war über sich selbst ein bisschen erstaunt, fand jedoch während dieser Zeit noch viele andere Dinge heraus, die ihn erstaunten. Sie war rothaarig, eine der weiblichen Luftschutzwarte, und weder in der Vorkriegs- noch in der Nachkriegszeit hätte er sie anziehend gefunden. Sie hieß Billie und sprach mit leichtem Cockney-Akzent. In lärmigen Nächten patrouillierte er mit ihr die Straßen auf- und ab. Ihr Vorrat an Witzen war unerschöpflich, und wenn eine Bombe fiel, erzählte sie ihm sofort einen neuen Witz. Er erinnerte sich gut an sie, wie sie, den Luftschutzhelm auf dem Kopf, mit kräftigen Händen den Feuerwehrschlauch packte, ein tapferes Mädchen, das nichts begehrte und alles, was es besaß, mit sorgloser Großzügigkeit hingab. Nach einigen Monaten trat sie dem Königlichen Marinedienst der Frauen bei und verschwand aus seinem Leben. In äußerst kurzer Zeit hatte sie ihn einiges über die Frauen gelehrt, was er nie zuvor gewusst hatte.

Er begriff, dass Eirene ihn niemals geliebt haben konnte. Und das war, wie Billie sagte, wahrscheinlich sein eigener Fehler. Er hatte »das arme Ding nicht zur Liebe erzogen«. Billie erklärte ihm auch, dass es im ganzen Haus falsch lief, wenn es im Schlafzimmer nicht gut lief. Sie war ein ungebildetes Geschöpf, aber er nahm sich viele ihrer Aussprüche zu Herzen. Nur wusste er, dass in seinem Fall das Gegenteil galt: Im ganzen Haus am Queen's Walk stimmte es hinten und vorne nicht, und deshalb klappte es auch im Schlafzimmer nicht und würde es nie tun. Ein unterwürfiger Gatte kann kein guter Liebhaber sein.

Nach und nach schwand seine Bitterkeit gegen Eirene. Er schmiedete Pläne für die Zukunft und nahm sich vor, es von Neuem zu versuchen, wenn Eirene und die Kinder nach Hause kämen. Er würde seine Frau beherrschen, und sie würde ihn lieben. In der Erregung des Wiedersehens könnte ein zartes Band zwischen ihnen entstehen. Denn er erwartete sie alle ganz unverändert zurück.

Im Sommer 1945 kehrten sie heim, bis zur Unkenntlichkeit verändert. Aus den kleinen Kindern waren richtige Leute geworden – sie stellten Fragen, sie hatten Ansichten. Und Eirene war eine Kranke, schwach, ausgezehrt, unfähig zu einem normalen Leben. Sie benötigte mehr eine Krankenschwester als einen liebevollen Gatten, und so sah er sich gezwungen, seine Pläne für ein besseres Leben fürs Erste aufzugeben. Es war die Rede von einer möglichen Heilung Eirenes, aber keiner der Ärzte konnte ihm sagen, was ihr eigentlich fehlte.

Von seiner Wanderung zurückgekehrt, stieß er auf Hebe. Sie saß, mit ihrer Katze auf der Schulter, auf der Terrasse. Es war der geeignete Zeitpunkt für eine Zurechtweisung.

»Hebe«, begann er streng, »ich muss mit dir reden.«

Sie hob ihre schönen Augen zu ihm auf und wartete.

Er las ihr nun die Leviten wegen des Betragens ihrer Mutter gegenüber. Eirene, erinnerte er sie, sei krank und leide sehr.

»Was fehlt ihr denn eigentlich?«, wollte Hebe wissen.

»Sie … wir sind nicht ganz sicher. Unglücklicherweise findet man es nicht heraus.«

Hebe blickte ihn forschend an, und ihr Ausdruck änderte sich. Er hätte schwören mögen, dass endlich ein Anzeichen von Mitleid in ihren Augen stand, aber seltsamerweise hatte er das Gefühl, dass ihr Mitleid nicht Eirene galt.

»Sie liebt dich und hat für dich gesorgt, seit du ein Baby warst«, sagte er. »Sie hat alles für dich ….«

»Wer war meine richtige Mutter?«, unterbrach ihn Hebe.

»Eh … ich weiß ihren Namen nicht, Liebling.«

»Weißt du nichts über sie?«

»Ich … wir wissen einiges über die Umstände. Eines Tages wirst du es erfahren … wenn du älter bist.«

»Weshalb nicht jetzt gleich?«

»Wir finden, du bist noch zu jung.«

»Die Fragen eines Kindes sollte man immer aufrichtig beantworten, sonst kriegt es einen Kompress.«

»Einen *Komplex*. Ich antworte dir ja aufrichtig.«

»Bin ich ein Bastard?«

Sir Henry war verblüfft. Aber nach einigem Bedenken antwortete er:

»Ja. Aber das Wort solltest du nicht in den Mund nehmen. Wo hast du es gelernt?«

»Bei Shakespeare. Sind Luke und Michael …«

»Was *sie* sind, geht dich nichts an.«

»Sag mir nur eines: Bin ich das Kind von armen Leuten? Von Arbeitern?«

»Nein.«

Ihr Gesicht fiel in sich zusammen.

»Ich wünschte, ich wäre es.«

»Warum?«

»Ich finde arme Leute netter.«

»Oft sind sie es«, stimmte er ihr bei.

»Aber wenn ich das Kind reicher Leute bin, warum musste ich dann adoptiert werden?«

»Sie wollten dich nicht haben.«

»Warum wollten sie mich nicht haben?«

Er zögerte wieder, beschloss dann jedoch, auch diese Frage offen zu beantworten.

»Du wärst ihnen im Weg gewesen.«

»Oh!«

Sie blickte auf die Steinplatten und stieß mit ihren bloßen Fersen heftig gegen die Mauer. Sie tat ihm leid. Er erinnerte sich, dass Eirene und er damals, als sie das Kind zu sich genommen, sich gefragt hatten: Was wird es wohl fühlen, wenn es einmal erfährt – was unumgänglich ist –, dass seine eigene Mutter es nicht behalten wollte? Dass nicht Krankheit oder Armut der Grund waren, dass es auf die Barmherzigkeit fremder Leute angewiesen war? In welchem Alter auch immer, es würde ein Schock für Hebe sein, das zu erfahren, hatte er geglaubt. Eirene jedoch war überzeugt gewesen, dass Hebe diese Frage nie stellen würde.

Und nun hatte *er* den Schlag austeilen müssen, und zwar ohne schonende Vorbereitung. Sie hatte die Frage gestellt, aber sie war erst zehn. Er hätte ihr die Wahrheit vorenthalten sollen. Nicht dieser Frage wegen hatte er das Gespräch mit ihr begonnen, sondern weil er seiner erzieherischen Pflicht nachkommen wollte.

»War meine Mutter eine Jungfrau?«, fragte Hebe unvermittelt.

»Nein. Natürlich nicht.«

»Bist du sicher? Woher willst du das wissen?«

»Red keinen Unsinn. Eine Jungfrau kann keine Kinder kriegen.«

»*Eine* konnte es«, erwiderte Hebe düster und sprang von dem Mäuerchen herunter.

Er fand keine Antwort darauf und ließ sie davonlaufen. Er sah, dass Hebe fähig war, ebensolche Schläge auszuteilen, wie sie einstecken musste, und hörte auf, sich ihretwegen solche bitteren Vorwürfe zu machen.

5

Die Liebe ist eine Galeere

Evangeline Wraxton ging es nun schon viel besser. Bei den Mahlzeiten war das allerdings nicht sichtbar, da sie noch immer verschüchtert ihrem Vater gegenübersaß, mit den Gliedern zuckte und dazu murmelte. Sie sperrte sich jedoch nicht mehr den ganzen Tag in ihrem Zimmer ein. Sie ging mit den Giffords schwimmen und spielte mit ihnen am Strand. Sie konnte gut laufen und hatte ein hübsches Lachen, das man in Pendizack zum ersten Mal hörte.

Nach dem Tee ging sie mit Mrs Paley zur Post, um Marken zu kaufen. Sie hatten kaum das Haus verlassen, da brach plötzlich alles, was Evangeline die Nacht zuvor nicht ausgesprochen hatte, aus ihr hervor. Sie sprudelte ihre ganze Lebensgeschichte heraus, mit vielen Ausrufen und Wiederholungen. Als sie, wohl zum zehnten Mal, rief, niemand könne sich vorstellen, wie schrecklich es war, schnitt Mrs Paley ihr das Wort ab.

»Sagen Sie nicht immer und immer wieder dasselbe, Angie. Es ist eine schlechte Angewohnheit. Viele Leute sind nämlich imstande sich vorzustellen, wie schrecklich es war. Sie sind nicht der einzige Mensch mit einem schrecklichen Vater. Gerry Siddal hat es auch nicht leicht, wenn ich es richtig sehe.«

»Ja. Bestimmt. Eh… haben Sie schon mit ihm gesprochen?«

»Nein. Ich habe ihn heute noch nicht gesehen. Aber ich werde es tun. Sagen Sie mal: Wie um alles in der Welt wurde

Ihr Vater Kanonikus? Was, glauben Sie, hat jemanden bewogen, ihm diese Würde zu verleihen?«

Evangeline hatte keine Ahnung. Aber aus ihren vagen Erinnerungen ließ sich schließen, dass der Kanonikus nicht schon immer ein so unmöglicher Mensch gewesen war. Seine Reizbarkeit war erst mit der Zeit über ihn gekommen. Er war ein angesehener Prediger gewesen und erfolgreich in jedem erdenklichen Glaubensstreit. Die puritanische Kirche hatte gehofft, ihn für sich zu gewinnen, und der alte Bischof, der ihm die Pfarre von Great Mossbury gegeben hatte, war sein Bewunderer gewesen.

»Aber er hat sich mit jedem gestritten«, erzählte Evangeline. »Und zuletzt kam niemand mehr in die Kirche. Kein einziger Mensch. Ein ganzes Jahr lang hielt er den Gottesdienst nur für unsere Familie allein. Sie können sich nicht vorstellen, wie schrecklich ... oh, Entschuldigung!«

»Wie groß war Ihre Familie?«

»Wir sind sechs Geschwister; ich habe drei Brüder und zwei Schwestern. Aber mein Vater hat mit allen gebrochen, deshalb sehe ich sie nie. Nun, die Gemeinde bat dann den Bischof – den neuen Bischof –, einen anderen Priester ins Amt zu berufen. Aber Vater weigerte sich zurückzutreten, obwohl die Leute seiner Gemeinde ihm die Fenster einschlugen und noch viel mehr. Sie können sich nicht vorstellen ... Sehen Sie, ich blieb zu Hause, als die anderen fortgingen, und zwar meiner Mutter zuliebe. Ich konnte sie einfach nicht allein lassen. Nun, eines Tages bat der Bischof meinen Vater zu sich in seine Residenz, und dort begriff Vater, dass er gekündigt hatte. Er war über etwas ganz Unwichtiges in solche Raserei geraten, dass er nicht mehr wusste, was er sagte, bis er den Bischof plötzlich sagen hörte, er nehme seine soeben angebotene Demission an. Mein Vater behauptete, das wäre eine Falle und er würde nicht zurücktreten. Er verbarrikadierte sich im Pfarrhaus. Kein Händler verkaufte uns noch irgendetwas. Es stand in jeder Zeitung; die Reporter wohnten im Gasthof. Sie nannten es *Die Belagerung von Mossbury*. Ich war damals zwölf Jahre alt. Sie können sich nicht vorstellen … nun, endlich ergab er sich; ich weiß nicht, warum. Und er bekam nie mehr eine andere Pfarre. Glücklicherweise hatte er etwas eigenes Kapital, und manchmal predigt er in der einen oder anderen Gemeinde. Aber seit Mossbury hatten wir nie mehr ein Zuhause. Und nach einer bestimmten Predigt, die er gehalten hat, verbot man ihm das Predigen überhaupt. Wieder stand alles in der Zeitung. Überall war es schrecklich. Sie können sich nicht vorstellen … Mutter starb vor drei Jahren. Sie war lange Zeit krank. Immer Schmerzen. Sie können sich nicht vorstellen … Mrs Paley, es war furchtbar, ich *muss* es sagen. Als sie im Sterben lag, musste ich ihr versprechen, Vater nie zu verlassen. Ich konnte ihr das unmöglich abschlagen. Es war ihr letzter Wunsch. Sie hatte solche Sorge, was aus ihm werden würde. Nun verstehen Sie.«

»Wie konnte Ihre Mutter Sie zu einem solchen Leben verdammen!«

»Sie hatte eine ziemlich düstere Ansicht vom Leben. Sie glaubte, wir seien alle nur geboren, um zu leiden, und je mehr wir hier litten, desto weniger müssten wir es im Jenseits tun. Sie fand es falsch, glücklich zu sein. Ich glaube, sie hat sich das alles eingeredet, weil sie mit Vater verheiratet war.«

»Und Sie sind überzeugt, sich an das Versprechen halten zu müssen?«

»O ja.«

»Sogar, wenn Sie wüssten, dass Sie am Ende verrückt werden oder ihn ermorden?«

»Mutter sagte, Gott gibt mir die Kraft zum Durchhalten.«

»Und hat Er Ihnen diese Kraft verliehen?«

»Nein.«

»Das dachte ich mir. Da ist das Postbüro. Gehen Sie hinein

und verlangen Sie die Marken, aber einmal, nicht mehrmals. Versuchen Sie, verständlich zu sprechen. Die Beamtin frisst kein Menschenfleisch. Sagen Sie: Vier Zweieinhalb-Penny-Marken, bitte.«

Evangeline gehorchte und kehrte triumphierend zurück. Auf dem Heimweg erzählte sie die ganze Geschichte von vorne, mit weiteren Einzelheiten. Mrs Paley ließ sie reden und überlegte währenddessen, wie man das Mädchen aus ihrem übereilten Schwur befreien könnte. Erfolgversprechend schien die Methode des listigen Bischofs zu sein. Vielleicht ließ sich in Kanonikus Wraxton eine solche Wut auf seine Tochter entfachen, dass er sie verstieß. Allerdings würde er sie wohl ohne einen Penny vor die Tür in den Schnee setzen. Und das durfte nicht geschehen, solange sie keinen Zufluchtsort hatte. Irgendwo im Schnee müsste ein Freund auf Evangeline warten und ihr helfen, bevor der Kanonikus seine Meinung änderte.

Außer mir hat sie aber keine Freunde, überlegte Mrs Paley. Sie muss Freunde gewinnen. Ich werde mich darum kümmern und auch um Blanche Coves Rücken.

Seit dem Morgen hatte sie sich wegen Blanches Rücken Sorgen gemacht. Gestern noch hätte sie nur geseufzt und sich nicht weiter darum gekümmert, mit der Begründung, es gehe sie nichts an. Doch heute war sie überzeugt, dass solche Schmerzen nicht erlitten werden durften, wenn es jemanden gab, der Linderung verschaffen konnte. Heute war sie eine neue Frau, verändert in einem einzigen Augenblick, zwischen zwei Wellen. Was ihre eigenen Probleme anbelangte, war sie allerdings noch immer ein hilfloses, hoffnungsloses Wesen: Die Scheidewand zwischen ihr und Paul bestand fort. Aber für Evangeline und Blanche, Unterdrückte wie sie selbst, sprudelte ihre seit Jahren eingedämmte Energie über wie ein Wildbach.

Eilig humpelte sie hügelabwärts; das Schlafen im Heidekraut hatte einen Anflug von Rheumatismus verursacht. Sie machte sich auf die Suche nach Blanches Mutter.

Mrs Cove saß wie gewöhnlich auf der Terrasse und strickte, als ginge es um Leben oder Tod. Sie blickte jedoch weniger streng als gewöhnlich und brachte beinahe ein Lächeln zuwege, als Mrs Paley sich neben sie setzte. Man konnte es allerdings kein richtiges Lächeln nennen, nur die starre Linie ihres Mundes lockerte sich ein wenig, und dann sagte sie, es sei ein wundervoller Tag gewesen. Etwas musste sich ereignet haben, das sie in gute Laune versetzt hatte.

Trotzdem antwortete sie einsilbig auf Mrs Paleys Fragen nach Blanches Rücken und ließ deutlich erkennen, dass sie Mrs Paleys Erkundigungen für unverschämt hielt. Die Schmerzen, sagte sie, seien Wachstumsschmerzen, wie alle Kinder sie früher oder später einmal hätten. Blanche war groß für ihr Alter. Ihr Rücken behindere sie übrigens keineswegs, und sie, Mrs Cove, halte es für falsch, Blanche durch Mitleid in ihren Klagen zu ermutigen.

Mrs Paley steckte den Verweis gutmütig ein und lenkte das Gespräch auf Dorsetshire. Ihr Vater hatte einen Cove gekannt, Sir Adrian Cove, von Swan Court. War er zufällig mit Mrs Cove verwandt?

»Der Onkel meines Mannes«, antwortete Mrs Cove.

»Ach wirklich? Er lebt nicht mehr, nicht wahr? Wer hat seinen Landsitz übernommen?«

»Ein anderer Neffe. Gerald Cove.«

»Kann er es sich leisten, dort zu leben? So viele Leute heutzutage ...«

»Ich glaube wohl«, unterbrach sie Mrs Cove. »Aber sicher weiß ich es nicht.«

Mrs Paley beklagte das traurige Los des Landadels, dann hinkte sie eilig davon, um in Burkes *Landed Gentry* den Namen Sir Gerald Coves nachzuschlagen. Sie hatte das Buch auf dem untersten Brett des Bücherschrankes im Salon entdeckt. Sie fand heraus, dass Sir Gerald Cove vor fünf Jahren Sir Adrian Cove beerbt hatte und dass seine Frau eine Miss Evelyn Chadwick gewesen war, die ältere Tochter von Guy Chadwick, Esq., aus Gainsbridge. Das sagte Mrs Paley nicht viel, da sie noch nie etwas von den Chadwicks gehört hatte. Aber sie konnte doch wenigstens von den Cove-Kindern den Vornamen ihres Vaters in Erfahrung bringen und, wenn sie das nächste Mal in London wäre, würde sie sich zur Behörde ins Somerset House begeben und dort in den einschlägigen Testamenten nachschlagen: in dem des Vaters der Coves und in dem von Sir Adrian. Sie brannte darauf zu erfahren, wie viel Mrs Cove geerbt hatte und von wem. Hatte sie nichts geerbt und war sie wirklich arm – worauf ihr Anblick schließen ließ –, so konnten die Verwandten ihres Mannes dazu gebracht werden, ihr eine angemessene Summe auszuzahlen. Sie würden ihr aber vielleicht nicht genug geben, um Blanche von einem Arzt behandeln zu lassen. Wenn sie einmal A gesagt hätten, würden sie möglicherweise auch B sagen. Es wäre also nützlich, wenn sie von Blanches krankem Rücken erführen. Die Welt war voll von tratschenden alten Damen. Deshalb war es nicht ausgeschlossen, dass die Geschichte von Blanche, die auf den Klippen von Pendizack stöhnend vor Schmerz ins Gras gesunken war, eines Tages den Weg zu den Bewohnern von Swan Court finden würde.

Wenn sich andrerseits herausstellen sollte, dass Mrs Cove ein unabhängiges Einkommen genoss, wäre das Problem größer. Niemand kann eine Mutter zwingen, ihre Kinder zu lieben. Es könnte jedoch auch sein, dachte Mrs Paley plötzlich erleichtert, dass die Kinder geerbt hatten. Falls Mrs Cove das Geld, das zum Unterhalt der Kinder bestimmt war, missbrauchte, konnte man sie zur Rechenschaft ziehen und einen Vormund für die Kinder benennen. Mrs Paley würde sich erkundigen. Sie würde ihre Nase in die Angelegenheiten anderer Leute stecken und lästig sein und damit nicht eher aufhören, als bis ein Arzt Blanches Rücken untersuchte.

Als Nächstes musste sie, solange ihre tatkräftige Stimmung anhielt, mit Gerry Siddal sprechen. Sie hatte es Evangeline versprochen. Zwischen Teezeit und Abendessen war er meistens damit beschäftigt, Wasser zu pumpen, da Pendizack nur einen Pumpbrunnen und keine Wasserleitung besaß.

Der Brunnen befand sich in der Nähe der Auffahrt, verborgen hinter Rhododendronbüschen. Mrs Paley trat vor die Haustür und horchte. Sie hörte das Quietschen der Pumpe, jedoch nicht so gleichmäßig wie gewöhnlich. Immer wieder trat eine Stille ein, als wären Gerrys Gedanken nicht bei der Arbeit. Als Mrs Paley den schmalen Weg durch die Büsche ging, hörte sie schallendes Gelächter. Offenbar waren es zwei Personen, die pumpten; zwei junge Stimmen, ein Tenor und ein Sopran, fingen nun, da das Quietschen wieder begann, ein fröhliches Lied zu singen an.

Mrs Paley guckte durch die Zweige und sah Nancibel, die um diese Zeit ihren Feierabend hatte, und einen unbekannten jungen Mann – einen außerordentlich hübschen jungen Mann. Die beiden schienen sich köstlich zu amüsieren, und Mrs Paley wollte sich gerade wieder zurückziehen, als Nancibel sich umdrehte und sie erblickte. Mrs Paley erklärte, weshalb sie unfreiwillig gelauscht hatte, und Nancibel antwortete:

»Ich glaube, Mr Gerry hackt Holz im Hof, Mrs Paley. Wir haben angeboten, ihm heute das Pumpen abzunehmen.«

Mrs Paley ging den Weg zurück, froh, dass Nancibel einen so netten Jungen gefunden hatte. Dem armen Gerry leistete kein hübsches Mädchen beim Holzhacken Gesellschaft. Als er Mrs Paley sah, lächelte er ihr zu, erwartete jedoch nicht, dass sie ihn zu sprechen wünschte. Noch kannte kaum jemand in Pendizack ihre Stimme. Mrs Paley hatte sich innerlich geändert, nicht aber äußerlich, und Gerry fand ihr Gesicht so grau, verkniffen und streng wie immer. Umso erstaunter war er, als sie zu ihm kam und ihn um einen Gefallen bat. Ob sie sich zwei Matratzen aus dem Schuppen im Garten borgen dürfe, für sich und Miss Wraxton? Sie hätten vor, erklärte sie, die Nacht im Freien, im Unterschlupf auf den Klippen, zu verbringen.

»Selbstverständlich«, sagte Gerry. »Ich trage sie Ihnen hinauf. Ist es nach dem Abendessen früh genug?«

»Oh, bemühen Sie sich nicht«, sagte Mrs Paley, die sich sehr wünschte, dass er ihnen half. »Wir können sie gut selbst tragen.«

»Sie sind ziemlich schwer. Ich mache das. Möchten Sie sonst noch etwas mitnehmen? Decken? Kissen?«

»Decken und Kissen haben wir schon oben. Mr Siddal ... Ich glaube, es ist Miss Wraxton sehr unangenehm, hierbleiben zu müssen. Sie würde gern fortgehen, aber sie kann es nicht ohne die Zustimmung ihres Vaters. Ich habe zu ihr gesagt, ich sei überzeugt, dass Sie sie verstehen.«

Gerry blickte mürrisch, denn er hatte ein schlechtes Gewissen wegen Evangeline.

»Nein«, sagte er, »ich verstehe sie nicht. An ihrer Stelle würde ich gehen, auch ohne die Zustimmung meines Vaters.«

»Sie hat aber kein Geld. Nur eine halbe Krone.«

»Oh!«, sagte Gerry.

»Sie hätte sich nicht so hysterisch aufführen sollen, findet sie selbst, dabei ist es wirklich nicht verwunderlich. Das Betragen ihres Vaters hat auch andere Leute dazu gebracht, sich zu benehmen ... wie sie sich sonst nicht benommen hätten. Ich finde, wir sollten ihr dankbar sein, denn immerhin hat sie ihn so aus der Kirche entfernt, auch wenn sie etwas laut war. Nichts und niemand sonst hätte das fertiggebracht. Ich möchte mir die Folgen nicht vorstellen, wenn er geblieben wäre.«

»Sie glauben …«, fragte Gerry verwirrt, »sie hat nicht absichtlich gelacht?«

Mrs Paley machte große Augen. »Natürlich nicht. Sie sind doch Arzt. Sie sollten hysterische Anfälle erkennen können, auch wenn Sie sie nur hören.«

»Ich habe nicht an Hysterie gedacht.«

»Sie saßen wohl zu weit weg.«

»Ich fürchte, ich war nicht nett zu ihr, gestern Nachmittag.«

»Das macht nichts, wenn ich ihr sagen kann, dass Sie nun … dass Sie nun anders von ihr denken.«

»O ja, das tue ich«, sagte Gerry. »Ganz bestimmt.«

Mrs Paley bedachte ihn mit ihrem verzerrten Lächeln und eilte davon.

Er fuhr leichteren Herzens fort Holz zu hacken. Die Erinnerung an Evangelines unglückliches Gesicht, wie sie sich die Treppe hinaufgeschleppt hatte, verfolgte ihn nun nicht mehr. Mrs Paley hatte es in Ordnung gebracht. Sie sah vielleicht aus wie eine saure Zitrone, aber wenn man einmal mit ihr ins Gespräch kam, war sie gar nicht übel. Er würde die Matratzen zu dem Unterschlupf hinauftragen und dann irgendein freundliches Wort an das arme Mädchen richten. Eine halbe Krone! Gegen eine solche Ungeheuerlichkeit sollte man etwas unternehmen!

6

Der blutende Zweig

Mrs Siddal explodierte nicht, als sie von ihren Besorgungen zurückkehrte und erfuhr, dass inzwischen das Gartenzimmer an Anna Lechene vermietet worden war. Ihr war klar, dass es sie ärgern sollte. Aber sie blieb friedlich und fragte milde, wo der Chauffeur essen sollte. Mit Fred oder im Speisesaal?

»Im Speisesaal«, antwortete Siddal. »An einem netten kleinen Tisch mit Anna. Er ist ihr Sekretär-Chauffeur. Sehr vornehm.«

»Aber nur, wenn er das Vornehmtun nicht vergisst«, brummte Duff, der sofort eine Abneigung gegen Bruce gefasst hatte. »Er sieht aus wie ein Nebenrollenschauspieler«, fügte er hinzu.

»Er hat mir das Wasserpumpen abgenommen«, wandte Gerry ein.

»Nun, das war nett von ihm«, gab Mrs Siddal zu.

»Das war nur aus Liebe zu Nancibel«, sagte Robin. »Er ist bis über die Ohren in sie verknallt. Heute Nachmittag hat er Kartoffeln für sie geschält. Und jetzt hat er sie ihn zum Abendessen mit zu sich nach Hause genommen.«

»Wirklich?«, rief Mr Siddal. »Faszinierend! Wo war Anna?«

»In ihrem Zimmer, sie schrieb an ihrem Buch.«

»Wie spaßig! Heute Abend setze ich mich zu den Gästen, um zu sehen, wie es allen geht.«

Siddal ging, um sich zu rasieren, was immer lange dauerte. Anna, die er in ihrem Zimmer gesucht hatte, saß bereits auf der Terrasse. Auf Kissen saßen Duff, Robin und Bruce ihr zu

Füßen. Keiner von ihnen fühlte sich wohl dabei, aber Anna hatte es so gewünscht, und ihr Wille war stärker.

»Ich komme, um die Jungen zu beschützen«, sagte Siddal und zog einen Liegestuhl heran, »und um zu fragen, wie dein neues Buch heißt, Anna.«

»*Der blutende Zweig*«, antwortete Anna mit ihrer trägen, tiefen Stimme.

»Danke. Nur dieses Detail war mir noch unbekannt, und selbst das hätte ich erraten können. *Lass deinen blutenden Zweig sühnen für jede gequälte Träne! Sollen meine jungen Sünden ...* Jetzt weiß ich alles über dein Buch, so genau, als hätte ich es selbst geschrieben.«

»Wirklich?«, fragte Anna. »Wie beginnt es also?«

»Es beginnt mit den unschuldigen, oder fast unschuldigen (denn wahre Unschuld könntest du nicht beschreiben, Anna!) kleinen Schwestern Brontë, die ihre Namen in Bäume ritzen. Ich weiß nicht, weshalb sie dazu Zweige wählen und nicht Stämme, aber so ist es nun mal. Möglich, dass sie nach dieser Zeremonie auf die Bäume klettern und dort oben spielen.«

»Dick! Was bist du für ein Teufel!«

»Und es endet mit der todgeweihten, reuevollen Emily, die mit der Axt einen Zweig vom Baum schlägt. Und zwischen Anfang und Ende haben wir *einen verwirrenden Irrgarten toller Jahre,* in denen Bramwell *Sturmhöhe* schreibt, das Emily ihm klaut und neu schreibt. Das Buch von Bramwell war viel besser, aber sie ermordet es, weil sie die Wahrheit nicht ertragen kann. Sie erlaubt Catherine nicht, Heathcliffs Geliebte zu sein, sie erlaubt der jungen Cathy, die als Tochter Lintons gilt, nicht, die Tochter der beiden zu sein, Catherine und Heathcliff. Die Heldin in Bramwells Buch war selbstverständlich Cathy, und der Held der junge Linton. Aber Emily hat das alles geändert. Sie ließ den jungen Linton kurzerhand verschwinden, denn er war natürlich ein Selbstbildnis.«

»Beweise gibt es genug«, begann Anna.

»O ja, bestimmt. Die Gestalt Cathys im ersten Kapitel, zum Beispiel. Aber du siehst, meine liebe Anna, ich weiß es alles. Ich weiß genau, welches Emilys junge Sünden sein werden, du brauchst mir nichts zu erzählen.«

»Ich gebe ihr keine Schuld«, erwiderte Anna, »nur für den Mord an diesem Buch. Wenn es ein Jüngstes Gericht gibt, so wird sie sich dafür zu verantworten haben.«

»Ich hoffe sehr, dass es das gibt! Und ich freue mich schon darauf zu hören, wie du deine Bücher rechtfertigst, Anna.«

»Ich weiß, du hasst sie. Im Grunde deines Herzens, Dick, bist du ein Puritaner.«

»Und was verstehst du unter einem Puritaner?«, erkundigte sich Siddal.

»Du hasst Sex.«

»Nein, das stimmt nicht. Ich finde Sex sehr komisch.«

»Das ist ein Zeichen für Frustration.«

»Kann sein. Aber Essen finde ich nicht komisch, und davon bekomme ich heutzutage wirklich wenig.«

»Wir sprechen alle ziemlich viel vom Essen«, sagte Robin.

»O ja«, sagte sein Vater. »Wir sind wahnsinnig viel damit beschäftigt. Und die sexuell Verhungernden sprechen hauptsächlich von sexuellen Dingen. Viel Lärm um Nichts. Ich bin immer skeptisch, wenn Leute mit ihrer reichhaltigen und vielfältigen sexuellen Erfahrung prahlen. Ich frage mich dann, ob sie eine einzige dieser Erfahrungen tatsächlich gemacht haben. Zufriedene Leute halten den Mund. Sie wissen, dass es ein unglückliches Gesprächsthema ist.«

»Was meinst du mit unglücklich?«, fragte Anna.

»Furchtbar unglücklich. Als Psyche die Lampe anzündete, flog Eros zum Fenster hinaus. Er ist ein sehr empfindlicher Gott und verträgt die Öffentlichkeit nicht. Und deshalb«, er wandte sich an die drei jungen Männer, »werdet ihr über dieses Problem nie etwas Wissenswertes aus zweiter Hand erfahren. Die Wissenden sagen nichts. Die Sprechenden wissen nichts.«

»Ich spreche«, brüstete sich Anna, »und ich weiß. Ich habe nie eine Erfahrung zurückgewiesen.«

»Und ich habe nie einen Antrag zurückgewiesen«, entgegnete Siddal und erhob sich.

Er schlurfte zum Mäuerchen hinüber und betrachtete von dort den Sonnenuntergang über dem Meer. Es glänzte glatt wie Glas, hier und dort gefleckt von Möwen, die schaukelnd zu schlafen schienen. Auf den weiten Flächen des feuchten Sandes wurde der rosige Himmel reflektiert. Nah bei den Klippen, wo der Sand trocken war, gingen drei Menschen. Gerry schwankte unter der Last der zwei Matratzen, Evangeline trug den Picknickkorb und Mrs Paley zwei Kissen. Sie stiegen den Pfad zum Plateau hinauf.

Ein Kormoran kam über das Wasser landeinwärts geflogen, mit langgestrecktem Hals. Robin wandte sich, um ihn zu beobachten.

»Seht mal!«, rief er. »Er sitzt auf dem Dach. Da kommen noch mehr! Sechs oder sieben!«

Aber Anna interessierte sich nicht für Vögel.

»Wissen Sie«, meinte sie, »ich glaube, Ihr Vater wäre ein ganz anderer Mensch geworden, wenn die Affäre mit Phoebe Mason nicht so unglücklich geendet hätte. Er war ein außerordentlich vielversprechender junger Mann. Man dachte, er würde Großes leisten. Und als er das nicht tat, hörte man alle möglichen Erklärungen dafür. Die Leute sagten, er hätte nicht Rechtswissenschaft studieren sollen, das wäre nicht der richtige Beruf, er hätte in Oxford bleiben sollen. Dabei wusste jeder, dass er keine Zeit zum Arbeiten hatte. Und weshalb?«

»Wer ist Phoebe Mason?«, fragte Robin mit runden Augen.

»Wissen Sie das nicht?«

»Nie von ihr gehört«, erklärte Robin.

»Wie merkwürdig! Das zeigt wieder einmal, was für eine seltsame, frustrierte Familie Sie haben. Vermutlich wurde alles unter den Teppich gekehrt. Aber das ist wohl Barbaras ... Ihrer Mutter Schuld.«

Duff rutschte unbehaglich auf seinem Kissen herum. Er wusste endlich, was er von Anna halten sollte.

»Wenn sie nur mehr Großzügigkeit gezeigt hätte ... mehr Offenheit ... wenn sie der Sache ihren Lauf gelassen hätte, anstatt die beiden zu trennen ...«

Bei diesen Worten kam Siddal zurück, und im Vorbeigehen bemerkte er:

»Was immer du sagst, Anna, es ist eine Lüge. Nein. Ich habe nicht gelauscht, aber ich protestiere im Vornhinein dagegen, dass ich angeblich dies und jenes war oder nicht war. Und solltest du über mich ein Buch schreiben, bevor ich sterbe, zeige ich dich an wegen Verleumdung.«

7

Aus Mr Paleys Tagebuch

Montag, 18. August
Halb zehn Uhr abends

Ich habe heute Morgen nichts geschrieben und bin auch tagsüber nicht dazu gekommen. Christina ist schuld daran. Gestern Abend, als wir im Salon saßen, stand sie plötzlich auf und verließ den Raum. Ich ging dann um die gewohnte Zeit auf unser Zimmer, aber sie war nicht dort. Ich blieb die ganze Nacht auf und wartete auf sie, aber sie kam nicht. Sie kehrte zurück, kurz bevor Nancibel den Morgentee brachte. Sie sagte nicht, wo sie gewesen war, und ich fragte sie nicht danach. Ich hasse es, Fragen stellen zu müssen. Das weiß sie ganz genau.

Den Lunch nahmen wir an unserm üblichen Platz über der Rosigraille-Bucht ein. Auch hier benahm sich Christina seltsam. Sie verließ mich für eine Weile, um mit den Cove-Kindern zu sprechen, die über die Klippen kamen. Und nach dem Lunch legte sie sich ins Farnkraut und schlief den ganzen Nachmittag. Das hat sie noch nie getan. Um vier Uhr, wenn wir uns gewöhnlich auf den Rückweg machen, musste ich sie wecken. Sie hatte Farnkraut im Haar, was sehr lächerlich aussah. Es schien ihr aber nichts auszumachen. Sie bemerkte ganz nebenbei, sie habe die letzte Nacht nicht viel geschlafen, da sie mit Miss Wraxton auf den Klippen gewesen sei. Ihr Ton war keinesfalls entschuldigend, im Gegenteil. Sie gab mir zu verstehen, dass sie es heute Nacht wiederholen will.

Ich erklärte ihr ganz offen, dass ich nicht damit einverstanden bin. Für mich ist es eine Brüskierung. Ihr Platz ist an meiner Seite und nicht an Miss Wraxtons Seite. Ihre Antwort war seltsam. Ich will versuchen, unser Gespräch so gut wie möglich wörtlich wiederzugeben. Aber Christina lässt sich schwer wiedergeben. Ihre Gedanken sind wirr und ihre Ausdrucksmöglichkeiten beschränkt. Es könnte sein, dass ich ihr hier Vernünftigeres in den Mund lege, als sie sagte. Ich kann nicht anders, als noch aus dem wirrsten Zeug etwas Sinnvolles zu machen.

Christina: Mein Platz kann nicht bei dir sein, Paul, denn ich glaube nun, was du mir die letzten zwanzig Jahre immer gesagt hast.

Ich: Und das wäre?

Christina: Ich glaube, dass du in der Hölle bist. Du hast es mir oft gesagt, aber ich wollte es nie glauben.

Ich: Wo immer ich bin, du bist meine Frau, und dein Platz ist an meiner Seite.

Christina: Mein Platz ist nicht in der Hölle. Ich bin nicht verpflichtet, dort mit dir zu leben. Früher dachte ich, du bist verrückt, und du hast mir leidgetan. Aber jetzt weiß ich, dass es in deiner Macht steht zu gesunden, und ich weiß, dass du nicht gesunden wirst.

Ich: Soll ich daraus schließen, dass du mich verlassen willst?

Christina: Ich werde alles tun, um dir das Leben erträglich zu machen. Und wenn du mich brauchst, bin ich da. Aber ich werde nicht mehr mit dir in deinem Gefängnis sitzen, denn es ist ein schlechtes Gefängnis, das du dir gebaut hast.

Ich:	Du hast mich nie verstanden. Dass ich eine Ganzheit bin, bedeutet mir mehr als Glück.
Christina:	Du bist keine Ganzheit. So etwas gibt es nicht. Du bist nicht ein Ganzes für dich. Niemand ist das. Wir sind nur die Glieder, die zu einem Ganzen gehören. Ein Arm ist kein Ganzes für sich, wenn er amputiert ist. Er ist wertlos, wenn er nicht Teil eines Körpers ist, durch den ein Herz das Blut pumpt und dessen Hirn seine Bewegungen lenkt. Du bist nicht mehr ein Ganzes als ein abgetrennter Arm.

Diese Worte erstaunten mich wirklich. Gewöhnlich drückt sie sich nicht so klar aus. Ich erklärte ihr, dass ich unter Ganzheit Selbstachtung verstehe.

Ich weiß nicht, was ich von ihr halten soll. Sie hat sich verändert. Ich muss das so gewollt haben, da ich doch all ihre Versuche zu einer Versöhnung zurückgewiesen habe.

Wir kamen zu spät zum Tee.

8

Fremde Betten

Die Klappfalle von Pendizack schloss sich mit einem Knall, und Bruce' Fluchen hallte über den Hof. Er hatte Nancibels Warnung vergessen.

Der Lärm weckte die Bewohner der großen Kammer nebenan. Robin schoss in seinem Bett hoch und hörte Duff kichern.

»Es ist der Ersteklasse-Chauffeur«, sagte Duff. »Er hat's nicht gewusst … oder vergessen.«

»Wie spät ist es denn?«, fragte Robin und sah auf das Leuchtzifferblatt seiner Armbanduhr. »Schon nach halb fünf!«

»Ich weiß.«

»Wo ist er denn um Himmels Willen bis jetzt gewesen?«

»Ich kann es mir vorstellen.«

Robin dachte nach.

»Nein«, meinte er endlich, »doch nicht bei …«

»Aber natürlich. Ist ja ganz klar.«

»Also! Das ist doch ein starkes Stück.«

Da erzitterte der Boden. Bruce schälte sich nebenan mühevoll aus dem Bett heraus, klappte es wieder auf und kroch mit der empfohlenen Vorsicht wieder hinein. Nun herrschte Stille.

»Ich finde es abstoßend, das Ganze!«, sagte Robin endlich.

Duff grunzte gleichmütig und drehte sich auf seiner harten Matratze um. Er mochte Anna nicht, aber er konnte ihre Anziehungskraft nachvollziehen und empfand sie teilweise auch selbst. Ihr Zauber war der einer Circe. In ihrer Gesellschaft durfte ein Mann ein Tier sein, so roh, wie er wollte. Sie machte ihm keine Vorschriften, verlangte keine Treue, keine Zartheit, keine Rücksicht. Sie ließ den Männern ihre Freiheit. Das Tier in Duff sperrte hungrig das Maul auf.

»Hey!«, rief Robin plötzlich. »Wo ist eigentlich Gerry?«

»Ist er denn nicht hier?«

Robin ließ den Strahl seiner Taschenlampe über Gerrys Bett streichen. Es war leer.

»Wo der sich herumtreibt, ist weniger leicht zu erraten«, meinte er.

»Würde mich nicht wundern«, entgegnete Duff, »wenn er auf und davon wäre. Vor dem Abendessen hatte er schrecklich schlechte Laune. Vermutlich hat er's einfach nicht mehr ausgehalten.«

»Was ist denn passiert?«

»Er hat sich mit Mutter gestritten.«

»*Gerry* hat sich mit ihr gestritten?«

»Sie mag nicht immer von ihm bevormundet werden. Er sagt ihr dauernd, was sie tun soll.«

»Uns ja auch«, sagte Robin.

»Er wollte bestimmen, was mit Vaters juristischer Bibliothek geschehen soll«, erklärte Duff. »Mutter hat einen Brief aus seiner ehemaligen Kanzlei bekommen. Offenbar befindet sich die Bibliothek noch dort, und sie haben Vater immer wieder geschrieben und gefragt, was damit geschehen solle. Aber du weißt ja, wie er ist. Er macht Briefe nicht auf. Also haben sie schließlich an Mutter geschrieben. Gerry geht das überhaupt nichts an. Mutter war außer sich vor Wut.«

»Wollen sie die Bibliothek denn loswerden?«

»Ja. Sie haben keinen Platz mehr dafür. Vater hat sie einfach dagelassen, als er sich zurückzog. Mutter schrieb ihnen nun, sie sollen sie irgendwo einlagern. Aber das war, bevor sie irgendetwas darüber wusste. Gerry möchte sie verkaufen.

Eine gute juristische Bibliothek ist heutzutage sehr viel wert, mindestens fünfhundert Pfund. Offenbar hat sogar jemand vor einiger Zeit ein Angebot gemacht, aber da Vater den Brief nicht aufgemacht hat, ist es wohl zu spät.«

»Fünfhundert Pfund wären sehr brauchbar«, meinte Robin.

»Wenn ich Rechtsanwalt werde, hätte ich die Bibliothek vielleicht gern selbst. Es geht Gerry rein gar nichts an. Unerhörte Frechheit von ihm zu bestimmen, was Mutter damit tun soll. Sie hat ihm dann erklärt, dass sie die Bücher für mich aufbewahren will, und da wurde er erst recht fuchsteufelswild. Nur weil er ihr wöchentlich viereinhalb Pence gibt, hält er sich für das Familienoberhaupt. Er sagte, er sollte nach Südafrika gehen und nie mehr zurückkommen.«

Robin dachte über diese Möglichkeit nach und sagte dann:

»Dann säßen wir ziemlich in der Klemme.«

Aber Duff war schon wieder schläfrig geworden und antwortete nicht mehr.

»Ich sehe nicht ein, warum *du* die fünfhundert Pfund bekommen solltest«, sagte Robin lauter.

»Wie bitte?«, fragte Duff und setzte sich auf.

»Wenn alles, was unserer Familie noch geblieben ist, diese Bücher im Wert von fünfhundert Pfund sind, dann sehe ich nicht ein, weshalb du sie kriegen solltest.«

»Ich muss doch als Rechtsanwalt eine Bibliothek haben.«

»Und ich?«

»Du wirst ja kein Rechtsanwalt.«

»Und was für eine Ausbildung soll ich haben?«

»Geh zu einem Hirnspezialisten, der soll dich operieren. Und jetzt halt den Mund. Ich will schlafen.«

»Ich finde, Gerry hat vollkommen recht.«

»Ach! Jetzt plötzlich!«

Bruce, der nicht einschlafen konnte, hämmerte mit den Fäusten an die Wand.

»Gib's ihm zurück«, rief Duff Robin ärgerlich zu. »Eine Frechheit! Er hat *uns* aufgeweckt mit seinem blöden Bett!«

Robin schlug nun ebenfalls mit den Fäusten an die hölzerne Trennwand und brüllte:

»Ruhe!«

»Gleichfalls!«, lautete die Antwort.

Robin und Duff setzen ihr Gespräch mit lauter Stimme fort, bis Bruce die Geduld verlor und aus dem Bett sprang. Wieder hörte man ein Krachen, als es zusammenklappte. Schallendes Gelächter drang durch die Trennwand. Gerry, der vorsichtig die Leiter heraufkam, dachte, in den Stallungen seien alle verrückt geworden.

Aber der Lärm erstarb, als er die Kammer seiner Brüder betrat. Sie hörten auf zu lachen und starrten ihn an.

»Was soll das alles?«, fragte er.

»Spaß mit Betten«, erklärte Duff und wies mit dem Kopf in die Richtung, aus der neuer Lärm kam. Bruce versuchte sich in die Freiheit zu kämpfen.

»Ein sehr unruhiger Schläfer, der arme Kerl«, spottete Duff. »Aber was ist mit dir los? Wo warst du? In Afrika?«

Gerry drehte das Licht an und setzte sich auf sein Bett, um die Schuhe auszuziehen.

»Ich war auf den Klippen«, antwortete er. »Mit Mrs Paley und Angie.«

»Mit wem?«

»Angie Wraxton. Sie wollten dort oben die Nacht verbringen, und ich habe ihnen Matratzen raufgetragen. Sie haben Tee gekocht, und wir haben uns lange unterhalten. Und dann, als sie sich schlafen legten, bin ich noch dortgeblieben, weil die Nacht so schön war, und bin eingeschlafen.«

»Angie Wraxton? Die Verrückte?«, fragte Robin.

»Sie ist nicht verrückt, sondern ein sehr intelligentes Mädchen.«

»Worüber um Himmels willen habt ihr gesprochen?«

»Über Afrika. Ich habe ihnen von dem neuen Spital in Kenia erzählt, und sie fanden beide, dass es wundervoll klingt. Sie konnten nicht verstehen, dass ich nicht zugreife.«

Mit sehr zufriedener Miene zog sich Gerry das Hemd über den Kopf. Noch nie hatte er so viel über sich selbst erzählen dürfen. Es hatte ihm gefallen, dass zwei Frauen eine Menge Aufhebens um ihn machten.

»Ich sagte, dass ich den Posten noch nicht endgültig zurückgewiesen habe«, fügte er hinzu.

Robin und Duff wurden nachdenklich. Sie wussten beide, dass diese Stelle in Afrika – die Stelle eines Arztes in einem großen Bezirk – nicht genug einbringen würde, um ihre Studien zu ermöglichen, auch wenn sie gute Aussichten für die Zukunft bot. Deshalb war die ganze Familie davon ausgegangen, dass Gerry die Stelle selbstverständlich ablehnen würde.

Keiner sprach mehr ein Wort. Gerry zog sich aus, schlüpfte in seinen Pyjama, drehte das Licht aus und legte sich ins Bett. Nun senkte sich Stille über die Stallungen.

DIENSTAG

I

Zigarettenstummel

Das Gartenzimmer lag zu ebener Erde; seine Fenstertüren boten Zutritt zu einem Rosengärtchen. Miss Ellis sagte, sie könne nicht verstehen, dass dieses Zimmer vermietet wurde. Hier könne doch jeder hereinspazieren.

Gleich, dachte Nancibel, die das Bett abzog, wird sie behaupten, dass wirklich jemand hier eingedrungen ist.

Miss Ellis sagte es tatsächlich, und Nancibel lachte.

»Das finden Sie zum Lachen, nicht wahr?«, fragte Miss Ellis. »Nun, ich nicht. Ich finde es ekelhaft. Wenn Sie die Welt kennen würden, wie ich sie kenne, wenn Sie so viel von der schmutzigen Seite zu sehen bekommen hätten ... Frauen in diesem Alter können schrecklich sein.«

»Das Eisen schmieden, solange es heiß ist«, pflichtete Nancibel bei. »So sagt Mum dazu.«

»Das ist ihre Schreibmaschine«, sagte Miss Ellis. »Sie soll Bücher oder so was schreiben, nicht?«

»Stimmt. Sie ist eine bekannte Schriftstellerin. Wussten Sie das nicht?«

»Wer hat das gesagt?«

»Jeder weiß es. Meine Schwester Myra hat eins ihrer Bücher gelesen. *Das verlorene Plaid*. Myra war ganz aufgeregt, als ich ihr erzählte, dass Mrs Lechene hier im Hotel wohnt.«

»*Das verlorene Plaid?* Komischer Titel.«

»Ihre Bücher haben alle komische Titel.«

»Ist es denn schottisch?«

»Keine Ahnung. Ich habe es ja nicht gelesen, sondern meine Schwester. Aber es ist ein Bestseller. Myra sagte, es ist ein bisschen … Sie wissen schon … schlüpfrig. Aber sehr spannend.«

»Schlüpfrig?«, sagte Miss Ellis. »Das wundert mich nicht. Ein Bestseller ist immer entweder schlüpfrig, oder er greift irgendwen an.«

»Also«, sagte Nancibel, »ich habe einmal einen Bestseller gelesen, *Die guten Gefährten*, und der war nicht schlüpfrig und hat auch niemanden angegriffen. Das Buch war einfach schön.«

»Das zeigt nur, wie wenig Ahnung Sie haben, Nancibel. Jeder weiß, dass es ein Angriff auf J. B. Priestley ist. Es wurde nur geschrieben, um ihn bloßzustellen. Sie legen den Bettüberwurf ganz schief hin.«

»Es ist nicht leicht, ihn alleine gerade hinzulegen.«

Miss Ellis ignorierte diesen Hinweis und starrte neidisch auf die Schreibmaschine.

»Manche Leute haben alles Glück auf ihrer Seite«, sagte sie. »Stellen Sie sich vor, sie verdient Hunderttausende Pfund damit, dass sie Unsinn schreibt. Was will sie mit all dem Geld? Ich hätte nicht übel Lust, auch ein Buch zu schreiben.«

»Weshalb tun Sie es nicht?«

»Wo soll ich denn die Zeit dazu hernehmen?«

Sie drehte sich um und nahm den Aschenbecher vom Nachttisch. Nach einem Blick darauf verwandelte sich ihr Ausdruck von Ekel zu etwas, das wie Freude aussah. Sie trug den Aschenbecher zum Fenster, untersuchte den Inhalt genau und rief:

»Dachte ich's mir doch! Schauen Sie sich das an!«

Sie hielt ihn Nancibel vor die Augen. Die sah jedoch nichts anderes als einen Haufen Zigarettenstummel.

»Haben Sie denn keine Augen im Kopf, Nancibel?«

»Sie raucht schrecklich viel«, antwortete diese.

»Ja, aber sehen Sie doch! Fällt Ihnen an diesen Stummeln nichts auf?«

»Einige sind gelb, andere weiß.«

»Die gelben sind ihre bevorzugte ägyptische Marke. So wie die hier auf dem Kaminsims. Sie kauft sie irgendwo in London. Sie raucht nie andere Zigaretten. Das hat sie gestern Abend im Speisesaal gesagt. Die weißen sind Player's Weights. Hier, sehen Sie ... Hier, da kann man's gut erkennen ... die wurde nur halb geraucht ...«

Eine Pause trat ein. Nancibel war sehr blass geworden. Miss Ellis fuhr fort:

»Ich habe diesen Aschenbecher gestern Abend geleert, als ich die Heißwasser-Krüge brachte. Nach zehn Uhr. Da war also jemand über Stunden bei der Schriftstellerin im Zimmer. Kennen Sie vielleicht irgendwen, der Player's Weights raucht?«

»Sehr viele Leute rauchen diese Marke.«

»Aber nicht hier. Nun, ich bin nicht überrascht. Ich hab's mir gleich gedacht, als ich sie zusammen beim Abendessen sah. *Chauffeur!*, dachte ich. Sehr wahrscheinlich! – Kommen Sie, wir müssen noch die Betten im oberen Stock machen.«

»Ich nicht«, erwiderte Nancibel. »Ich werde mit Ihnen keine Betten mehr machen, Miss Ellis. Mir reicht es. Ich habe Sie gestern gewarnt. Ich ertrage Ihre Tratschereien nicht länger. Ich gehe zu Mrs Siddal.«

»Wenn hier irgendjemand zu Mrs Siddal geht, so bin ich es. Es gibt Grenzen ...«

»Allerdings. Ich bin es leid, wie Sie jeden Menschen hinter seinem Rücken schlecht machen. Sie sind eine gehässige, gemeine alte Frau, die alle, die besser sind als Sie, mit ihren Reden beschmutzt, und das bedeutet, alle im Haus, denn *alle* sind besser als Sie. Sie haben noch nie in Ihrem ganzen Leben anständig gearbeitet, glaube ich. Sie könnten es gar nicht, selbst wenn Sie wollten; Sie sind zu dumm, einen Kessel mit

Wasser aufs Feuer zu stellen, ohne die Hälfte zu verschütten und sich die Nase zu verrußen. Es macht mich rasend ...«

»Auf der Stelle zu Mrs Siddal! Ich gehe sofort zu Mrs Siddal. Entweder verlassen Sie das Haus, oder ich gehe.«

»Gut. Gehen Sie ruhig zu ihr und sehen Sie, wen sie besser entbehren kann.«

Miss Ellis schoss zum Zimmer hinaus.

Kaum war Nancibel allein, brach sie vor Verzweiflung in Tränen aus. Sie wusste, wer Player's Weights rauchte. Und sie begriff jetzt, was Annas unverschämtes Starren gestern ihr hatte mitteilen sollen. Da waren so viele kleine merkwürdige Einzelheiten gewesen. Jetzt verstand sie alles. Bruce war ein verkommener Mensch. Er ließ sich von diesem alten Weib aushalten, das er nicht liebte, ja, nicht einmal zu einem bestimmten Zweck besonders zu begehren schien. Er hatte sich verkauft für einen seidenen Schlafrock und eine gespickte Brieftasche, die er im Hafencafé so prahlerisch geschwenkt hatte.

Die Zimmer im oberen Stock mussten noch gemacht werden. Aber vorläufig war Nancibel außerstande dazu. Sie lief durch die Fenstertüren hinaus in den Garten und versteckte sich hinter dem Rhododendron, bis sie ihre Tränen beherrschte. Sie war ein bisschen darüber erstaunt, dass sie so viel Bitterkeit empfand. Dabei hatte sie Bruce doch gar nicht besonders ernst genommen. Sie kannten sich erst seit drei Tagen, und zu Beginn hatte sie ihn nicht gemocht. Aber gestern war er so nett gewesen, hatte ihr beim Kartoffelschälen und Wasserpumpen geholfen. In seiner Gesellschaft fühlte sie sich wieder froh und jung. Nach der Arbeit hatte er sie heimbegleitet, und ihre Mutter hatte ihn zu einer Tasse Tee ins Haus gebeten. Alle hatten ihn gleich gemocht. Seine Manieren ihren Eltern gegenüber waren tadellos gewesen – freundlich und fröhlich, und doch respektvoll. Mit einer Geschichte von seiner Mutter und deren scharfer Erwiderung zu der Frau im Amt für Lebensmittel hatte er sie alle zum Lachen gebracht. Von Elendsvierteln hatte er keinen Ton gesagt. Kein junger Mann hätte einen besseren Eindruck hinterlassen können. Nancibels einzige Sorge war, ihre Mutter würde ihm ihre Zufriedenheit allzu offen zeigen. Als sich Bruce verabschiedet hatte, wies Nancibel die arme Mrs Thomas scharf zurecht: Sie habe Bruce viel zu sehr bewundert! Den Rat, sie möge seine Einladung zum Tanzen am Samstag annehmen, quittierte sie mit spöttischem Achselzucken. Aber in ihrem Inneren hatte sie längst beschlossen zuzusagen und wollte sich an ihrem freien Donnerstagnachmittag extra für dieses Ereignis eine frische Dauerwelle machen lassen.

Über den Samstag hinaus hatte sie sich keine Gedanken erlaubt. Später wäre noch Zeit genug, die Angelegenheit ernst zu nehmen, sollte ihre Zuneigung zu ihm weiterhin so schnell wachsen. Vorläufig genügte es ihr, dass sie sich mal wieder auf einen Samstag und aufs Tanzen freuen konnte und über eine neue Dauerwelle nachdachte. Aber nun saß sie da und weinte, wie sie noch nie geweint hatte, nicht einmal Brians wegen. Denn sie hatte immer gewusst, dass sie den Schmerz um Brian früher oder später überwinden würde. Aber diese neue Wunde hatte Gift in sich. Sie musste sich erst gewöhnen an den Gedanken, dass Bruce ein verdorbener Mensch war, und dazu musste sie selbst härter und kälter werden. So ging sie, immer noch schluchzend, aber nicht um Bruce, sondern um die Nancibel von gestern, durch die Rhododendren ins Haus.

2

Schwarzer Bernstein

Sir Henry hielt sein Versprechen und machte sich gleich nach dem Frühstück mit Robin auf den Weg nach Porthmerryn, um sich Mrs Pearces geschnitzte Figur anzusehen. Aber zu ihrer Enttäuschung war sie schon verkauft worden. Eine Dame war am Montagnachmittag gekommen und hatte sie gekauft – eine fremdländische Dame, eine Mrs Smith, die gesagt hatte, sie befinde sich auf der Durchreise und eine Freundin habe ihr von Mrs Pearce' Kuriosität erzählt. Erst hatte sie nur drei Guineen geboten, aber Mrs Pearce hatte nicht nachgegeben und fest auf ihren fünf Pfund zehn Schilling beharrt.

»Denn Robin sagte mir, die Figur sei fünf Pfund wert«, kicherte die alte Frau, »und ich habe noch zehn Schilling mehr verlangt und habe sie zuletzt auch bekommen. Ich war der Dame wohl zu hartnäckig.«

Sie könne die Person nicht beschreiben, denn ihre Sehkraft sei schwächer als früher.

»Aber sie sprach etwas abgehackt. Ich mochte sie ehrlich gesagt nicht. Aber fünf Pfund zehn ist viel Geld … Es tut mir leid, Sir, dass Sie vergeblich gekommen sind.«

»Mir tut es auch leid«, antwortete Sir Henry. »Wie kommen Sie darauf, dass es eine fremdländische Dame gewesen ist?«

»Mrs Pearce meint damit, dass sie nicht aus Cornwall ist«, erklärte Robin niedergeschlagen.

»Sie war aus London«, sagte Mrs Pearce. »Das sagte sie.

Und musste heute noch zurück. Denn ich wollte zuerst warten, um meinen Enkel, Barny Thomas, oben in Pendizack, zu fragen, ob er damit einverstanden ist. Denn er bekommt einmal alle meine Sachen, wenn ich nicht mehr bin, wissen Sie. Aber darauf konnte sie nicht warten. Sie sagte, entweder jetzt oder gar nicht, denn ich muss morgen nach London zurückfahren. Und fünf Pfund zehn ist eine Menge Geld.«

Robin fing an zu klagen, kaum hatten sie das Haus verlassen. Er war niedergeschmettert. Sein sonst rötliches Gesicht war bleich. Sir Henrys Trost, die Figur wäre ja vielleicht doch kein schwarzer Bernstein, half ihm nicht. Er war davon überzeugt und gab sich die Schuld, dass Mrs Pearce mindestens tausend Pfund verloren hatte.

»Glauben Sie«, fragte er, »ein Inserat könnte helfen? Wenn diese Mrs Smith liest, wie viel das Stück eigentlich wert ist ... sie hat bestimmt keine Ahnung ...«

»Da wäre ich nicht so sicher«, erwiderte Sir Henry.

»Oh, aber so gemein kann doch niemand sein! Einer armen alten Frau gegenüber, die sich vor dem Armenhaus fürchtet!«

»Ich glaube nicht, dass Mrs Smith das wusste.«

»Ich verstehe gar nicht, dass sie überhaupt etwas davon wusste. Wer könnte ihr erzählt haben, dass Mrs Pearce dieses Stück besitzt?«

»Viele Leute haben Sie gestern im Laden davon sprechen gehört.«

»Ich habe aber nicht gesagt, wo sie wohnt.«

Sir Henry versuchte sich daran zu erinnern, wer sich alles mit ihnen im Laden befunden hatte, und plötzlich zuckte ein Verdacht in ihm auf. Dieser Verdacht entsetzte ihn jedoch so sehr, dass er ihn hastig von sich schob und andere Möglichkeiten in Erwägung zog. Er erinnerte sich, dass Robin die drei kleinen Coves zu Mrs Pearce mitgenommen hatte. Es war natürlich möglich, dass sie anderen von der Figur berichtet hatten. Er äußerte diese Idee, und Robin bestätigte, dass sie die Figur wirklich gesehen hatten. Er werde die Kinder fragen, sobald er wieder zu Hause sei.

Jeder mit seinen eigenen Gedanken beschäftigt, wanderten sie über die Klippen und zum Hotel hinunter. Robin plante, in allen Hotels in Porthmerryn nach einer Mrs Smith zu forschen, die an diesem Tag nach London abgereist war. Er war entschlossen, die Figur aufzutreiben und sie Mrs Pearce zurückzugeben. Ihn quälte sein Gewissen, denn möglicherweise hatte er durch sein unvorsichtiges Geschwätz Mrs Pearce um tausend Pfund gebracht. Er würde diese Mrs Smith schon ausfindig machen. Wenn sie eine ehrliche Person war, so würde er ihr die Figur wieder abkaufen: Er besaß sieben Pfund auf seinem Bankkonto. War sie unehrlich, würde er ans *John Bull Magazine* schreiben und ihre Gemeinheit bis in den letzten Winkel der Welt hinaustrompeten.

Sir Henry versuchte sich gegen den Verdacht zu wehren, dass Mrs Cove die Käuferin sein könnte. Sie hatte Robins Erzählung im Süßigkeitenladen mitanhören können. Ihre Sprechweise war tatsächlich abgehackt. Sie war eine gemeine, habsüchtige Person; die Episode mit dem Mäusespeck hatte das bewiesen. Er mochte sie nicht, überhaupt nicht. Aber er hatte trotzdem nicht das Recht, ihr eine solche Gemeinheit zu unterstellen; der Gebrauch eines falschen Namens und die Lüge über die notwendige Rückkehr nach London würde die Hoffnung zunichte machen, die Käuferin habe in gutem Glauben gehandelt.

»Dort sind die Coves«, rief Robin plötzlich und zeigte zum Strand hinunter, wo Blanche, Maud und Beatrix am Boden knieten; sie hatten die Köpfe zusammengesteckt und schienen ganz in ein Spiel vertieft zu sein.

»Stimmt, sieht ganz so aus«, pflichtete ihm Sir Henry bei, indem er angestrengt zu den Kindern hinunterstarrte.

»Sie *sind* es. Niemand sonst trägt Turnkleidung am Strand.«
Sie verließen die Klippen und stiegen zum Strand hinunter. Beim Näherkommen erkannten sie, dass die Mädchen an einer Sandburg arbeiteten. Es war nicht einfach ein Haufen Sand, wie Kinder ihn normalerweise formen, sondern ein kunstvolles Gebilde, ein Märchenschloss von eigenartig dreieckiger Form, mit hohen dünnen Türmen. Sie waren dabei, mit einem alten Tafelmesser einen langen Damm über einen Graben zu bauen, und sie arbeiteten schnell, geschickt und schweigend. Es schien, als würden ihre mageren Hände von einer gemeinsamen Eingebung gelenkt, denn weder berieten sie sich untereinander noch stritten sie, und keines schien eine führende Rolle zu haben. Und doch war ihre Schöpfung vollkommen – und zwar in jeder Einzelheit, in den Verhältnissen und im Gesamtanblick.

»Wie hübsch!«, rief Sir Henry aus.

Die Coves setzten sich erschrocken auf die Fersen und starrten ihn an. Für sie war das Sandschloss wirklicher als Sir Henry.

»Französisch, nicht wahr?«

»Poitiers«, nickte Blanche.

»Warst du einmal dort?«

»Ich habe es in einem Buch gesehen.«

»Im *Stundenbuch des Herzogs von Berry*«, erklärte Maud.

»O ja, natürlich. Ich dachte doch, ich hätte es auch schon irgendwo gesehen.«

»Wir möchten euch fragen …«, begann Robin.

Aber Sir Henry winkte ab, er wollte nichts übereilen. Er hatte außerdem die Absicht, noch etwas anderes herauszufinden.

»Ihr mögt doch Bücher gern, nicht wahr?«, fragte er.

Die drei blonden Köpfe nickten.

»Besitzt ihr viele?«

Sie blickten einander unsicher an.

»Siebzehn«, antwortete Beatrix endlich.

»Kauft ihr oft welche?«

Diese Frage bereitete ihnen keine Schwierigkeit. Noch nie hatten sie, versicherten sie, ein Buch gekauft.

»Aber wir würden es tun, wenn wir das Geld dazu hätten«, meinte Maud.

»Kauft eure Mutter euch also die Bücher?«

Nein. Sie waren sicher, dass sie das nicht tat.

»Wann habt ihr denn zuletzt ein neues Buch bekommen?«

»Als wir die Masern hatten«, sagte Blanche nach einigem Nachdenken. »Der Doktor hat uns *Onkel Toms Hütte* geschenkt.«

»Und wann war das?«

»Das war, als der Frieden kam. Wir konnten wegen der Masern nicht zu den Freudenfeiern gehen.«

Zwei Jahre war es her! Die Frau war also wirklich eine gemeine Lügnerin. Erzählte, sie verkaufe die Süßigkeiten, um ihren Kindern von dem Geld Bücher zu kaufen!

»Wir bekamen *Das Stundenbuch* wegen der Fliegerbombe«, erklärte Blanche. »Ein alter Herr hat es uns geschenkt. Er hatte einen Buchladen.«

»Ja«, erklärte Maud. »Mutter schickte uns etwas besorgen, und unterwegs hörten wir die Bombe kommen, also rannten wir in sein Geschäft und versteckten uns unter dem Ladentisch. Genau vor diesem Laden schlug die Bombe ein, und wir wurden unter Büchern begraben. Wir sind dann den ganzen Nachmittag dortgeblieben und haben dem Besitzer beim Aufräumen geholfen. Deshalb hat er uns *Das Stundenbuch* geschenkt, denn sein Rücken war kaputt.«

»Und er hat uns Sherry gegeben«, warf Blanche ein. »Oh, er war so nett. Aber in der Zwischenzeit erzählte der Milchmann unserer Mutter, dass wir tot sind. Er war ein wenig weiter unten auf der Straße gewesen und hatte uns davonrennen sehen; als die Bombe kam, legte er sich auf den Boden, und so sah er uns nicht im Buchladen Schutz suchen. Und als er uns danach nirgends mehr sah, dachte er, dass wir zerfetzt wurden.«

»Er ging zu unserer Mutter und erzählte ihr, die Bombe hätte uns zerrissen«, sagte Beatrix. »Und es wurde natürlich spät, bis wir mit Aufräumen fertig waren; wir merkten gar nicht, *wie* spät. Also dachte Mutter, dass wir wirklich tot sind, und fuhr in einem Taxi zur Stadthalle. Das war eine Verschwendung von drei Schilling.«

Robin und Sir Henry waren von dieser Erzählung so verblüfft, dass sie vergaßen, weshalb sie eigentlich hier waren.

»Es waren mehr als drei Schilling«, berichtigte Maud ernsthaft. »Sie musste ja auch noch die Rückfahrt bezahlen, nachdem sie sich in der Stadthalle nach uns erkundigt hatte.«

»Es waren aber nur zwei Pence mehr«, wandte Beatrix ein. »Sie fuhr ja mit dem Bus zurück!«

»Natürlich wusste man in der Stadthalle nichts von uns«, erklärte Maud. »Wir waren ja nicht in der Leichenhalle.«

»War denn eure Mutter nicht schrecklich besorgt um euch?«, fragte Robin.

»O doch, sehr«, antwortete Maud. »Wissen Sie, sie war noch unterwegs, als wir zu Hause ankamen, und wir konnten nicht ins Haus. Die Nachbarn sahen uns vor der Tür stehen. Der Milchmann hatte ihnen auch gesagt, dass wir tot sind. Und so kamen sie alle herbeigelaufen, zuletzt stand eine ganze Menge um uns herum. Als Mutter zurückkam, fingen alle an zu schreien: ›Es ist alles gut! Sie leben!‹ Mutter kann die Nachbarsleute nicht ausstehen; sie sind so neugierig. Dann konnte sie die Haustür nicht aufschließen, weil der Schlüssel sich verklemmte. Und ein Mann fotografierte sie und schickte das Bild an eine Zeitung.«

»Sie sagte zu den Leuten«, fuhr Beatrix fort, »sie sollen bitte nach Hause gehen und nicht immer durch ihren Garten trampeln. Da wurden die Nachbarn sehr grob. Aber genau dann kam eine neue Bombe, und alle rannten fort.«

»Aber für uns war es der schönste Tag in unserem Leben«, sagte Blanche, »weil wir *Das Stundenbuch* bekommen haben.«

Je mehr ich über diese Frau erfahre, dachte Sir Henry, desto weniger mag ich sie.

»Wir waren eben bei der alten Mrs Pearce zu Besuch«, sagte er nun.

Das löste ein Strahlen auf ihren Gesichtern aus, und sie fragten ihn, ob er das kleine Schiff auch gesehen habe.

»Ja. Wunderschön, nicht wahr? Aber ich hätte gerne noch einen anderen ihrer Schätze gesehen.«

»Habt ihr …?«, unterbrach Robin.

Wieder bedeutete ihm Sir Henry zu schweigen und fuhr fort:

»Eine kleine, schwarze geschnitzte Figur. Habt ihr sie gesehen?«

»Die, die sie in der Suppenschüssel versteckt hatte?«, fragte Maud.

»Ja. Ich hätte sie mir gern angesehen, aber das war nicht möglich, denn sie ist gestern Nachmittag verkauft worden.«

»Sie war nicht so hübsch wie das Schiff«, tröstete ihn Blanche.

»Aber es ist schade, dass sie verkauft wurde, denn sie ist vielleicht sehr wertvoll, und die Käuferin hat Mrs Pearce nur sehr wenig dafür gegeben.«

»Das Schiff verkauft sie bestimmt niemals«, sagte Blanche.

»Hoffentlich nicht. Robin und ich fänden es übrigens besser, wenn nicht allzu viel davon gesprochen wird. Es ist nicht gut, wenn bekannt wird, dass eine alte alleinstehende Frau wertvolle Dinge besitzt.«

Sie nickten alle verständnisvoll, und Maud flüsterte:
»Räuber!«

»Ihr erzählt also niemandem von Mrs Pearce' Schätzen, nicht wahr?«

Sie versprachen es.

»Habt ihr gestern jemandem von dem Schiff oder von der Figur erzählt?«

»Vielen Leuten …«, begann Blanche mit betrübter Miene.

»Aber nur vom Schiff«, berichtigte Maud. »An die kleine Figur haben wir gar nicht mehr gedacht.«

»Stimmt«, sagte Blanche. »Erst als Sie davon sprachen, Sir, fiel sie mir wieder ein. Aber von dem Schiff haben wir vielen erzählt … den Giffords und Mrs Paley und Miss Wraxton und Mutter, und wir beschrieben es in unserem Tagebuch. An Räuber haben wir gar nicht gedacht. Sollen wir allen sagen, dass sie es nicht weitererzählen sollen?«

»Nein«, sagte Sir Henry, »keine Sorge. Erzählt einfach sonst niemandem mehr davon.«

Dann ging er, gefolgt von Robin.

»Ich glaube, sie haben die Wahrheit gesagt«, bemerkte er, als sie außer Hörweite waren.

»Ganz sicher«, sagte Robin. »Aber mir kam ein Gedanke, als sie erzählten … Meinen Sie nicht … könnte es vielleicht Mrs Cove gewesen sein?«

»Das ist mehr als wahrscheinlich«, sagte Sir Henry. »Aber wie in aller Welt soll man es beweisen?«

3

Erfahrungen sammeln

Der halbe Morgen war schon um, ohne dass Nancibel sich hatte blicken lassen, um Bruce' Bett zu machen. Nachdem er den Wagen gewaschen hatte, war er in Erwartung einer fröhlichen Plauderei mit Nancibel im Hof geblieben. Aber Nancibel erschien nicht, und endlich ging er sie suchen. Er spähte durch das Küchenfenster und sah sie am Tisch stehen und Kartoffeln schälen. Ihr Gesicht trug einen seltsam abwesenden Ausdruck. Seinen fröhlichen Gruß erwiderte sie nicht.

»Wann kommen Sie mein Zimmer aufräumen?«, fragte er.

»Fred übernimmt das«, antwortete sie kühl, ihr Gesicht noch immer von ihm abgewandt. »Die Arbeit wurde neu verteilt.«

»Was ist mit Ihnen los?«

Sie antwortete nicht. Er lief zur Hintertür, ging durch die Spülküche in die Küche und stellte sich breit vor Nancibel.

»Was ist passiert?«

Sie warf ihm nur einen kurzen Blick zu und schälte dann weiter ihre Kartoffeln.

»Oh«, sagte er, »ich verstehe.«

Eine lange Stille entstand, die keiner von beiden zu unterbrechen gewillt war. Nancibel wagte nicht zu sprechen, aus Angst, wieder in Tränen auszubrechen. Und Bruce wusste ausnahmsweise nichts zu sagen. Er hatte gedacht, er wäre auf diese Krise vorbereitet und hatte seine Verteidigungsrede schon einstudiert. Denn es war unumgänglich, dass Nancibel es früher oder später herausfand. Sie würde davon erfahren und sehr wütend sein. Aber er hatte eine Flut von Vorwürfen und Flüchen erwartet, nicht diese Stille, die ihn völlig aus der Fassung brachte. Und als ritte ihn der Teufel, sagte er jetzt das Allerunpassendste:

»Eifersüchtig?«

Kaum war das Wort seinem Mund entschlüpft, hätte er alles gegeben, es ungeschehen zu machen. Nur einem gemeinen Schuft konnte es in einem solchen Augenblick einfallen. Dabei wollte er doch nichts anderes als ihr beweisen, dass er kein gemeiner Schuft war, sondern ein Künstler, der Erfahrungen sammelte.

Jedenfalls wirkte das Wort. Es ließ Nancibels Tränen eintrocknen und löste ihre Zunge.

»Verlassen Sie bitte die Küche«, befahl sie. »Sie haben hier nichts zu suchen, und Mrs Siddal möchte Sie hier nicht sehen.«

»Ich bin ein Bediensteter. Deshalb ist die Küche der richtige Ort für mich, oder nicht?«

»Nein. Sie essen im Speisesaal, also gehören Sie in den Salon.«

»Gestern durfte ich hier sein.«

»Da wusste ich noch nicht, dass Sie *so einer* sind.«

»Was für einer?«

»Gehen Sie doch in den Salon und erzählen Sie dort, wie Sie sich aus einem Elendsviertel emporgearbeitet haben. Die Damen werden Sie vielleicht bewundern, aber ich habe keinen Grund dazu. Ich finde Sie widerlich.«

»Sie haben sehr altmodische Ansichten, Nancibel.«

»Nein. Manches wird nie altmodisch. Ein junger Mann, der sich von einer alten Frau aushalten lässt, war immer schon verachtenswert.«

»Sie ist nicht alt.«

»Mindestens zwanzig Jahre älter als Sie. Sie würden sie keines Blickes würdigen, wenn sie Sie nicht bezahlte.«

»Ich fahre ihren Wagen.«

»Sehr harte Arbeit, wirklich. Nun... wenn Sie Busfahrer wären, dürften Sie jetzt hier sitzen. Es herrscht nämlich Mangel an Busfahrern. Es wundert mich nicht, dass Sie sich für Ihre Herkunft aus einem anständigen Haus schämen.«

»Sie verstehen mich nicht«, protestierte Bruce. »Ein Schriftsteller muss Erfahrungen sammeln.«

»Gewiss. Und jetzt machen Sie die folgende Erfahrung: nämlich, dass ein Mädchen wie ich mit einem Jungen wie Ihnen nichts anfangen kann. Sollten Sie diese Erfahrung zum ersten Mal machen, haben Sie etwas Nützliches gelernt und können in einem Buch davon schreiben.«

»Das werde ich ganz bestimmt tun!«

»Natürlich. Aber erst ändern Sie es noch ein bisschen ab, damit es besser und imposanter klingt. Sie würden ja niemals wagen, etwas Wahres zu schreiben. Sehen Sie doch, was Sie von sich und ihr geschrieben haben! Sie sei wunderschön und aristokratisch! Du meine Güte, die und schön und aristokratisch! Da lachen ja die Hühner!«

»Sie sind ganz einfach eifersüchtig, das ist alles.«

»Sie sagen, Sie möchten Jemand sein. Sie werden nie etwas anderes sein als ein billiger Angeber, den jeder verachtet und über den man sich hinter seinem Rücken lustig macht.«

Da erschien Mr Siddal im Türrahmen und verlangte seinen Elf-Uhr-Tee. Als er erkannte, dass sich hier etwas Dramatisches abspielte, kam er herein und setzte sich an den Tisch. Seine unschuldigen Augen wanderten von dem einen wütenden jungen Gesicht zum anderen, und er kam zum Schluss, dass der Junge den Kürzeren gezogen haben musste.

Nancibel ging zum Teekessel auf dem Herd und brachte Siddal eine Tasse Tee. Er sagte, sie solle auch Bruce einen Tee einschenken; das tat sie und zog sich dann mit ihren Kartoffeln in die Spülküche zurück.

»Ich habe gehört, Sie schreiben ein Buch«, wandte sich Siddal freundlich an Bruce und schob ihm die Zuckerdose hin. »Einen Roman. Wohl hauptsächlich autobiografisch, denke ich?«

»Nein«, erwiderte Bruce laut.

»Nein? Das ist ungewöhnlich. Interessant! Annas junge ... Schützlinge schreiben meistens drei Bücher. Das erste behandelt das Thema *Kleine Opfer*. Es ist vielversprechend und gut geschrieben. Es bekommt erstaunlich positive Kritiken. Es erzählt unverhohlen davon, wie die kleinen Opfer in ihrer Jugend verdorben wurden, entweder in der Privatschule oder in einem Internat oder in einem Stadtteil wie Wapping oder auf der *Cold Comfort Farm*. Der Held ihres Romans, nun ... wurde er in Eton oder in Stepney verdorben?«

»In Stepney.«

»Hm, ja. Ich verstehe. Nun ... das zweite Buch auf der Liste muss nicht unbedingt so tragisch sein. Oft ist es eine Komödie, eine bittere Komödie, allerdings, und sehr mondän. Mit kontinentaleuropäischem Hintergrund. Es handelt von dem lasterhaften und korrupten Leben der Expatrioten auf Capri oder Mallorca oder in den Seealpen. Der Held ist der Übelste in dem ganzen Haufen, verachtet sich aber selbst fast so sehr wie alle anderen, was ihn rettet. Die Heldin ist die einzige Frau im Buch, mit der er nicht ins Bett geht. Manchmal stirbt sie auf traurige Weise.«

Siddal rührte in seinem Tee, und Bruce konnte sich die Frage nicht verkneifen, wovon das dritte Buch handele.

»Das dritte Buch?« Siddal schien aus einer Träumerei zu erwachen. »Das weiß niemand. Keiner hat es gelesen. Man hört nur, dass es geschrieben wurde. Und wohl auch veröffentlicht. Aber ich hatte noch nie eines in der Hand. Deshalb

kann ich es Ihnen nicht sagen. Das gehört jedoch zu den Dingen, die ich tun möchte, bevor ich sterbe: das dritte Buch von
einem der jungen Freunde Annas lesen. Ich kann mir nicht
vorstellen, wovon diese dritten Bücher handeln könnten; von
der Religion, wahrscheinlich. Sollten Sie also so weit kommen, ein drittes Buch zu schreiben, dann schicken Sie mir
hoffentlich ein Exemplar. Noch etwas Tee?«

»Nein, danke«, sagte Bruce.

4

Die Anderen Klippen

Die Silhouetten der Gifford-Kinder zeichneten sich gegen den Himmel ab; sie rannten über die Klippen, die sich unmittelbar hinter dem Hotel erhoben. Sir Henry fiel bei diesem Anblick eine Frage ein, die er seit Sonntag, als er selbst dort oben gewesen war, hatte stellen wollen.

Dieser Teil der Küste, der hier Die Anderen Klippen genannt und auf der Landkarte als Tregoylan-Felsen bezeichnet wurde, war viel weniger besucht als die leichter zugänglichen Abhänge, die zur Pendizack-Spitze, der Rosigraille-Bucht und nach Porthmerryn führten. Um auf die Anderen Klippen zu gelangen, musste man erst weit landeinwärts, fast bis zum Dorf gehen, um die Schlucht herum, die neben dem Weg zum Hotel verlief. Die Klamm endete in einer kleinen Bucht unmittelbar dahinter, und auf der gegenüberliegenden Seite erhoben sich die Anderen Klippen als mächtige, überhängende Felswand vor den rückwärtigen Fenstern des Hotels. Die gesamte Halbinsel, auf der das Haus stand, musste einst ein Bestandteil der Anderen Klippen gewesen und in früher Vorzeit in die Bucht gestürzt sein.

Oben auf den Anderen Klippen wuchsen in wildem Durcheinander Brombeerbüsche, Schwarzdorn und Stechginster. Sie hatten den Weg, den Pfad des alten Küstenwächters, so überwuchert, dass es nicht angenehm war, dort zu gehen. Sir Henry war am Sonntagnachmittag hinaufgestiegen, um der angespannten Atmosphäre im Pendizack-Hotel zu entkommen. Und auf seinem Weg durch die Dornen war er auf seltsame Risse im Boden gestoßen. Sie lagen ziemlich weit landeinwärts, hatten aber doch Zweifel an der Sicherheit dieser Gegend in ihm geweckt, und nun fragte er Robin danach.

Robin antwortete, die Risse seien durch die Explosion einer Mine entstanden, die kurz vor Weihnachten in die Höhle am Ende der Bucht geschwemmt worden sei. Ob die Risse unmittelbar nach der Explosion entstanden waren, konnte er nicht sagen, denn er selbst hatte sie erst in den Osterferien, zusammen mit Duff, entdeckt. Er meinte, sie seien von einem Fachmann untersucht worden; seine Mutter hatte ihm während des Sommersemesters in einem Brief geschrieben, dass ein Herr gekommen sei und sich nach dem Weg zu den Rissen erkundigt habe. Das Ergebnis der Untersuchung kannte Robin nicht, und als sie auf die Terrasse kamen, fragte er Gerry, der dort einen gestreiften Sonnenschirm flickte.

»Was für Risse?«, fragte Gerry und hob sein feuerrotes Gesicht. Die Ursache seiner Verwirrung war offenkundig, denn aus einem offenen Fenster im ersten Stock drang zorniges Gebrüll. Ein Gespräch auf der Terrasse war fast unmöglich.

»... Ist dir bewusst, dass ich den ganzen Morgen auf dich gewartet habe? Ich will dir Briefe diktieren. Wo warst du? Oh! Sprich doch deutlich, zum Teufel noch mal! *Wo warst du?*«

»Du weißt doch«, rief Robin, »die Risse von der Mine. Auf den Anderen Klippen.«

»... kannst nicht einmal die einfachsten Fragen beantworten. Ehrlich gesagt denke ich manchmal, ich sollte deinen Kopf untersuchen lassen ...«

»Nie davon gehört«, brüllte Gerry zurück.

»Hat Mutter dir denn nicht auch davon geschrieben? Wir haben die Risse in den Osterferien entdeckt, Duff und ich. Sie sind unter den Schwarzdornbüschen verborgen … lange Risse, ungefähr fünfzehn Zentimeter breit …«

»Fünfzehn Zentimeter?«, rief Sir Henry erstaunt. »Aber … die, die ich gesehen habe, waren einen Meter breit oder noch mehr. Und schienen sehr tief zu sein.«

»Dann sind sie wohl breiter geworden«, meinte Robin. »Ich war seit Ostern nicht mehr dort.«

»… Egal, egal! Jetzt bist du ja da. Aber beantworte mir diese Frage unverzüglich: *Wo hast du letzte Nacht geschlafen?*«

Gerry blickte immer verstörter und versuchte nicht länger, an dem Gespräch über die Risse teilzunehmen.

»Frag Mutter«, stieß er hervor. »Ich weiß nichts davon.«

»… Woher ich das weiß? Die Haushälterin … diese Schlampe … Wie heißt sie … Ellis. Ich hatte gehofft, sie lügt …«

»Sir Soundso Bevin kam, um die Risse zu untersuchen. Mutter hat dir doch bestimmt davon erzählt«, beharrte Robin.

»… Du tust es also schon wieder, wie? Ich dachte, ich hätte dir das für immer ausgetrieben. Solange du bei mir lebst, hast du dich anständig zu benehmen. Und wenn ich dich einsperren muss! Nachts aus dem Haus zu schleichen wie eine …«

»Mutter erzählt mir nie etwas«, schrie Gerry wütend. »Frag Duff. Vielleicht weiß er es. Dem schreibt sie.«

»… Wer ist es dieses Mal? Ich werde es schon herausfinden. Mach dir bloß keine Hoffnung. Du kannst dir die Zeit sparen und mit der Wahrheit herausrücken. Wer ist es? *Mrs* Paley? Du bist verrückt, Evangeline, das weiß ich. Aber doch nicht *so* verrückt, dass du glaubst, ich nehme dir das ab …«

»Ich werde Ihre Mutter einmal fragen, wenn sie Zeit hat«, sagte Sir Henry und zog sich ins Hotel zurück.

Gerry stand auf und sammelte sein Werkzeug zusammen.

Er hielt es auf der Terrasse nicht mehr länger aus. Finster blickte er Robin an, der entsetzt lauschte.

»… Sie fragen? Ganz gewiss werde ich das tun! Und ich werde ihr sagen, was sie selbst hätte erkennen sollen… Ich dachte, es wäre nur allzu offensichtlich, nach dem Schauspiel, das du in der Kirche geboten hast…«

»Mensch, Gerry! Das ist wirklich ein schrecklicher…«

»Halt den Mund und komm!«

Die Stimme verfolgte sie, als sie die Terrasse verließen.

»… gibt nur eine Alternative … dich wegzusperren…«

Robin ging in die Küche, wo seine Mutter und Duff waren. Er fing gleich an, die traurige Geschichte vom schwarzen Bernstein zu erzählen. Mittendrin kam auch Gerry, der sein Werkzeug weggeräumt hatte, zu ihnen. Die Sorge wegen der Risse auf den Anderen Klippen hatte ihn nachträglich auch gepackt.

»Was für Risse sind es?«, wollte er wissen. »Wo sind sie? Warum hat man mir nichts davon gesagt?«

Er musste die Frage mehrmals wiederholen, bis Mrs Siddal ihn hörte.

Endlich antwortete sie:

»Sie sind nicht gefährlich. Sir Humphrey Bevin hatte von ihnen gehört und kam, um sie zu untersuchen.«

»Wann?«

»Irgendwann im Mai, glaube ich.«

»Warum hat mir niemand etwas davon gesagt?«

»Weshalb hätte man es dir sagen sollen?«, fragte Robin, ärgerlich über die Unterbrechung seiner Geschichte.

»Hat er gesagt, dass die Klippe nicht gefährdet ist?«, fragte Gerry weiter.

»Sonst hätte er es uns bestimmt gesagt«, sagte Mrs Siddal.

Aber Gerry war nicht zufrieden.

»Vielleicht hätte er's uns auch nicht gesagt. Die Klippen gehören uns ja nicht. Wie sollen wir wissen, ob es sicher ist, darauf spazieren zu gehen? Vielleicht sollten wir die Leute warnen. Ich finde, wir müssten es genau wissen.«

»Alter Umstandskrämer«, murmelte Robin.

Und Mrs Siddal rief:

»Ich wäre wirklich froh, wenn du nicht so ein Theater machen würdest über alles und jedes, Gerry! Ich habe auch so schon genug im Kopf. Miss Ellis streikt, weil ich Nancibel nicht entlassen will.«

Gerry zuckte mit den Schultern und ging, um den Bootsmotor zu ölen. Das Boot lag in einer Felsspalte oberhalb der Bucht hinter dem Haus, von wo aus es bei Flut an einem ruhigen Tag ins Wasser geschoben werden konnte.

Hier kam nie jemand her, es sei denn, um das Boot zu holen, denn es war kein angenehmer Ort. Die turmhohe Masse der Klippen hielt ihn fast den ganzen Tag schattig, sogar im Sommer. Die immer feuchten Felsen waren glitschig und überall mit hellgrünem Schlinggewächs bedeckt, da, wo der kleine Bach herunterfloss. Auf den groben Sand, der hin und wieder angeschwemmt wurde, fielen von der Klippe schwere Wassertropfen herunter, sodass auch er immer feucht war. Und es roch faulig und moderig.

Gerry fröstelte, als er die Plane vom Boot nahm. Er hatte die Anderen Klippen nie gemocht, und heute schienen sie ihm noch düsterer und grimmiger als sonst. Zunächst hielt er das für Einbildung, aber dann erkannte er, dass sie tatsächlich schwärzer schimmerten als sonst, denn es saß keine einzige Möwe dort. In den anderen Jahren war diese Klippe ein begehrter Brutplatz gewesen; jede Spalte und Vertiefung war mit ihrem Kot bedeckt gewesen. Die Jungvögel hatten in der Bucht ihre ersten Schwimmversuche gemacht, von den Eltern unbarmherzig ins Wasser hinuntergestoßen. Aber nun war nirgends eine Möwe zu erblicken. Hellere Stellen auf den

Steinen zeigten an, wo sich früher Nester befunden hatten. Es gab keine neugebauten Nester.

Gerry konnte sich nicht erinnern, dass es das schon einmal gegeben hatte. Beklommenheit machte sich in ihm breit, als plötzlich die Haustür aufflog, und Evangeline Wraxton die Stufen zur Bucht herunterstürmte.

Wüsste er nicht, warum sie so aufgebracht war, hätte er sie für verrückt gehalten, denn sie schnitt Grimassen und sprach wie eine Irre vor sich hin. Sie bemerkte ihn erst, als sie auf der Hälfte der Treppe angelangt war; sie wandte sich sofort um und begann wieder hinaufzulaufen. Er rief ihr hinterher, sie solle warten. Er wollte nicht, dass sie in diesem Zustand ums Haus herum raste und weitere Beweise dafür lieferte, dass sie angeblich geistesgestört war.

»Bleiben Sie«, befahl er. »Setzen Sie sich auf eine Stufe, wo Sie Sonne abkriegen. Ich öle nur den Motor noch fertig. Es dauert eine Minute. Dann sind Sie hier ungestört.«

Sie gehorchte. Er drehte ihr den Rücken zu und hantierte mit der Ölkanne, aber er fühlte, dass ihre Erregung nachließ. Plötzlich seufzte sie und sagte:

»Ich wusste nicht, dass das Boot einen Motor hat.«

Sie sprach das Wort Motor wie ein kleines Mädchen aus, sodass Gerry lächeln musste. Ihre rührend kindliche Art hatte er bereits kennengelernt, als er mit ihr und Mrs Paley in der letzten Nacht auf den Klippen Tee getrunken hatte. Ermutigt durch Mrs Paley, war sie glücklich und unbefangen gewesen; ihr unnatürliches, altjüngferliches Benehmen und die zuckenden Bewegungen waren verschwunden gewesen. Sie plauderte und lachte und nahm es nicht übel, wenn man sie neckte. Sie war wie ein sehr liebes kleines Mädchen – ein Kind, dem man nie erlaubt hatte zu wachsen. Dieses zarte Wesen verbarg sich hinter der ramponierten Fassade, die sie einer unfreundlichen Welt zeigte. Dunkel hatte er gefühlt, dass ihre Weigerung, je ein schlechter Mensch zu werden, von einer gewissen Tapferkeit zeugte. Es war, als wartete sie in weiser Voraussicht auf günstigeres Klima, um sich zu entfalten.

»Ich dachte, Sie sitzen auf der Terrasse«, bemerkte sie nun.

»Da war ich auch«, gestand er. »Ich habe einen Schirm geflickt.«

Er hielt inne, überlegte und fuhr fort:

»Notgedrungen habe ich gehört, wie Ihr Vater gesprochen hat. Es tut mir sehr leid.«

Sie zog einige Grimassen, bevor sie antworten konnte. Endlich brach es aus ihr heraus:

»Es ist nicht wahr! Ich habe immer schlecht geschlafen und mich besser gefühlt, wenn ich aufstand und spazieren ging. Er hat das entdeckt und dachte, dass ich zu ... um einen Mann zu treffen. Aber das stimmt nicht. Ich ... ich kenne gar keine Männer.«

»Hat er Ihnen verboten, wieder mit Mrs Paley zu gehen?«

»O ja! Und er sagt, er will mich in eine Anstalt bringen, wenn ich ihm nicht gehorche.«

»Unsinn. Ohne ein ärztliches Zeugnis geht das gar nicht.«

»Er könnte eines besorgen. Wenn er mich untersuchen ließe, würde ich mich so fürchten, dass ich mich bestimmt dumm benähme. Und viele Leute denken, dass ich verrückt bin.«

»Aber nicht ein Arzt«, widersprach Gerry.

»Sie sind selber Arzt und haben mich trotzdem für verrückt gehalten, letzten Sonntag.«

Es war beunruhigend.

Er erkannte die Gefährlichkeit ihrer Lage immer klarer.

»Sie müssen weg«, sagte er. »Warum bleiben Sie bei ihm?«

Evangeline erzählte von ihrem vorschnellen Gelübde. Er redete auf sie ein, bis im Haus der Gong erdröhnte.

Evangeline wurde sehr blass.

»Ich kann unmöglich hinein«, flüsterte sie. »Ich traue mich nicht in den Speisesaal. Jeder hat Vater gehört. Ganz sicher.«

Gerry stand auf und wischte seine öligen Hände an einem Lappen ab.

»Warten Sie eine Minute«, sagte er. »Ich bringe Ihnen etwas zu essen.«

Er lief ins Haus und kehrte wenig später mit einem Tablett zurück. Er hatte von der Anrichte zwei Teller mit kalter Zunge und Salat, zwei Brötchen und vier große Pflaumen genommen.

»Wir können hier essen«, schlug er vor und setzte sich neben sie auf die sonnige Steinstufe. »Und dann gehen wir fischen. Möchten Sie das?«

Evangelines Herz hüpfte vor Freude, stürzte jedoch gleich in die tiefsten Tiefen. Sie war überzeugt, dass er sie nur aus Mitleid mitnehmen wollte. Traurig sagte sie, sie gehe wirklich sehr gerne fischen. Auch Gerry sank das Herz, denn er bereute seine Einladung sofort. Eigentlich hatte er den Nachmittag ganz allein im Boot verbringen wollen, fern seiner anstrengenden Familie, und jetzt hatte er sich dieses bedrückende Mädchen aufgehalst. Sie tat ihm schrecklich leid, aber er hatte schließlich eigene Sorgen. Auch er meinte manchmal seines Vaters wegen verrückt zu werden, aber er rannte nicht herum und schnitt Grimassen.

Er wurde immer trübseliger, je näher das Mahl zu seinem Ende kam. Auf Evangelines schüchterne kleine Versuche, die Fröhlichkeit wiederzuerwecken, reagierte er nicht. Als sie ihre Pflaumen aßen, sagte sie:

»Ich glaube, ich komme nicht mit zum Fischen. Vielen Dank, dass Sie mich gefragt haben. Die … die Sonne auf dem Meer könnte mir Kopfschmerzen machen.«

Gerry wusste, dass sie log und dass sie sich sehnlichst

wünschte mitzukommen. Aber er war so schlecht gelaunt, dass er nicht versuchte sie zu überreden.

»Ich bringe das Tablett hinein«, sagte sie und stand auf.

Sie klang so schüchtern und demütig, dass Gerry die Wut packte. Er entgegnete, das komme nicht in Frage, riss es ihr aus den Händen und eilte ins Haus. Evangeline folgte ihm, kläglich protestierend:

»Ich könnte es gut selbst ... das ist doch dumm ... ich weiß nicht, warum ich nicht ...«

Vor der Küche stießen sie auf Mrs Siddal, die sie anblickte, als brächten sie das Fass zum Überlaufen. Gerry erklärte, wo sie gegessen hatten, und sie rief:

»Dorthin also verschwanden diese zwei Gedecke! Und ich habe mit dem armen Fred geschimpft. Wirklich, Gerry ... Ich verstehe nicht, wie du so etwas tun konntest. Von den abgezählten Mahlzeiten aus dem Speisesaal zu nehmen ...«

»Ein Teller war ja sowieso für Angie«, protestierte Gerry.

»Für wen?«

»Miss Wraxton.«

Angie! dachte Mrs Siddal. Er nennt sie Angie? Oh, diese schlaue Person! Und sie funkelte Evangeline an.

»Es geht wirklich nicht, dass sich Leute einfach Mittagessen von der Anrichte nehmen«, schimpfte sie. »Ich bin gern bereit, Sandwiches zu machen, wenn ich darum gebeten werde.«

»Es tut mir so leid, Mrs Siddal.«

»Es tut mir leid, Mutter. Ich bin schuld. Es war mein Vorschlag, draußen zu essen. Ich wusste nicht, dass das nicht erlaubt ist.«

»Aber für dich war keine Zunge vorgesehen, Gerry. Nur für den Speisesaal. Du hast Kanonikus Wraxtons Portion gegessen. Was soll ich ihm nun zu Mittag servieren?«

»Kannst du ihm nicht geben, was ich bekommen hätte?«

»Nein. Das ist nur Brot und Käse.«

Mr Siddal, der all das hinter der Tür seiner Dienerkammer mitangehört hatte, rief nun:

»Duff kriegt Zunge, Gerry. Die kann der Kanonikus haben.«

»Ich hatte nicht genug für alle«, erklärte Mrs Siddal. »Und für Fred ist es schlimm. Ich habe ihn hart ausgeschimpft.«

»Fred kriegt auch Zunge«, rief die Stimme hinter der Türe. »Und Nancibel kriegt Zunge.«

»Nun, es tut mir leid«, wiederholte Gerry. »Wir wollten fischen gehen und ...«

»Fischen? Mit dem Boot?«

»Natürlich, Mutter, und Angie ...«

»Aber nicht heute Nachmittag, mein Lieber. Ich ... ich kann dich hier wirklich nicht entbehren. Miss Ellis hat gekündigt. Vielleicht ... ein andermal, wenn Miss Wraxton wirklich wünscht, dass du sie mitnimmst.«

»Ich wünsche es gar nicht«, murmelte Evangeline.

»Du hast mich selbst gebeten, Mutter, dir Makrelen heimzubringen für das Abendbrot«, protestierte Gerry.

»Ich weiß. Aber es geht auch ohne. Ich möchte lieber, dass du hierbleibst.«

»Wozu?«

Eine Pause trat ein. Mrs Siddal fiel auf die Schnelle nichts ein, obwohl sie entschlossen war, Gerrys Plan zu durchkreuzen. Die Stimme hinter der Türe schlug vor, Gerry solle eine Maus fangen, und Mrs Siddal war so wirr, dass sie den Sarkasmus nicht erkannte.

»Ja«, sagte sie erleichtert. »Wir haben eine Maus. In der Speisekammer.«

Gerry verlor die Geduld.

»Leih dir Hebes Katze aus«, sagte er. »Kommen Sie, Angie. Das Wasser wird jetzt die richtige Höhe haben.«

Er verließ das Haus, gefolgt von Evangeline, die nun spürte, dass er sie wirklich mitnehmen wollte.

»Ich habe es bald satt«, brummte Gerry, als sie gemeinsam das Boot ins Wasser schoben.

»Sie können sich gar nicht vorstellen …«, rief er, als sie mit dem Boot aus der Bucht hinaustuckerten. »Niemand kann sich vorstellen, was ich ertragen muss. Diese ganze Aufregung, nur weil ich mit Ihnen fischen gehen will.«

»Sie wollten aber gar nicht«, sagte sie, »erst, als man versuchte, Sie daran zu hindern.«

Er blickte sie leicht verwundert an.

»Nun«, meinte er endlich, »jetzt will ich.«

»Also könnten Sie dankbar sein für die ganze Aufregung«, erklärte sie. »Wir sollten uns jetzt aber wirklich ans Fischen machen, nicht wahr? Ich meine, wenn wir nicht genug Makrelen fangen, dann weiß ich nicht, wie wir uns zurückwagen sollen.«

Sie fischten und fischten, vor der Pendizack- und der Rosigraille-Bucht hin und her kreuzend, und in weniger als zwei Stunden hatten sie siebenundzwanzig Makrelen gefangen.

5

Der Totenfelsen

Sie wurden dabei von den Paleys beobachtet, die in ihrer üblichen Mulde an dem grasbewachsenen Abhang gegenüber der Rosigraille-Spitze saßen. Mrs Paley sah den Fortschritt mit Vergnügen, denn auch aus dieser Entfernung war nicht zu verkennen, dass Angie und Gerry sich ausgezeichnet unterhielten. Sie hatte sich schon gefragt, ob sie die beiden dazu bringen könnte, zusammen etwas zu unternehmen. Und nun hatten sie es getan, ganz allein und ohne Mithilfe einer dritten Person. Denn dass Gerrys Mutter in gewissem Sinn diese dritte Person gewesen war, konnte Mrs Paley ja nicht ahnen.

Und in Afrika, überlegte sie (denn in ihren Gedanken waren die beiden schon so gut wie verheiratet und nach Afrika entsandt), in Afrika werden sie oft Gelegenheit zum Fischen haben. Je früher sie also mit einem Bootsmotor umzugehen lernt, desto besser. Aber werden sie wirklich fischen können? Weshalb stelle ich mir Afrika immer voller mächtiger Ströme vor? Der Sambesi ... Vielleicht gibt es bei ihnen in der Gegend dann nur Sümpfe und Krokodile; zu gefährlich. Und dann gibt es die Steppe. Da ist es trocken. Gerry muss uns unbedingt mehr von Kenia erzählen. Aber wie immer es dort auch ist, sie werden es genießen. Beide hatten sie bis jetzt niemals Spaß. Wie wundervoll wird es ihnen vorkommen, zum ersten Mal mit jemandem zusammen zu sein ... geliebt und geachtet zu werden!

Das Boot verschwand nun aus ihrem Blickfeld hinter der

Rosigraille-Spitze. Aber es konnte nicht sehr weit entfernt sein, denn hin und wieder hörte sie das Knattern des Motors. Sie bat ihren Mann um Auskünfte über Kenia. Er sah von der literarischen Beilage der *Times* auf und antwortete. Es gehörte zu den Dingen, die er ausgezeichnet verstand, denn er hatte ein hervorragendes Gedächtnis. Er gab ihr einen genauen Überblick über Kenia, die Geschichte, Geografie, Fauna, Flora, Wirtschaft und Bevölkerung.

»Das klingt gut«, meinte Mrs Paley, als er geendet hatte.

Er wartete einen Augenblick, ob sie noch mehr wissen wollte, und sah dann wieder in seine Zeitung.

»Gerry überlegt nämlich, dorthin zu gehen«, erklärte sie. »Man hat ihm einen Posten angeboten.«

Mr Paley blickte auf, erwiderte jedoch nichts. Allerdings war auf seinem Gesicht eine leichte Verwirrung zu lesen, als fragte er sich, welche Antwort sie von ihm erwarte.

»Findest du nicht, er sollte zusagen?«, fragte sie.

»Ich weiß nicht genau, welcher von den dreien es ist. Der, der das Stipendium für das Balliol-College bekommen hat?«

»Nein. Das ist Duff, der Hübsche. Gerry ist der Kleine mit den Sommersprossen, der immer im Haus mithilft. Er ist Arzt.«

»Wie soll ich wissen, was für ihn gut ist?«, fragte Mr Paley. »Vermutlich sollte er zusagen. Heutzutage ist es in England nicht leicht für einen jungen Mann, der auf eigenen Beinen stehen will. Wäre ich in seinem Alter, würde ich auswandern.«

»Wohin?«, fragte Mrs Paley, froh, so etwas Ähnliches wie ein Gespräch in Gang gebracht zu haben.

Aber er wusste es nicht. Es sprach sich leichter davon, wie er den Staub Englands von den Füßen schütteln wollte, als davon, wie er den Staub irgendeines anderen Landes ertragen sollte.

»Ich denke, China wäre ganz angenehm«, überlegte Mrs Paley laut. »Vielleicht nicht gerade jetzt. Aber China hat mich immer interessiert.«

Eine Weile saß sie in Gedanken versunken im Sonnenschein und lächelte über ihre China-Idee. Denn ihr war klar, dass es fantastisch und lächerlich war und auf der Erinnerung an Bilder auf einer Leinwand beruhte, die sie als kleines Kind immer bewundert hatte: ein See und Leute, die von kleinen, leichten Booten aus fischten, umgeben von seltsam geformten Felsen. Wolken verhüllten dann die Landschaft, und eine andere löste sie ab. Man sah eine Prozession den Berg hinaufgehen, auf eine Art Schrein zu. Wieder wurde alles von Wolken verhüllt, und daraus stiegen Berggipfel und einige Vögel hervor.

Myriaden funkelnder Diamanten waren in der Nachmittagssonne über die Rosigraille-Bucht gestreut, sodass Mrs Paley geblendet die Augen schloss. Es war sehr ruhig. Es gab keine Brandung, nur kleine Wellen plätscherten ans Ufer, und das Flüstern und Gurgeln des Wassers war kaum vernehmbar. Während einer halben Stunde oder mehr blieb die Stille ungestört, nur gelegentlich vom Schrei einer Möwe unterbrochen. Dann hörte sie vom Strand her plötzlich rufende Stimmen. Sie öffnete die Augen und sah Kinder, die in Richtung der Rosigraille-Spitze kraxelten. Es waren die drei Coves und Hebe; alle trugen Badetücher bei sich.

Die Zeit war ungünstig zum Baden, dachte sie, denn das Wasser war im Steigen begriffen, und sie hätten bald keinen harten sandigen Boden mehr unter den Füßen. Sie würden zwischen den Felsblöcken bei der Hochwasser-Markierung herumplanschen müssen, da die Coves nicht schwimmen konnten.

Sie beobachtete, wie die Kinder unverdrossen zum anderen Ende der Bucht hinüberstolperten; und dann, als sie zur Klippe hinaufblickte, entdeckte sie, dass noch jemand den

Kindern zusah. Eine kleine, schwarz gekleidete Frau stand auf dem Weg, der nach Porthmerryn führte. Mrs Paley hatte gute Augen, aber sie nahm trotzdem das Fernglas ihres Mannes zu Hilfe, um sich zu vergewissern.

Ja, es war Mrs Cove. Ihr Gesicht war deutlich zu erkennen – sie konnte sogar ihren Ausdruck erkennen, der wiederum selbst vieles erkennen ließ. Die unverhüllte Bitterkeit, mit der Mrs Cove die Kinder beobachtete, erschreckte Mrs Paley. Denn das Gesicht, das Mrs Cove sonst der Welt zeigte, war, wenn auch unangenehm, immer wachsam und beherrscht. Nun, da sie sich ungesehen glaubte, war die Maske gefallen. Sie blickte zu ihren Kindern hinunter, nicht mit ihrer gewöhnlichen Gleichgültigkeit, sondern mit offensichtlichem Widerwillen.

Nach einigen Sekunden richtete Mrs Paley das Fernglas auf die Kinder. Sie waren nicht am Strand stehen geblieben, sondern kletterten nun über die Felsen am Fuß der Rosigraille-Spitze auf einen breiten Felsvorsprung zu. Er wurde der Totenfelsen genannt und ragte weit über das Wasser hinaus. Blanche erkletterte ihn nur mit Mühe, aber die anderen halfen ihr hinauf.

Eine plötzliche Ängstlichkeit packte Mrs Paley. Aber sie beruhigte sich; die Kinder hatten sicher nicht vor, von dort aus zu baden. Sie hätten keinen Grund unter den Füßen. Eine für alle sichtbar angebrachte Notiz in der Hotelhalle warnte die Gäste davor, von irgendeinem dieser Felsen aus ins Wasser zu gehen, denn die Strömungen waren zu gefährlich.

Mrs Paley nahm rasch wieder Mrs Cove ins Blickfeld. Sie hatte ihre Stellung nicht verändert. Und Mrs Paley dachte, dass ein Warnruf Mrs Coves die Kinder erreichen musste, falls sie etwas Unvernünftiges tun wollten. Es war beruhigend, dass Mrs Cove so nahe war. Der Platz der Paleys war zu weit entfernt, ihr Rufen wäre nicht zu hören.

Nun hatten sich die Kinder als kleine Gruppe auf dem Totenfelsen gesammelt. Mrs Paleys Unbehagen verwandelte sich in Entsetzen, als sie feststellte, dass sie sich auszogen und in Badekleidern dastanden.

»Aber sie können doch nicht … sie dürfen doch nicht …«, rief sie aus.

»Was ist los?«, fragte Mr Paley aufgeschreckt.

»Die Kinder. Sie wollen anscheinend vom Totenfelsen aus baden.«

Er setzte sich auf und griff nach dem Fernglas.

Die drei Coves standen ängstlich in einer Reihe am Ende des Felsens. Hebe schien ihnen irgendeine Ansprache zu halten.

»Sie werden ertrinken, wenn sie das tun«, sagte er.

»Aber ihre Mutter! Weshalb hindert sie sie nicht daran?«

»Ihre Mutter?«

»Mrs Cove. Sie steht dort oben.«

Sie riss ihm das Glas aus der Hand, konnte Mrs Cove jedoch nicht gleich finden. Sie schien den Weg verlassen zu haben.

»Oh, da ist sie!«, rief sie nach einigem Suchen. »Sie geht hinunter. Gott sei Dank. Aber wenn sie ihnen doch nur zuriefe!«

»Großer Gott!«, rief nun auch Mr Paley.

Sie ließ das Glas sinken und blickte zum Felsen hinunter. Hebe, die aufgeregt auf und ab hüpfte, war jetzt das einzige Kind. Die Coves waren verschwunden.

»Aber wo sind sie? Wo sind sie?«

»Sie sind alle gleichzeitig gesprungen. Die Strömung reißt sie wahrscheinlich zur Rosigraille-Spitze hinüber.«

Hebe hörte auf zu hüpfen. Sie schrie nun so laut, dass das Echo ihrer Schreie über die Bucht hallte. Dann verschwand auch sie.

»Hinterhergesprungen«, bemerkte Mr Paley. »Das nützt viel.«

»Aber ihre Mutter … ihre Mutter …«

Mrs Cove kletterte nicht mehr über die Felsen hinunter. Sie stand still wie festgenagelt und starrte, wie auch die Paleys gestarrt hatten, auf den leeren Felsen.

»Sie hat es gesehen. Sie muss es gesehen haben.«

»Wo ist sie?«, rief Mr Paley.

»Kurz unterhalb des Weges. Bei dem großen Flecken Farnkraut. Oh, weshalb geht sie denn nicht weiter?«

»Würde nicht mehr helfen«, sagte ihr Mann. »Sie werden schon alle um die Spitze herum getrieben worden sein.«

Mrs Paley hob wieder das Fernglas an die Augen und richtete es auf Mrs Cove. Das blasse, viereckige Gesicht kam ins Blickfeld; es sah verwirrt und unsicher aus.

»Wir sollten zu ihr hinübergehen«, sagte Mr Paley.

»Sie … sie geht weg.«

Mrs Cove hatte sich umgedreht und kletterte wieder zum Weg hinauf. Sie wirkte nicht besonders eilig. Oben angelangt, blieb sie einen Augenblick stehen, als wüsste sie nicht, ob sie den Weg nach Pendizack oder nach Porthmerryn einschlagen sollte. Dann schien sie den Entschluss gefasst zu haben und verließ den Weg überhaupt. Sie kletterte den Abhang weiter hinauf und verschwand hinter Geröllblöcken.

»Weder sie noch wir können hier etwas ausrichten«, erklärte Mr Paley. »Während wir zum Felsen laufen, werden die Kinder immer weiter fortgetrieben. Lass uns ins Hotel gehen und Alarm schlagen. Wenn sie schwimmen können, können sie sich vielleicht an einem Felsblock weiter draußen festhalten.«

»Das können sie nicht. Die Coves können nicht schwimmen.«

»Dann gibt es keine Hoffnung.«

Sie liefen beide über das Plateau zurück, und die Pendizack-Bucht kam in Sicht. Überall dort unten sahen sie Leute herumeilen. Fast alle aus dem im Hotel schienen zu rennen und zu schreien. Robin und Duff und ihnen auf den Fersen die Gifford-Jungen waren schon fast oben am Weg angelangt. Weiter unten liefen Sir Henry und Caroline. Auf dem schmalen Sandstreifen, den die Flut freigelassen hatte, hasteten hintereinander Mrs Siddal, Bruce, Nancibel und Fred, während Miss Ellis und Mrs Lechene den Felsenweg neben dem Hotel hinunterkletterten. Mr Siddal stand auf der Terrasse.

»Boot!«, rief Mr Paley. »Holt ein Boot!«

Duff drehte sich zu den Leuten auf dem Sandstreifen und schrie zu:

»Boot! Holt das Boot!«

Aber niemand schien ihn zu verstehen außer Nancibel, die umkehrte und zurückrannte, worauf Bruce ihr folgte.

Robin hatte das Plateau erreicht und rief keuchend Fragen zu den Paleys hinüber. Hatten sie die Coves gesehen? Als er alles erfuhr, stöhnte er, und Duff, der ihm gefolgt war, rief aus:

»Vom Totenfelsen aus? Dann ist es hoffnungslos. Die Strömung ist hochgefährlich. Diese verdammte Hebe!«

Er lief weiter, zur Rosigraille-Spitze hinüber. Die anderen Jungen folgten ihm.

Die nächsten waren Caroline und Sir Henry, den sein Versuch, bergaufwärts zu laufen, ganz außer Atem gebracht hatte, sodass er sich einen Augenblick auf einen Felsblock setzen musste. Caroline erklärte den Paleys, dass sie alle im Hotel alarmiert hatte, als sie entdeckt hatte, dass Hebe und die Coves nicht mehr dort waren. Sie hatte Hebe gedroht, Alarm zu schlagen, wenn diese unsinnige Schwimmprüfung nicht abgesagt wurde.

»Und ich dachte, sie hätte diese Idee aufgegeben«, jammerte sie. »Sonst hätte ich es meinem Vater viel früher erzählt.«

»Haltet sie zurück! Oh, haltet sie auf!«

Die Schreie kamen von Mrs Siddal, die auf dem Plateau angelangt war und keuchend herbeirannte. Ihr einziger Gedanke war, dass Robin und Duff nicht vom Totenfelsen springen durften. Sie würden die Kinder nicht retten können, sondern selbst ertrinken.

»Still!«, sagte Mrs Paley plötzlich. »Hört mal!«

Alle hielten den Atem an.

»Hört ihr es denn nicht?«

Jetzt hörten alle das schwache Geräusch eines Bootes, obwohl nirgends eines zu sehen war.

»Es sind Gerry und Angie«, erklärte Mrs Paley. »Sie sind hinter der Spitze. Ich habe sie dorthin rudern sehen. Sie müssen ganz nah sein …«

»Dann vielleicht …«, begann Sir Henry.

»Duff! Robin! Haltet sie zurück! Duff …«

»Da! Oh, seht doch!«, rief Caroline. »Sie kommen …«

Der Bug des Bootes erschien vor den Felsen. Als es ganz ins Blickfeld gerückt war, setzte Mrs Paley das Fernglas an die Augen.

»Ich glaube, sie haben die Kinder«, sagte sie. »Ja … tatsächlich. Alle vier.«

»Ruft die Jungen! Robin! Duff! Duff!«, schrie Mrs Siddal immer noch.

Mrs Paley reichte Sir Henry das Fernglas. Gerry steuerte das Boot. Hebe und Evangeline versuchten zwei der Coves, die reglos auf dem Boden lagen, künstlich zu beatmen. Das dritte der Coves erbrach sich über den Bootsrand.

»Ich glaube, es ist alles gut gegangen«, meinte Sir Henry nach einiger Zeit. »Eines von ihnen ist bestimmt … ja … und ein anderes bewegt sich.«

Caroline nahm den Feldstecher aus seiner Hand. Beatrix war diejenige, die sich bewegte, und Maud war die, die sich erbrach. Blanche lag immer noch reglos da, sagte sie. Aber noch während sie hinsah, schob Evangeline, die mit Beatrix beschäftigt gewesen war, Hebe beiseite und begann an Blanche zu arbeiten, um sie wiederzubeleben.

Die unaufhörlichen Schreie Mrs Siddals hatten Robin und Duff nun endlich zum Stillstehen gebracht; sie drehten sich um und sahen das Boot. Auch Hebe war auf die Rufe aufmerksam geworden. Sie blickte herauf und gab den Leuten auf dem Plateau mit den Armen Winksignale. Caroline übersetzte.

»Sie sagt: Alle gerettet!«

»Oh, wirklich?«, sagte Mrs Siddal. »Wie freundlich von ihr.«

Sie sprach mit solcher Bitterkeit, dass Sir Henry sich entschuldigte und versprach, dass Hebe der gerechten Strafe nicht entgehen würde. Aber Mrs Siddal ließ sich nicht so leicht besänftigen. Sie war mit äußerster Kraft bergauf gerannt in der grässlichen Erwartung, zwei ihrer Söhne in den Wellen untergehen zu sehen. Das Erscheinen des Bootes hatte ihre Besorgnis um die Coves wohl vertrieben, nicht aber die Angst um ihre eigenen Söhne. Überdies missfiel ihr der Ton sehr, in dem Mrs Paley von Gerry und Angie sprach, als wären ihre Namen bereits für immer miteinander verbunden.

»Ich hoffe«, sagte sie kühl, »dass Sie Hebe das Baden im Meer verbieten, solange sie hier ist. Sie braucht eine gründliche Lektion.«

Caroline bemerkte mit Unbehagen, was sich da über Hebe zusammenbraute, und sie wandte ein, dass die Coves freiwillig ins Wasser gesprungen seien. Aber niemand hörte ihr zu, denn die Coves waren beliebt und Hebe nicht. Eine allgemein gereizte Stimmung hatte seit Sonntag von den Bewohnern des Hotels Besitz ergriffen, und es bedurfte dringend eines Sündenbocks. Einhellig und instinktiv war die Wahl auf Hebe gefallen. Niemand verstand, und niemand wollte verstehen, weshalb sie die kleinen Coves auf den Totenfelsen gelockt und dazu gebracht hatte, den selbstmörderischen Sprung zu wagen. Es schien, dass der Teufel in Hebe steckte, und da der Teufel seit dem Sonntagmorgen im Hotel sein Unwesen getrieben hatte, bedeutete es für alle eine Erleichterung, ihn im Hebe zu entdecken. Mit der Wut, die der Panik zu folgen pflegt, wandten sie sich gegen Hebe.

»Meine Frau wird sehr ärgerlich sein«, betonte Sir Henry. »Sie wird mit Hebe sprechen.«

»Das hoffe ich, Sir Henry. Und ich denke, auch Mrs Cove wird ein Wort mit ihr zu reden haben. Ich mag mir gar nicht vorstellen, wie Mrs Cove reagiert, wenn sie hört, was vorgefallen ist.«

»Sie wird mit einem Taxi in die Stadthalle fahren«, mischte sich Robin ein, der zurückgekommen war und zugehört hatte. »Das hat sie auch getan, als ihre Kinder fast von einer Fliegerbombe getötet wurden, nicht wahr, Sir Henry?«

Sir Henry schüttelte vorwurfsvoll den Kopf.

»Aber es stimmt«, protestierte Robin. »Sie ... die kleinen Mädchen ... haben es uns heute Morgen erzählt. Sie hat sie auf einen Botengang geschickt, obwohl es Bomben hagelte, und als der Milchmann ihr berichtete, eine Bombe hätte ihre Kinder getötet, fuhr sie mit einem Taxi zur Stadthalle, und nicht zu der Unglücksstelle. Als sie dann die Kinder lebend zu Hause vorfand, war sie wütend, weil sie ihretwegen drei Schillinge umsonst ausgegeben hatte.«

Alle sagten, er solle still sein, aber ein leichtes Lächeln erschien auf allen Gesichtern, und die Spannung ließ nach. Man spürte, dass Mrs Cove die Nachricht davon, wie nah ihre

Kinder dem Tod gewesen waren, besser verkraften würde als andere Mütter.

Gemeinsam machte man sich auf den Rückweg, und die Paleys blieben allein zurück. Sie setzten sich wieder in ihre Mulde, und Mrs Paley sagte, indem sie ihr Strickzeug wieder zur Hand nahm, sie würde sehr gern sehen, wie Mrs Cove die Neuigkeiten aufnahm.

»Sie kann das Boot nicht gesehen haben«, sagte Mr Paley. »Also muss sie glauben, dass alle drei ertrunken sind. Was tut sie wohl jetzt?«

»Ich denke, sie wird ins Hotel zurückkehren und darauf warten, dass man sie benachrichtigt.«

»Aber weshalb?«

Das seltsame Gebaren Mrs Coves war sogar Mr Paley unerklärlich, und er sprach mit ungewöhnlichem Interesse.

»Ich weiß nicht genau«, erwiderte Mrs Paley langsam. »Ich glaube … ich glaube, es ist einfach ein Impuls. Gewöhnlich handelt sie ja nicht impulsiv. Aber heute Nachmittag … nun … ein Impuls ließ sie zu den Kindern hinunterrennen, als sie die Gefahr erkannte. Aber dann, als es keine Hoffnung mehr zu geben schien – wie sie denken musste –, wusste sie nicht weiter. Sie schien lange zu zögern.«

»Aber wäre der natürliche Impuls nicht gewesen, so schnell wie möglich Hilfe zu holen?«

»Ich stelle mir vor, sie wagte nicht, es jemandem zu sagen. Sie hält es wohl für besser zu warten, bis man ihr die Nachricht überbringt. Sie fürchtete sich vielleicht vor ihrer eigenen Stimme, wenn *sie* es aussprechen würde.«

»Aber weshalb?«

»Weil«, antwortete Mrs Paley ernst, »das glaube ich wenigstens, sie wirklich wünschte, sie wären tot.«

»Ach, Unsinn, Christina!«

»Du hast ihr Gesicht nicht gesehen. Ich schon.«

6

Brote und Fische

»Was ist los? Weshalb kommt ihr zurück?«, rief Anna, als Bruce und Nancibel am Strand an ihr vorbeiliefen.

»Boot«, keuchte Bruce.

Anna fragte Miss Ellis, die hinter ihr herwatschelte, welches Boot er meine. Miss Ellis erklärte es ihr und fügte schadenfroh hinzu:

»Aber sie werden es nicht finden, denn Gerry Siddal und Miss Wraxton sind damit fischen gegangen. Ich habe sie von meinem Fenster aus gesehen.«

»Warum wollen sie es denn holen?«

Anna hatte alle schreiend und gestikulierend an ihrem Fenster vorbeirennen sehen, und so war auch sie hinausgerannt. Aber was geschehen war, hatte sie noch nicht in Erfahrung bringen können.

»Einige der Kinder sind an einer gefährlichen Stelle baden gegangen«, erklärte Miss Ellis. »Sturm im Wasserglas, wahrscheinlich. Aber diese beiden werden sich ordentlich erschrecken, wenn das Boot nicht da ist. Wir sehen sie wohl gleich niedergeschlagen wieder zurücklaufen.«

»Warum in aller Welt haben Sie es ihnen denn nicht gesagt?«, fragte Anna scharf.

»Ich spreche nicht mit Nancibel«, erklärte Miss Ellis. »Sie ist eine unverschämte Person. Hat sich heute Morgen geweigert, Ihren Aschenbecher zu leeren, Mrs Lechene. Sie fand ihn zu voll.«

Anna dachte kurz nach, begriff, was gemeint war, und grinste.

»Vielleicht war er besonders voll«, stimmte sie zu. »Wer, sagten Sie, hat das Boot genommen?«

»Gerry Siddal und Miss Wraxton. Haben sich während des Mittagessens davongeschlichen, dachten wohl, dass niemand sie bemerkt. Das wird ein Geschrei geben! Pech, wenn man auf diese Weise erwischt wird. Das Boot wird höchstens alle Schaltjahre einmal hervorgeholt, und ausgerechnet an dem Tag, an dem sich die beiden ein paar vergnügliche Stunden machen wollen, wird es benötigt.«

Annas Interesse erwachte.

»Ich wusste nicht ...«, sagte sie. »Gehen diese zwei ...«

»Haben Sie heute Morgen nicht gehört, wie der Kanonikus Evangeline angeschrien hat? Es war meilenweit zu hören.«

»Nein. Was ist denn passiert?«

»Nun ... es scheint, dass seit der Sonntagnacht ...«, begann Miss Ellis und erzählte genüsslich.

Die Geschichte fesselte Anna so sehr, dass sie sich nicht losreißen konnte, obwohl sie Bruce und Nancibel noch nicht wie prophezeit hatte zurückkehren sehen und es ihr Unbehagen bereitete, die beiden so lang zusammen zu wissen.

Nancibel und Bruce blieben in der Küche, nachdem sie das Boot nicht an seinem Ort vorgefunden hatten. Sie fanden es sinnlos, noch einmal zu den Klippen hinaufzulaufen. Sie wären auf jeden Fall zu spät, welche Wendung das Schicksal der Kinder auch genommen haben mochte.

»Wir wissen ja nicht einmal sicher, ob sie wirklich ins Wasser gesprungen sind«, meinte Nancibel. »Hoffen wir, dass jemand sie noch rechtzeitig daran hindern konnte. Ich setze Wasser auf, denn wenn sie zurückkommen, werden alle gern eine Tasse Tee trinken.«

Sie schien vollkommen vergessen zu haben, dass sie Bruce böse war, und er ertappte sich bei dem Wunsch, die allgemeine Panik möge noch lange andauern, vorausgesetzt natürlich, dass sie sich letztlich als grundlos erwiese.

»Kann ich helfen?«, fragte er.

»Ja. Stellen Sie Tassen hin. Und dann schauen Sie, ob schon jemand zurückkommt. Wenn es Verletzte geben sollte, rufen Sie den Arzt an, Doktor Peters, Porthmerryn 215.«

Sie setzte sich und stützte die Ellbogen auf den Küchentisch. Ihre freundlichen Augen blickten traurig.

»O Gott«, seufzte sie. »Wenn ihnen nur nichts passiert ist, den armen Kleinen. Sie sind so merkwürdig, die Coves. Irgendwie altmodisch. Wissen Sie … wie Babys, für ihr Alter. Nun ja … so wurden sie erzogen, absichtlich. Sie haben von nichts eine Ahnung. Sie wollten einen Hummer fangen und ihn dann an alle im Hotel verteilen.«

»Wozu?«, fragte Bruce, selig in dem freundlichen Zwischenspiel.

»Das habe ich sie auch gefragt. Oh, sie wollten ein Fest geben, sagten sie. Ein Fest! Und alle dazu einzuladen. Und da sie kein Geld haben, um etwas zu kaufen, wollten sie einen Hummer fangen und fragten mich, wie man das macht. Ich sagte, ich glaube nicht, dass sie selbst einen fangen könnten. Und wenn doch, könnten sie ihn nicht kochen. Und wenn doch, würde ein einziger Hummer nicht ausreichen. Also meinte Maud, wie war das denn damals mit den Broten und Fischen? Das war Jesus, antwortete ich. Da sagte Blanche, er könnte es für uns ja wieder tun. Wie ein fünfjähriges Kind. Ich riet ihnen, bis Weihnachten zu warten, dann würde ihnen ihre Mutter vielleicht erlauben, ein Fest zu geben. Aber nein, offenbar haben sie in ihrem Leben noch nie ein Fest gegeben. Und sie sind ganz wild darauf, wenigstens hier eines zu veranstalten.«

»Arme Kinder! Welche Schande!«

»Ja, nicht wahr? Sie ... sie haben etwas so Mitleiderregendes an sich. Diese Hebe ... man sollte sie ohrfeigen. O mein Gott! Hoffentlich ist ihnen nichts passiert!«

»Bestimmt nicht«, tröstete sie Bruce. »Duff ist ja dort, und er ist ein guter Schwimmer.«

»Ich könnte ohne Weiteres einige Hummer beschaffen und sie auch kochen. Und vielleicht lässt Mrs Siddal mich ein paar Kuchen backen. Ich kann auch Rahm beschaffen, und außerdem habe ich noch einige Süßigkeiten-Coupons. Es täte mir so leid, wenn die Kleinen auf ihr Fest verzichten müssen.«

»Ich habe noch alle meine Süßigkeiten-Coupons«, sagte Bruce. »Die können sie alle haben. Und in Porthmerryn gibt es Pfirsiche. Ich würde gerne helfen.«

»Sie könnten die kleinen Giffords einladen, das würde schon eine hübsche kleine Gesellschaft ergeben ... wenn ... wenn ihnen wirklich nichts passiert ist. O mein Gott!«

»Sorgen Sie sich nicht. Hier, nehmen Sie eine Zigarette. Es wird alles gut gehen.«

Und eifrig zog er ein Päckchen Player's Weights aus seiner Tasche – und aus war's mit dem Waffenstillstand. Der arme Bruce wusste nicht, wie ihm geschah, er sah nur, wie ihr Gesichtsausdruck sich veränderte.

»Nein danke«, erwiderte sie kalt.

»Nancibel!«

Er stand auf und wollte um den Tisch herum zu ihr kommen, aber sie winkte ab und sagte matt:

»Es hat keinen Sinn. Ich werde Ihnen gegenüber nie wieder andere Gefühle haben können, Bruce. Aber es ist jetzt nicht die richtige Zeit, um zu streiten. Es gibt Wichtigeres als unsere Angelegenheiten. Vielleicht sollten wir nachsehen, ob jemand kommt.«

Bruce schöpfte, mit Recht, einigen Trost aus den Worten

unsere Angelegenheiten. Sie schienen eine gewisse Verbindung zwischen ihnen beiden anzuerkennen, und er gab die Hoffnung nicht ganz auf, Nancibel zurückgewinnen zu können.

Er folgte ihr in den Garten; der Anblick des Bootes, das soeben in die Bucht einfuhr, setzte ihren Ängsten ein Ende. Erleichtert jubelnd liefen sie zu der Landungsstelle, um den Insassen herauszuhelfen.

Blanche und Beatrix, die dem Tod am nächsten gewesen waren, hatten sich so weit erholt, dass sie sich eine strenge Predigt von Hebe anhören mussten. Sie warf ihnen einen Mangel an eigener Kraft vor.

»Ihr seid untergegangen wie Steine«, sagte sie. »Wenn ihr nicht schwimmen könnt, hättet ihr euch irgendwie über Wasser halten müssen. Wenn ich euch nicht hinterhergesprungen wäre ...«

Gerry befahl ihr, den Mund zu halten. Sie wären alle vier ertrunken, wenn er sie nicht bemerkt und ihnen mit dem Boot zu Hilfe gekommen wäre.

»Oh, es wäre auch ohne das Boot ganz gut gegangen«, prahlte Hebe, »wenn ich nicht drei Dummköpfe auf einmal hätte retten müssen.«

Sie war zu Tode erschreckt und versuchte, dagegen anzugehen.

»Du hast niemanden gerettet«, sagte Gerry streng. »Du musstest ja selbst gerettet werden.«

»Und du hast mir von allen die größte Mühe gemacht«, sagte Evangeline. »Du hast dich gewehrt. Die Coves waren so vernünftig, das nicht zu tun.«

Gerry blickte Evangeline besorgt an, denn ihre Stimme klang erschöpft. Er war noch immer voller Bewunderung für ihren Mut und die Geistesgegenwart, die sie während der kritischen fünf Minuten gezeigt hatte. Sie war in dem Moment ins Wasser gesprungen, als die Coves in den Wellen verschwanden, und bevor sie abtauchte, befahl sie ihm, mit dem Boot zurückzufahren. Er hatte verstanden, was sie dachte. Sie befürchtete, die Strömung würde sie alle am Boot vorbeitreiben, sodass er die Kinder nicht hereinziehen könnte. Also fuhr er in einem großen Kreis zurück und bekam Maud, die sich krampfhaft über Wasser hielt, gerade noch zu fassen. Dann trieb ihm Evangeline entgegen. Sie hatte Blanche an den Haaren und Beatrix an einem Fuß gepackt. Bis er die drei im Boot hatte, war Hebe schon an ihnen vorübergezogen, und er musste sie wieder einholen. Sie konnte ein bisschen schwimmen, aber schlecht, dann verlor sie die Nerven und versank in den Wellen, als das Boot bei ihr angelangt war, sodass Evangeline sich erneut gezwungen sah, ins Wasser zu springen, um sie zu retten. Gerry konnte es nicht selbst tun, denn nur er war in der Lage, das Boot zu steuern. Er fand es furchtbar, den sicheren Teil dieser Rettungsaktion zu übernehmen, und ihn packte die Wut, als Evangeline Hebes wegen ein zweites Mal aus dem Boot springen musste. Ohne ihre Ausdauer, ihre Unerschrockenheit und Genauigkeit im Abschätzen der Strömungsrichtung hätte er zu der Rettung nichts beitragen können. Ohne Worte hatten sie sich von dem Augenblick an, da sie hineingesprungen war, verstanden, und er war immer an die Stelle gefahren, auf die sie, von der Strömung getrieben, zuschwamm. Er fühlte, dass ihre Geistesgegenwart und Klugheit ebenso hoch einzuschätzen waren wie ihr Mut.

»Sie sind ja ganz erschöpft«, bemerkte er nun. »Sobald wir im Haus sind, müssen Sie etwas Heißes trinken und mit einer Wärmflasche zu Bett gehen.«

Sie sah ihn an und begegnete zum ersten Mal in ihrem Leben einem Blick voll uneingeschränkter Bewunderung. Das war für sie so ungewohnt und wohltuend, dass sie ihn strahlend anlächelte, als hätte er ihr soeben einen Preis übergeben.

»Gefahr«, sagte Hebe, »tut den Leuten gut.«

Das war zu viel für Gerry.

»Du scheinst nicht viel von Gefahr zu verstehen«, fuhr er sie an. »Du warst ihr wohl von uns allen am wenigsten ausgesetzt. Du hast, hübsch in Watte gewickelt, in Amerika gesessen, während die Coves den Blitzkrieg in London miterlebten, richtig?«

Hebe erblasste vor Wut.

Das Boot rumpelte nun gegen die Landestelle, wo Bruce und Nancibel warteten. Maud konnte selbstständig gehen, als man sie herausgehoben hatte, Blanche und Beatrix jedoch mussten getragen werden. Bruce nahm die eine, Nancibel die andere auf den Arm, und Gerry half Evangeline beim Aussteigen.

»Ich habe Ihnen noch nicht gesagt, wie … wie großartig Sie waren«, stammelte er. »Geh schnell, Hebe! Lauf ins Haus!«

»Weshalb sollte ich?«, protestierte diese. »Ich brauche weder Tee noch Wärmflaschen. Ich habe keine Angst vor dem bisschen Wasser.«

»Man sollte dir den Hintern versohlen«, sagte nun Evangeline wütend.

Es war furchtbar, dass dieses schreckliche Kind alles verdarb und Gerry unterbrach, der ihr die herrlichsten Dinge zu sagen begonnen hatte.

»Das ist sehr altmodisch«, sagte Hebe, »moderne Eltern schlagen ihre Kinder nicht.«

»Das mag sein. Aber moderne Kinder sind auch nicht so verwöhnt und verdorben wie du.«

»Verwöhnt?«, heulte Hebe. »Das bin ich *nicht*. Ich bin nicht verwöhnt. Ich bin nicht verwöhnt. Ich kann nichts dafür, dass sie mich adoptiert haben, damit Caroline keinen Einziges-Kind-Kompress kriegt. Ich bin eine heimatlose Waise. Ich bin ein Bastard.«

Gerry und Evangeline konnten sich das Lachen nicht verkneifen. Sie gingen ins Haus, und die herrlichen Dinge blieben ungesagt, und in ihren Herzen war wenig Mitleid mit
Hebe.

7

Die Mütter

»Man würde es nicht denken von ihr, so wie sie aussieht, nicht wahr?«, sagte Miss Ellis.

»Oh, doch«, entgegnete Anna. »Genau das dachte ich mir. Als ich sie während der Szene in der Kirche zum ersten Mal sah, sagte ich mir: Das Mädchen ist eine Nymphomanin. Ich kenne die Symptome. Aber woher wissen Sie, dass es Gerry Siddal ist, mit dem sie sich trifft?«

»Von Fred«, antwortete Miss Ellis. »Ich habe ihn gefragt, ob er gestern Nacht in den Stallungen etwas gehört hat – dass jemand spät heimkam, meine ich.«

»Ja, natürlich«, sagte Anna weich. »Sie sind sehr darauf erpicht, solche Sachen in Erfahrung zu bringen.«

Miss Ellis warf ihr einen kurzen Blick zu und fuhr fort:

»Der arme Fred beklagte sich, er hätte überhaupt nicht schlafen können. Bei dem Lärm! Zuerst kam Ihr Chauffeur heim, und wurde in dem schrecklichen Feldbett eingeklemmt. Und dann kam Gerry. Er war auch unterwegs gewesen. So habe ich zwei und zwei zusammengezählt. Am Morgen war Miss Wraxtons Bett unberührt, und irgendwie dachte ich, dass wohl kaum Ihr Chauffeur in Frage kommt.«

»Faszinierend«, stimmte Anna zu. »Hallo! Dort sind sie alle. Es muss ein falscher Alarm gewesen sein.«

Über den Strand kehrte die Schreckensgemeinschaft von den Klippen zurück. Weit voraus lief Fred, nicht weil er so eilig seine Arbeit wieder aufnehmen wollte, sondern weil er die wenigen, die im Hotel geblieben waren, als Erster mit den Neuigkeiten überraschen wollte. Bei Anna und Miss Ellis hatte er einigen Erfolg, denn die beiden hatten so eifrig geschwatzt, dass sie das Boot überhaupt nicht bemerkt hatten, als es an ihnen vorbeifuhr. Fred mochte schlechte Nachrichten und versuchte, die Rettung möglichst nebenbei zu schildern.

»Eben wurden die Opfer ins Haus getragen«, begann er feierlich. »Boot gesehen?«

»Opfer!«, riefen Anna und Miss Ellis gleichzeitig.

Sie hatten nicht begriffen, dass all das Schreien und Laufen der Hotelbewohner einer ernsthaften Gefahr gegolten hatte, und starrten ihn entsetzt an.

»Die Cove-Kinder«, erklärte er. »Und Hebe. Schrecklich.«

»Aber nicht ertrunken? Nicht tot?!«, rief Anna.

Fred atmete schwer und antwortete:

»Sie versuchen ... äh ... künstliche Atmung.«

Eine düstere Stille folgte, bis Anna unterbrach:

»O mein Gott!«, seufzte sie. »Was für verdammt angenehme Ferien!«

Abrupt drehte sie sich um und ging durch den Garten und den Fahrweg hinauf, fort von dem Unglückshaus. An der Straßenkreuzung wartete sie auf den Bus und fuhr nach Porthmerryn, wo sie die Bar des Marine Parade aufsuchte.

Miss Ellis folgte Fred ins Haus und bedrängte ihn mit ihren Fragen. Er konnte ihr jedoch keine nähere Auskunft erteilen.

»Aber wo sind denn ihre Mütter?«, fragte Miss Ellis. »Wissen sie Bescheid? Wo sind sie? Hat niemand mit ihnen gesprochen?«

Fred schüttelte den Kopf. Weder Lady Gifford noch Mrs Cove waren mit den anderen auf den Klippen gewesen, das wusste er bestimmt.

»Lady Gifford schläft in ihrem Zimmer«, sagte Miss Ellis. »Hat wahrscheinlich keine Ahnung. Jemand sollte ihr wohl …«

»Schrecklich!«, wiederholte Fred.

»Am besten gehe ich selbst zu ihr«, meinte Miss Ellis mit einiger Befriedigung, »es scheint ja niemand sonst an die arme Frau gedacht zu haben.«

Feierlich stieg sie die Treppe hinauf, und Fred begab sich in die Küche, wo die Cove-Kinder und Evangeline heißen Tee tranken. Er schenkte sich auch eine Tasse ein und fühlte keinerlei Gewissensbisse, die Kinder als Opfer bezeichnet zu haben. Als er sie im Boot hatte liegen sehen, hatten sie wirklich ausgesehen wie Leichen.

Nancibel brachte die Coves zu Bett, sobald sie ihren Tee ausgetrunken hatten. Evangeline blieb mit Gerry und Bruce in der Küche und schenkte jedem, der kam, Tee ein. Mrs Siddal, Sir Henry, Caroline und die Gifford- und Siddal-Jungen erschienen, und alle tranken Tee und schwatzten in der müßigen Stimmung, die der Anspannung folgt. Caroline wurde nach dem Bund der Spartaner ausgefragt, und ihre verlegene Einsilbigkeit verstärkte den allgemeinen Eindruck, dass Hebe die Kinder in übler Weise tyrannisiert hatte.

»Aber es ist ein Geheimbund«, protestierte sie. »Wir haben versprochen, unsere Geheimnisse niemals zu verraten. Ich hätte nichts davon erzählt. Aber ich dachte, es ist zu gefährlich.«

»Hebe hat uns schwören lassen«, erklärte Luke. »Wir hassten es alle, Spartaner zu sein, aber Hebe hat uns dazu gezwungen.«

Und Michael berichtete die erschreckendsten Einzelheiten.

»Ich finde, ihr seid beide gemein«, sagte Caroline hitzig. »Ihr hattet auch oft Spaß. Ihr wolltet beide aufgenommen werden, als Hebe den Bund gegründet hat.«

»Weshalb lasst ihr euch so von ihr tyrannisieren?«, fragte Robin. »Ihr seid doch drei gegen eine.«

Sir Henry wiederholte, fast verzweifelt, Hebe werde sicher nicht straflos ausgehen. Seine Frau würde ... Aber er wurde von Mrs Siddal unterbrochen, die scharf bemerkte, Lady Gifford und Mrs Cove seien offenbar die Einzigen im ganzen Haus, die von nichts wussten. Wo waren sie, und weshalb schauten sie nicht nach ihren Kindern?

»Meine Frau ist in ihrem Zimmer«, erklärte Sir Henry. »Sie hält ihren Nachmittagsschlaf. Ich gehe hinauf und berichte ihr.«

Er eilte die Treppe hinauf und klopfte an Eirenes Tür. Eine unerwartete, raue Stimme hieß ihn eintreten. Drinnen stand er Mrs Cove gegenüber, die ihm grimmig mitteilte, seine Frau sei ohnmächtig geworden.

»Sie hat es also erfahren?«, fragte er und blickte hinüber zu der reglos auf dem Bett liegenden Eirene.

»Ja, ich denke«, antwortete Mrs Cove. »Ich habe mehrmals geklingelt, aber niemand kam. Ich habe ihr Wasser ins Gesicht gespritzt.«

Er ging und holte eine Flasche Brandy aus Eirenes Kulturbeutel. Mrs Cove musste Eirene einen ganzen Krug Wasser ins Gesicht gekippt haben, denn die Laken waren durchnässt, wie er beim Versuch, seiner Frau den Brandy einzuflößen, bemerkte.

»Wie lange liegt sie hier schon so?«, fragte er.

»Ich weiß es wirklich nicht. Sie lag schon so da, als ich ins Zimmer kam. Ich war gerade von meinem Spaziergang zurück, als die blöde Haushälterin mir vom ersten Stock herunterrief, ich soll ihr helfen. Sie berichtete mir ... was geschehen war, aber sonst war sie zu nichts zu gebrauchen, und ich habe sie fortgeschickt, damit sie jemanden holt. Seitdem warte ich hier. Ich wollte Ihre Frau nicht allein lassen. Aber irgendwer hätte kommen sollen.«

»Es tut mir leid. Es muss der Schock gewesen sein. Können Sie sie ein bisschen aufrichten?«

Mrs Cove riss Eirene grob hoch, während er ihr den Brandy einflößte, und ließ sie dann in die Kissen zurückfallen. Ein schwaches Rot überzog nun die Wangen Lady Giffords.

»Nur gut, dass ich nicht so schnell ohnmächtig werde«, murmelte Mrs Cove.

»Ja, wirklich«, stimmte er zu. »Es muss doch für Sie auch ein großer Schreck gewesen sein.«

»Ein großer Schreck?«, wiederholte sie und starrte ihn an.

Er las in ihrem Blick eine so seltsame Mischung von Erstaunen, Misstrauen und Hohn, dass Verwirrung ihn ergriff. Sie schien zu glauben, er habe sie beleidigen wollen. Aber dann erinnerte er sich an die Geschichte ihrer Taxifahrt und ahnte, dass sie in seinen Worten eine Anklage ihrer Gefühllosigkeit gewittert haben mochte.

»Ein furchtbarer Schreck«, verbesserte er sich. »Aber es geht ihnen wirklich schon ganz ordentlich, wissen Sie. Blanche und Beatrix sind noch ein bisschen wackelig auf den Beinen, aber Hebe und Maud scheint es nicht schlechter zu gehen als vorher.«

»Was?«

Blankes Erstaunen malte sich auf ihrem Gesicht.

»Dann sind sie ... sind sie nicht ...«, flüsterte sie.

»Hat Miss Ellis es Ihnen denn nicht erzählt? Was hat sie Ihnen denn genau erzählt?«

Sie antwortete nicht. Sie senkte den Blick. Scharlachröte überzog ihr eckiges, blasses Gesicht bis hinauf zu den Haarwurzeln.

»Was hat sie Ihnen erzählt?«, wiederholte er seine Frage.

»Sie sagte, sie sind ... ertrunken«, stammelte Mrs Cove mit dicker Stimme. »Alle vier.«

»Ertrunken? Großer Gott! Kein Wunder, dass Eirene ohnmächtig geworden ist!«

Er griff die Hand seiner Frau und rief eindringlich:

»Eirene! Eirene! Es ist alles gut, Liebes! Alles gut! Hebe lebt. Sie sind alle gerettet ...«

Eirenes lange Wimpern flatterten, und dann stöhnte sie schwach.

»Es war alles ein Missverständnis. Hebe ist gesund und munter. Gesund, Liebling. Ich bringe sie zu dir ...«

Er rannte zur Tür und sagte zu Fred, den er an der Tür lauschend vorfand, er solle Hebe suchen und hinaufschicken. Dann kehrte er zum Bett zurück.

»Oh, Harry!«

»Ich weiß, Liebling. Ich weiß. Aber es ist alles gut. Sie lebt. Der junge Siddal hat sie alle gerettet. Er war mit dem Boot draußen.«

»Sie sagte, sie sind ... oh ...«

»Mein armer Liebling! Mein armer, armer Liebling!«

»Und ich?«

Mrs Coves Stimme war nicht laut, klang aber wie ein Schrei.

»Hebe ist nur eines von Ihren Kindern, und nicht einmal Ihr eigenes. Mir hat man erzählt, *alle* meine Kinder wären ertrunken. Wo sind sie?«

»In ihren Betten. Nancibel kümmert sich um sie. Ja, Liebling ... Hebe kommt ...«

Mrs Cove ging zur Tür, wurde jedoch von ihrem Zorn überwältigt. Sie kehrte um, stellte sich ans Fußende und richtete sich an Lady Gifford:

»Hören Sie auf mit diesem Gewinsel, Sie dumme Person! Sie haben keinen Grund dazu.«

Still vor Erstaunen starrte Eirene Mrs Cove an, die fortfuhr:

»Sie sind überhaupt nicht krank. Nur dass Sie viel zu viel essen, und Sie bewegen sich zu wenig. Wären Sie, wie ich, als mittellose Witwe mit drei Kindern zurückgelassen worden, dann wären Sie stark wie ein Pferd. Ihnen bliebe nichts anderes übrig. Ohnmachtsanfälle könnten Sie sich gar nicht leisten.«

»Sie haben ja keine Ahnung«, schrie Eirene, die die Sprache wiedergefunden hatte. »Zufällig liebe ich Hebe nämlich. Sie aber lieben Ihre Kinder nicht, deshalb war es für Sie kein so großer Schreck.«

»Wie kommen Sie darauf, dass ich meine Kinder nicht liebe?«

»Das sieht doch jeder. Sie vernachlässigen sie. Sie verkaufen die Süßigkeiten Ihrer Kinder.«

»Und Sie schämen sich nicht, sie aufzuessen.«

Es wurde an die Tür geklopft, und Hebe steckte den Kopf ins Zimmer, halb trotzig, halb ängstlich.

»Fred schickt mich«, sagte sie. »Was ist los? Will jemand etwas von mir?«

»Nein«, sagte Sir Henry zornig und ging zur Tür. »Nein, niemand. Geh ins Bett.«

Er schob sie hinaus und warf die Tür zu. Keine der beiden Damen hatte Hebes kurzes Erscheinen bemerkt. Sie waren von ihrem Wortgefecht zu sehr in Anspruch genommen. Jede wollte die andere aufs Schärfste verurteilen. Aber keine hörte der anderen zu.

8

Einsamkeit

Beatrix und Maud schliefen. Blanche lag wach und starrte auf die hellen Flecken, die die untergehende Sonne auf die Zimmerdecke malte. Ihre Mutter war zum Abendessen hinuntergegangen. Sie war sehr zornig gewesen, hatte sie jedoch nicht geschlagen, denn sie waren noch geschwächt. Aber Strafe musste trotzdem sein: Sie durften nie mehr mit den Giffords spielen.

Es war nicht dieser Schmerz, der Blanche wachhielt, nachdem ihre Schwestern sich in den Schlaf geschluchzt hatten. Es war etwas viel Schrecklicheres – eine so entsetzliche Entdeckung, dass sie das erste Mal in ihrem Leben nicht das Bedürfnis empfand, sie mit ihren Schwestern zu teilen.

Mrs Pearce' kleine geschnitzte Figur lag in dem verschlossenen Koffer unter dem Bett.

Im Kleiderschrank oder in der Kommode befanden sich nur sehr wenige Sachen, da Mrs Cove befürchtete, Nancibel oder Fred oder Miss Ellis könnten Diebe sein. So viel wie möglich blieb in den verschließbaren Koffern. Die Schlüssel trug Mrs Cove immer in ihrer Handtasche bei sich. Gerade vor dem Abendessen hatte sie diesen einen Koffer hervorgezogen und aufgeschlossen, um ein Paar Strümpfe herauszunehmen. Maud wurde plötzlich wieder speiübel, und während Mrs Cove aufsprang, um eine Schale zu holen, lag der Koffer geöffnet da. Blanche, die ihre Mutter vom Bett aus beobachtet hatte, sah die Figur aus einem Durcheinander von

Taschentüchern und Handschuhen hervorragen. Sie erkannte sie sogleich.

Sie sagte kein Wort, aber sie war zutiefst entsetzt.

Sie liebte ihre Mutter nicht. Keine von ihnen liebte sie, und es kam ihnen auch nie in den Sinn, dass sie sie lieben sollten. Sie hatte sie nie um ihre Zuneigung gebeten. Aber die Mädchen kritisierten sie auch nicht und lehnten sich nicht gegen sie auf. Die Mutter schrieb ihnen das Leben vor, und sie befolgten ihre Vorschriften als unumgängliche Notwendigkeit, indem sie ihrer Härte mehr instinktiv als mit Verstand auswichen. Denn sie beherrschte nur ihr äußeres, materielles Dasein; über ihr Inneres hatte sie keine Gewalt. Sie kam nie in ihre Träume und versuchte nie, sie darin zu stören. Die Kälte und Gleichgültigkeit ihres Charakters war die Rettung der Kinder. Niemals hatten sie aus dem Mund ihrer Mutter etwas Interessantes erfahren. Viele Personen in ihren Lieblingsbüchern kamen den Kindern wirklicher und wahrhaftiger vor als ihre Mutter. Nur selten galt ihr einer ihrer Gedanken.

Doch Blanche dachte nun zum ersten Mal über ihre Mutter nach. Beim Anblick der kleinen schwarzen Figur war plötzlich eine Erleuchtung über sie gekommen. Sie hatte schon vor dieser Entdeckung gedacht, dass die Person, die Mrs Pearce die Figur so hinterlistig abgekauft hatte, grausam und gemein sein musste.

Ein beängstigendes Gefühl der Einsamkeit packte sie. Als wäre sie plötzlich in eine Wüste gebracht worden und stünde dort vollkommen verlassen. Bisher hatte sie jeden neuen Gedanken mit ihren Schwestern geteilt. Sie wusste kaum, wie sie allein einen Entschluss fassen sollte. Und doch schreckte sie zurück bei dem Gedanken, ihre Schwestern einzuweihen oder ihre Entdeckung in Worte zu fassen.

Leise Schritte huschten durch den Korridor, und dann steckte Nancibel den Kopf ins Zimmer. Sie war geblieben, bis das Abendessen serviert war, um Mrs Siddal zu entlasten, da die Ordnung im Haus noch nicht wiederhergestellt war.

Sie bemerkte Blanches nachdenkliche Augen, schlich auf Zehenspitzen herein und kniete sich neben das Bett.

»Wie geht's?«

»Gut«, hauchte Blanche.

»Ich dachte, ich seh schnell mal herein, bevor ich heimgehe. Du siehst nicht blendend aus, muss ich sagen. Was ist los, Liebes?«

Sie beugte sich näher und bemerkte Tränenspuren auf Blanches Wangen.

»Ich habe Angst.«

»Das glaube ich. Wir hatten alle Angst. Aber du solltest jetzt nicht mehr daran denken. Nur müsst ihr das nächste Mal vernünftiger sein.«

»Wir werden es versuchen. Aber wir sind ziemlich … komische Kinder, nicht wahr?«

Nancibel war verblüfft.

»Ich weiß nicht«, zögerte sie. »Wie kommst du darauf?«

»Unsere Familie ist seltsam, findest du nicht auch?«, flüsterte Blanche. »Wir haben keine Freunde. Wir leben nicht wie andere Leute, nicht wahr?«

Sie blickte Nancibel gerade und forschend in die Augen, und Nancibel wurde rot.

»Hör mal, Blanche«, sagte sie. »Ich habe nachgedacht. Ich glaube, ihr könntet das Fest geben. Ich würde euch ein paar Hummer beschaffen und Rahm und Süßigkeiten, wenn du willst.«

»Ach, Nancibel, wie lieb von dir! Aber es hat keinen Sinn. Wir dürfen nicht mehr mit den Gifford-Kindern spielen, also können wir sie auch nicht einladen.«

»Nun, dann ladet jemand anderen ein. Mich zum Beispiel. Ich werde kommen.«

»Und Angie und Gerry Siddal ... alle Siddals. Sie sind so nett. Und den Chauffeur und Mrs Paley und Fred.«

»Prima«, lachte Nancibel. »Ladet das ganze Hotel ein.«

Blanche glühte vor Begeisterung.

»Die Giffords müssten aber auch kommen, wenn das ganze Hotel kommt, nicht wahr?«

»Ihr bräuchtet schrecklich viele Hummer, Liebes.«

»Wie viel kosten sie?«

»Umsonst gibt es sie nicht. Aber ihr bekommt euer Fest, versprochen. Ein schönes, kleines Fest. Jetzt gib mir einen Gutenachtkuss und schlaf. Morgen fühlst du dich wieder wohl.«

Blanche schlang ihre mageren Arme um Nancibels Hals und drückte sie fest an sich.

»Ich wünschte, du wärst unsere Schwester, Nancibel!«

»Wirklich?«

»Du hast es bestimmt schön zu Hause.«

»Wir haben es schön und manchmal auch nicht«, sagte Nancibel lächelnd. »So ist es überall. Auch für dich werden noch schöne Zeiten kommen.«

»Bist du sicher? Woher weißt du das?«

»Die Katze hat es mir erzählt.«

»Welche Katze?«, rief Blanche verwundert. »Hebes Katze?«

»Nein. Die Katze meiner Urgroßmutter. Was ist denn los?«

Denn Blanche war bei Nancibels Worten die alte Mrs Pearce eingefallen, und nun starrte sie unglücklich auf die Bettdecke.

»Mrs Pearce' Katze?«

»Nein, nein. Das ist bloß so eine Redensweise. Es bedeutet nur, dass ich es erraten habe.«

Sie schwieg eine Weile und überlegte, was das Kind wieder in Aufregung versetzt haben mochte, aber Blanche sagte nichts mehr. Schließlich verließ Nancibel das Zimmer und machte sich auf den Weg nach Hause, wo sie ihrer Familie von dem abenteuerlichen Tag erzählen würde.

Wenn sie wüsste, dachte Blanche, wenn sie wüsste, was in unserem Koffer liegt! Mutter wird es für viel Geld verkaufen. Sie braucht Geld, weil sie so arm ist. Aber Nancibel ist auch arm und will uns trotzdem helfen, ein Fest zu geben. Und Mrs Paley ist noch viel ärmer als wir.

Die Dämmerung senkte sich herab, und das Meer wurde leiser, da sich das Wasser zurückzog. Während der letzten Ebbe hatte sie am Strand die Sandburg gebaut. Und sie erinnerte sich, wie ganz unvermutet Sir Henry erschienen war und sie gewarnt hatte, jemandem von Mrs Pearce' Schätzen zu erzählen. Sie verfiel in ihre Gewohnheit, sich selbst die Begebenheit zu schildern, als würde sie in einem Buch davon lesen.

»Und, für niemanden hörbar, lieber Leser, näherten sich Schritte auf dem Sand, die Schritte desjenigen, der uns die Warnung überbrachte. Der *ihnen* die Warnung überbrachte. Die drei Schwestern waren so vertieft in die Arbeit an der Sandburg, dass sie das rasche Nahen des … des Baronets nicht vernahmen … bis seine vornehme Stimme ertönte: Wundervoll. Französisch, nicht wahr?' Denn er war ein Mann von großer Bildung und gutem Geschmack, und das *Stundenbuch des Herzogs von Berry* war ihm nicht unbekannt. Aber nachdem er uns einige hübsche Komplimente gemacht hatte, enthüllte er die wahre Absicht seines … seines … Erscheinens an diesem Ort: nämlich uns zu warnen. Lasst kein Wort verlauten, so flüsterte er, von Mrs Pearce' Schätzen. Es gibt sehr böse Leute auf der Welt. Wir dachten, er meine Räuber. *Sie* dachten, er meine Räuber.

Aber was meinte er wirklich? Es ist kein Buch. Hat er einen Verdacht? Warum hat er uns gefragt? Weiß es jeder?«

Um zehn Uhr kam Mrs Cove herauf, um zu Bett zu gehen. Blanche stellte sich schlafend. Sie hörte die raschen und entschlossenen Bewegungen ihrer Mutter, das Öffnen und Schließen der Schubladen, das Quietschen der Schranktür. Und dann begab sich Mrs Cove ins Badezimmer und ließ ihre Handtasche auf dem Tisch liegen.

Blanche setzte sich auf. Sie schlüpfte aus dem Bett, zog die Schlüssel aus der Tasche und öffnete den Koffer. Sie nahm die Figur, stürzte ans Fenster und warf sie mit aller Kraft hinaus auf die Grasterrasse. Dann verschloss sie den Koffer, legte die Schlüssel wieder in die Handtasche und schlüpfte zurück ins Bett.

Zum ersten Mal hatte sie ohne vorherige Beratung mit ihren Schwestern einen Entschluss gefasst. Der Gedanke, die Figur zu Mrs Pearce zurückzubringen, kam ihr nicht. Maud dagegen hätte es bestimmt getan. Blanche hatte nur den Wunsch, die Figur ihrer Mutter wegzunehmen.

9

Stimmen in der Nacht

»Was ist denn los mit dir, Bruce?«

»Mit mir ist gar nichts los.«

»Was meinst du damit?«

»Meine verehrte Mrs Bassington Gore ...«

»Du fieser kleiner Kerl! Raus mit dir!«

»Nur zu gern. Bin schon weg.«

»Wenn Nancibel diese Wirkung auf dich hat ...«

»Halt die Klappe! Kein Wort über Nancibel!«

»Vergnüge dich mit ihr, so viel du willst. Aber ...«

»Hast du nicht gehört? Noch ein Wort über Nancibel, und ich stopfe dir das Maul.«

»Nancibel ...«

»Na gut! Bitte sehr!«

»Oh, du grober Kerl!«

»Ich habe dich gewarnt!«

»Meine Lippe blutet. Das ganze Kissen ist voll Blut. Sieh dir diese Schweinerei an. Was wird Miss Ellis sagen? ... Übrigens bist du ziemlich erregend, wenn du die Beherrschung verlierst. Ich wünschte, das würde öfter vorkommen. Ich wusste nicht, dass du so heftig in Nancibel verknallt bist. Warum kriechst du auf dem Boden herum?«

»Ich suche meine Schuhe.«

»Du bist mir nicht ernstlich böse, nicht wahr?«

»Doch.«

»Aber warum? Ich habe mich doch in der Sache mit Nancibel sehr gut benommen. Darf ich sie denn nicht einmal erwähnen, ohne geohrfeigt zu werden?«

»Nein.«

»Nun, du solltest dich ein wenig in Acht nehmen, Bruce. Denke nicht, dass ich niemals die Geduld verliere. Aber ich will vergessen, dass du mich geohrfeigt hast, wenn du mir versprichst, Nancibel zu vergessen.«

»Andernfalls sagst du der Polizei, dass ich das Auto geklaut habe?«

»Das habe ich nicht gesagt. Ich will dich nur daran erinnern, dass wir lieber nicht streiten sollten. Komm her… Bruce! Komm zu mir! Na gut! Geh nur. Aber behaupte später nicht, ich hätte dich nicht gewarnt!«

Kühl und still war die Nacht. Die Pendizack-Bucht lag in tiefer Dunkelheit, nur die Klippen standen hell gegen den Sternenhimmel. Bruce ging nicht zurück zu den Stallungen und in sein heikles Bett, sondern hinunter zu dem nachtdunklen Strand. Er wanderte auf und ab und versuchte einen Entschluss zu fassen. Er hatte Anna satt, doch wagte er nicht, mit ihr zu brechen. Denn sie hatte ihn in die literarischen Kreise eingeführt, und mit diesen Bekanntschaften hatte er vor Alice und Nancibel geprahlt. Er schätzte die Leute nicht besonders, aber sie waren eine Sprosse auf der Leiter, die er hochklettern wollte. Sobald sein Buch erschienen und seine Genialität erkannt sein würde, wäre er von Anna und diesen Freunden unabhängig. Wenn er Anna jedoch jetzt verließ, würde das Buch möglicherweise nie erscheinen. Denn es stimmte nicht, dass die Veröffentlichung bereits eine Gewissheit war. Anna bearbeitete gegenwärtig einen Verleger-Freund, es herauszubringen.

Und dann war da noch diese kleine Sache mit dem Wagen, den er im vergangenen Sommer, als er noch Hausdiener im

South Coast Hotel gewesen war, gestohlen hatte. Eigentlich hatte er ihn nur ausleihen wollen, um mit einem Mädchen zum Tanzen zu fahren, war in einen Graben gefahren, und dabei war ein Radfahrer ums Leben gekommen. Anna wusste es. Sie hatte ihm ein Alibi verschafft, als er verhört wurde. Sie hatte ihn vor der Polizei gerettet und mit nach London genommen. Sie hatte ihn zum Schreiben ermutigt und sich von ihm zu Cocktail-Partys begleiten lassen. Zweifellos schuldete er ihr viel, aber er fand, er habe seine Schuld ausreichend abgegolten.

Er verabscheute seine Stellung und verachtete sich oft selbst dafür. Trotzdem hätte er es weiter mit Anna ausgehalten, wenn nicht Nancibel in sein Leben getreten wäre. Sie würde ihm vielleicht, nach einiger Zeit, die Vergangenheit verzeihen, aber niemals das Fortsetzen der Beziehung zu Anna.

Es war so widersinnig: Auf der einen Seite Nancibel – oder seine Karriere. Und es ging nicht einmal um Nancibels Liebe, sondern nur um ihre Achtung. Wer war sie denn, und was war sie, fragte er sich ärgerlich, dass sie sein Leben so aus der Bahn werfen durfte? Ein Dienstmädchen vom Land, nicht einmal ungewöhnlich hübsch. Auch nicht besonders intelligent und ziemlich ungebildet. Mit seiner Intelligenz und seinem Aussehen konnte er ganz anderes erreichen. Er musste diese Verzauberung überwinden. Am Montag wollte er Pendizack verlassen. Er würde Nancibel niemals wiedersehen, und in einem Jahr, später, wenn sein Buch erschienen wäre, würde er dem Himmel danken, dass er nicht in diese Falle getappt war. Sie machte sich ja gar nichts aus ihm. Sein Absprung würde ihr nichts bedeuten.

Sie schlief nun wohl, oben in dem Häuschen zwischen den steinigen Feldern, wo er gestern Abend einen Tee bekommen hatte. Er hatte sich dort sehr wohl gefühlt. Glücklich. Aber diese Art von Glück, so sagte er sich, war zu einfach. Wenn er weiter nichts wollte, hätte er ebenso gut zu Hause bleiben und die Arbeit seines Vaters auf dem Wasserwerk übernehmen können. Es war doch kein Verbrechen, etwas Besonderes sein zu wollen, ein Jemand?

Und sie schlief, wie ihre Eltern und all ihre Geschwister, zusammengepfercht in dem kleinen Haus; sie alle schliefen tief und gesund nach der harten Arbeit des Tages, während er sich in Annas Bett seinen Weg zur Besonderheit erarbeitet hatte. Aber sein nächstes Buch … *eine bittere Komödie, korrupt und mondän, mit kontinentaleuropäischem Hintergrund… niemand liest je das dritte Buch…*

Er war umgekehrt, um schlafen zu gehen, aber die Erinnerung an Mr Siddals Betrachtungen über dieses dritte Buch beunruhigte ihn so sehr, dass er den Pfad zum Plateau hinaufzusteigen begann. Angenommen, er erreichte niemals Besonderheit? Angenommen, er würde nie ein Jemand?

Als er mit Anna nach London gegangen war, hatte er nichts von seinen Vorgängern gewusst. Dann sprach Anna ganz offen von ihnen, so, als wären sie mittlerweile alle bedeutende Männer. Er hatte jedoch nie einen von ihnen kennengelernt und auch nie von einem sprechen gehört. Das hatte er für Zufall gehalten, aber nun begann er sich zu fragen, ob in Siddals Betrachtungen nicht etwas Wahres steckte und ob es nicht das Los jedes Mannes war, von dem Anna genug hatte, in Vergessenheit zu geraten.

Er empfand das dringende Bedürfnis, jemanden um Rat zu fragen – jemandem offen und ohne Scheu sein Dilemma anzuvertrauen. Es musste jemand sein, dessen Urteil er achten könnte – und gerade einem solchen Menschen konnte er unmöglich die ganze Wahrheit gestehen. Wer wäre denn in der Lage, ihm zu sagen, was er wert war? Und was waren seine Vorgänger wert gewesen, ihre Fähigkeiten betreffend? War Anna auf Nieten spezialisiert oder auf vielversprechende Männer, die sie ruinierte? Einzig Mr Siddal konnte das wissen, und der war ein unangenehmer alter Kerl.

Bruce war sehr rasch bergauf gegangen, ohne den Weg zu beachten, und nun hörte er plötzlich Stimmen in der Nacht. Er war also nicht allein auf dem Plateau. Ganz in der Nähe wurde geflüstert. Leise ging er darauf zu.

Es klang wie das Geflüster eines Liebespaares hinter den Steinen. Bruce hörte eine Männerstimme, sie erzählte eine lange Geschichte. Die Worte wurden deutlicher, als er sich näherte. Es schien um etwas Biologisches zu gehen.

»Tarsus«, sagte die Stimme, »und Metatarsus. Ist das verständlich?«

Es gab keine Antwort, und die Stimme fragte:

»Angie, schlafen Sie?«

»Nein«, erwiderte eine sanfte kleine Stimme, »nein, ich schlafe nicht. Wer, sagten Sie, begegnete einem Tarsus?«

Gerry Siddals Lachen schallte durch die Nacht. Bruce schlenderte davon. Er hatte, ein wenig abseits, ganz oben auf der Spitze eine dritte Person entdeckt, deren Gestalt sich dunkel vom sternenhellen Himmel abhob. Hier wimmelt es ja von Menschen, dachte er, beinahe wie auf dem Piccadilly. Wer waren die Leute? Was ging hier vor sich?

Beim Geräusch seiner Schritte wandte sich Mrs Paley um.

»Oh«, sagte sie freundlich, »wollen Sie uns Gesellschaft leisten?«

MITTWOCH

I

Speckstein

Miss Ellis saß im Büro. Sie tat nichts, denn es gab nichts zu tun. Sie hatte keine Lust mehr, in ihrem Zimmer zu sitzen. Eigentlich befand sie sich im Streik, außerdem war sie entlassen worden, aber sie wollte erst weggehen, wenn sie eine andere Stelle gefunden hatte.

Da steckte Mrs Cove den Kopf herein und fragte nach Mrs Siddal.

»Nicht da«, antwortete Miss Ellis.

»Vertreten Sie sie?«

»Nein«, kicherte Miss Ellis. »Ich glaube, ich bin entlassen.«

»Was für ein unglaublicher Ort«, murmelte Mrs Cove. »Erst werde ich bestohlen, und dann ...«

»Bestohlen?«, rief Miss Ellis, starr vor Neugierde. »Vermissen Sie etwas?«

»Ja. Etwas in meinem Zimmer wurde mir entwendet.«

»Ts, ts! Nennen Sie mir die Einzelheiten, Mrs Cove.«

»Wenn Sie nicht Mrs Siddal vertreten, dann weiß ich nicht ...«

»Oh, Mrs Siddal erwartet das bestimmt von mir. Was haben Sie denn verloren?«

Mrs Cove berichtete so knapp es ging:

»Ich habe es gestern Abend noch in meinem Koffer gesehen, bevor ich ihn abschloss. Erst vor fünf Minuten habe ich ihn wieder aufgemacht, um ein Taschentuch herauszunehmen. Ich habe sofort gesehen, dass die Schnitzerei fehlte. Ich trage die Schlüssel immer bei mir, aber es ist ein billiger Koffer, und ich fürchte, die meisten Schlüssel passen in das Schloss.«

»Wurde Ihr Zimmer schon gemacht?«

»Ja, so gut, wie ein Zimmer hier eben aufgeräumt wird. Die Betten waren gemacht.«

»Hm! Und seit gestern Abend, da Sie die Schnitzerei zuletzt gesehen haben, war das Zimmer nie leer, bis Sie heute Morgen alle frühstücken gingen?«

»So ist es. Es muss heute Morgen, innerhalb der letzten Stunde, weggenommen worden sein. Es wäre mir lieb, wenn Nancibel befragt würde.«

»Gewiss, Mrs Cove. Ich werde sie rufen.«

Mit hochmütiger Genugtuung drückte Miss Ellis einen Klingelknopf, der dazu diente, Fred herbeizuzitieren. Aber noch nie hatte ihn jemand auf diese Weise gerufen, deshalb reagierte er nicht auf das Klingeln.

»Sie sollten Nancibel wohl lieber selbst suchen«, sagte Mrs Cove verächtlich.

Miss Ellis ging zur Spülküche und brüllte von der Tür aus im Befehlston, man möge Nancibel unverzüglich ins Büro schicken.

»Daran habe ich mich nie gewöhnen können«, sagte sie dann zu Mrs Cove, »dass Dienstboten auswärtig schlafen. In einem guten Hotel gibt es das nicht. Sie haben auf diese Weise viel mehr Gelegenheit ...«

»Vermisst sonst niemand etwas?«, fragte Mrs Cove.

»Nicht, dass ich wüsste. Aber man entdeckt es ja nicht immer sofort.«

»Ist Nancibel ein gutes Dienstmädchen?«

»Sehr schlecht. Ganz ungebildet. Dazu faul und unverschämt. Ich glaube nicht, dass sie ein Zeugnis mitbrachte. Sie kam direkt aus dem Heer hierher. Ehrlich gesagt habe ich oft gedacht, dass gewisse Dinge auf sehr rätselhafte Weise verschwunden sind. Seife, zum Beispiel, und ein Frottiertuch. Und ich habe nie herausgekriegt, was eigentlich mit all der Konfitüre geschehen ist. Heutzutage, wo alles so wertvoll ist ... ah ... da ist sie ...«

Nancibel erschien in der Tür. Der Befehl hatte sie erstaunt, und sie zeigte ihr Erstaunen.

»Nun, Nancibel«, begann Miss Ellis. »Antworten Sie bitte aufrichtig.«

Das Mädchen errötete, beherrschte sich jedoch und wartete.

»Haben Sie heute Morgen irgendetwas aus Mrs Coves Zimmer genommen?«

»Die Nachttöpfe, Miss Ellis.«

»Ich meine nicht die Nachttöpfe. Ein wertvolles Stück wurde heute Morgen aus Mrs Coves Koffer entwendet. Sie waren die einzige Person, von der wir wissen, dass sie das Zimmer während dieser Zeit betreten hat. Können Sie uns helfen?«

»Nein.«

»Sind Sie sicher?«

»Ganz sicher.«

Miss Ellis blickte Nancibel lächelnd an.

»Denn«, sagte sie, »falls Sie der Versuchung erlegen sein sollten, wäre es besser, es gleich zuzugeben. Mrs Cove würde dann von einer Anzeige absehen, vorausgesetzt natürlich, sie bekommt den gestohlenen Gegenstand zurück.«

Nancibel antwortete nicht. Sie drehte sich um und ging in die Küche, wo Duff und Robin soeben ihr sehr spätes Frühstück beendeten.

»Richtet bitte Mrs Siddal aus, dass ich nach Hause gehe«, wandte sie sich an die beiden. »Es tut mir leid, aber ich komme erst zurück, wenn Miss Ellis das Haus verlassen habe. Miss Ellis wird ihr erklären, weshalb.«

Sie ging zum Kleiderständer bei der Hintertür, wo ihre Schuhe und Tasche standen. Robin und Duff, entsetzt von der Aussicht, sie zu verlieren, folgten ihr und flehten sie an, sich die Sache noch einmal zu überlegen und zu warten, bis ihre Mutter heimkehre.

»Ich kann nicht«, entgegnete sie, während sie die Schuhe wechselte. »Miss Ellis hat mich eine Diebin genannt. Das lasse ich mir von niemandem gefallen.«

Am Ende des Korridors wurden Stimmen laut. Miss Ellis beruhigte Mrs Cove salbungsvoll.

»Aber natürlich, das versteht sich von selbst. Sie wird das Haus nicht verlassen … Nancibel … was tun Sie da?«

»Ich gehe nach Hause, Miss Ellis.«

»Was haben Sie in dieser Tasche?«, fragte Mrs Cove scharf.

»Meine Schürze.«

»Eine reichlich große Tasche für diesen Zweck, finden Sie nicht auch, Miss Ellis?«

»Allerdings. Ich habe das schon immer gedacht, aber ich wurde natürlich nie nach meiner Meinung gefragt. Wie soll man so kontrollieren, was alles das Haus verlässt …«

»Sie dürfen meine Tasche gern durchsuchen«, sagte Nancibel verächtlich.

Sie hielt sie Mrs Cove hin, und diese nahm sie.

Duff konnte sich nicht länger beherrschen und trat dazwischen.

»Das ist ungeheuerlich«, sagte er. »Wir kennen Nancibel schon unser Leben lang …«

»Ah!«, rief Mrs Cove. »Hier ist es ja!«

Sie hielt einen kleinen dunklen Gegenstand in die Höhe.

»Das!«, rief Nancibel verwundert. »Aber das gehört meiner Urgroßmutter!«

»Das ist doch die Höhe!«, schnaufte Robin.

»Es ist meins«, sagte Mrs Cove. »Ich habe es in Porthmerryn gekauft. Letzten Abend war es noch in meinem Koffer. Seit heute Morgen ist es verschwunden. Was hat es in Ihrer Tasche zu suchen?«

»Ich habe es heute Morgen im Gras vor dem Haus gefunden, als ich zur Arbeit kam«, antwortete Nancibel. »Ich habe es aufgehoben und in meine Tasche gesteckt. Ich habe es bis eben vergessen. Aber sagten Sie nicht, Sie vermissen einen sehr wertvollen Kunstgegenstand?«

»Es *ist* sehr wertvoll. Es ist schwarzer Bernstein.«

»Also …«

»Ist das eine Gewohnheit von Ihnen, Dinge, die Sie finden, einzustecken? Weshalb haben Sie es nicht im Büro abgegeben?«

»Im Gras gefunden! Niemals! Was für ein Märchen!«, brüllte Miss Ellis.

»Ich wollte Mrs Siddal fragen, habe es aber vergessen. Ich dachte, es ist die Schnitzerei meiner Urgroßmutter. Und sie ist es. Ich würde sie immer erkennen.«

»Und weshalb, bitte schön«, wandte Miss Ellis höhnisch lächelnd ein, »sollte dieser Schatz Ihrer Urgroßmutter vor dem Hotel im Gras liegen?«

»Es ist wirklich ihre Schnitzerei. Unten sind die Initialen meines Onkels Ned eingeritzt. Ich habe nachgesehen. Sie können sich selbst vergewissern, wenn Sie wollen.«

Robin hatte sich endlich erholt.

»Sie waren das also!«, fuhr er Mrs Cove an. »Sie haben der armen alten Frau die Figur abgekauft. Sie wussten genau, wie wertvoll sie ist, und haben ihr nur fünf Pfund und zehn Schilling dafür gegeben.«

Mrs Cove beachtete ihn nicht.

»Die Figur verschwand aus meinem Koffer, und nun finde

ich sie in Ihrer Tasche wieder«, sagte sie zu Nancibel. »Ich hätte allen Grund, die Polizei zu rufen.«

»Ich werde Sir Henry holen«, erklärte Robin. »Er weiß Bescheid. Und er weiß, wie Sie die arme alte Mrs Pearce betrogen haben.«

Kaum war er weg, brach Nancibel in Tränen aus.

»Sie lag im Gras«, schluchzte sie. »Ich weiß nicht, wie sie dorthin gekommen ist.«

»Das wird Ihnen niemand glauben«, sagte Miss Ellis. »Dieses Mal hat man Sie erwischt, junge Dame.«

Duff nahm Nancibel beim Arm.

»Nicht weinen«, bat er. »Alle werden dir glauben. Jeder kennt dich. Wenn du sagst, sie lag im Gras, dann stimmt das.«

»Ich werde Sie wegen Diebstahls anzeigen«, sagte Mrs Cove.

»Das sollten Sie wirklich tun«, pflichtete Miss Ellis ihr bei. »Schon um der anderen Gäste willen. Wenn bekannt wird, dass Mrs Siddal wissentlich ein diebisches Dienstmädchen beschäftigt …«

»Sie sollten auf Ihre Worte achten«, warnte Duff die beiden erregten Frauen. »Nancibel könnte Sie wegen Verleumdung anzeigen.«

Da erschienen Robin und Sir Henry. Sir Henry fragte Mrs Cove ohne Umschweife, ob sie die besagte Figur am Montagnachmittag von Mrs Pearce gekauft habe.

»Ich weiß wirklich nicht, was es andere Leute angeht, wo ich sie gekauft habe«, wich sie aus. »Sie gehört ganz sicher mir.«

»Ich frage nur, weil ich mir das Stück gern ansehen wollte. Und ich war sehr enttäuscht zu hören, es sei verkauft worden. Ich hatte die Hoffnung, Sie würden mich einen Blick darauf werfen lassen.«

»Weshalb?«, fragte Mrs Cove misstrauisch.

»Ich sammle Bernstein. Sollte es wirklich schwarzer Bernstein sein, dann ist es ein ganz seltenes und wertvolles Stück. Ich ... Sie würden es nicht verkaufen, nehme ich an ...«

Eine Pause trat ein. Mrs Cove dachte nach. Duff, der die schluchzende Nancibel in die Küche geführt hatte, sagte:

»Lass sie ruhig die Polizei rufen. Jeder wird dir glauben. Und in jeder Zeitung wird die Geschichte stehen, wie sie deine Urgroßmutter betrogen hat.«

»Wollen wir vielleicht an einem ruhigeren Ort miteinander sprechen?«, schlug Sir Henry vor.

Mrs Cove nickte, wenn auch immer noch misstrauisch. Sie folgte ihm und Robin in den Salon. Miss Ellis, der die Augen bei all dem fast aus dem Kopf quollen, wollte mitkommen, aber Mrs Cove bemerkte kühl:

»Danke, Miss Ellis. Ich brauche Sie nicht mehr. Da ich meine Schnitzerei wiederhabe, werde ich Nancibel nicht anzeigen.«

Und um ihren Worten größeren Nachdruck zu verleihen, schlug sie Miss Ellis die Tür vor der Nase zu. Dann reichte sie halb eifrig, halb zögernd Sir Henry die Figur, und dieser prüfte sie eingehend.

»Wissen Sie, Mrs Cove«, sagte er endlich, »ich finde wirklich, die alte Frau sollte die Figur zurückerhalten. Ich möchte sie Ihnen abkaufen und sie ihr wiedergeben. Wie viel verlangen Sie dafür?«

»Tausend Guineen«, lautete die rasche Antwort.

»Glauben Sie, dass sie so viel wert ist?«

»Mir ist sie jedenfalls so viel wert.«

»Trotzdem haben Sie nur fünf Pfund und zehn Schilling dafür gezahlt«, wandte er ein. »Diese alte Frau ist bettelarm. Ihr steht das Armenhaus bevor. Sie ist vollkommen unwissend und hat keine Ahnung von dem Wert dieser Schnitzerei. Glauben Sie wirklich, dass es ...«

Mrs Cove unterbrach ihn mit flammenden Augen.

»Und wer zahlt ihren Aufenthalt im Armenhaus? Wer bezahlt ihre Altersrente? Wer zahlt für all diese elenden Leute, die nie etwas für ihr Alter beiseitegelegt haben? Ihre Kinder etwa? Die Leute, die sich eigentlich um sie kümmern sollten? O nein, *ich* muss bezahlen. Drei Viertel meines Vermögens werden mir genommen für solche Leute. Ich habe nicht das geringste Mitleid mit den sogenannten Armen, Sir Henry. Alles wird für sie getan, die Schule der Kinder, Ärzte, Krankenhaus und so weiter, alles wird ihnen bezahlt. Und das nur, weil sie zu faul sind zu arbeiten und selbst ausreichend zu verdienen, um anständig zu leben. Ich glaube, heutzutage sind Leute unserer Klasse dazu berechtigt, mit allen Mitteln für sich selbst zu sorgen. Wir wissen genau, dass man uns noch den letzten Penny nimmt, wenn das möglich ist.«

»Meine Frau würde Ihnen zustimmen«, sagte Sir Henry. »Aber werden Sie wirklich zu drei Vierteln besteuert? Natürlich ist der Steuersatz bei hohem Einkommen ziemlich hoch, aber ... oh, das trifft hier ja nicht zu. Sind Sie also mit zehn Pfund für diese Figur einverstanden?«

Er hielt die Figur in die Höhe.

»Zehn Pfund!«, rief Mrs Cove aus. »Halten Sie mich wirklich für so dumm? Geben Sie sie mir bitte zurück.«

Trotz Robins Geste reichte Sir Henry sie ihr mit den Worten:

»Sie wollen also die zehn Pfund bestimmt nicht?«

»Ganz gewiss nicht.«

»Nun gut ... ich dachte es mir. Es hätte mich sehr verwundert. Das Ding ist übrigens kein Bernstein. Es ist bloß Speckstein. Ich bezweifle, dass es mehr wert ist als eine Guinee.«

2

Die Widerstandsbewegung

»Mr Siddal lässt grüßen«, richtete Fred Anna aus, »und ich soll Ihnen sagen, dass er noch nicht angezogen ist.«

»Das ist egal«, erwiderte Anna ungeduldig, »ich *muss* mit jemandem sprechen, und im Büro ist niemand. Bringen Sie mich zu ihm, oder sagen Sie ihm, er soll im Schlafrock zu mir kommen.«

Fred eilte davon. Nach geraumer Weile erschien Mr Siddal im Schlafrock in ihrem Zimmer.

»Es nützt dir gar nichts, mich holen zu lassen, Anna«, protestierte Siddal. »Ich bin ein Niemand in diesem Hotel.«

»Du hast mir am Montag die Zimmer vermietet.«

»Ja. Und damit ein Mordstohuwabohu ausgelöst.«

»Wundert mich nicht. Du hast das ja bloß getan, um Barbara zu ärgern. Egal. Ich will nur jemanden finden, der ihr etwas ausrichten kann. Sie scheint ausgegangen zu sein. Ellis streikt, und Fred ist beschränkt.«

»Du hättest Nancibel den Auftrag geben können.«

»Nein. Sie ist tatsächlich die letzte Person, die ich beauftragen würde. Also bleibst nur du. Sage bitte Barbara, dass ich für ein oder zwei Tage verreise, zum Wochenende aber wiederkomme.«

»Wenn ich es nicht vergesse. Besser, du schreibst ihr eine Nachricht. Geht Antinous mit dir?«

»Du meinst Bruce? Natürlich. Wer soll mich sonst fahren?«

»Ja, tatsächlich. Weiß er Bescheid?«

»Nein.«

»Sehr weise. Darf man fragen, wohin die Reise geht?«

»Nach St Merricks. Polly hat dort für den Sommer ein Haus gemietet, und ich habe ihr versprochen, ein paar Tage dort zu verbringen, bevor ich nach London zurückkehre. Das kann ich ebenso gut jetzt tun.«

»Polly? Doch nicht Polly Palmer? Ich dachte, sie ist längst tot.«

»Warum sollte sie?«

»Es wäre an der Zeit.«

»Mein lieber Dick! Sie ist nicht alt.«

»Nein. Aber die meisten aus ihrem Bekanntenkreis sind tot, nicht wahr? Sie darf sie nicht so lange überleben. Ich dachte, die seien alle bei ihrer Heimkehr 1940 auf den Kohleschiffen umgekommen?«

»Einige, ja. Aber der Rest ist noch am Leben.«

»Wo und wie leben sie denn? Man hört nie etwas von ihnen. Sie können nicht heimkehren, weil ihre Verwandten ihnen kein Geld schicken dürfen. Wo leben sie nun?«

»Die meisten wohnen bei Polly«, sagte Anna. »Sie hat Geld.«

»Immer noch?«

»Am Anfang war sie stinkreich, weißt du noch? Ja, sie hat immer noch etwas. Man hört nie von ihnen, weil sie in diesem gottverlassenen Land nur existieren können, wenn sie sich still verhalten.«

»Arme Polly. Wahrscheinlich unterstützt sie jetzt die ganze verdammte Bande. Ich muss sagen, sie war immer großzügig. Und sehr hübsch … früher. Wie sieht sie jetzt aus? Wohl ziemlich abgeblättert?«

»Du sagst es.«

»Aber warum St Merricks?«

»Irgendwo muss sie doch leben.«

»Wenig Drinks dort, hätte ich gedacht, und keine Hampelmänner.«

»Von Männern hat sie die Nase voll, und sie trinkt nicht mehr viel. Ich weiß nicht, was sie treibt, aber ihre Interessen sind beschränkt.«

»Arme Polly. Auch zu ihren besten Zeiten war sie eine traurige kleine Schlampe. Ich dachte, du hast schon lange nichts mehr mit ihr tun.«

»Ich habe Mitleid.«

»Wie bitte? Willst du ihr etwa die Überbleibsel von Antinous zu vermachen?«

»Ich sagte ja, sie hat genug von den Männern. Wenn überhaupt, spricht sie von Johannes vom Kreuz.«

»Aber warum nimmst du ihn dorthin mit?«

»Man nimmt seinen Chauffeur meistens mit.«

»Aber doch nicht zu Polly, es sei denn, man will ihn verlieren. Jemand dort wird sich ihm bestimmt zu nähern versuchen.«

Anna lachte.

»Auf der Reise hierher«, erzählte sie, »haben wir Polly einen kurzen Besuch abgestattet, und tatsächlich hat *jemand* es versucht. Er war wütend.«

»Das kann ich mir denken. Er ist sehr durchschnittlich, der junge Mann. War nie in einer Privatschule. Du solltest gut auf ihn aufpassen, sonst schließt er sich der Widerstandsbewegung an.«

»Was meinst du damit?«

»Hier im Hotel hat sich eine Widerstandsbewegung im Untergrund gebildet«, erklärte Mr Siddal und setzte sich auf Annas Bett. »Ich glaube, Mrs Paley und Miss Wraxton haben sie ins Leben gerufen, und dann haben sie meinen Sohn Gerry gekapert. Sie stehen auch auf sehr vertrautem Fuß mit Nancibel, und die könnte deinen jungen Freund mithineinziehen. Die Sache breitet sich aus.«

»Aber was für ein Widerstand? Wogegen?«

»Das weiß ich nicht. Ich weiß nur, dass etwas im Gange ist. Alle möglichen Leute kommen zusammen. Sie treffen sich nachts auf den Klippen. Kanonikus Wraxton hat seiner Tochter die Teilnahme an diesen Liebeszusammenkünften verboten, aber sie missachtet das Verbot. Gerry spricht davon, die Stelle in Kenia anzunehmen und uns unserem Schicksal zu überlassen. Und ich glaube, es besteht auch eine Jugendgruppe, die chiffrierte Botschaften verfasst. Nancibel hat vor, den Coves zu einem Fest zu verhelfen, und meine Frau will dazu Götterspeise spendieren. Mrs Paley lacht im Salon. Das sind alles untrügliche Anzeichen.«

»Aber wozu soll das gut sein? Worum geht es?«

»Wenn ich das wüsste, wäre ich ein weiser Mann …«

In diesem Augenblick stürzte Fred mit aufgerissenen Augen ins Zimmer. Keuchend berichtete er, dass ein Polizeibeamter über den Strand auf das Hotel zukam.

3

Recht und Gesetz

Er kam über den Strand, weil sein Fahrrad einen Platten hatte, als er Porthmerryn verlassen wollte. Da er also gezwungen war, zu Fuß zu gehen, hatte er den kürzesten Weg, nämlich den bei den Klippen, eingeschlagen. Er fand allerdings, dass die Polizei eigentlich würdevoll über die Straße zu kommen hatte und nicht über die Felsen kraxelnd wie ein Ausflügler. Also gab er sich Mühe, amtlich und beeindruckend über den Strand zu schreiten. Sein Herannahen, von allen Bewohnern des Hotels beobachtet, erzeugte in Windeseile große Aufregung, bevor er auch nur die Haustür erreicht hatte. Bruce dachte, er käme des gestohlenen Autos wegen, und verzog sich in die Felsenhöhle hinter dem Boot. Miss Ellis glaubte, die Siddals hätten ihn gerufen, um sie hinauszuwerfen; sie hatte am Morgen einen hitzigen Streit mit Mrs Siddal gehabt, als sie verkündet hatte, sie werde noch einen vollen Monat bleiben, aber ohne zu arbeiten. Auch Kanonikus Wraxton vermutete, er solle hinausgeworfen werden, und bereitete sich aufs Gefecht vor. Fred dachte, Nancibel würde wegen ihres Diebstahls verhaftet. Er rannte los, um sie zu warnen. Aber Nancibel erwiderte nur:

»Quatsch! Das würde er nicht wagen. Er ist mein Vetter.«

Man hatte sie überreden können, nicht nach Hause zu gehen. Sie war ein gutherziger und vernünftiger Mensch und sah ein, dass die vollkommen unschuldige Mrs Siddal als Einzige darunter zu leiden hätte. Überdies hatte die Geschichte von Mrs Cove und dem Speckstein, die Robin ihr in der Küche brühwarm erzählt hatte, ihre Zuversicht wieder gehoben. Sie war nun sogar gewillt, den ganzen Zwischenfall als Scherz zu betrachten, und als der Polizeibeamte an der Haustür läutete, ging sie ihm fröhlich öffnen.

»Morgen, Sam«, begrüßte sie ihn freundlich.

Sam Peters war ein sehr junger Polizist, und er hatte noch nie zuvor eine Vorladung übergeben. Er überhörte geflissentlich ihren herzlichen Gruß und fragte feierlich:

»Ist das hier das Hotel Pendizack?«

»Nein, es ist die St Paul's Cathedral«, antwortete Nancibel. »Leidest du an Gedächtnisschwund, oder was ist los?«

»Wir müssen immer mit dieser Frage beginnen«, erklärte Sam. »Es ist nur eine Formsache.«

»Hoffentlich. Da du in Pendizack-Dorf aufgewachsen bist, täte es mir wirklich leid, wenn du noch nicht herausgefunden hättest, wo das Hotel Pendizack ist. Wie geht es Tantchen?«

»Nicht besonders gut«, antwortete Sam. »Sie hat wieder Nierenprobleme. Wohnt hier jemand namens Gifford?«

»Ja, ein Sir Henry Gifford.«

»Ich will nicht zu ihm, sondern zu einer Dame. Lady Gifford.«

»Das ist seine Frau. Was in aller Welt …«

»Ich muss sie sehen.«

»Weshalb?«

»Sei nicht so neugierig, Nancibel.«

»Du kannst sie nicht sprechen. Sie liegt noch im Bett.«

»Wann steht sie auf?«

»Nie.«

»Ich muss zu ihr. Ich warte. Wenn's sein muss, ewig.«

»Genügt nicht ihr Mann?«

»Nein. Ich muss ihr den hier persönlich übergeben.«

Er zeigte den Brief in seiner Hand.

»Komm herein«, sagte Nancibel. »Ich gehe Mrs Siddal suchen. Ich glaube, sie ist zurück.«

Sam trat ein und ließ sich auf einem Stuhl in der Halle nieder. Nancibel erklärte Mrs Siddal, die sie beim Wäschezählen mit Gerry gefunden hatte, Sams Auftrag.

»Eine Vorladung«, sagte Gerry.

»Aber sie fährt nicht selbst Auto«, meinte Mrs Siddal, die sich nur den einen Grund zu einer Vorladung vorstellen konnte. »Bist du sicher, dass sie nicht Sir Henry betrifft?«

Sie ging in die Halle, um sich bei Sam zu erkundigen, und dann zu Lady Gifford.

»Ich kann ihn unmöglich sehen«, erklärte Lady Gifford.

»Er wird nicht weggehen, bevor er seinen Auftrag ausgeführt hat«, sagte Mrs Siddal. »Soll ich ihn holen, oder kommen Sie herunter?«

»Mrs Siddal, ich kann nicht. Mir ist viel zu elend.«

»Er wird in der Halle sitzen bleiben, bis Sie aufstehen.«

»Ich stehe heute nicht auf.«

»Ich kann nicht den ganzen Tag einen Polizisten in meiner Halle sitzen haben«, erklärte Mrs Siddal.

»Dann sagen Sie ihm, er soll gehen. Ich weigere mich, ihn zu sehen.«

»Man darf die Polizei nicht so behandeln.«

»Weshalb denn nicht? Wer bezahlt denn ihren Lohn? Wir.«

Mrs Siddal ging hinunter zu Sam und übermittelte ihm, was Lady Gifford gesagt hatte. Aber er blieb stur. Er hatte die Weisung, der Lady das Dokument in die Hände zu legen, und er würde nicht eher weichen, als bis das erledigt war. Er blieb auf seinem Stuhl sitzen, und Nancibel brachte ihm einen Tee.

Nach und nach verbreitete sich die Nachricht, dass der Polizeibeamte Lady Giffords wegen da war. Bruce verließ sein Versteck, und Miss Ellis schloss ihre Zimmertür wieder auf. Aber den Kanonikus informierte niemand. Als er genug davon hatte, auf den Angriff zu warten, ging er in die Halle hinunter, um sich dem Feind zu stellen.

»Ich denke«, sagte er zu Sam, »dass ich die Person bin, die Sie zu sehen wünschen. Nun gut. Hier bin ich.«

Sam sah ihn verblüfft an und fragte, ob er Sir Henry sei.

»Gewiss nicht. Ich bin Kanonikus Wraxton. Und ich warne Sie: Sollten Sie mich hier in irgendeiner Weise belästigen, werde ich Ihnen das Leben sehr schwer machen. Was halten Sie da in der Hand? Eine Vorladung?«

»Sie ist nicht für Sie«, sagte Sam, »sondern für eine Dame.«

»Für eine Dame? Für meine Tochter, nehme ich an. So läuft der Hase! Wird jetzt alles auf sie geschoben? Geben Sie her!«

»Ich muss sie ihr persönlich übergeben«, sagte Sam.

»Nicht, bevor ich das Dokument gelesen habe. Ich bin schließlich ihr Vater.«

»Dann wäre es das Beste, wenn Sie sie holen gingen, Sir. Ich warte hier, bis sie kommt.«

»Sie ist nicht hier. Sie ist nach Porthmerryn gegangen.«

»Ich habe gehört, dass sie im Bett liegt.«

»Ach, wirklich? Dann wurden Sie belogen. Ich sage noch einmal: Geben Sie mir das Dokument!«

»Nicht, bis Lady Gifford kommt«, beharrte Sam.

»Lady Gifford? Was zum Henker hat sie damit zu tun?«

»Die Vorladung ist für sie bestimmt.«

»Das ist unmöglich. Lady Gifford ist nicht meine Tochter. Was soll dieser Unsinn?«

»Ich habe nie behauptet, dass sie Ihre Tochter ist«, rief der verwirrte Sam. »*Sie* haben das gesagt.«

»Ich habe nichts dergleichen gesagt.«

Sie wurden von Sir Henry unterbrochen, der von seinem Spaziergang zurückkehrte. Mrs Siddal hatte ihn von Sams Erscheinen unterrichtet.

»Wie ich höre«, sagte er zu Sam, »haben Sie die Weisung, meine Frau zu sehen. Ich bin Sir Henry Gifford.«

»Das stimmt«, erwiderte Sam.

»Der Mann ist ein Narr«, unterbrach ihn der Kanonikus. »Das hier geht Ihre Frau überhaupt nichts an, Sir Henry. Meine Tochter will er sehen. Die Siddals haben sich diese List ausgedacht, um uns loszuwerden.«

Erleichterung huschte über Sir Henrys sorgenvolles Gesicht. Sam machte seine Hoffnung rasch zunichte: Das Dokument war für Lady Gifford bestimmt und für niemanden sonst. Als er von dem Polizisten in der Halle gehört hatte, war er sicher, dass die Stunde geschlagen hatte. Im Unterbewusstsein hatte er es seit ihrer Ankunft in Pendizack erwartet.

»Sie liegt im Bett«, sagte Sir Henry schwer. »Ich bringe Sie zu ihr. Sie können ihr das Papier auch aushändigen, wenn sie im Bett liegt, nicht wahr?«

»Das geht sehr gut«, antwortete Sam dankbar.

»Dann hat dies nichts mit mir zu tun?«, rief der Kanonikus aus. »Warum hat man mich aus meinem Zimmer geholt?«

Niemand konnte ihm die Frage beantworten, und man überließ ihn sich selbst, während Sir Henry mit Sam die Treppe hinaufstieg.

»Ich kann nicht!«, schrie Lady Gifford, als sie ihr Zimmer betraten.

Sam stapfte ans Bett und fragte, ob sie Lady Gifford sei.

»Ich weigere mich«, sagte sie. »Ich weigere mich strikt. Mein Arzt hat mir verordnet…«

»Das«, stellte Sir Henry vor, »ist Lady Gifford«.

Sam überreichte ihr den Brief, aber sie nahm ihn nicht entgegen. Er legte ihn auf die Bettdecke und verschwand.

»Das werde ich dir niemals verzeihen«, sagte Lady Gifford zu ihrem Mann. »Diesen Grobian hier hereinzuführen! Du!

Du hast geschworen, mich zu lieben und zu beschützen bis in den Tod.«

»Zeig mir die Vorladung.«

»Woher weißt du, dass es eine Vorladung ist?«

»Natürlich ist es eine. Was soll es sonst sein?«

Sie griff nach dem Papier und zerriss es, bevor er sie daran hindern konnte.

»Eirene! Das ist idiotisch! Wenn du dich so benimmst, kommst du ins Gefängnis.«

»Nein! Sir Giles wird mir ein Attest ausstellen; er weiß, wie krank ich bin, auch wenn du es nicht glauben willst.«

»Diese Vorladung bedeutet, dass du an einem bestimmten Tag vor einem bestimmten Gericht zu erscheinen hast. Du wirst der Vorladung Folge leisten *müssen*.«

»Nicht, wenn ich krank bin.«

»Weshalb wirst du überhaupt vorgeladen?«

»Wie soll ich das wissen? Es ist einfach lächerlich.«

»Wenn du mir nicht antworten willst, bringe ich es anderswo in Erfahrung. Ich werde zur Polizei gehen. Ich werde dafür sorgen, dass du vor Gericht erscheinst.«

»Nennst du das Liebe? Schutz?«

»Ich kann dich nicht beschützen, wenn ich nicht weiß, worum es geht.«

»Ich sagte ja bereits, dass ich es auch nicht weiß.«

»Ein Polizeibeamter wollte dich in London sprechen, als wir schon abgereist waren. Die Dienstboten haben es uns am Telefon erzählt. Erinnerst du dich?«

»Nein.«

»Sie müssen deine jetzige Adresse herausbekommen und dir die Vorladung nachgeschickt haben.«

»Anstatt unser Haus vor Räubern zu schützen. Kein Wunder, dass gegenwärtig eine Flut von Verbrechen über uns hereinbricht, wenn die Polizei ihre Zeit derartig verschwendet.«

»Hast du je einen Brief vom Schatzamt erhalten?«

»Nein, ich glaube nicht; weshalb?«

Erschöpft wandte sich Sir Henry ab.

»Es hat keinen Sinn, mit dir zu sprechen«, seufzte er. »Ich gehe jetzt zur Polizei.«

»Nein, nein … Harry! Geh nicht. Ich erinnere mich jetzt … Da war tatsächlich ein Brief. Vielleicht vom Schatzamt.«

»Was stand darin?«

»Ich habe es vergessen … nein … nein … Geh nicht. Ich sollte irgendetwas erklären.«

»Was?«

»Ich habe es nicht verstanden.«

»Was hast du dann damit getan?«

»Ich habe den Brief zerrissen.«

»Du hast ihn nicht beantwortet?«

»O nein.«

»Warum hast du ihn mir nicht gezeigt?«

»Ich dachte, er sei nicht wichtig.«

»Worum … ungefähr … ging es darin?«

»Um Mr Perkins.«

»Wer ist das?«

»Ich weiß nicht. Ein Mann, den ich im Hotel kennenlernte.«

»In welchem Hotel?«

»Einem Hotel in Cannes.«

»Aber du hast doch nicht in einem Hotel gewohnt. Du warst doch bei den Varens.«

»J–ja. Meistens.«

»Hast du diesem Perkins etwa einen Scheck gegeben?«

»Ja.«

»Und was hat er dir dafür gegeben? Franc?«

»Ja.«

»Über welche Summe war der Scheck ausgestellt?«

»Ich weiß nicht. Vierhundert Pfund … glaube ich.«

»Aber weißt du denn nicht, dass es ein Vergehen gegen die Devisenbestimmungen ist? Du hast mir versprochen, dass du …«

»Das ist nicht wahr. Ich habe nur versprochen, dass ich nicht mehr als fünfundsiebzig Pfund herausnehme, und das habe ich auch nicht getan. Aber mit fünfundsiebzig Pfund kann man nicht ewig in Cannes bleiben. Natürlich brauchte ich mehr …«

»Du hast gesagt, du seist mit fünfundsiebzig ausgekommen.«

»Ich habe es wohl vergessen. Mr Perkins ist Engländer.«

»Ich habe dir gesagt … erklärt …«

»Alle haben das getan. Jeder hat ihm Schecks gegeben.«

»In der Zeitung würdest du erfahren, dass solche Leute bestraft werden.«

»Nun, wenn ich bestraft werde – das kann ich mir leisten. Ich verstehe nicht, warum du dich so aufregst«

»Das will ich dir sagen. Wenn du so weitermachst, endet es nicht bloß mit einem Bußgeld. Du landest im Gefängnis.«

»Nein, Harry. Leute unserer Klasse kommen nicht ins Gefängnis. Ich habe mehrere Bekannte, die Strafe zahlen mussten, aber keiner kam ins Gefängnis.«

»Und noch etwas. Es ist das Ende meiner Karriere. Wenn dein Vergehen bekannt wird und es einen öffentlichen Skandal gibt, muss ich mein Amt niederlegen. Ich habe zu großen Respekt vor Recht und Gesetz. Ich kann nicht weiter Richter sein, wenn meine Frau das Recht schamlos verletzt hat.«

»Ach so? Du sorgst dich also um deine Karriere!«

»Ich weiß, dass du immer gewollt hast, dass ich mich zurückziehe, damit wir auf Guernsey leben können.«

»Ja. Und nun steht dem nichts mehr im Weg. Ich muss sagen, Harry, ich sehe nicht, was daran so schrecklich ist. Wenn wir die Einkommenssteuer umgehen können, indem wir auf Guernsey leben, bedeutet ein Bußgeld für uns eine Kleinigkeit.«

Einige Minuten lang war Sir Henry außerstande zu antworten. Endlich stieß er hervor:

»Ich bleibe nicht bei dir. In deinem Leben bedeutet dir nichts so viel wie deine Schale voll Sahne.«

»Warum denn nicht? Ich kann mir Sahne leisten. Weshalb sollte ich nicht dort leben, wo ich Sahne kriege?«

»Ich kann nicht mehr mit dir leben. Du bist kein Mensch.«

Lady Gifford legte sich mit geschlossenen Augen in die Kissen zurück. Harte Worte brechen keine Knochen, wie beide sehr wohl wussten. Sir Henry verließ das Zimmer und ging hinunter.

4

Der Sündenbock

Den kleinen Coves ging es zwar besser, aber sie standen seelisch wie körperlich noch unter dem Eindruck der Erlebnisse am Vortag. Wie Kranke lagen sie in Liegestühlen auf der Terrasse und bekamen einiges an Aufmerksamkeit. Die allgemeine Meinung machte ausschließlich Hebe für das Unglück verantwortlich. Wo sie ging und saß, sah man sie zornig an. Wagte sie etwas zu sagen, fuhr man ihr scharf über den Mund.

Nur die Cove-Kinder hatten ihr zugelächelt und hinter dem Rücken ihrer Mutter zugewinkt. Hebe wusste wohl, dass sie trotz allem treu und freundschaftlich waren, aber dafür war sie nicht etwa dankbar, sondern verachtete die Coves, weil so viel Aufhebens um sie gemacht wurde. Auch die schüchternen Entschuldigungen Carolines, die die Geheimnisse der Spartaner verraten hatte, erweichten ihr Herz nicht.

Sich still im Hintergrund zu halten, bis der Sturm sich ausgetobt hatte, kam Hebe nicht in den Sinn. Bei jedem bösen Blick und Wort wuchsen ihre Angriffslust und ihr Entschluss, das ganze Hotel zu bekämpfen. Sie spielte auf dem Klavier im Salon so lange aus *Sunny Hours*, bis Mrs Siddal kam und das Klavier abschloss. Sie nahm ihre Katze mit in den Speisesaal zum Mittagessen. Und als sie die Flügeltüren zu Mrs Lechenes Zimmer offen und dieses leer fand, wanderte sie seelenruhig hinein. Auf dem Tisch stand offen eine Schreibmaschine, in der ein leeres Blatt Papier steckte. Sie versuchte zu tippen:

da3 SchREKLICHE HOTeL
Eswar einmal ein Hotel, dass war bewohntvon Teufeln
gekleidet wie Dame n und herren …

Anna kam herein und ertappte sie. Aber ausnahmsweise musste Hebe keine Predigt über sich ergehen lassen. Anna lächelte nur seltsam und sagte:

»Na! Du bist mir ja eine!«

Hebe nickte.

»Ist dir bewusst, dass du das ganze Hotel auf den Kopf gestellt hast?«

Hebe nickte wieder, mit nicht geringem Stolz.

»Wie wäre es, wenn du dich hinsetzt und mir alles erzählst?«

Anna nahm eine Zigarettenschachtel vom Kaminsims und hielt sie ihr hin.

»Rauchst du?«

»Oh, danke!«, rief Hebe entzückt.

Sie zündeten ihre Zigaretten an, und Anna ließ sich in einen Sessel fallen.

»Du wirst es zu was bringen«, prophezeite sie. »In deinem Alter habe ich nur Taschentücher gesäumt.«

Hebe kaute vorsichtig an ihrer Zigarette und versuchte, sich Anna bei dieser Handarbeit vorzustellen. Sie hatte bestimmt eine Krinoline getragen, dachte sie in ihrer Unwissenheit.

»Du wirst dich immer in Teufels Küche befinden, weißt du. Immer!«, fuhr Anna fort. »Aber keine Sorge. Das ist es wert. Lebe dein eigenes Leben, und du wirst es nie bereuen.«

Sie musterte Hebe von oben bis unten und dachte für sich: Die hat die Natur in Ekstase geprägt. Das erkennt man.

Laut fragte sie: »Weißt du, wer deine wirklichen Eltern waren?«

Hebe erzählte alles, was sie an Einzelheiten wusste, und

Anna hörte ihr mit schmeichelhaftem Interesse zu. Hebe kam sich sehr wichtig vor. Gleichzeitig jedoch fühlte sie sich merkwürdig unsicher und unzufrieden. Sie war sich nicht im Klaren, ob sie Anna eigentlich mochte oder nicht, und wunderte sich über ihr eigenes Vertrauen.

»Sie haben dich also adoptiert«, sagte Anna. »Und jetzt sollst du ein Allerweltsmädchen werden. Warum brennst du nicht durch?«

»Ich habe schon daran gedacht«, sagte Hebe, was stimmte.

»Sie werden natürlich wütend sein. Aber wenn schon. Ich fahre heute nach St Merricks, um Freunde zu besuchen. Ich denke, sie hätten Freude an dir und du an ihnen. Möchtest du mitkommen?«

»Oh, Mrs Lechene!«

»Ich heiße Anna.«

»Oh, Anna! Das ist sehr nett von Ihnen!«

»Ganz und gar nicht. Ich mag ungezogene Mädchen zufällig gern. Ich war selbst mal eins. Aber, wie gesagt, im Vergleich zu dir war ich ein unschuldiges Lämmlein.«

»Wird man nicht nach mir suchen?«

»Lass sie ruhig suchen. Es wird ihnen eine Lehre sein. Nun geh Bruce suchen und bring ihn her. Aber verrate kein Wort unseres Plans.«

Hebe lief davon und fand Bruce trübselig im Hof herumlungern. Er sah sie finster an, wie alle es taten, und sagte, sie solle sich trollen. Allerdings musste er ihr folgen, als sie ihm hochnäsig Annas Befehl ausrichtete.

»Ach, Bruce«, sagte Anna, als sie ihr Zimmer betraten, »hole bitte den Wagen und geh deinen Koffer packen. Wir fahren nach St Merricks zu Mrs Palmer, für ein oder zwei Tage. Ich habe im Büro schon Bescheid gesagt.«

Bruce sah Hebe an und zögerte. Wäre sie nicht hier gewesen, hätte er sich geweigert, Anna nach St Merricks zu fahren;

denn während des ganzen Morgens hatte er darüber nachgedacht, wie er seine Kündigung vorbringen könnte.

»Ich habe Lust, ein wenig von hier fortzukommen«, fügte Anna listig bei. »Ein Polizist, der heute Morgen in der Halle herumsaß, hat mir das Mittagessen verdorben.«

Das wirkte. Bruce beeilte sich.

»Also«, sagte Anna zu Hebe, »lauf zum Ende der Auffahrt und versteck dich dort hinter den Büschen. Wenn Bruce aussteigt, um das Tor zu öffnen, und dir dabei den Rücken zukehrt, hüpfst du zu mir in den Wagen. Ich werde die Tür offenhalten.«

»Aber sollte ich nicht einen Koffer packen?«

»Nein.«

»Oder ein Kleid anziehen?«

»Nein. Komm so, wie du bist.«

Hebe trug Shorts und einen Pullover, und ihr Gesicht war sehr schmutzig. Diese Missachtung aller Besuchsregeln begeisterte sie, und sie war sicher, dass Annas Freunde zweifellos amüsant waren.

Wie die anderen sich um sie ängstigen würden, dachte sie, wenn sie entdeckten, dass sie fort war! Es würde eine Suchaktion geben. Alle würden bereuen, dass sie sie so schlecht behandelt hatten. Immer verstörter würden sie aussehen, wenn die Tage vergingen und keine Spur von ihr zu finden wäre. Alle Aufmerksamkeit würde von den Coves abgezogen werden. Und sie, Hebe, würde als Heldin mit Anna zurückkehren, unter dem Schutz der Erwachsenen, die ja die Verantwortung trug. Sie kicherte, als sie sich zwischen den Büschen hinkauerte. Und trotzdem, da war dieses nagende Gefühl, diese Unsicherheit und Unzufriedenheit. Anna gefiel ihr nicht recht.

Dann hörte sie den Motor den Weg heraufschnauben. Der Wagen bog um die oberste Kurve und stand vor dem Tor knirschend still. Bruce stieg aus. Gleichzeitig öffnete sich die hintere Tür, und Anna winkte ihr. Innerhalb von Sekunden hatte Hebe sich in einem Haufen von Decken zu Annas Füßen eingenistet.

»Leg dich hin«, flüsterte Anna.

Bruce stieg ein und fuhr durch das Tor, dann stieg er aus, um es zu schließen. Auf der großen Straße angelangt, beschleunigte er das Tempo.

Hebe wurde es bald langweilig. Sie lag da zwischen den Decken und konnte nicht zum Fenster hinaussehen. Die Luft im Wagen war stickig, und vom Benzingeruch wurde ihr übel. Aber nach einer Weile schlief sie ein.

Sie wachte auf, als sie Anna mit Bruce sprechen hörte.

»Niemand zwingt dich, dort zu bleiben, wenn du nicht willst. Du kannst dir ein Zimmer in einem Gasthof nehmen.«

»Verdammt noch mal, das werde ich auch tun«, kam die heftige Stimme Bruces vom Führersitz. »Ich will nie mehr jemanden von dieser Bande sehen. Wie kannst du ...«

Anna bemerkte, dass Hebe wach war und sagte schnell:

»Das genügt. Mach, wie du willst.«

Hebe machte eine fragende Bewegung, aber Anna schüttelte den Kopf und bedeutete ihr, in ihrem Versteck zu bleiben. Sie schienen nun einen sehr steilen Hügel hinaufzukriechen. Und dann befanden sie sich in einer Stadt und schlängelten sich durch enge Straßen. Schließlich ging es wieder hügelan, und endlich hielt der Wagen an.

»Da sind wir«, sagte Anna und stieg aus. »Lass den Wagen hier und bring ihn später in die Garage. Geh und miete dir ein Zimmer. Komm, Hebe.«

Hebe hüpfte hinaus und lachte über Bruce' Erstaunen. Auch Anna lachte und erklärte:

»Ich habe sie entführt. Sie ist eine Seelenverwandte, und in Pendizack wird sie nicht anständig gewürdigt.«

»Anna! Du wirst doch nicht ... ein Kind wie sie ...«

»Bloß keine Aufregung. Ich kümmere mich um sie. Am Freitag bringen wir sie wieder zurück.«

»Aber Mrs Palmer ... ein Kind in diesem Alter ... du weißt genau, dass diese Leute ...«

»Das geht dich nichts an, oder? Komm jetzt, Hebe.«

Anna stieß eine grüne Tür in einer sehr hohen weißen Mauer auf, zog Hebe hinein und schlug Bruce die Tür vor der Nase zu.

Der Garten zog sich über steile Rasenterrassen den Hügel hinauf. In der Mitte gab es eine Steintreppe zum Haus. Auf der untersten Terrasse lagen zwei Menschen und badeten in der Sonne. Sie lagen auf dem Bauch und trugen Strandhosen. Ihre Haare waren so lockig und ihre Hinterteile so rund, dass Hebe sie für Mädchen hielt. Doch als sie und Anna an ihnen vorbeigingen, setzten sie sich auf und entpuppten sich als männliche Wesen.

»O Anna«, sagte einer von ihnen. »Hast du Zigaretten dabei? Wir haben keine mehr.«

»Nur genug für mich selbst«, antwortete Anna. »Ist Polly oben?«

»Ich denke mal, ja. Wo ist Bruce?«

Anna lachte und führte Hebe die Treppe hinauf zum Haus. Durch eine hohe Fenstertür betraten sie einen Raum voller Menschen. Die Leute sahen für Hebe zunächst alle gleich aus, bis sie anfing, sie zu unterscheiden. Sie waren weder alt noch jung; die meisten trugen Strandhosen, sodass man in vielen Fällen nicht sagen konnte, ob es Männer oder Frauen waren. Sie schienen über Annas Ankunft nicht besonders erfreut zu sein. Hebe jedoch starrten sie neugierig an.

Nun fragte Polly, die unverkennbar eine Frau war und rote Haare hatte, wer das denn sei.

»Das«, sagte Anna und schob Hebe nach vorn, »ist Hebe. Sie wohnt in demselben Hotel wie ich. Ich habe sie mitgebracht, weil sie in der Klemme sitzt wegen eines Mordfalls.«

Das wurde mit einiger Erregung aufgenommen, und ein alter Herr, der zweifellos keine alte Dame war, kam hinzu und schüttelte Hebe die Hand. Hebe machte eine kleine Verbeugung, wie sie es in Amerika gelernt hatte, konnte jedoch ihre Hand nicht aus den Fingern des Herrn befreien, bis Anna eingriff und ihm sagte, Hebe sei nur zum Anschauen da.

»O mein Gott«, sagte Polly mürrisch, »eine Mörder-Infantin, da ziehe ich die Reißleine!«

»Wen hat sie ermordet?«, fragten einige Stimmen, und jemand reichte Hebe einen Drink.

»Sie wird nicht stören«, sagte Anna zu Polly. »Sie kann mit Nicolette spielen.«

»Nicolette ist nicht mehr hier. Ihr Vater hat sie erwischt. Hör mal, Anna, ich habe einen Brief vom Hausvermieter …«

Hebe hatte noch nie etwas Ähnliches getrunken. Nach einigen Schlucken begann ihr Kopf zu summen. Die Stimmen verdichteten sich zu einem undeutlichen Gedröhne, sodass sie nicht mehr genau verstand, was gesprochen wurde. Aber es schien ihr, dass Polly eins der WORTE gebraucht hatte. Es gab drei oder vier solcher Worte, die sie schon auf Mauern gelesen, aber nie verstanden hatte. Sie wusste nur, dass ein anständiger Mensch sie nicht in den Mund nahm.

Soeben sagte Polly das Wort erneut, dieses Mal ganz deutlich, und dann gleich noch ein anderes. Als sie mit der Erzählung vom Brief des Hausvermieters zu Ende war, waren alle diese Worte vorgekommen und noch einige mehr, die Hebe noch nie auf Mauern gelesen hatte. Aber niemand schien sich an ihnen zu stoßen. Und dann fragte wieder jemand nach dem Mord.

»Drei magere Ratten von Mädchen«, erklärte Anna, »auch aus dem Hotel. Sie hat sie auf eine hohe Klippe gelockt und ins Meer gestoßen. Aber unglücklicherweise hat irgendein eifriger Wichtigtuer sie herausgefischt.«

»Anna! Das erfindest du!«

»Nein!«, rief Hebe laut. »Das stimmt. Sie heißen Blanche, Maud und Beatrix.«

Das wiederum wurde mit Beifall aufgenommen, und es wurde laut gefragt, wer denn Hebe nun eigentlich sei.

»Das weiß niemand«, antwortete Anna. »Auf der Schlafbank gezeugt. Aber ihre Mutter ...«

»Sie kann hier nicht bleiben. Ich habe keinen Platz für das Kind. Du denkst wohl, ich führe hier ein verdammtes Hotel ...«

»Achte nicht auf Polly, Hebe. Trink noch etwas und erzähl uns von Blanche, Maud und Beatrix. Weshalb hast du es getan?«

»Sie tragen Turnkleidung«, kicherte Hebe und nippte am zweiten Drink.

Das hatte Erfolg.

»Und haben vorstehende Zähne.«

Mehr Gelächter.

»Und sie glauben an Feen.«

Das war der beste Scherz. Er wurde mit mehrstimmigem Gejohle aufgenommen. Plötzlich überkam Hebe eine Welle von Übelkeit. Sie wusste nicht, ob der Drink schuld war oder der Hass auf sich selbst, weil sie die liebenswürdigen und treuen Coves verhöhnte. Dann hatte sie Lust zu singen und sang, ihr Glas schwenkend:

Auf dem Grund in unserm Garten leben Feen.
Sie sind nicht weit, so weit entfernt ...

Ihre Stimme ging im brüllenden Gelächter der anderen unter. Sogar die mürrische Polly lachte und fragte:

»Wie alt ist sie, sagtest du?«

Hebe hörte auf zu singen und starrte Polly aus großen Eulenaugen an.

»Ich mag dich nicht«, erklärte sie. »Du bist furchtbar. Du bist eine … Schreckschraube. Meine Freundinnen, die Coves, sind sehr nett.«

Bald danach musste sie auf ihrem Stuhl eingedöst sein, denn die dröhnenden und kreischenden Stimmen drangen nur noch wie durch einen Nebel an ihr Ohr. Jemand strich ständig um sie herum, betastete und streichelte sie, was sie nicht mochte. Schließlich brüllte sie laut:

»Oh, lass mich doch endlich in Ruhe!«

Stille trat ein. Dann sagte Anna ärgerlich:

»Bennett, du alter Bock, lass die Finger von dem Kind. Ich habe dir gesagt …«

»Weshalb zum Teufel hast du sie mitgebracht?«, unterbrach sie Polly. »Sie ist besoffen.«

»Ihren Rausch schläft sie aus, wenn man sie in Ruhe lässt.«

»Bring sie lieber an die frische Luft«, schlug eine Stimme vor, »zu Bint und Eggie. Bei denen ist sie garantiert sicher.«

Jemand zog sie hoch und schleppte sie in den Garten und hinunter zu der untersten Rasenterrasse, wo die Sonnenbadenden protestierend die Stimme erhoben.

»Polly sagt, ihr sollt auf sie aufpassen«, erklärte Hebes Begleiter. »Ihr müsst auch mal was tun für euren Lebensunterhalt.«

»Wie gemein von Polly! Wir sind keine Babysitter.«

»Ich muss mich übergeben«, sagte Hebe.

Und tat das, unter ärgerlichem Gekreische von Bint und Eggie, die mit ihren Matratzen auf die nächsthöhere Terrasse flohen und Hebe im Gras liegen ließen, erschöpft und elend.

Wie lange sie dort lag, wusste sie nicht. Endlich rief jemand:

»Oh, Hebe!«

Mühevoll drehte sie den Kopf und öffnete ihre schmerzenden Augen. Bruce beugte sich über sie.

»Ich dachte, ich muss mal nach dir sehen … war besorgt … Wie geht's dir?«

»O Bruce! Bring mich nach Hause. Mir ist so übel, und hier wollen sie mich nicht, und da war so ein schrecklicher alter Mann …«

»Beruhige dich. Nicht weinen. Ich bringe dich sofort nach Hause. Kannst du gehen?«

»Nein. Ich würde hinfallen.«

Er nahm sie auf den Arm und trug sie durch das Tor in der Mauer hinaus zum Wagen.

5

Siddals Stunde

»Kommt der Chauffeur heute Abend wieder zu uns auf die Klippen?«, fragte Evangeline, die mit Mrs Paley nach dem Abendessen auf der Terrasse saß.

Sie warteten auf Gerry mit dem Picknickkorb, bevor sie sich zu ihrem Nachtquartier aufmachen wollten.

»Nein«, antwortete Mrs Paley. »Ich glaube, er ist mit Mrs Lechene nach St Merricks gefahren. Aber Duff und Robin werden kommen, denke ich.«

Evangeline schnitt eine Grimasse. Sie hatte wenig Lust auf die Gesellschaft der beiden.

»Worüber haben Sie und der Chauffeur so lange gesprochen?«, fragte sie.

»Über vieles. Er hat mir von Nancibels Plan erzählt. Sie will den Coves zu einem Fest verhelfen. Ich habe meinen Beistand versprochen.«

»Was für ein Fest?«

»Eine große allgemeine Feier, wenn ich das richtig verstanden habe, zu der alle im Hotel eingeladen werden sollen. Aber sie haben kein Geld, die armen Kleinen. Das wäre noch das geringste Problem. Man muss nur etwas zu essen beschaffen.«

»Vielleicht kann ich auch beitragen«, meinte Angie. »Ich habe noch Süßigkeiten-Coupons. Wann soll es denn stattfinden?«

»Sobald sie wieder bei Kräften sind. Freitag wäre ein günstiger Tag. Und es soll abends sein, denn sie wollen auch die Angestellten einladen.«

»Hoffentlich findet es draußen statt«, sagte Evangeline. »Ich hasse dieses Hotel. Man fühlt sich so eingeschlossen, und dann diese Klippen, die darüber hängen. Mrs Paley … ich muss … Ihnen etwas sagen. Ich weiß nicht … wegen … wenn nun … Gerry Siddal ist so nett … aber er ist natürlich …«

»Sprechen Sie zusammenhängend oder gar nicht«, mahnte Mrs Paley.

»Nun … mein Vater behauptet … ich laufe den Männern nach.«

»Das tun Sie nicht, fürchte ich. Ich wünschte, es wäre so.«

»Oh, Mrs Paley!«

»Ein Mädchen, das vor den Männern davonläuft, ist eine Närrin, Angie.«

»Aber er sagte … hat so oft gesagt, dass ich allem, was Hosen trägt, nachlaufe, nur um von ihm wegzukommen.«

»Das wäre nur verständlich. Ich an Ihrer Stelle täte es.«

»Ja. Aber Gerry möchte ich nicht nachlaufen. Er ist so nett. Ich will sicher sein, dass ich ihn wirklich … ich meine, ich glaube, ich könnte sein Mitleid für mich so anstacheln … aber das wäre unfair. Er sollte jemanden bekommen, den er wirklich … wirklich … Ich wäre nie sicher, ob er mich nicht nur aus Mitleid …«

»Machen Sie sich Sorgen um Ihre Gefühle für Gerry oder um seine Gefühle für Sie?«

»Meine Gefühle für ihn, nehme ich an. Glauben Sie, dass ich ihn wirklich … oder ist er bloß ein Zufluchtsort?«

»Sie werden wie der Teufel um ihn kämpfen müssen, Angie. Nur ein sehr entschlossenes Mädchen schafft das. Ich glaube, wenn es so weit ist, werden Sie entdecken, dass Sie sehr selbstsicher sind. Sie müssen ihn vor seiner Familie retten.«

»Ja«, sagte Evangeline errötend. »Es ist abscheulich.«

»Wenn es um Sie selbst und Ihre eigenen Rechte geht, sind Sie nicht gut. Aber im Kampf um seine Rechte werden Sie sehr hartnäckig sein, da bin ich sicher. Und warum sollten Sie das tun, wenn nicht, weil Ihnen an ihm liegt? Oh, da kommt Mr Siddal. Stehen Sie jetzt nicht auf und laufen davon. Bleiben Sie und plaudern Sie mit ihm. Er könnte eines Tages Ihr Schwiegervater sein, und noch kennt er Sie überhaupt nicht.«

Evangeline setzte sich zaudernd wieder auf den Schaukelstuhl neben Mrs Paley und beobachtete, wie Mr Siddal sich näherte. Er war gewaschen, rasiert und umgekleidet aus seiner Kammer gekommen, um sich unter die Hotelgäste zu mischen. Im Salon hatte er niemanden gefunden als Sir Henry, der trübselig vor dem Radio saß. So schlenderte er auf die Terrasse hinaus, wo Mrs Paley und Miss Wraxton ihn freundlich begrüßten.

Er zog einen Liegestuhl heran, setzte sich neben sie und war bereit, sich mit ihnen zu unterhalten, genauer gesagt, ihnen einen Vortrag zu halten, worüber auch immer. Einmal im Schwung, gestattete er seinen Zuhörern selten, ihn zu unterbrechen, aber die Wahl des Themas überließ er immer seinen Opfern.

»Worüber«, fragte er sie, »wollen wir heute Abend diskutieren?«

Mrs Paley hielt höflicherweise schon ein Thema bereit.

»Ich möchte Sie etwas fragen«, sagte sie.

»Ich stehe zur Verfügung, Mrs Paley.«

»Was ist der Unterschied zwischen Stolz und Selbstachtung?«

Eine kurze Pause folgte ihrer Frage, während welcher Mr Siddal seine Gedanken ordnete.

»Stolz …«, begann er.

»Was ist das?«, schrie Evangeline.

In ihrer Nähe war etwas ins Gras gefallen. Sie sprang auf und suchte in der Dämmerung nach dem Ding. Als sie es gefunden hatte, brachte sie es Mr Siddal.

»Es ist eine kleine ... wo kam das her?«

Mr Siddal lachte.

»Es ist Speckstein, glaube ich«, sagte er.

»Was?«, riefen Mrs Paley und Angie gleichzeitig; denn sie kannten beide die Geschichte des Diebstahls.

»Offenbar gibt es hier einen Poltergeist«, sagte Mr Siddal.

»Meistens stecken kleine Mädchen dahinter«, meinte Mrs Paley.

»Jawohl. Und dieses Hotel ist voll von kleinen Mädchen. Ich bringe das Ding zu meiner Frau. Sie wird wissen, was damit geschehen soll. Ich fürchte mich schrecklich vor Mrs Cove, Sie nicht?«

»Sie glauben, das waren die kleinen Coves?«, fragte Evangeline. »Sie sehen so sanft und schüchtern aus.«

»Nicht alle drei. Ich für meinen Teil verdächtige die Kleine mit dem kranken Rücken ... Aber nun ... Stolz ...«

»Ja«, sagte Mrs Paley. »Stolz. Und Selbstachtung.«

»Und Selbstachtung. Wie Sie richtig bemerkten, Mrs Paley, werden die beiden Begriffe gerne verwechselt. Der Grund dafür ist, dass sie sich, wenigstens bis zu einem gewissen Grad, in gleichem Betragen äußern. Stolze Menschen und Menschen mit Selbstachtung ziehen es vor, unter ihrer eigenen Flagge zu segeln. Sie handeln auf eigene Rechnung und löffeln ihre Suppe selber aus. Sie verlangen weder Hilfe noch Sympathie. Aber der Beweggrund ...«, er verlieh dem Wort Nachdruck, indem er Mrs Paleys Knie tätschelte, »die Beweggründe sind verschieden. Selbstachtung betrachtet Unabhängigkeit als eine soziale und moralische Pflicht. Man darf die eigene Last nicht anderen aufbürden. Man darf die anderen nicht mit den eigenen Sorgen und Nöten behelligen. Und

Selbstachtung wird nicht von Sympathiebezeugung oder Hilfsangeboten verletzt. Sie fühlt sich vielleicht verpflichtet, sie zurückzuweisen, aber sie kann von der Hilfsbereitschaft gerührt sein und die Großzügigkeit eines Angebots respektieren.«

»Richtig«, pflichtete ihm Mrs Paley bei. »Und der Stolze ärgert sich über jeden, der ihm seine Hilfe anbietet.«

»Der Stolze fühlt sich dadurch, dass überhaupt jemand wagt, ihn für hilfsbedürftig zu halten, erniedrigt. Sein Beweggrund ist nicht die soziale Verpflichtung, sondern das Verlangen nach Überlegenheit. Er denkt in Begriffen wie ›Überlegenheit‹ oder ›Minderwertigkeit‹. Hilfe, so bildet er sich ein, wird vom Überlegenen dem Minderwertigen geleistet, und sie ihm anzubieten heißt, ihn zu beleidigen. Wenn der Stolze jedoch gezwungen ist, Großzügigkeit anzunehmen, so hasst er den Gebenden. Unabhängigkeit streichelt sein Ego.«

Mrs Paley seufzte. Dann dankte sie Mr Siddal.

Das Glockenspiel von Big Ben hallte auf die Terrasse hinaus, denn Sir Henry lauschte bei weit offenen Fenstern den Neun-Uhr-Nachrichten.

»Und ich möchte etwas wissen über Geduld«, sagte Evangeline schüchtern. »Glauben Sie, man kann auch *zu* geduldig sein?«

Mr Siddal lächelte. Er sprach nicht oft vor so ehrfürchtigen Zuhörern.

»Nein«, antwortete er. »Man darf Geduld nicht mit Unterwürfigkeit verwechseln. Wenn wir sagen, ein Mensch ist zu geduldig, dann meinen wir meistens, dass er nicht im Geringsten geduldig ist, sondern nur unterwürfig …«

»Was genau ist denn Geduld?«

»Geduld ist die Fähigkeit, alles zu ertragen, was es braucht, um das gewünschte Ziel zu erreichen. Der Geduldige ist Herr seines Schicksals. Der Unterwürfige liefert sein Schicksal einem anderen Menschen aus. Geduld verleiht Freiheit und Überlegenheit. Ungeduld hat fast immer den Verlust der Freiheit zur Folge. Sie bringt die Menschen dazu, sich einer Sache restlos zu verschreiben, alle Brücken hinter sich abzubrechen; sie geben die Macht, ihren Kurs zu ändern, aus der Hand. Geduld würde nie das Ziel aufgeben, weil der Weg dorthin hart ist. Es gibt keine Geduld ohne ein Ziel.«

Auch Evangeline dankte ihm. Beiden Zuhörerinnen hatte er, ohne es zu wissen, in ihren besonderen Problemen geraten.

»Es wird kühl«, bemerkte nun Mrs Paley und erhob sich. »Ich will mich ein wenig bewegen.«

Sie schlenderten nun alle drei auf der Terrasse auf und ab, während Mr Siddal seine These über die Geduld mit Zitaten aus *König Lear* illustrierte. Vor den Fenstern zum Salon hielt er inne, um einer vollen Stimme zu lauschen, die in die Dämmerung herausklang. Sie sagte:

»Viele von euch werden noch in den Ferien sein oder sie eben erst beendet haben in diesem wunderbaren sommerlichen Sonnenschein. Gott sei mit euch, mit euch und euren Familien. Schöpft so viel Fröhlichkeit, Gesundheit und Kraft als möglich aus der Sonne, dem Meer und der frischen Luft ...«

»Klingt wie ein Bischof«, sagte Mr Siddal, als sie sich außer Hörweite befanden. »Die Nachrichten waren wohl nur kurz.«

»Ich glaube, es war die Regierung«, sagte Mrs Paley. »Ich danke Ihnen noch einmal, Mr Siddal. Es ist wundervoll, wie Sie die Dinge darlegen. Ihre Gedanken sind immer so klar. Ich finde es schade, dass Sie nicht Pfarrer geworden sind.«

»Das finde ich auch«, antwortete Siddal. »Ich könnte schon Dekan sein. Die Dekaneien sind meistens sehr hübsche Häuser, mit guten Küchengärten und Obstbäumen.«

»Ich werde nie vergessen, was Sie am Sonntag über die Unschuld sagten.«

»Unschuld?«

»Dass es die Unschuldigen sind, die die Welt retten.«

Mr Siddal lächelte, ließ sich aber nicht erneut auf das Thema ein. Das war auch gut so, denn er hätte ohne Weiteres den anderen Standpunkt vertreten und beweisen können, dass die Unschuld die Quelle alles Bösen sei. Er verstand es meisterhaft, jeden beliebigen Standpunkt zu vertreten.

Sie gingen nun in den Salon, wo die wohlklingende Stimme am Ende ihrer Rede angelangt war.

»… und so sage ich euch, wie es vor langer Zeit gesagt wurde: Seid mannhaft und stark.«

Sir Henry saß immer noch neben dem Radio. Sein Gesicht war wachsbleich.

»Wer war das?«, fragte Mr Siddal.

»Der Schatzkanzler. Eine Rede an die Nation nach den Neun-Uhr-Nachrichten.«

»Wirklich? Was wollte er uns denn um diese Zeit mitteilen?«

»Die amerikanischen Anleihen. Aus. Keine Dollar mehr.«

»Da soll doch …! Hübsch gesagt! Ich höre lieber Manny Shinwell zu. Der zitiert wenigstens nicht aus der Bibel, wenn er verkündet, dass er keine Kohle beschaffen kann.«

»Ich wusste doch, dass es die Regierung war«, sagte Mrs Paley seelenruhig.

6

Abschied für immer

Dass Hebe beim Abendessen nicht da war, wurde zwar bemerkt, aber man vermutete, dass sie irgendwo in einem Winkel schmollte, und niemand ging nach ihr suchen. Alle hatten den Speisesaal schon verlassen, als Bruce sie zurückbrachte. Er war in den Hof gefahren, ließ Hebe im Wagen warten und ging in die Küche. Nancibel war wieder länger dageblieben und spülte noch das Geschirr.

Sie war erstaunt, dass er so früh von St Merricks zurück war, zeigte aber ihr Erstaunen nicht und wusch, mit der Nase in der Luft, weiter Kochtöpfe ab.

»Nancibel, ich muss mit Ihnen sprechen.«

»Wie oft soll ich Ihnen noch erklären, dass ich nichts mehr mit Ihnen zu schaffen haben will?«

»Es geht nicht um uns, sondern um Hebe.«

»Hebe? Was hat sie nun wieder angestellt?«

»Sie sitzt bei mir im Wagen. Ich möchte sie ins Haus schmuggeln und zu Bett bringen, ohne dass es jemand bemerkt.«

»Ich habe keine Zeit für Hebe. Wenn sie in der Patsche sitzt, soll sie alleine herauskrabbeln.«

»O Nancibel, bitte! Urteilen Sie nicht voreilig! Es ist nicht Hebes Schuld. Wenn Sie die Geschichte hören, werden Sie so empört sein wie ich. Kommen Sie und schauen Sie sie an.«

»Was hat sie denn getan?«

»Nun … zum einen, sie ist sturzbetrunken. Bewusstlos.«

»Hebe? Nein, wie widerlich!«

»Sie kann nichts dafür, wirklich nicht. Das Kind hat erst einmal genug Unangenehmes erlebt. Sie wissen doch, wie die Leute hier in diesem Loch sind … Miss Ellis … Mrs Cove …«

»Allerdings«, sagte Nancibel, jetzt ein wenig milder. »Also gut, ich komme. Wir bringen sie über die Hintertreppe hinauf. Wo ist der Wagen?«

»Vor den Stallungen.«

Als sie zum Hof gingen, erzählte Bruce Nancibel in Stichworten, was geschehen war. Sie hörte ihm mit steinernem Schweigen zu. Gemeinsam hoben sie die reglose Hebe aus dem Auto, trugen sie über die Hintertreppe hinauf und legten sie auf ihr Bett. Dann erst sprach Nancibel.

»Ich ziehe sie aus und decke sie zu«, sagte sie. »Sie können gehen. Morgen werde ich Sir Henry berichten, was Sie und Mrs Lechene getan haben. Ich werde dafür sorgen, dass Hebe nicht die Schuld bekommt. Wenn Sie nicht sofort gehen und wenn Sie noch ein einziges Wort sagen, hole ich Sir Henry schon jetzt.«

»Ich habe …«

»Ich gebe Ihnen Zeit, abzuhauen, verstehen Sie? Wenn Sie nicht von Sir Henry erwischt werden wollen, verschwinden Sie.«

»Es war wirklich nicht meine Schuld. Ich hatte keine Ahnung, dass Hebe im Wagen versteckt war.«

»Es gibt Telefone, nicht wahr? Als Sie Hebe entdeckten, hätten Sie Sir Henry von dort aus anrufen können. Wenn Sie Mrs Lechene damit gedroht hätten, hätte sie Hebe unverzüglich zurückgeschickt, und das hier wäre nie geschehen. Also gehen Sie, und kommen Sie mir nie wieder unter die Augen.«

Bruce ging. In seiner Kammer packte er den Koffer. Bevor er jedoch das Hotel verließ, schrieb er noch zwei Briefe. Der erste war für Anna. Er lautete:

Dein Wagen ist in Ordnung. Er steht in der Garage. Dass du Hebe in dieses Haus mitgenommen hast, ist für mich das Ende. Ich hoffe, ich muss dich nie mehr wiedersehen.

Der Brief an Nancibel bereitete ihm mehr Mühe; er schrieb ihn mehrere Male, und erst spät am Abend war er damit fertig.

Liebe Nancibel,
ich werde deinen Rat befolgen und mich um die Stelle eines Busfahrers bewerben. Aber keine Sorge, nicht in dieser Gegend. Du wirst mich nicht hier auf den Straßen sehen. Wenigstens für lange Zeit nicht. Wenn ich von mir selbst wieder mehr halten kann, werde ich auch dich darum bitten. Aber erst dann.

Ich bin fast sicher, dass ich sie verlassen hätte, nach dem, was sie Hebe angetan hat. Auch wenn ich dich nicht gekannt hätte. Es macht mich ganz krank.

Nancibel, ich liebe dich, du darfst mir nicht böse sein, dass ich es dir gestehe. Ich habe das Recht dazu, denn es ist vollkommen natürlich, dass jeder Mann, der dich kennt, dich lieben muss, ob er deiner Liebe nun würdig ist oder nicht, so wie Gute und Schlechte gern ein hübsches Musikstück anhören. Du bist das süßeste und liebste Mädchen der Welt, und ich bin sehr glücklich, dich kennengelernt zu haben, denn du hast mein Leben geändert, auch wenn du mich nie mehr ansiehst. Ich hoffe, dass du glücklich wirst. Du heiratest sicher irgendeinen netten Jungen, denn du hast zu viel Verstand, um dich einem üblen Kerl an den Hals zu werfen. Und du wirst deinen Mann sehr glücklich machen. Aber du kannst für ihn unmöglich mehr tun, als du für mich getan hast.

Es gibt eine Sache, die sie von mir weiß und die ent-

deckt werden könnte. Ich habe zum Spaß ein Auto gestohlen. Ich wollte es wieder zurückbringen, aber dann hatte ich einen Unfall, und ein Radfahrer kam ums Leben. Sie weiß es, denn sie hat mir aus der Patsche geholfen. Manchmal, wenn sie sich über mich ärgerte, hat sie damit gedroht, mich anzuzeigen. Ich glaube nicht, dass sie es je tun wird; falls aber doch, und alles kommt ans Licht, möchte ich, dass du es nicht von anderen erfährst.

Doch jetzt genug von mir. Gott segne dich, liebste Nancibel, und beschere dir ein glückliches Leben. Dich kennengelernt zu haben, hat mich davon überzeugt, dass es auf der Welt das Glück noch gibt.
Dein Dich liebender Bruce

P. S. Ich lege hier fünf Schilling bei und meine Süßigkeiten-Coupons für das Fest. Freitagabend findet es statt, nicht wahr? Ich werde an euch alle denken. Aber du, denke bitte erst wieder an mich, wenn es dir mit Freundlichkeit möglich ist.

7

Sich binden oder frei bleiben?

Gerry hatte nicht gewusst, dass auch Duff und Robin auf den Klippen zu schlafen beabsichtigten. Er war sehr enttäuscht, die beiden vorzufinden, als er mit dem Picknickkorb dort oben ankam. Nicht, dass er entschlossen gewesen wäre, noch eine dritte Nacht auf den Klippen zuzubringen; die Vorsicht gebot ihm, zurückzukehren, sobald er die Damen in ihrem Nachtquartier versorgt hatte. Die Sache zwischen ihm und Evangeline entwickelte sich allzu rasch. Er wollte sich nicht binden; er hätte das früher bedenken sollen.

Meistens war es sein erster Gedanke. Er konnte im Bus nicht hinter einem hübschen Mädchen sitzen, ohne ein Gefühl der Selbstaufopferung zu empfinden. Einen Augenblick sah er sie vor sich, wie sie in einer geblümten Ärmelschürze am Herd stand. Und dann pflegte er sie mit einem Seufzer fahren zu lassen. Denn so stellte er sich eine Ehefrau vor: nicht als Bett- oder Spielgefährtin, sondern als hübsche Köchin, die ihm sein Lieblingsgericht bereitete und es ihm lächelnd vorsetzte, ihm beim Essen zusah und ihm zuhörte, wenn er von sich selbst sprach.

Wurde er einer jungen Frau vorgestellt, war er immer besonders zurückhaltend, aus lauter Angst, falsche Hoffnungen zu wecken. Da er niemals heiraten würde, konnte er wenigstens ungeprüft die Vorstellung haben, dass jede bereit wäre, für ihn zu kochen. Ein ungefährlicher Flirt hätte ihn vielleicht eines Besseren belehrt, aber er hatte nie zu flirten gewagt, da er befürchtete, sich zu binden.

Wäre Evangeline hübsch gewesen, mit jenen Reizen ausgestattet, nach denen er im Bus seufzte, dann wäre er von Anfang an auf der Hut gewesen. Aber zunächst hatte er Abneigung gegen Evangeline empfunden, die sich nur in etwas anderes verwandelt hatte, um dem armen Ding Gerechtigkeit widerfahren zu lassen. Nie hatte er sie auch nur eine Sekunde lang im Geist als Köchin und Ehefrau betrachtet. Sie hatte sich so unbemerkt in sein Herz gestohlen, dass er sie dort nicht vermutete, bis er sich plötzlich der Aussicht gegenüber sah, sie zu verlieren. Seine Mutter hatte beim Abendessen dem Himmel gedankt, dass die Wraxtons am Samstag abreisten, und der Stich, den er bei diesen Worten empfand, war ein erster Hinweis auf die Gefahr. Der Gedanke, Evangeline nie mehr wiederzusehen, war ihm unerträglich. In ihrer Stimme schwang etwas mit, ein Klang, dem er noch nicht oft genug zugehört hatte. Unbewusst war er ihm ans Herz gewachsen, während er sich sagte, dass sie wirklich ziemlich intelligent war.

So trottete er nun den Abhang hinauf und überlegte melancholisch, wie er einen Bruch zwischen ihnen beiden herbeiführen könnte. Er wollte ihre Gefühle nicht verletzen, aber beim Tee könnte er eine Andeutung über seine Lage fallen lassen. Und sie dann für den Rest der Woche meiden.

Kurz bevor er den Unterschlupf erreichte, hörte er zu seiner Verwunderung Fetzen von Gesang; er erkannte Duffs Bariton und Robins kräftigen Tenor. Und seine Melancholie verflog in einem Windstoß von Zorn. Wie sollte er Andeutungen fallen lassen, wenn sich diese zwei jungen Kerle den Hals wundschrien? Sollte er denn nie etwas Vertrauliches ganz für sich haben?

Er stand auf dem Weg zu den Klippen und verfluchte seine

ganze Familie. Auch mit Angie und Mrs Paley, die diesen Eindringlingen Zutritt erlaubt hatten, war er nicht zufrieden. Hätten sie ihm die gebührende Wertschätzung entgegengebracht, dann hätten sie diese Dämmerstunde ihm vorbehalten, ganz allein ihm. Angie hatte nicht das Recht, mit seinen Brüdern Rundgesänge zu singen, überhaupt zu singen hatte sie nicht das Recht. Er wusste gar nicht, dass sie singen konnte. Es war unerträglich, dass Duff und Robin es vor ihm entdeckt hatten. Sie hatte eine hohe, süße Stimme, die gut zu den Stimmen seiner Brüder passte. Als Gerry um den Felsen bog, stimmte sie soeben die ersten Zeilen eines neuen Rundgesanges an, und ihre Stimme schwebte glockenrein in dem ruhigen Sommerabend:

Wachse, sanftes Immergrün! Spende süßen Schatten
ums Grab, in dem Sophokles ruht ...

Robin und Duff fielen in die Melodie ein. Sie saßen alle nebeneinander auf einem Felsen und sahen lächerlich vergnügt aus. Mrs Paley saß auf ihrem gewohnten Platz, etwas von ihnen entfernt am Ende des Plateaus. Die drei Singenden hörten nicht auf zu singen, als sie Gerry erblickten; sie grinsten bloß und winkten ihn herbei. Heftig stellte er den Korb ab und stapfte zu Mrs Paley hinüber. Er erfuhr von ihr, dass seine lauten Brüder wirklich beabsichtigten, über Nacht hier zu bleiben.

»Dann bleibe ich nicht«, erklärte Gerry mürrisch. »Ich gehe nach Hause.«

Aber er blieb doch. Er setzte sich neben Mrs Paley, und langsam verrauchte sein Zorn. Schließlich sagte er:

»Ich bin in einer hoffnungslosen Lage.«

Mrs Paley nickte. Gestern Abend hatte an der Stelle Bruce neben ihr gesessen und genau die gleichen Worte gesagt. Er hatte ihr eine lange Geschichte erzählt. Auch Gerry würde ihr eine lange Geschichte erzählen. Sie konnten ihr nichts erzählen, was sie nicht bereits ahnte. Bruce, so glaubte sie, hatte sie nicht helfen können, da er angeblich mit Anna an die Küste gefahren war. Und dass sie Gerry würde helfen können, war unwahrscheinlich. Diese Menschen in ihrer hoffnungslosen Lage legten es offenbar darauf an, sich zu ruinieren. Sie wollte lieber allein hier sitzen und beobachten, wie die Sterne herauskamen.

»Ich denke, es begann bei meiner Geburt«, sagte Gerry trübselig, aber entschlossen.

»Ach du meine Güte!«, seufzte Mrs Paley. »Es begann schon Jahre vorher. Mit der Geburt Ihres Vaters.«

»Vielleicht«, stimmte Gerry zu. »Sehen Sie, er …«

»Gewiss. Aber ich möchte nicht die ganze Nacht hier sitzen. Lassen Sie's uns ein bisschen abkürzen. Sind Sie sicher, dass Sie Angie heiraten wollen?«

»Wie in aller Welt haben Sie erraten, dass ich …?«

»Das sieht doch ein Blinder mit Krückstock. Aber sind Sie sicher, dass Sie sie heiraten wollen?«

»Nein. Mein Problem ist, selbst wenn ich wollte, ich könnte es nicht.«

»Nun, das Problem haben Sie wohl bei allen Mädchen.«

»Ja. Ich glaube auch.«

»Und alle können Sie nicht heiraten. Also befinden Sie sich nicht in einer hoffnungslosen Lage, es sei denn, Sie möchten ein ganz bestimmtes Mädchen heiraten.«

»Ich möchte heiraten.«

»Das wundert mich nicht. Aber was hat Angie damit zu tun?«

»Ich … ich habe sie sehr gern.«

»Hm?«

»Aber ein Flirt sagt mir nicht zu.«

»Da stimme ich nicht mit Ihnen überein. Ein netter kleiner Flirt würde euch beide beträchtlich aufheitern und euch gewiss guttun.«

»Oh! Mrs Paley!«

»Sehen Sie mich nicht so entsetzt an. Es würde nichts dabei herauskommen, das gebe ich zu. Aber es würde Ihnen beiden die Zeit angenehm vertreiben, und mehr kann jemand in einer hoffnungslosen Lage nicht verlangen.«

»Aber sie würde es nicht verstehen.«

»Oh, ich denke doch. Sie ist ja selbst in einer recht hoffnungslosen Lage, nicht wahr?«

Evangeline und die beiden Brüder sangen nun »Shenandoah«, ein sehr trauriges Lied, das nicht dazu angetan war, jemanden in einer hoffnungslosen Lage zu erheitern. Angie sang das Solo, und die Jungen bildeten den Chor:

'Tis seven long years since last I saw you…
Away you rolling river…

»Und wenn ich länger mit ihr flirte, werde ich sie küssen«, erklärte Gerry.

Away! We're bound to go!
Across the wide Missouri…

»Und wenn ich sie küsse, muss ich sie heiraten.«

»Sagten Sie nicht, das können Sie nicht?«

»Na ja… ich könnte schon, wenn ich nach Kenia ginge.«

Oh Shenandoah, I love your daughter…

»Was soll die ganze Umstandskrämerei?«, rief Mrs Paley verzweifelt.

»Ich bin in einer hoffnungslosen Lage.«

Away! We're bound to go ...

»Ich kann das nicht mehr länger mitanhören«, protestierte Mrs Paley. »Wirklich nicht. Ich habe noch nie ein so bedrückendes Lied gehört. Keiner muss hier irgendetwas. Wir sind ja keine Sklaven. Nehmen Sie Angie mit zu einem kleinen Spaziergang zu den Rosigraille-Klippen, und kommen Sie nicht zurück, bevor Sie sich im Klaren sind. Achten Sie auf die Kaninchenlöcher.«

Gerry gehorchte. Sobald »Shenandoah« zu Ende geklagt worden war, stand er auf und gesellte sich zu den dreien. Er war so aufgeregt, dass er Evangeline nicht beiläufig einen Spaziergang vorschlagen konnte; stattdessen bellte er ihr schroff einen Befehl zu:

»Kommen Sie spazieren!«

Sie sprang sogleich auf.

»Spazieren?«, rief Duff. »Um diese Zeit? Wohin?«

»Zu den Rosigraille-Klippen«, antwortete Gerry, packte Evangeline beim Ellenbogen und zog sie mit sich fort.

»Wir kommen mit«, rief Robin. »Warte doch!«

Aber Mrs Paley, die sich zu ihnen setzte, weckte ihre Neugier mit der Ankündigung von Neuigkeiten über Mrs Coves Speckstein. Gerry und Angie entkamen, und die Jungen blieben, um zuzuhören.

Robin war entzückt von der Poltergeistgeschichte und lobte die kleinen Coves. Er war interessiert an Mrs Paleys Plänen für das Fest und versprach seine Mithilfe. Aber bald kehrten seine Gedanken zum Speckstein zurück, und während Mrs Paley den Tee bereitete, fasste er den Entschluss, das Abenteuer noch voranzutreiben.

»Ich kriege die Figur von meinem Vater, wenn er sie jetzt

hat«, sagte er. »Und ich werde sie Mrs Cove zurückgeben, ganz bestimmt. Ich weiß, dass sie ihr gehört. Keine Sorge, Mrs Paley, sie soll sie wiederkriegen.«

»Schsch!«, unterbrach ihn Duff. »Hört mal! Was ist das?«

Ein entferntes Brüllen störte für einen Moment die Ruhe der Dunkelheit. Sie schwiegen horchend, aber da war nichts mehr als das Gurgeln der Wellen, die gegen die Felsen schlugen.

»Ein Stier, irgendwo«, meinte Robin.

Da hörte man es wieder, es kam näher.

»Nein«, sagte Mrs Paley, »es ist Kanonikus Wraxton, der seine Tochter ruft.«

Und dann erschien er wirklich, ein schwarzer Koloss vor dem Himmel. Mrs Paley teilte ihm mit, dass Evangeline mit Gerry spazieren gegángen sei.

»Dann wird sie mich hier finden, wenn sie zurückkommt«, sagte der Kanonikus grimmig und setzte sich auf einen Felsen. »Ich habe nun genug von Gerry Siddal.«

»Möchten Sie eine Tasse Tee?«, fragte Mrs Paley freundlich.

»Nein. Ich will keine Tasse Tee.«

Es folgte eine unangenehme Stille, und dann eröffnete der Kanonikus das Feuer:

»Ich wüsste sehr gern«, wandte er sich an Mrs Paley, »weshalb Sie Evangeline zu ihrem gegenwärtigen Betragen ermutigen. Sollten Sie glauben, ihr damit einen Dienst zu erweisen, begehen Sie den größten Irrtum Ihres Lebens. Sie wird es zutiefst bereuen, ohne dass ich es ihr beibringe.«

»Das hoffe ich nicht«, sagte Mrs Paley. »Ich hoffe, sie heiratet Gerry und kommt von Ihnen los. Ich hoffe, die beiden erledigen das auf ihrem Spaziergang.«

»Was?!«, schrie Robin.

»Uff«, meinte Duff trocken. »Dacht ich's mir.«

»Aber er kann doch nicht«, protestierte Robin.

»Er wird es nicht tun«, sagte der Kanonikus. »Ich erlaube es nicht.«

»Sie werden sie nicht daran hindern können«, entgegnete Mrs Paley, »wenn die beiden es möchten. Angie ist volljährig.«

»Aber sie hat sie nicht alle, das wissen Sie. Ich will sie nicht einsperren lassen, aber vielleicht muss es sein.«

»Das geht nicht, Kanonikus Wraxton. Sie haben absolut keine Gewalt über Angie. Sie ist frei.«

»Sie wird ihn *nicht* heiraten.«

Mrs Paley lächelte und begann den Picknickkorb zu packen.

»Ich denke«, sagte sie, »ich gehe nun schlafen.«

Der Kanonikus stand auf und versetzte dem Felsen, auf dem er gesessen hatte, einen heftigen Fußtritt.

»Nun gut«, stieß er zwischen den Zähnen hervor. »Nun gut, nun gut, nun gut ...«

Und wieder trat er den Felsen. Es musste ihn zwar beträchtlich schmerzen, aber er stieß mit demselben Fuß immer wieder heftig gegen den unerbittlich harten Stein und sagte immer wieder *nun gut*, als Mrs Paley und die Jungen schon längst hinuntergegangen waren. Als er endlich zum Hotel zurückging, hinkte er.

»Er möchte jemandem wehtun«, erklärte Mrs Paley den entsetzten Jungen. »Er möchte das so sehr, dass es ihm sogar Vergnügen bereitet, sich selber wehzutun. Und jetzt – würdet ihr mir bitte sagen, warum Gerry Angie nicht heiraten soll?«

Robin begann es zu erklären, aber was er sagte, warf ein so ungünstiges Licht auf die Familie Siddal, dass er bald damit aufhörte. Und Duff sagte mürrisch, er für seinen Teil würde recht gut ohne Gerrys Hilfe auskommen.

»Ich kann in den Ferien arbeiten. Und ich bekomme ein

Stipendium. Und dann ist da noch Vaters juristische Bibliothek. Die ist ungefähr fünfhundert Pfund wert. Gerry denkt wohl, wir gehen ohne seine Hilfe alle unter. Er sollte lieber heiraten und seine Frau tyrannisieren.«

»Wie wäre es also«, schlug Mrs Paley vor, »wenn ihr zu ihm und ihr ein bisschen netter wäret? Euch kostet es nichts, und ihnen bedeutet es viel.«

»Nett?«, fragte Duff.

»Evangeline küssen, meinen Sie?«, wollte Robin wissen.

»Und Gerry auf die Schulter klopfen?«, fügte Duff hinzu.

»Das überlasse ich euch«, antwortete Mrs Paley gähnend.

Irgendein Geräusch erschreckte die Möwen auf den Rosigraille-Klippen. Es gab ein aufgeregtes Flattern und gellendes Kreischen, dann ließen sie sich nach einigem Zögern wieder an derselben Stelle nieder. Angie, die halb schlafend in Gerrys Armen lag, fuhr auf und sah den Mond hoch am Himmel hängen.

»Wir müssen zurück«, sagte sie. »Es ist schrecklich spät.«

»Ich will nicht zurück«, murmelte Gerry. »Ich bin glücklich. Ich bin noch nie glücklich gewesen und werde es nie mehr sein. Lass uns hierbleiben.«

»Aber wir werden wieder glücklich sein«, entgegnete Angie. »Wir werden glücklich sein, den ganzen langen Rest unseres Lebens. Und wenn wir hierbleiben, kriegen wir Rheumatismus.«

»Das ist mir egal. Den spüre ich sowieso erst morgen. Und morgen werden wir sehen, dass es unmöglich ist. Sie werden alle gegen uns sein.«

Sie erhoben sich trotzdem von ihrem Lager im Farnkraut und machten sich auf den Weg zurück zum Unterschlupf. Immer wieder standen sie still, um sich zu umarmen und zu küssen. Der Mond stieg immer höher und hüllte die Stechginsterbüsche in einen silbernen Mantel ein. Beim Unterschlupf angelangt, hörten sie eine Stimme flüstern:

»Da sind sie!«

Zwei Schatten, die unter einer Felsnase gelegen hatten, kamen hervor, um sie zu begrüßen.

»Entschuldigt«, sagte Gerry. »Wir wollten euch nicht wecken.«

»Wir haben nicht geschlafen«, sagte Duff. »Wir wollten wachbleiben, um euch zu gratulieren.«

»Wie bitte?«

»Das haben wir uns schon immer gewünscht – einen Sopran in der Familie. Wir sind dir zu Dank verpflichtet, Gerry.«

»Nanu«, stammelte Gerry. »Nanu... woher wisst ihr denn...«

»Wir haben euch beobachtet, als ihr zurückkamt.«

Robin hatte Evangeline inzwischen mit einer kräftigen Umarmung bedacht, die so unerwartet kam, dass sie laut aufkreischte und Mrs Paley, die im Unterschlupf lag, weckte.

»Sind sie da?«, fragte sie schlaftrunken.

Gerry eilte zu ihr hinein und hockte sich neben ihre Matratze, um ihr die Nachricht mitzuteilen.

»Angie«, versicherte er ihr, »ist wundervoll. Fabelhaft. Gar nicht so, wie ich dachte. Sie ist...«

Er dämpfte seine Stimme und gestand in feierlichem Flüsterton:

»Sie hat ein sehr leidenschaftliches Wesen.«

Mrs Paley unterdrückte ein Lachen und wünschte ihm Glück. Er stolperte eilig hinaus, um seine Liebste auf ihre Matratze zu betten. Bald schliefen alle, außer Angie, die dem Mond zusah, wie er am Himmel emporkletterte. Sie war zu glücklich, um sich dem Vergessen im Schlaf hinzugeben. Die Rückkehr in eine Welt, die sie schließlich doch nicht feindlich empfangen hatte und ihr nun zum ersten Mal ein freundliches Gesicht zeigte, war wie ein Erwachen, wie die Flucht aus einem schrecklichen Traum gewesen. All ihre Ängste und Sorgen fielen von ihr ab. Sie fühlte sich heiter und leicht, wie sie so dalag, gehalten von ihrem treuen Beschützer.

DONNERSTAG

I

Keine Zeit zum Weinen

Nancibel fand Bruce' Brief auf dem Küchentisch und las ihn, während sie den ersten Morgentee bereitete. Er versetzte sie in eine solche Aufregung, dass sie vergaß, Teeblätter einzufüllen, und allen im Haus Kannen brachte, die nur mit heißem Wasser gefüllt waren. Tränen liefen ihr über die Wangen, als sie sich im Salon an ihre Arbeit machte.

Schon in der Nacht war ihr Zorn im Kummer um Bruce untergegangen, und sie hatte erkannt, dass sie ihn nie würde vergessen können. Obwohl sie ihn nur vier Tage lang gekannt hatte, waren ihre Gefühle für ihn viel klarer und stärker, als sie es je für Brian gewesen waren. Ihre Liebe zu Brian, ihre erste Liebe, war erwartbar und verständlich gewesen. Er war ein netter Junge, zuverlässig, vernünftig, gebildet, und er verstand zu küssen. Wogegen Bruce in ihrem Herzen plötzlich ein Fenster aufgerissen hatte, das auf eine seltsame, bisher unentdeckte Landschaft zeigte – eine wilde und unwirtliche Gegend, durch die eine zukünftige Nancibel vielleicht neuen und namenlosen Horizonten entgegenwanderte. Sie wusste auf einmal, dass die Menschen und das Leben von großer Wichtigkeit waren, dass jeder allein ist und keiner viel über seine Mitmenschen weiß.

Der erste Schmerz war abgeklungen, aber er hatte eine Saite angeschlagen, die in ihrer Beziehung zu Bruce mitschwang, sodass in ihrer gegenseitigen Anziehung, ihrer Fröhlichkeit und in ihrem Streit eine sonderbare, scharfe Traurigkeit aufklang. Sie nahm Bruce als wirkliches Wesen, als dreidimensionalen und für sich existierenden Menschen wahr, nicht bloß als ein Merkmal in ihrer Landschaft. Und nun war er fort, und sie würde ihn nicht wiedersehen; aber sie würde immer spüren, dass es ihn und sein Leben irgendwo gab, und dass er so wirklich war wie sie selbst.

Alle Klingeln wurden gleichzeitig betätigt. Die Paleys, Giffords, Kanonikus Wraxton und Miss Ellis hatten entdeckt, dass kein Tee in ihrer Kanne war. Zwanzig Minuten lang lief Nancibel treppauf, treppab, um den Irrtum gutzumachen und sich bei allen zu entschuldigen. Bis zum Frühstück war sie mit ihrer Arbeit so in Rückstand geraten, dass sie keine Zeit zum Weinen hatte. Sie musste den Salon halb aufgeräumt lassen und Fred bei der Anrichte zu Hilfe eilen. Durch die Küchentür hörte sie einen gehörigen Krach zwischen den Siddals, die alle durcheinander redeten und schrien. Mrs Siddal sagte, das Mädchen sei ein nervöses Wrack, Gerry erklärte, er werde nun endlich sein eigenes Leben führen, Duff sagte, sie singe wie eine Nachtigall, Robin fragte, weshalb er nicht gleich von der Schule gehen könne, und Mr Siddal bemerkte, soviel er wisse, sei seine juristische Bibliothek einem Bombenangriff zum Opfer gefallen.

»Nein«, entgegnete Gerry, »Mr Graffham hat einen Brief geschrieben. Er sagt, jemand will sie kaufen.«

»Was ist da denn los?«, flüsterte Nancibel Fred zu. Fred flüsterte zurück, dass die Siddals eine Bibliothek verloren hätten. Weder er noch Nancibel konnten sich vorstellen, wie das geschehen sein sollte, denn bei dem Wort Bibliothek hatten sie beide entweder ein großes öffentliches Gebäude oder einen hübschen Raum im Haus eines vornehmen Herrn vor Augen, mit Schreibtisch, Ledersesseln und Bücherregalen.

»Könnten wir den Brief nicht suchen?«, schlug Gerry vor. »Das Angebot ist vielleicht noch gültig.«

»Könnte die Bibliothek nicht hierhergeschickt werden?«, fragte Robin. »Dann wüssten wir, wie groß sie eigentlich ist.«

Freds Augen wurden rund, und er fragte Nancibel, ob sie glaube, die Regierung habe die Bibliothek vielleicht für das Amt für Lebensmittel geklaut. Dies war, seiner Erfahrung nach, ein alltägliches Schicksal von Bibliotheken.

»Geh jetzt in den Speisesaal«, mahnte Nancibel durch die Durchreiche. »Die Coves kommen herunter.«

Sie selbst ging in die Küche, um das Frühstück der Coves zur Durchreiche zu bringen, wo Fred es in Empfang nehmen sollte. An der Küchentür stieß sie mit Mr Siddal zusammen, der überaus zornig auf seine Kammer zueilte. Sein teigiges Gesicht glühte, und er murmelte:

»Ich habe es satt ... wirklich satt ...«

Und in der Küche donnerte Gerry:

»Er müsste den verdammten Brief nicht einmal selbst lesen. Wir würden das ja erledigen.«

»Er würde ihn gar nicht finden«, sagte Mrs Siddal. »Er hat da Tausende Briefe liegen. Millionen. Er öffnet sie nicht.«

»Dann müssen wir das tun. Das kann nicht so weitergehen ...«

Das Tablett mit dem Frühstück für die Coves wartete auf einem Tischchen. Die Coves erschienen immer als Erste unten. Nancibel trug das Tablett zur Durchreiche und schnitt Fred eine Grimasse, der wie in einer Art Koma mitten im Speisesaal stand. Wahrscheinlich grübelte er immer noch über das mysteriöse Verschwinden der Bibliothek. Endlich fiel sein Blick auf Nancibels Grimasse, er erwachte zum Leben und nahm das Tablett entgegen. Dann erschienen auch die Paleys im Saal. Nancibel holte deren Frühstück und stieß wieder mit Mr Siddal zusammen. Dieses Mal kam er aus seiner Kammer und trug eine Schublade voll Papier. Sie machte ihm Platz, aber er wollte nicht in die Küche. Er eilte den Korridor hinunter zum Raum, in dem der Heizofen stand.

»Es tut mir leid, wenn ich respektlos bin«, sagte Gerry soeben. »Aber wir *müssen* handeln. Möglicherweise sind wichtige Briefe dabei ... Geschäftsbriefe ... Gott weiß was alles ... ich werde sie sortieren. Aber es wäre an der Zeit, dass wir darauf bestehen ...«

»Mr und Mrs Paley«, verkündete Nancibel. »Und Miss Ellis.«

»Miss Ellis?«, rief Mrs Siddal, während sie den Speck auf die Teller der Paleys verteilte. »Was meinst du ... Miss Ellis?«

»Sie sitzt an ihrem Tisch«, erklärte Nancibel.

»Sie sollte im Anrichteraum sein. Es ist nicht ihre Frühstückszeit. Ich gebe nichts für sie hinaus, gar nichts. Ich glaube, wir haben eine Teekanne zu wenig.«

»Es tut mir leid, Mrs Siddal. Kanonikus Wraxton hat seine heute Morgen kaputt gemacht. Er ... hat sie mir an den Kopf geworfen, deshalb musste ich eine andere holen. Es war mein Fehler. Ich hatte vergessen, den Tee hineinzutun.«

»Ich weiß nicht, was heute in alle gefahren ist!«, rief Mrs Siddal. »Wie konnte dir das passieren, Nancibel! Lady Gifford hat sich deinetwegen beklagt.«

»Es tut mir so leid, Mrs Siddal. Und ... die Teekanne traf ein Bild an der Wand, und das Glas ist zerbrochen. Das Bild der Jungfrau Maria mit den kleinen Putten, wissen Sie.«

Nancibel trug das Tablett für die Paleys aus der Küche und dachte, dass sie verrückt werden würde, wenn sie noch länger in diesem Haus bliebe. Mr Siddal verließ soeben den Heizraum. Die Schublade war leer. Wenn er all diese Papiere in den Heizofen geworfen hatte, überlegte Nancibel, war das Feuer bestimmt erstickt. Und im Speisesaal geschahen schreckliche Dinge. Mrs Cove schrie und schwenkte heftig ihre Kaffeekanne und wollte unverzüglich Mrs Siddal sprechen, und die

Gifford-Kinder, die gerade hereingekommen waren, kicherten.

»Es ist die Figur deiner Urgroßmutter«, flüsterte Fred in der Durchreiche. »Sie hat sie in ihrer Kaffeekanne gefunden.«

Total verrückt!, dachte Nancibel, als sie vor dem ohrenbetäubenden Lärm floh. Der Plymouth-Blitz war nichts dagegen, ein Picknick mit der Sonntagsschule; damals wussten alle, wohin gehen und was tun. Aber hier sind die Coves die Einzigen mit Verstand, und groß ist der auch nicht. Alle anderen sind übergeschnappt, ich eingeschlossen; ich heule mir die Augen aus dem Kopf wegen eines blöden Jungen wie Bruce …

Hastig verrichtete sie ihre Arbeit in den Schlafzimmern. Das letzte war das der Gifford-Kinder, ganz oben unter dem Dach. Hebe lag im Bett; sie sah gallegelb aus.

»Möchtest du kein Frühstück?«, fragte Nancibel.

»Das Einzige, was ich will, ist sterben«, sagte Hebe. »Dann würde es allen leid tun.«

»Nicht so leid, wie du meinst. Nach einer Weile würden sie darüber hinwegkommen, und du wärst immer noch tot.«

»Wissen es alle … wegen gestern?«

»Keine Menschenseele, nur ich und … Bruce. Und wir halten den Mund.«

»War ich betrunken?«

»Ja. Und das ist kein Grund zum Prahlen. Es war widerlich. Lass es uns so schnell wie möglich vergessen. Für diesen Freitag ist etwas Nettes geplant.«

Und sie erzählte ihr von den Vorbereitungen zum Fest, während sie die Betten machte. Aber Hebe nahm diese Neuigkeit ohne Begeisterung auf.

»Ich werde nicht hingehen«, sagte sie trübselig.

»Weshalb denn nicht? Es wird bestimmt lustig.«

»Alle sind grässlich zu mir.«

»Nicht die Coves. Sie wären schrecklich enttäuscht, wenn du nicht kämst, denn sie wollen ja hauptsächlich dich einladen. Sie halten so viel von dir.«

»Ich hätte keinen Spaß. Weshalb sollte ich zu einem Picknick gehen, das ich hasse, nur um den Coves einen Gefallen zu tun?«

»Weil du eine garstige Kröte wärst, wenn du es nicht tätest. Man kann nicht viel für die Coves tun, die armen Seelen, aber du kannst am meisten für sie tun, weil du gleich alt bist wie sie, verstehst du? Ich glaube, sie hatten es nie in ihrem Leben lustig, bis du gekommen bist.«

»Man sagt doch, ich wollte sie ermorden.«

»Ach, dummes Zeug! Niemand denkt so etwas. Es war keine schlechte Idee, ihnen das Schwimmen beizubringen, es war bloß unvernünftig von dir, dazu einen so gefährlichen Ort auszusuchen. Ich finde wirklich, dass du wundervoll zu ihnen warst; aber wenn du nicht zu ihrem Fest gehst, verdirbst du alles wieder. Jetzt nimm eine ordentliche Portion Enos-Pulver, Hebe, wasch dir das Gesicht, dann fühlst du dich viel besser.«

»Ich habe kein Enos.«

Nancibel lief davon und borgte sich von Mrs Paley Enos-Fruchtsalz. Als sie zurückkam, blickte Hebe schon fröhlicher.

»Ich finde«, sagte sie, während Nancibel von dem Salz in ein Glas gab, »dass eine Geheimgesellschaft gegründet werden sollte, um den Coves zu helfen. Sie haben bereits viele Verbündete im Hotel.«

»Das Beste, was du für sie tun kannst«, sagte Nancibel, »ist, zu ihrem Fest zu gehen und es zu einem Erfolg zu machen. Da! Trink das aus!«

»Meinst du nicht auch, es sollte ein Kostümfest sein?«

»Kommt auf die Coves an. Es ist ihr Fest.«

»Sie haben aber noch nie ein Fest gegeben. Sie wissen nicht, wie man das macht. Sie brauchen Rat. Ich habe mir schon ein fantastisches Kostüm ausgedacht. Wo ist Bruce?«

»Fort.«

»Fort? Meinst du, für immer?«

»Ja. Er ist gestern Nacht gegangen.«

»Oh, Nancibel! Wie schade! Er war so nett. Das ist ein großer Verlust. Für die Geheimgesellschaft, meine ich.«

Nancibel drehte sich um und ging zu den Betten der Zwillinge. Als alle Zimmer in Ordnung waren, schlüpfte sie hinüber zu den Stallungen. Er hatte seine Kammer sehr sauber hinterlassen. Die Bettwäsche lag sorgfältig gefaltet beim Fußende des Bettes. Vielleicht hatte er sich gedacht, dass sie sie holen würde, und ihr die Mühe ersparen wollen.

Sie kniete sich neben das Bett und vergrub das Gesicht in den Laken.

In der Kammer nebenan ließ Duff sein Grammophon laufen. Schwallweise drangen die Klänge durch die dünne Wand. Es war sehr traurige Musik, schnell und sanft glitt sie dahin, jede Note ein geflüsterter Protest, ein schmerzlicher Seufzer, wie die Seufzer in Nancibels aufgewühltem Herzen. Die Musik schien Nancibels eigene Furcht zu versinnbildlichen, die Furcht vor der ihr bisher unbekannten Gefühlswelt, in die sie getaumelt war – der Welt des Mitleids, der Ungewissheit, der Reue; der Welt, durch die ein langer Weg von Erfahrungen führte, den Nancibel abschreiten musste, bevor sie Alter und Frieden erreichen durfte. Die Musik floh dahin, genau wie die Zeit, die ihr keine Ruhe zum Weinen ließ.

Sie verharrte so nur einen kurzen Augenblick. Dann raffte sie die Wäsche zusammen und trug sie ins Hotel. Sie warf sie in den Wäschekorb und wusste, dass sie diese Laken nicht mehr von den anderen würde unterscheiden können, wenn die Wäsche wieder ins Haus gebracht wurde.

2

Mr Siddal arbeitet

Seit Jahren hatte Mr Siddal keinen so zähen Arbeitseifer aufgebracht. In einer halben Stunde hatte er noch das kleinste Zettelchen aus seiner Kammer geräumt und in den Koksofen gestopft. Er erledigte diese Arbeit, während seine Familie beim Frühstück saß und ihn in seiner Geschäftigkeit nicht stören konnte. Mehrere Male schlich er durch den Korridor und brachte eine Ladung nach der anderen, und nach dem achten Mal entdeckte er, dass das Feuer ausgegangen war. Die Masse Papier hatte die Luftzufuhr versperrt und die Flammen erstickt.

Das war ein unvorhergesehenes Missgeschick. Das Papier wieder herauszukramen und das Feuer wieder anzufachen bedeutete eine ungeheure Arbeit. Sie war jedoch den Anstrengungen vorzuziehen, mit denen Gerry ihm gedroht hatte: Briefe sortieren, beantworten, Entschlüsse fassen. Nach einigem Herumstochern und Fluchen hastete er in seine Kammer, um Holzspäne aus der Kiste unter dem Bett zu holen.

Als er in sein Zimmer kam, schlug ihm der Rauch teurer Zigaretten entgegen. Anna wartete hier auf ihn, eine sehr erregte Anna mit bleichen Wangen und ängstlichen Augen. Bei ihrem Anblick ging ihm ein Licht auf. Denn sein kleines Kammerfenster war ein ausgezeichneter Spionier-Ausguck. Die Leute vergaßen immer, dass hinter diesem Fenster ein bewohnter Raum lag. Auch Bruce und Nancibel hatten es vergessen, als sie Hebe die Nacht zuvor ins Haus getragen hatten.

»Anna! Ich dachte, du bist zu Polly gefahren?«

»War ich auch. Aber soeben zurückgekommen. Ich habe ein Taxi genommen. Mein Gott, Dick! Wie dein Zimmer stinkt. Machst du denn nie das Fenster auf?«

»Es klemmt. Aber mich kümmert der Gestank nicht im Geringsten. Er hält höchstens Eindringlinge fern. Was willst du, meine liebe Anna?«

»Ich sitze ganz schön in der Patsche«, gestand Anna und blies heftig den Zigarettenrauch durch die Nase.

Er grinste.

»Wir sitzen alle in der Patsche«, sagte er. »Hier herrscht großer Tumult. Eines der Kinder ist verloren gegangen.«

»Welches?«, stieß Anna hervor.

»Ich weiß nicht mehr. Ich weiß gar nicht, ob ich das überhaupt wissen kann.«

»Hebe?«

»Das Mädchen mit der Katze? Ja, ich glaube.«

»Was ist geschehen?«

»Keine Ahnung. Mir sagt man nichts. Aber ich habe gehört, dass Sir Henry zur Polizei will.«

»O Jesus!«

Er starrte sie an.

»Nett von dir«, sagte er, »dass du so viel Mitgefühl empfindest, wo du doch selber Sorgen hast.«

Anna nahm eine neue Zigarette aus ihrer Handtasche und steckte sie an der alten an.

»Wo ist Antinous?«, fragte er. »Weshalb hat er dich nicht zurückgefahren? Warum musstest du ein Taxi nehmen?«

»Es ist so ärgerlich.« Sie warf die Kippe auf den Boden und trat sie mit dem Absatz aus. »Ich fürchte, sie werden mir die Schuld geben. Ich habe Hebe gestern mitgenommen.«

»Was? Zu Polly?«

»Ja. Das Kind tat mir leid ... hier sind alle gemein zu ihr.«

»Verschone mich mit deinem Mitleid, Anna. Du wirst Probleme mit Sir Henry kriegen. Aber wenn du sie zurückgebracht hast ...«

»Das habe ich ja eben nicht«, jammerte sie.

Mr Siddal verhielt sich nicht besonders hilfreich, als sie die Geschichte erzählte. Er war so auffällig schwer von Begriff, dass sie ihm jede Einzelheit berichten musste. Wo sie eine Nachfrage gewünscht hätte, starrte er vor sich hin und sagte kein Wort. Wo sie lieber geschwiegen hätte, stellte er unangenehme Fragen. Aber sie war auf seine Hilfe angewiesen, also musste sie ihm alles erzählen.

Am Mittwoch um sieben Uhr abends fiel Anna auf, dass Hebe, Bruce und das Auto fehlten, denn sie hatte bei Bint und Eggie nach Hebe gefragt. Sie hatte sich dann keine großen Sorgen gemacht, sondern angenommen, dass Bruce sie nach Pendizack zurückgefahren hatte. Aber sie dachte mit wenig Vergnügen an die Empörung, die ihr bei der Rückkehr ins Hotel entgegenschlagen würde, wenn die Verfassung des Kindes bemerkt worden war. Vorsichtshalber stieg sie schon oben an der Zufahrt aus dem Taxi und schlich sich zuerst zur Garage, um nach dem Wagen zu sehen. Er war dort, und als sie in ihr Zimmer kam, lag auf ihrem Tisch der Brief von Bruce.

»Ein sehr kurzer Brief, Dick. Ich kann ihn dir nicht zeigen, weil ich ihn aus Wut gleich zerrissen habe. Es stand nur darin, dass er weggeht und nicht zurückkommt und mich nie mehr sehen will. Darüber bin ich nicht traurig, ich hatte sowieso genug von ihm. Aber er schreibt nichts von Hebe ... nichts ... gar nichts ... wo sie jetzt ist, meine ich.«

»Glaubst du, jemand von Pollys Gästen könnte dich darüber aufklären?«

»Woher soll ich das wissen? Sie haben alle behauptet, nichts zu wissen. Und ich dachte natürlich, dass sie mit Bruce zurückgefahren ist. Aber man weiß es nicht ... du kennst ja Pollys Freunde ... Keinem von ihnen kann man trauen.«

»Das stimmt. Und warum hast du Hebe dorthin mitgenommen?«

»Ach, aus einem Impuls heraus. Ich wollte sie im Auge behalten.«

»Deine Impulse faszinieren mich. Lass mich raten. Du wolltest Bruce schockieren, richtig?«

Anna kicherte.

»Nun ja, das spielte vielleicht auch eine Rolle.«

»Die Taktik des Schocks liegt dir, nicht wahr? Du setzt deine Opfer seelischen Erschütterungen aus und ziehst ihnen dann, wenn sie schwach sind, eins über den Kopf.«

»Ich habe keine Zeit, das alles so genau zu besprechen. Ich habe meine Pflicht getan. Ich habe dir alles erzählt. Du kannst jetzt tun, was du für richtig hältst.«

»Ich?« Mr Siddal blickte sie verblüfft an. »Mein liebes Mädchen, das geht doch *mich* nichts an!«

»Ich meine, du kannst es den Giffords erzählen ... was immer du willst. Ich verziehe mich. Grüße Barbara von mir.«

»Soll das heißen, du machst dich aus dem Staub?«

»Ja, bevor ich Sir Henry in die Hände falle. Würdest du das nicht auch tun?«

»Ich bin nicht so schnell wie du«, lachte Mr Siddal. »Du bist die Nummer Eins.«

Anna sagte sauer:

»Freut mich, dass es dich amüsiert. Du strotzt wieder einmal vor Schärfe und Bosheit, wie?«

»Erraten. Wo willst du hin?«

»Das sage ich dir lieber nicht. Ich werde so lange nicht wieder auftauchen, bis ich sicher sein kann, dass es kein Theater wegen des Kindes gibt.«

»Sehr weise. Wenn sie ermordet worden ist, kann es Jahre dauern, bis man sie in Pollys Garten ausgräbt. Aber du hast schon recht, das Gezeter wird abgeschwollen sein. Hau ruhig ab, und wenn du weg bist, berichte ich Sir Henry, was du getan hast.«

»Aber Dick ... ich habe gar nichts getan. Das Kind hat sich im Kofferraum versteckt. Ich habe es erst entdeckt, als wir bei Polly ankamen.«

»Das hast du nicht erwähnt.«

»Nicht? Es ist mir eben erst eingefallen. Ich habe sie sofort mit Bruce zurückgeschickt. Wenn er sie nicht abgeliefert hat ... nun, dann sollte Sir Henry besser nach ihm Ausschau halten.«

»Die Sache ist sehr verwirrend. Wahrscheinlich habe ich alles falsch verstanden. Wenn du dich jetzt aus dem Staub machst ... dich hat doch niemand zurückkommen sehen, oder?«

»Ich glaube nicht. Was du davon erzählen willst oder nicht, ist deine Sache. Ich habe meinen Teil getan, indem ich es dir erzählt habe.«

»Hast du das Hotel schon bezahlt und so weiter?«

»Nein. Ich schreibe jetzt gleich einen Scheck aus und versehe ihn mit dem gestrigen Datum. Dann kannst du sagen, ich habe ihn dir vor meiner Abreise nach St Merricks gegeben.«

Sie fischte in ihrer Handtasche nach Scheckbuch und Füllfeder und fragte:

»Wie viel?«

»Woher soll ich das wissen? Ich führe das Hotel nicht.«

»Aber du hast mir die Zimmer vermietet. Ich glaube, der Preis beträgt sechs Guineen die Woche. Ich habe sie für eine Woche gemietet, also zahle ich für eine Woche. Sagen wir vier Guineen für Bruce, er schlief ja in einer Kammer. Das macht zehn Guineen. Keine Extras und keine Drinks. Eine Lizenz zum Ausschank von Alkohol habt ihr diesem Schuppen ja nicht.«

»Und der Morgentee?«, murmelte Siddal mit plötzlich erwachendem Geschäftssinn.

»Ach, der wird extra berechnet? Wie viel? Ich habe zweimal bestellt, Dienstag und Mittwoch. Sagen wir zwei Schilling.«

»Bruce bekam keinen? Hat ihm Nancibel keinen gebracht?«

»Das weiß ich nicht. Aber da ich nicht Cove heiße, lege ich vier Schilling für den Tee drauf. Insgesamt zehn Pfund und vierzehn Schilling. Da hast du mit uns kein schlechtes Geschäft gemacht, denn wir sind erst montags angekommen.«

»Trinkgelder?«, murmelte Dick Siddal.

Anna zögerte und errötete leicht. Dann suchte sie von Neuem in ihrer Handtasche herum und zog zehn Schilling hervor, die sie ihm reichte.

»Das ist für Fred. Du wirst natürlich vergessen, sie ihm zu geben. Der arme Fred! Das Trinkgeld für Nancibel lasse ich auf dem Tisch in meinem Zimmer liegen.«

»Weil du sicher gehen willst, dass sie es bekommt?«

»Richtig. Hier ist der Scheck. Vergiss nicht, ihn Barbara zu geben. Lebwohl. War nett, dich mal wiederzusehen, Dick. Die Leute haben mich oft gefragt, was aus dir geworden ist. Jetzt kann ich's erzählen.«

Sie ließ einen höhnischen Blick durch die Kammer schweifen. Dann ging sie, um das Haus durch die Hintertür zu verlassen und zu ihrem Zimmer zu schleichen.

Aber der Weg zur Hintertür war versperrt. Fred stand davor und hörte einer Tirade von Miss Ellis im Heizraum zu. Glücklicherweise stand er mit dem Rücken zu Anna, sonst hätte er sie gesehen.

»Jedes Fitzelchen von dem Zeug muss in den Abfalleimer«,

hörte sie Miss Ellis keifen. »Was für eine Idee, das alles aufs Feuer zu stopfen! Kein Wunder, dass es ausgegangen ist.«

Vorsichtig schlich Anna auf Zehenspitzen den Korridor hinauf und durch die Schiebetür in die Halle. Sie hatte Glück und erreichte unbemerkt ihr Zimmer.

Zu packen ging schnell. Bevor sie ging, legte sie ein beleidigend hohes Trinkgeld für Nancibel auf den Tisch und schlüpfte dann mit ihrer Schreibmaschine und dem Koffer hinaus zur Garage, wo sie in den Wagen stieg und auf den Anlasser drückte. Aber der Motor sprang nicht an. Fluchend stieg Anna aus und öffnete die Motorhaube.

»Kann ich helfen?«, ertönte da Duffs Stimme. Er war auf dem Weg in seine Kammer, um Musik zu hören, und hatte Annas Fluchen gehört.

»Ich weiß nicht«, sagte sie. »Da stimmt etwas nicht mit dem verdammten Ding. Verstehen Sie etwas von Autos?«

Er unterzog den Wagen einer kurzen Prüfung und sagte dann, dass der Tank leer war. Annas Reaktionen darauf entsetzten ihn fast so sehr, wie Pollys Ausdrücke Hebe entsetzt hatten.

»Und jetzt?«, fragte sie schließlich und musste trotz des Ärgers lachen über seine Verblüffung. »Glotzen Sie nicht so! Sagen Sie mir lieber, was ich tun soll. Bruce ist weg. Ich muss sofort nach London, und zwar unbemerkt.«

Duff suchte krampfhaft nach einer geistreichen Antwort. Er war zum ersten Mal allein mit Anna, und stellte sich vor, sie erwarte, dass er dieses Alleinsein ausnutzte. Ihm fiel aber nichts anderes ein, als dass es im Verschlag im Küchengarten einen Kanister Benzin gab, von dem er ihr so viel abgeben könnte, dass es bis nach Porthmerryn reichte. Und er führte sie in den Küchengarten.

»Ich habe einen ziemlich üppigen Benzin-Coupon«, erklärte sie. »Ich habe ihn beantragt und geschrieben, dass ich durch das Land fahren muss wegen meiner Bücher und um hübsche Dollars zu verdienen, und sie sind sofort drauf angesprungen. Es ist zu schön, was man mit Dreistigkeit manchmal erreicht.«

Duff blieb plötzlich stehen; durch die Zweige der Apfelbäume hatte er einen lockigen Kopf erblickt.

»Entschuldigen Sie«, sagte er. Und dann schrie er: »Hebe!«

»Ja?«

»Was machst du da? Du darfst nicht im Küchengarten sein.«

»Ich pflücke Lavendel«, gellte Hebes Stimme zurück. »Ihre Mutter hat es mir erlaubt.«

»Hebe ist also zurück!«, keuchte Anna.

»Zurück? Sie war nie fort.«

»Ihr Vater hat mir erzählt, dass sie vermisst wurde oder so ähnlich.«

»O nein. Er hat wieder mal nicht richtig zugehört. Ihr war nur übel in der Nacht. Sie hat das ganze Haus geweckt.«

»Ach so.«

Anna dachte eine Weile nach und sagte dann:

»Der alte Dummkopf! Nun ... ärgern wir uns nicht wegen des Benzins. Ich muss nicht unbedingt heute wegfahren.«

Sie griff in die Höhe, zupfte eine Feige vom Baum und grub ihre weißen Zähne in die Frucht. Duff wusste, dass seine Mutter vorhatte, alle Feigen zu verkaufen, aber er fand es kindisch, Anna die Feigen zu verbieten. So nahm er sich nach einigem Zögern selbst eine. Er fragte, weshalb Bruce davongelaufen sei.

»Er wurde angerufen«, antwortete Anna unbestimmt. »Neue Bürsten kehren gut.«

Besen, dachte Duff, der die Genauigkeit seines Vaters geerbt hatte. Aber er war beeindruckt von der offensichtlichen Unbekümmertheit, mit der Bruce Anna verlassen und sich von ihr gelöst hatte. Und nun war er frei und konnte anderswo neue Erfahrungen machen. Duff fühlte sich plötzlich kühner werden. Anna war nicht die Art Frau, die ihm gefiel; manches an ihr fand er abstoßend. Aber sie bot ihm etwas, das er noch nie gehabt hatte und worauf er äußerst neugierig war. Er müsste sich nur, wenn es vorbei war, ebenso leicht von ihr lösen können.

Als sie zum Hof zurückgingen, fragte er, ob er ihre Koffer wieder in ihr Zimmer tragen solle.

»Wohin wollten Sie«, fragte Anna, »als ich Sie von Ihrem Weg ablenkte?«

»Ich wollte Musik hören gehen.«

»Wo?«

Sie ließ einen fragenden Blick im Hof herumwandern.

»Über den Stallungen. Ich ... wir schlafen dort oben«, erklärte er. Er zögerte und sagte dann nachlässig:

»Kommen Sie mit.«

Anna sah ihn verblüfft an, bis er auf die Leiter, die zu der Kammer führte, deutete.

»Gerry wäre nicht einverstanden«, wandte sie ein.

»Zum Teufel mit Gerry«, sagte Duff. »Dort die Leiter hinauf muss man und durch die erste Tür rechts.«

»Gehen Sie voran«, sagte Anna. »Was für ein Wolf Sie sind!«

»Finden Sie?«, fragte Duff geschmeichelt.

»Ich bin sicher, Gerry würde nie einer Frau befehlen, vor ihm eine Leiter hinaufzusteigen.«

In diesem Licht hatte Duff Leitern bisher noch nie gesehen, aber er konnte den Ball zurückgeben mit der Bemerkung, manche Frauen würden sich beleidigt fühlen, wenn sie diese Gelegenheit nicht erhielten.

»Jede Frau wäre beleidigt«, lachte Anna. »Aber das weiß Gerry nicht. Auch Sie sollten das in Ihrem Alter noch nicht wissen.«

Sie kletterte die Leiter hinauf, und er führte sie in die geräumige, unordentliche Kammer, wo Gerry, Robin und er selbst schliefen. Sie blickte sich mit leichtem Lächeln um.

»Beinahe mönchisch«, meinte sie.

»Schrecklich düster«, pflichtete Duff ihr bei.

Er wusste, dass Gerry mit Angie und Robin im Boot ausgefahren war. Dieses *tête-à-tête* konnte Stunden dauern, bevor irgendwer kam.

»Was ist das für ein Buch?«, fragte sie und nahm es von einem Koffer neben einem der Betten. »*Schritte zum Altar*! Gerrys Buch, nehme ich an.«

»Ja«, antwortete Duff.

»Kann man sich auf diese Betten setzen, oder klappen sie zusammen?«

»Das macht nur Bruce' Bett.«

Er verstummte verlegen. Anna setzte sich auf das Bett und öffnete das Buch. Die Widmung zeigte ihr, dass Duff es am fünften März 1944 von seiner Mutter geschenkt bekommen hatte.

»Sie sind ja ein Lügner!«, sagte sie. »Weshalb erzählen Sie mir, dass es Gerry gehört? Sie empfingen 1944 wohl Ihre erste Kommunion?«

»Ich wurde konfirmiert«, berichtigte Duff errötend.

»Oh, konfirmiert? Wie geht das noch mal? Erzählen Sie's mir. Ich dachte, das macht man nur mit Frauen nach der Geburt.«

»Nein, das ist das Aussegnen. Konfirmiert wird man von einem Bischof. Er legt einem die Hand auf den Kopf, und ...«

»Ach ja, jetzt weiß ich wieder. Wenn es seine rechte Hand ist, bringt es Glück, die linke Hand bringt Unglück. Mir legte er die linke auf den Kopf, und ich war starr vor Schreck.«

»Was?«, rief Duff aus. »Sie sind konfirmiert worden?«

»Aber natürlich. Weshalb denn nicht? Und geimpft wurde

ich auch, und bei Hofe eingeführt. Meine Eltern haben für meine Erziehung keine Ausgaben gescheut. Warum erstaunt es Sie, dass ich konfirmiert wurde?«

Duff war außerstande zu antworten. Er spürte, dass er eine jämmerliche Figur abgab. Sein Ruf als Wolf schwand wohl dahin. Er warf Anna einen zweifelnden Blick zu und fragte sich, wie ein wirklicher Wolf sich betragen würde. In seinem Hinterkopf flüsterte eine kleine trockene Stimme, dass ein wirklicher Wolf keine fünf Minuten an Anna verschwendet hätte. Ein Wolf frisst keinen Wolf. Und während er noch zögerte, nicht bereit, sich selbst als das Lamm zu sehen, waren auf der Leiter Schritte zu hören. Jemand kam herauf.

»Legen Sie eine Platte auf«, flüsterte Anna.

Duff hastete zum Grammophon und legte die erstbeste Platte auf. Der Apparat musste jedoch noch aufgezogen und die Nadel gewechselt werden.

Die letzte Sprosse quietschte unter den Schritten, die dann an ihrer Tür vorbei und in Bruce' Zimmer gingen.

Duff ließ die Platte laufen. Mozarts g-Moll-Symphonie entwickelte bebendes Leben und erfüllte den Raum mit ihren ergreifenden Klagen. Duff ging durchs Zimmer und legte das Auge an ein kleines Loch in der Wand.

»Wer ist es?«, flüsterte Anna unter der Deckung der Musik.

»Nancibel.«

»Was tut sie dort?«

Er antwortete nicht. Er sah Nancibel vor dem Bett knien, das Gesicht darin vergraben, und er glaubte, dass sie weinte. Die Scherze fielen ihm ein, die in der Küche über Nancibel und Bruce gemacht worden waren. Und ihm kam der Gedanke, dass Bruce wohl doch nicht leichten Herzens weggelaufen war; er hatte vielleicht etwas ihm Teures zurücklassen müssen. Dann hörten sie Nancibel aus dem Zimmer gehen.

Aber die Musik klang weiter und spann ihr flüchtiges Netz aus Kummer, fein wie Gaze, stark wie Stahl. Ihr zu widerstehen war Duff unmöglich. Er hing über dem Grammophon und ließ sich von den Klangfluten davontragen.

Winzige Stäubchen tanzten im Strahl der Sonne, der durch das Fenster einfiel. Annas rätselhaftes Lächeln schien ein wenig erstarrt. Sie gähnte und klopfte mit dem Fuß auf den Boden. Duff brummte vorwurfsvoll, denn der Lärm störte ihn.

Plötzlich stand sie auf und ging. Er versuchte nicht, sie zurückzuhalten. Sie konnte warten. Er war überzeugt, dass er mit ihr nicht den gleichen Genuss empfinden könnte wie mit der g-Moll-Symphonie.

3

Hindernisse bei näherer Betrachtung

Gerry und Evangeline waren unsterblich verliebt. Das Bedürfnis nach Zuneigung, all der Verzicht aus zwei Leben war in einen Strom von Glück und Freiheit geflossen. Sie bedeuteten einander, nüchtern gesagt, die ganze Welt. Das Glück hatte sie verwandelt. Gerrys Pickel verschwanden bereits, und Evangeline erblühte zu einer Lieblichkeit, ja geradezu Schönheit. Ihre Wangen glühten rosig, die Augen strahlten, das Haar schimmerte. Gerry stellte fest, dass sie schon ein wenig zugenommen hatte.

Die Hindernisse, die ihnen so unüberwindlich erschienen waren, als sie sich auf den Rosigraille-Klippen ewige Treue geschworen hatten, schwanden bei näherer Betrachtung. Duff und Robin unterstützten sie, und Mrs Siddal hatte ihren Widerstand zwar bitter, doch so still geäußert, dass er zu vernachlässigen war. Was das größte Schreckgespenst, den Kanonikus, anbelangte, so schien er sich aus dem Gefecht zurückgezogen zu haben. Sie hatten all ihren Mut zusammengenommen und ihn gleich nach dem Frühstück aufgesucht, aber er hatte sich in sein Zimmer eingeschlossen und ihnen nicht geantwortet. Eine Botschaft, die er im Büro für Evangeline hinterlassen hatte, erklärte sein Verhalten.

Ich verlasse am Samstag dieses Haus. Du kannst mitkommen, aber dann musst du diesen Kerl aufgeben. Wenn du das nicht willst, dann bleib, wo du bist. Soll er dich

aushalten, wozu ich ihm viel Vergnügen wünsche. Heirate
ihn, wenn er so dumm ist, dich zu nehmen. Ich werde
mein Testament ändern. Du hättest mein ganzes Vermö-
gen geerbt, da du das einzige meiner Kinder warst, das es
verdient hätte. Aber jetzt nicht mehr. Nicht einen Penny.

»Aber wie will er abreisen?«, rief Evangeline. »Wer soll ihn fahren? Er selbst darf nicht, sein Führerschein wurde ihm abgenommen.«

»Lass das seine Sorge sein«, sagte Gerry fröhlich. »Ist doch wundervoll; er hat ja praktisch seine Einwilligung gegeben.«

Ungeheuer erleichtert liefen sie zu den Rosigraille-Klippen hinauf, um etwas wie die letzte Nacht noch einmal zu durchleben. Aber in den zwölf Stunden seitdem hatte sich manches geändert, und schon bald sprachen sie mehr von der Zukunft als von der Gegenwart. Evangeline war energisch und praktisch. Es würde, sagte sie, noch mehrere Monate dauern, bis sie heiraten könnten, und in der Zwischenzeit wollte sie sich nicht von Gerry aushalten lassen. Sie würde sich eine Stelle suchen. Sie hatte die Frage bereits mit Mrs Paley besprochen, und die hatte ihr von einer netten Stellenvermittlung in London erzählt.

»Es wäre nicht klug, wenn ich nach dem Samstag noch hierbleiben würde«, sagte sie entschlossen. »Deine Mutter würde es ablehnen. Mrs Paley wird mir Geld leihen. Dann fahre ich nach London und suche mir eine Stelle als Köchin. Zurzeit findet jeder Mensch, der kochen kann, eine Stelle. Ich verkaufe meinen Diamantring. Das Geld wird mich über Wasser halten, bis ich eine Stelle habe, und dann kann ich Mrs Paley ihr Geld zurückzahlen.«

»Kannst du denn kochen?«, fragte Gerry erstaunt.

»O ja. Ich bin eine recht gute Köchin. Besser als …«

Besser als seine Mutter, hatte sie sagen wollen, aber sie biss sich rechtzeitig auf die Zunge und fuhr fort:

»… besser, als du denkst.«

»Dann wundert mich, dass du nicht längst weggelaufen bist. Ach ja … dein Versprechen. Hab ich vergessen.«

Gerry dachte eine Weile nach und sagte dann:

»Was ist denn nun eigentlich mit dem Versprechen?«

Evangeline fand diese Frage taktlos. Sie antwortete hastig:

»Ich habe ihn nicht verlassen. *Er* will mich nicht länger bei sich haben.«

»Ich weiß. Aber du würdest mich heiraten und ihn verlassen, was auch immer er gesagt hätte, nicht wahr?«

»Natürlich.«

»Widersprichst du dir da nicht ein bisschen?«

»Nein«, erwiderte Evangeline scharf.

Gerry hätte das Gefahrensignal beachten sollen, aber er verstand sehr wenig von Frauen. Er fuhr fort:

»Gestern hast du gesagt, du kannst mich nicht heiraten. Heute sagst du, du kannst es.«

»Ich habe nie gesagt, dass ich dich nicht heiraten könnte.«

»Du hast gesagt, du könnest deinen Vater nicht verlassen. Das bedeutete, dass du mich nicht heiraten kannst«

»Ich sehe das anders. Ich finde, *du* widersprichst dir selber. Gestern Nacht hast du mich gebeten, dich zu heiraten. Heute entmutigst du mich …«

»Ich? Dich entmutigen? O Angie!«

»Du sagst, ich widerspreche mir, wenn ich dich heirate. Du willst damit sagen, dass ich unrecht habe. Wenn du natürlich denkst, dass ich unrecht habe, dich zu heiraten …«

»Nein! Nein! Ich meine nur, du hattest früher unrecht, als du deiner Mutter dieses Versprechen gabst.«

»Oh, ich verstehe. Irgendwo *muss* ich wohl unrecht gehabt haben.«

»Angie, meine Liebste, sei nicht so zornig.«

»Warum bestehst du denn darauf, dass ich unrecht habe?

Ich beharre nicht darauf, dass *du* unrecht hast, weil du deine Meinung, ob du heiraten kannst oder nicht, geändert hast.«

»Ich hatte wirklich unrecht«, sagte Gerry. »Aber nicht, als ich meine Meinung änderte. Sondern vorher. Das sehe ich jetzt ein. Die Hälfte meiner Nöte habe ich selbst verschuldet. Es gefiel mir, mich als Märtyrer zu fühlen. Duff und Robin sind jetzt so anständig zu mir ... sie wären auch früher anständig zu mir gewesen, wenn ich ihnen die Gelegenheit geboten hätte. Ich wollte aber lieber selbstaufopfernd und hochmütig sein.«

»Christen sollen ja selbstaufopfernd sein«, sagte Evangeline mürrisch.

»Ja. Aber es ist nicht gut, Mitmenschen zu Bosheit zu ermutigen, nur um selbst ein edles Opfer sein zu können. Das ist nicht die Bedeutung von Böses mit Gutem vergelten. Es bringt die anderen höchstens auf den Weg zur Hölle.«

»Ich weiß nicht, was es dir nützt, hier herumzusitzen und zu sagen, du hättest unrecht gehabt. Wir haben genug Schwierigkeiten, auch ohne dass wir ein Theater darum machen.«

»Ich mache kein Theater. Liebling! Lass uns nicht streiten!«

Er sah sie so niedergeschlagen an, dass sie weicher wurde und ihm zulächelte. Sie ließen das Thema fallen. Aber seine Glückseligkeit hatte eine Schramme erhalten; denn er erkannte, dass es Dinge gab, die sie nie verstehen würde. Sie war eine Frau, dachte er, und Frauen waren auf seltsame Weise beschränkt.

Er war deshalb sehr überrascht, als sie auf dem Rückweg unvermittelt sagte:

»Natürlich hatte ich unrecht.«

Er hatte über Kenia gesprochen und deshalb einen Augenblick nicht verstanden, was sie meinte.

»Mein Versprechen meiner Mutter gegenüber war unsinnig. Ich hätte es weder geben noch halten müssen. Ich bin aus ... aus Feigheit und Verschrobenheit bei Vater geblieben. Es war wie eine Art Krankheit. Ich habe mir immer gewünscht, dass das Schrecklichste geschieht. Ich war böse. Ich war scheußlich.«

»Weshalb hast du dich dann so geärgert, als ich ...?«

»Ich fand, es gab keinen Grund, darüber zu sprechen.«

»Ich wollte wissen, wie du fühlst«, erklärte Gerry. »Findest du es nicht auch schön, alles voneinander zu wissen?«

»Nicht im Geringsten. Wenn du alles von mir wüsstest, würdest du mich nicht heiraten.«

Gerry protestierte heftig. Dieses Geständnis vertrieb den Schatten über seiner Stimmung.

»Alles, was ich über dich erfahre«, versicherte er, »macht dich mir nur noch süßer und lieber.«

Evangeline lächelte. Bei sich beschloss sie allerdings, den Mund zu halten über ihre Dose voller Glasstaub; denn sie glaubte mit Recht, dass Gerry es weder süß noch lieb finden würde. Wer auch immer sie früher gewesen war, sie wusste, dass sie jetzt nett war und genau die richtige Frau für Gerry.

»Wir wollen uns also immer alles erzählen«, sagte Gerry glücklich.

»Gerry, ich liebe dich so sehr!«

»Wenn Mutter es nur ein wenig besser aufnähme!«

»Komm, wir gehen sie suchen«, schlug Angie vor, »und sehen, ob wir ihr etwas helfen können.«

Fröhlich eilten sie zum Hotel zurück und in die Küche, wo Miss Ellis, Nancibel und Fred um Mrs Siddal herumstanden, die mit wächsernem Gesicht am Boden lag.

»Ohnmächtig«, erklärte Miss Ellis.

»Wie ein Sack Kohlen«, sagte Fred. »Ich war in der Spülküche und hörte ein komisches Geräusch, aber mir ist nicht eingefallen, gucken zu gehen. Klang mehr wie ein Sack Kohlen.«

»Sie lag so da, als ich hereinkam«, berichtete Nancibel, die Mrs Siddal Wasser ins Gesicht spritzte. »Weiß nicht, wie lange sie schon so liegt. Warum sollte ein Sack Kohlen plötzlich hinfallen? Du hättest nachsehen müssen, Fred.«

»Das Herz, sehr wahrscheinlich«, meinte Miss Ellis. »Kein Wunder. Fand immer, sie hatte eine schlechte Gesichtsfarbe.«

Da öffnete Mrs Siddal die Augen. Missfallen lag in ihrem Blick.

»Ich bin ohnmächtig geworden«, sagte sie fast triumphierend.

Während man Stärkungsmittel holte, dachte sie mit Genugtuung über dieses Ereignis nach. Denn es war ein Beweis dafür, dass Gerrys Verlobung das Fass wirklich zum Überlaufen gebracht hatte. Es hatte Mrs Siddal zerbrochen und erledigt, und plötzlich, als sie dabei war, den Teig auszurollen, hatte sich der Boden aufgerichtet und ihr einen Schlag versetzt.

»Ich lege mich ins Bett«, sagte sie nun.

»Ja, das tust du ganz bestimmt, und zwar mindestens bis morgen«, verordnete Gerry, der ihr den Puls fühlte.

»Dann gibt es kein Mittagessen, keinen Tee und kein Abendbrot«, fuhr sie fort. »Niemand wird etwas zu essen bekommen. Es wäre wohl am besten, ihr würdet Miss Wraxton bitten, an meiner Stelle zu kochen.«

Sie dachte, sie könnte mit diesem Vorschlag Empörung und Schrecken auslösen und ihnen zeigen, wie sehr sie von ihr abhängig waren. Doch Gerry schien völlig unbeeindruckt zu sein und nickte nur tröstend.

»Ja«, sagte er. »Angie wird kochen.«

»Und ich zeige ihr, wo sie alles findet«, sagte Nancibel.

Er legte den Arm um seine Mutter und half ihr auf die Beine, während er sie beschwor, sich keine Sorgen mehr zu machen.

»Ich sorge mich nicht«, entgegnete sie kalt. »Ich habe mich genug gesorgt. Ich habe mich entschlossen, mich nicht mehr zu sorgen. Ich überlasse das jetzt euch allen.«

»Großartig«, sagte Gerry herzlich. »Das solltest du wirklich tun!«

Stützend führte er sie die Treppe hinauf und in ihr Zimmer, wo sie sich aufs Bett setzte und ihrem Ärger Luft machte:

»Ich werde das Hotel aufgeben. Es ist zu viel für mich. Ich kann nicht mehr. Ich habe es für Duff und Robin getan. Aber ohne Hilfe kann ich ihnen keine Ausbildung zukommen lassen. Wenn du heiraten willst, hat es keinen Sinn mehr, das Hotel weiterzuführen. Sie sagen zwar sehr zuversichtlich, sie würden auch ohne deine Hilfe vorwärtskommen. Aber sie setzen mich und meine Arbeit wie selbstverständlich voraus. Dabei können sie mit mir nicht mehr rechnen. Jemand muss in Zukunft für mich und euren Vater sorgen. Ich habe lange genug für euch alle gesorgt.«

»Ruh dich erst einmal richtig aus«, besänftigte Gerry seine Mutter. »Angie wird so lange bleiben, wie du willst, und das Kochen übernehmen. Und vermutlich werden auch Mrs Paley und die Jungen helfen. Wir werden das sehr gut hinkriegen.«

Sie antwortete nicht und ging zu Bett, entschlossen, darin zu bleiben, bis die anderen ihre Lektion gelernt hätten.

4

Miss Ellis an Miss Hill

Nun, Gertie, vier Tage vorbei, und ich habe diese Epistel noch immer nicht zu Ende gebracht – ich muss mich beeilen und schließen, denn ich verlasse dieses Haus, sobald es mir möglich ist. Ich ginge lieber heute als morgen, aber ich weiß nicht, wohin, außer zu meiner Schwester, und dorthin gehe ich nur, wenn ich nirgends eine Stelle finde. Sie schreibt mir immer wieder und behauptet, sie will sich mit mir aussöhnen. Fragt, ob ich nicht Lust auf nette Ferien in Frinton habe! Ich sehe mich schon, wie ich dort alles Geschirr spülen soll!

Gertie, ich habe einen Brief gefunden. Sie haben ihn in den Heizofen geworfen, aber er war noch nicht verbrannt. Er hat mich sehr aufgeregt, bis ich ein bisschen darüber nachgedacht habe. Jemand von der Regierung oder sonst wer schreibt, dass dieses Haus nicht sicher ist, weil die Klippen jederzeit einstürzen können, besonders in einem sehr trockenen Sommer. Nun, es ist ein sehr trockener Sommer. Ich habe mich so aufgeregt, dass ich packen ging. Aber dann dachte ich, du kannst dem, was die Regierung sagt, nicht immer trauen. Sie mischt sich ja überall hinein, man darf nicht einmal einen Fahrradschuppen bauen ohne ihre Einwilligung. Und wenn es wahr wäre, so hätte die Siddal etwas unternommen. Sie würde ihre allerliebsten Jungen nicht in einem lebensgefährlichen Haus wohnen lassen.

Aber ich müsste lachen, wenn es wirklich wahr wäre. Stell

dir all die Leute vor, die sechs Guineen in der Woche zahlen dafür, dass ihnen eines schönen Tages halb Cornwall auf den Kopf fällt! Wenn einige der Gäste den Brief hätten lesen können, wette ich, dass jetzt ein paar Zimmer leer stünden. Was würde ich dafür geben, ihnen den Inhalt zu verraten, nur damit ich ihre Gesichter sehen kann. Es gibt komische Leute. Ich habe nämlich einer Dame hier eine Andeutung gemacht – sie ist mit ihrem Mann und ihren vier Kindern hier, sie bewohnen die besten Zimmer – ich hätte gedacht, dass sie von der Art ist, die das Haus Hals über Kopf verlassen würde. Aber nein! Sie bat mich nur, ich soll ihrem Mann nichts sagen. Das war nicht nur eine Bitte – sie hat mir ein Paar Nylons geschenkt. Sie dachte, ihr Mann könnte Lunte riechen und mit ihnen abreisen. Dann müsste sie das Bett verlassen, das verweigert sie aber wegen irgendeiner komischen Geschichte mit der Polizei. Ich glaube, sie kann sich überhaupt nicht vorstellen, dass *ihr* etwas Unangenehmes geschehen könnte. Nun, sagte ich, das ist Ihre Sache. Ich jedenfalls gehe hier weg. Ich habe Sie nur gewarnt, weil ich es für meine Pflicht hielt.

Ich schreibe immer wieder und versuche eine Stelle zu finden. Aber vergeblich. Vor sechs Monaten habe ich in der Zeitung gelesen, dass es zu wenig Gefängniswärterinnen gibt. Also schrieb ich eine Bewerbung. Der Lohn ist nicht besonders hoch, aber ich hätte nichts gegen eine solche Arbeit. Dann könnte endlich einmal ich andere Leute herumhetzen, anstatt selbst herumgehetzt zu werden. Aber, ob du's glaubst oder nicht, sie haben mir ein Formular geschickt zum Ausfüllen, und eine der Fragen war, ob ich das Abitur gemacht hätte. Ich bitte dich! Was soll eine Gefängniswärterin mit dem Abitur?

Dies ist eine elende Welt, zu dem Schluss bin ich gekommen, liebe Gertie. Es ist mir egal, ob und wie bald die Klippen auf das Haus fallen, wenn ich nur erst draußen bin. Aber vermutlich macht die Regierung bloß Theater. Werde dir, sobald ich sie weiß, meine nächste Adresse mitteilen.

5

Das Gelage

Die Vorbereitungen für das Fest machten unter Hebes verspäteter, aber eifriger Schirmherrschaft große Fortschritte. Ihr Vorschlag, ein Kostümfest zu veranstalten, wurde von Mrs Paley und Angie zunächst abgelehnt, begeisterte aber die kleinen Coves so sehr, dass die Erwachsenen nachgeben mussten. Hebe hatte den Coves ihren Malkasten geliehen und ihnen Ratschläge hinsichtlich Wortlaut und Gestaltung der Einladungskarten gegeben. Sie bestimmte für alle das Kostüm und war sehr enttäuscht, dass Nancibel und Fred als Carmen und Torero erscheinen wollten, denn eigentlich hatte sie vorgesehen, dass alle Erwachsenen Gestalten von Edward Lear darstellen sollten. Sie verfasste ein Programm, das jeder Gast zusammen mit der Einladungskarte erhalten sollte. Und sie gründete eine neue Geheimgesellschaft.

Beim Abendbrot teilte sie Sir Henry mit, dass er als »Mein alter Onkel Arly« zu erscheinen hätte.

»Ich werde dir eine Grille basteln«, sagte sie, »die du dir auf die Nase setzen kannst. Und ein Bahnbillett, das du dir an deinen Hut steckst. Deine Schuhe sollten zu klein sein; am Ende jeder Strophe heißt es: *Und seine Schuhe waren ihm viel zu klein.* Aber das ist nicht unbedingt nötig. Es wäre sehr unangenehm, in zu kleinen Schuhen zu den Klippen hinaufzuklettern. Du musst nur tun als ob. Du musst hinken.«

»Wovon sprichst du eigentlich?«, beklagte sich Sir Henry. »Wer ist Onkel Arly?«

»Eine Lear-Gestalt. Jeder muss eine Lear-Gestalt darstellen. Alle Erwachsenen. Mrs Paley wird den Quangle-Wangle spielen. Angie hat ihr einen wunderbaren Hut gemacht, auf dem viele kleine Tiere tanzen. Niemand weiß, wie der Quangle-Wangle weiter unten aussieht, weil das Bild nur seinen Hut zeigt. Aber wir stellen ihn uns grün und dürr vor, und so wird Mrs Paley einen alten Regenmantel von Duff tragen. Gerry und Angie sind Mr und Mrs Discobbolos. Duff ist der Pobble ohne Zehen. Robin hat eine tolle Nase angefertigt, die er mit einer kleinen Taschenlampe von innen beleuchten kann. Er ist der Dong mit der Glühnase.«

Sir Henry lauschte mit wachsender Bestürzung. Er hatte zwar gehört, wie seine Kinder bei jeder Mahlzeit das Fest besprachen, war aber von seinen eigenen Sorgen ganz in Beschlag genommen gewesen und hatte nicht damit gerechnet, dass er selbst eine Rolle spielen sollte. Sein Beitrag zu den Kosten war großzügig gewesen, und er meinte, damit seine Pflicht zur Gänze erfüllt zu haben.

Viele der Erwachsenen waren derselben Ansicht und bereuten ihre voreilige Wohltätigkeit. Sie hatten zu Beginn der Vorbereitungen Geld oder Süßigkeiten-Coupons gespendet, in der Meinung, das Fest betreffe die Kinder, vielleicht auch Fred und Nancibel, da man Dienstboten allgemein ein kindliches Gemüt zuschrieb. Aber keiner der Erwachsenen wollte mitten in der Nacht im feuchten Gras sitzen und Limonade trinken.

Mrs Paley hatte sich als Erste bekehren lassen. Ihr war klar geworden, dass sie auch mit ihrer Anwesenheit teilnehmen musste – dass geistige Unterstützung allein nicht genügte. Sie wollte hauptsächlich den Coves einen Gefallen tun, und die freuten sich über Gäste mehr als über Süßigkeiten-Coupons. Ihre Einladung zurückzuweisen wäre unsensibel und undankbar gewesen. Sie teilte ihre Ansicht Gerry und Angie mit, die gehofft hatten, sich vor dem Fest drücken zu können. Sie sagte es auch Duff, der strikt ablehnte, sich als Pobble zu verkleiden. Schließlich konnte Mrs Paley sie jedoch alle herumkriegen, bei dem Fest aufzutauchen. So wie auch die kleinen Giffords versuchten, ihren Vater zu überzeugen.

»Aber du musst kommen!«, rief Hebe aufgebracht. »Alle müssen kommen!«

»Du verstehst es nicht«, sagte Caroline.

»Was verstehe ich nicht?«

Caroline warf einen Blick zu dem Tisch hinüber, an dem die Familie Cove schweigend ihr Pflaumenkompott aß. Sie beugte sich zu ihrem Vater und flüsterte:

»Es ist ein Versöhnungsfest. Um zu zeigen, dass wir und die Coves nicht zerstritten sind, trotz allem, was gestern war. Hebe versucht, es wiedergutzumachen.«

Sir Henry hörte nicht gut und verstand nicht viel von ihrem Geflüster, das ihn im Ohr kitzelte, aber er erfasste in etwa den Sinn des Ganzen und nickte.

»Gut«, sagte er. »Ich kann nicht versprechen, lange zu bleiben, aber ich komme kurz dazu. Haben diese Broschen, die ihr tragt, etwas damit zu tun?«

Alle vier Kinder trugen einen Anstecker, bestehend aus einer Sicherheitsnadel, einem kleinen Lavendelzweig und einem runden Etikett mit den Buchstaben *C. C.* Er erinnerte sich, das Abzeichen auch auf Freds weißer Kellnerjacke gesehen zu haben.

Nach einer kurzen Stille kicherten die Zwillinge.

»Es ist eine Geheimgesellschaft«, erklärte Michael.

»Schon wieder eine?«

Den Bund der Spartaner hatten sie nach der Katastrophe beim Totenfelsen auflösen müssen.

»Du kannst Mitglied werden, wenn du willst«, sagte Hebe.

»Fred und Nancibel und Robin sind ihr bereits beigetreten. Das Emblem ist ein Lavendelzweig. Und der Zweck würde dir bestimmt gefallen. Aber wir dürfen ihn jetzt noch nicht verraten.«

Sie rollte die Augen in Richtung der Coves.

»Jeder, der sich für die Befreiung von Unterdrückten einsetzen will, kann ihr beitreten«, fügte sie hinzu.

Caroline flüsterte:

»C. C. bedeutet *Cave Cove*.«

»Kaiw-ie«, mahnte Sir Henry. »Lateinisch. Zwei Silben.«

»Aber das klingt hässlich«, widersprach Hebe. »Oder wir sprechen beide Wörter zweisilbig aus.«

Sie probierte es leise aus, aber der Klang missfiel ihr, und sie erklärte entschlossen:

»Wir sagen *cave*.«

Sir Henry lächelte über ihren diktatorischen Ton, runzelte dann aber die Stirn. Allmählich beunruhigte ihn Hebes Charakter. Er befürchtete, sie würde sowohl sich selbst als auch anderen Menschen Kummer und Sorgen bereiten. Man musste sie geschickt führen. Aber wer sollte das tun? Eirene, der Hebe wahrscheinlich überlassen würde, im Fall einer Trennung?

Weshalb sollten die Kinder gezwungen werden, mit Eirene zu leben, wenn es nicht einmal ihm möglich war? Diese Frage hatte den ganzen Tag an ihm genagt, wenn er nicht gerade wütend an das Dahinschwinden der amerikanischen Dollar-Anleihe dachte oder ein wörtliches Protokoll der gestrigen Radiosendung in vier verschiedenen Zeitungen las. Keine seiner Beschäftigungen linderte seine Sorgen. Keine Dollars lösten die häuslichen Probleme. Und nachdem er zum vierten Mal die Aufforderung zu Mannhaftigkeit und Stärke gelesen hatte, war er fast so weit, mit Eirene nach Guernsey zu entfliehen.

Er hatte bis jetzt noch keine Gelegenheit gefunden, mit jemandem über die inländischen Nachrichten zu sprechen. Doch als er nach dem Abendessen den Salon aufsuchte, war dort ein erregtes Gespräch im Gange, an dem sich sogar Mr Paley und Mrs Cove beteiligten. Seine Frau, die sich im Bett gelangweilt hatte, war in einem dekorativen Hauskleid heruntergekommen, um das Schicksal des Landes zu beklagen. Miss Ellis nahm wie üblich ihren Platz auf dem Sofa ein. Mr Siddal war von seiner Kammer herübergeschlurft. Einzig Mrs Paley und Miss Wraxton waren nicht zugegen; sie hatten in der Küche zu tun.

Alle schienen äußerst erregt und verärgert zu sein. Sie sagten viele Dinge, die sich auch Sir Henry tagsüber gedacht hatte, mit denen er sich jetzt jedoch nicht mehr einverstanden erklären konnte. Denn er war ein Liberaler. Ein Liberaler von der Art, die in blauer Umgebung rosa anläuft und lila bei jeglichem Gemurmel aus Moskau.

Im Hotel Pendizack neigte er zu rosa.

Er setzte sich neben Miss Ellis, die glücklicher aussah als je zuvor, als hätte sie, als Einzige, in den Nachrichten etwas Erfreuliches gefunden. Mit kaum verhohlener Schadenfreude sagte sie:

»Sie müssen sich nun einschränken.«

»Wer?«, fragte er.

»Alle«, antwortete sie.

»Sie eingeschlossen«, knurrte Mrs Cove, die mitgehört hatte.

»Oh, ich musste mich immer einschränken«, sagte Miss Ellis.

»Sie werden sich noch mehr einschränken müssen«, prophezeite Mrs Cove.

»Die Stelle, wo er sagt, dass wir den Sonnenschein genießen sollen, fand ich besonders stark«, sagte Mr Siddal.

»Vielleicht kommt jetzt ... endlich ...«, hauchte Lady Gifford.

»Da besteht keine Hoffnung«, klagte Mr Paley. »Sie haben noch nie eine Nachwahl verloren.«

»Warum sollten sie?«, fragte Mrs Cove. »Die meisten Wähler gehören zur sogenannten Arbeiterklasse. Denen geben sie doch unser ganzes Geld. Sie werden bleiben, bis alles für Nylons und Dauerwellen und Pfirsiche und Ananas verschleudert ist. Und wenn es kein Geld mehr gibt, ist es auch egal, welche Partei ans Ruder kommt.«

»Dieses Land wird verhungern«, dröhnte der Kanonikus. »Und das geschieht ihm recht.«

Ein zustimmender Seufzer lief durch den Raum. Sir Henry fühlte sich nach links gleiten.

»Warum?«, fragte er. »Was hat es denn Tadelnswertes getan?«

Für Sekunden starrten alle erstaunt auf den Überläufer.

»Diese Regierung ...«, begann Eirene.

»Oh, ich weiß. Die meisten von uns mögen die Regierung nicht. Aber weshalb ist *dieses Land* so überaus schlecht? Menschen, die es verdienen zu verhungern, müssen doch schlecht sein. Mrs Lechene, haben Sie nicht gesagt, Sie seien Sozialistin? Finden Sie, dieses Land verdient den Hungertod?«

»Nicht die Regierung ist schuld«, antwortete Anna ein wenig unsicher. »Jede Regierung wäre gleich. Es ist der Klassenkampf. Das ganze Land wird zerfressen von Hass, Verachtung, Intoleranz und Angriffslust ... eine neue Art Puritanismus ...«

»Ist dieses Wort nicht ziemlich fehl am Platz?«, unterbrach sie Mr Siddal. »Wir sind die Puritaner doch 1660 losgeworden?«

»Oh, ich meine damit nicht Männer mit komischen Hüten und absurden Namen wie Ich-bin-nur-eine-Scherbe-Hawkins«, sagte Anna mit zunehmendem Ernst. »Ich meine die heiligen Tyrannen, diese Leute, die weder leben noch leben

lassen können, die nur darauf aus sind, alle anderen herumzu-
stoßen, und die heucheln, es sei alles zu unserm Besten. Sie
glauben, ihr heiliger Zweck gebe ihnen das himmlische Recht,
auf anderen herumzutrampeln. Solche Leute scheinen jetzt
die Welt zu regieren. Die Politiker haben sich eine Redeweise
angeeignet, als wären sie Gottes rechte Hand. Allein, wie sie
die Bibel zitieren! Wie sie jeden beleidigen, der nicht ihrer
Meinung ist! Wie Pfarrer von der Kanzel herab beschimpfen
sie die Gemeinde, und keiner kann sich wehren. Sie sind gar
nicht daran interessiert, dass man mit ihnen übereinstimmt
oder dass ein Streit beigelegt wird. Im Gegenteil, sie wollen
die Leute kränken und ärgern, sie wollen sie zwingen. Ich jedenfalls finde es jammerschade, dass wir keine Affen mehr
sind. Affen kennen keine Ideologien. Sie kämpfen nur um
Nüsse oder Weibchen.«

»Wollen Sie wirklich behaupten, Madame, dass Sie kein
Affe mehr sind?«, donnerte der Kanonikus. »Ich bin so frei,
das zu bezweifeln.«

»Sie fragen, was schlecht ist an diesem Land?«, rief Mr Paley aus. »Das will ich Ihnen sagen! Dieses Land, und nicht
nur dieses Land, sondern die ganze zivilisierte Welt, wird zer-
mürbt und zerstört durch den üblen Schrei nach Gleichheit.
Gleichheit! Es gibt so etwas gar nicht! Es handelt sich um den
Ausbruch von Hass der Minderwertigen gegen die Höhergestellten ...«

»Affen behaupten nicht, ihre Ideen wären Gottes Ideen ...«

»Gott«, verkündete der Kanonikus, »hat nur *eine* Idee ...«

»Und die wäre?«, fragte Mr Siddal.

»Wie beschränkt von Ihm, wo *wir* doch einige haben«, rief
Anna.

»... wir haben das niedere Volk verhätschelt, verweichlicht,
ihm geschmeichelt«, verkündete nun auch Mr Paley, »bis es
wirklich dachte, es sei den Höherstehenden ebenbürtig. Wir

haben ihm eingeredet, es wäre mit gleichen Rechten geboren ...«

Miss Ellis warf, rot vor Wut, ein:

»Was für Höherstehende meinen Sie, Mr Paley? Reiche Leute? Weshalb sollten die besser sein als andere? Haben Sie Beweise dafür? Wie unterscheiden sie sich? Machen ein Auto und ein Pelzmantel jemanden zu einem besseren Menschen?«

»... wenn die Menschen in diesem Land die Idee Gottes verhöhnen, nämlich die Erschaffung der Menschheit, dann wird Gott keine Verwendung mehr für sie haben ...«

»... wir haben jedem Rotzlöffel eingeimpft, er hätte schon mit seiner Geburt etwas Verdienstvolles vollbracht. Egal, wie unfähig, faul und stur er ist, er meint, er hätte ein Anrecht auf den gleichen Anteil am Reichtum des Landes, an der Achtung, die dem Land entgegengebracht wird, auf eine gleichwertige Stimme, was die Geschicke des Landes angeht. Was für ein schändlicher Unsinn! In einer gerechten Gesellschaft hätte er nur Anspruch auf das, was er verdient. Nicht mehr.«

»... das Land entwickelt sich rasant zum Schrotthaufen. Machen Sie sich keine Illusionen! Wir sinken aufs Affen-Niveau ...«

»Aber wünscht sich denn überhaupt jemand eine gerechte Gesellschaft?«, protestierte Mr Siddal. »Ich bin sicher, dass nicht. Es wäre grässlich. Stellen Sie sich vor, Sie müssten zugeben, dass alle, die ganz oben sind, wirklich dorthin gehören! Und wie eitel würden die werden! Und wie beschämend wäre es für uns andere!«

»... Mrs Cove wirft armen Leuten vor, dass sie sich nach Nylons und Ananas sehnen. Hätten die Reichen keine solchen Luxusdinge, würden die Armen nicht ...«

»... viel zu viele Leute stimmen mit Ihnen überein, fürchte ich, Mrs Lechene. Und deshalb wird dieses Land zugrunde gehen.«

»Wir werden ohnehin alle zugrunde gehen, Kanonikus Wraxton. In dem heiligen Krieg zwischen Demokratie und Kommunismus.«

»Nein, nein, Paley! Lassen Sie uns wenigstens die Möglichkeit, die Höhergestellten zu kritisieren! Ich habe erst *einen* Herzog kennengelernt, und empfand große Genugtuung, weil er sich als Dummkopf entpuppte. Ich hätte einen viel besseren Herzog abgegeben ...«

»Und was ist falsch an Nylons und Ananas, Miss Ellis?«

»Wenn die Reichen keine Nylons hätten, Lady Gifford, würden die Armen keine haben wollen. Die Reichen geben das Beispiel ...«

»... gerechte Vergeltung in einer gottlosen Welt. Ich persönlich würde Leute, die Affen bewundern, wie Affen behandeln.«

»... kein Trostpflaster für die arme menschliche Eitelkeit. In einer gerechten Gesellschaft wäre dem Unterlegenen keine Selbstachtung möglich. Er müsste einsehen, dass sein Platz ganz unten gerecht ist, weil er nicht gut genug ist.«

»Er hat es längst eingesehen, Siddal, in Hunderten Jahren. Bevor dieser ganze Unsinn angefangen hat ...«

»Mir wäre das egal, Kanonikus Wraxton. Wir behandeln Affen sehr gut. Wir geben ihnen Nüsse und halten ihnen keine Predigten. Wenn wir nur halb so nett zueinander wären ...«

»Wir rotten jedes Tier aus, das zu einer Plage geworden ist.«

»Ausrotten! Das ist ein beliebtes Wort der heiligen Tyrannen! Es war noch nicht so schlimm, als all die Untaten auf euch Pfaffen beschränkt waren. Ihr habt es immer genossen, euch gegenseitig auf dem Scheiterhaufen zu rösten. Aber wir anderen wussten, dass es unzivilisiert ist, jeden mit einer anderen Ansicht auszurotten ...«

»Die Mühlen Gottes mahlen langsam ...«

»… glaubt, dass niemand ihm Befehle erteilen oder besser leben darf als er oder Dinge verstehen, die er nicht versteht, oder härter arbeiten …«

»… mahlen erschreckend langsam! Alle Maßstäbe sind heruntergeschraubt. Es herrscht ein allgemeines moralisches Verkommen. Kinder gehorchen ihren Eltern nicht mehr. Der Sabbat wird entheiligt, Keuschheit verlacht. Die Kirchen stehen leer …«

»… bis das Land auf das Niveau des Niedrigsten gedrückt worden ist. Auf diesem Niveau kann kein Land bestehen.«

»Wenn die Kirchen leer sind, dann weil die Geistlichen sich gegenseitig ausgerottet haben …«

Der Lärm war ohrenbetäubend. Sir Henry fühlte sich an die Verteidigung Londons erinnert. Der Kanonikus gebrauchte die größten Geschütze, aber auch Anna Lechene dröhnte eindrucksvoll, und das Protestkreischen Miss Ellis' wurde immer höher, und ihre Schreie klangen wie pfeifende Raketen. Mr Paleys hartnäckiger Monolog bildete den unermüdlich summenden, aufreibenden Unterton. Mr Siddal bellte hin und wieder hinein. Lady Gifford war nur in gelegentlichen Kampfpausen zu hören, wobei sie dann um so heftiger und mit hoher Stimme sprach. Nun verschaffte sie sich Gehör, indem sie sich von ihrem Sessel erhob, was alle männlichen Anwesenden ebenfalls zum Aufstehen zwang.

»Geld«, sagte sie, »ist die Wurzel allen Übels. Immer. Ich fürchte, ich muss nun zu Bett. Es ist so ermüdend! Aber ich stehe unter strenger ärztlicher Anordnung, was meine Schlafenszeit anbelangt. Wissen Sie, wenn alle weniger an Geld dächten, wäre alles ganz einfach. Die Armen glauben, sie wären glücklich, wenn sie mehr besäßen. Das stimmt nicht. Die glücklichsten Menschen sind oft ziemlich arm. Kennen Sie die weise alte Geschichte von dem König, der …«

»Doch!«, riefen alle. »Ja, doch!«

Denn die Vorstellung, die ausgeleierte Fabel vom glücklichen Mann, der kein Hemd besaß, von Neuem anhören zu müssen, löste allgemeine Panik aus.

»Versuchen Sie erst einmal, ohne Abendbrot glücklich zu sein«, kreischte Miss Ellis.

Eirene hob die Augenbrauen und erwiderte mit ruhiger Würde:

»Natürlich kann niemand glücklich sein, wenn er hungrig ist. Aber in einem glücklichen Land kriegen auch arme Leute genug zu essen, während in einem elenden Land wie dem unseren nicht einmal die reichen genug bekommen. Wir wollen nur Geld, um uns damit *Waren* zu kaufen. Geld kann man nicht essen. Und doch halten die Menschen Geld für das Wichtigste, und verlangen immer höhere Löhne. Und das verteuert alles so sehr, dass sie weniger anstatt mehr kaufen können. Je *höher* die Löhne, desto *weniger* kann jeder kaufen. Alles geht zurück auf die Sucht nach Geld. Gute Nacht! Harry, mein Lieber … geleitest du mich die Treppe hinauf?«

Als sich die Tür hinter ihnen geschlossen hatte, ließ Miss Ellis eine neue Rakete in die Höhe zischen.

»Also so was! Nein, wirklich! *Sie* sollte mal arbeitslos sein. Dann würde sie entdecken, was Geld wert ist!«

»Immerhin, sie hat recht vernünftige Dinge gesagt«, meinte Anna. »Die Leute wollen heute wirklich vor allem lieber das Geld als den Gegenwert.«

Mrs Cove, die bisher nicht viel zu dem Kampf beigetragen hatte, blickte von ihrer Strickarbeit auf und sagte mit angewidertem Schnauben:

»Es ist nicht das Geld, dem die Menschen heutzutage nachjagen. Sonst wären wir nicht an diesem Tiefpunkt angelangt. Alles, was sie wollen, ist weniger Arbeit und kürzere Arbeitszeit. Der Hunger ist der einzige Ruf, dem sie folgen. Kaum sind sie satt, werden sie schlapp. Sie wollen nichts, was nach

Anstrengung klingt. Auch keinen höheren Lebensstand, es sei denn, jemand bezahlt ihn für sie. Sie werden schon sehen, was geschieht, wenn all unser Geld ausgegeben ist. Als Erstes werden die Schulen stillgelegt. Jahrelang sind deren Kinder auf unsere Kosten ausgebildet worden. Wenn die Armen dann selbst dafür bezahlen müssen, wird man sie nicht mehr großartig über Bildung sprechen hören. All die Verschwendung, die Extravaganz! Meiner Ansicht nach ist es einzig die Faulheit, die dieses Land ruiniert. Die Leute hassen die Arbeit. Sie halten Arbeit für ein Elend.«

Sie schnaubte wieder verächtlich und hielt einen grauen Socken gegen den anderen, um dessen Länge zu messen.

Niemand ging auf sie ein. Mr Paley, der sich nun seiner Geschwätzigkeit schämte, hatte sich hinter eine Zeitung verzogen. Anna und der Kanonikus hatten sich heiser gebrüllt. Der einzige Kommentar kam von Miss Ellis, die ausrief, sie sei noch nie in ihrem Leben so beleidigt worden.

»Von wem?«, fragte Mr Siddal.

»Von vielen. Ich darf keinen höheren Lohn verlangen, denn das ist schlecht. Ich darf keine kürzere Arbeitszeit verlangen, denn das ist schlecht. Ich darf nicht denken, dass ich überhaupt mit Rechten geboren wurde, denn das ist schlecht. Ich darf mich nicht für mich selbst einsetzen, denn das ist schlecht. Wenn es mehr Menschen wie mich geben würde, dann gäbe es weniger Leute wie Sie, Mrs Cove.«

»Das«, entgegnete Mrs Cove, »wäre schade.«

Miss Ellis erhob sich grummelnd und watschelte aus dem Zimmer. Mr Siddal stellte sich auf dem Kaminteppich in Positur und räusperte sich.

»Sag nicht, dass du jetzt auch noch loslegst«, rief Anna.

»Warum nicht? Ihr alle habt eure Ansichten über die Schlechtigkeit der Welt ausgesprochen. Weshalb sollte ich das nicht tun dürfen?«

Er ging zum Fenster und blickte hinaus.

»Ich dachte, ich hätte etwas fallen gehört«, erklärte er. »Nein. Falscher Alarm. Nichts da. Ich dachte, der Poltergeist von Pendizack ist wieder am Werk.«

Und er ging zum Kamin zurück.

»Was für ein Poltergeist?«, fragte Anna.

»Wusstest du nicht, dass wir hier einen haben? Er wirft nachts Dinge aus den Fenstern im obersten Stockwerk... kleine Wertgegenstände...«

Mrs Cove richtete sich ruckartig auf und starrte ihn an.

»Wir haben heute Abend verschiedenen Menschenklassen die Schuld an unserer elenden Lage gegeben«, begann er. »Den Neidern, den Verschwendern... den Faulen, den Intoleranten und so weiter... Was? Mrs Cove, Sie verlassen uns?«

Mrs Cove stopfte die Strickarbeit in ihre Handtasche. Mit einem schroffen »Gute Nacht« hastete sie hinaus.

»Was bist du für ein gemeiner Kerl, Dick!«, rief Anna. »Sind es wirklich die Kinder, die ihr mit dem Speckstein diesen Streich gespielt haben?«

»Ich habe den starken Verdacht.«

»Sie wird sie bei lebendigem Leibe häuten.«

»O nein! Wenn sie das wagen sollte, werden Paleys Frau und Wraxtons Tochter, ganz zu schweigen von Nancibel, Robin und Hebe, dasselbe mit ihr tun. Die kleinen Coves können für sich selbst sorgen. Die kleinen Coves sind ungeheuer mächtig. Das ganze Haus steht hinter ihnen. Sie sind die Sanftmütigen, die irgendwann die Erde erben, und sie werden auf unseren Gräbern Feste feiern. Aber ich – Sportsmann, der ich bin – habe in meinem Herzen eine weiche Stelle für die arme Mrs Cove, diese sterbende Gladiatorin. Nun, ich finde, keiner Menschenklasse darf die Schuld am Untergang der Welt gegeben werden. Wären wir nicht selbst alle mit kleinen Fehlern versehen, könnten wir mit jeder gefährlichen Gruppe verkehren. Aber wir sind dazu nicht imstande, weil niemand dankbar genug ist. Undankbarkeit! Das gilt für uns alle. Und liegt es nicht daran, dass jeder, wirklich jeder Einzelne, eine vollkommen falsche Vorstellung von sich selbst hat? Jeder hält sich für eine unabhängige und autarke Einheit. Wie ein souveräner Staat. Und im Umgang mit anderen stellt er sich vor, er verkehre mit anderen souveränen Staaten. Kein Wunder, dass der Verkehr bald unmöglich wird. Denn allein mit sich ist einer nichts. Gar nichts. Alles, was er ist, alles, was er besitzt, verdankt er uns, seinen Mitmenschen. Er kann nichts, gar nichts, wirklich sein Eigen nennen.«

»Er hat eine unsterbliche Seele«, stellte Kanonikus Wraxton fest.

»Die er nicht selbst geschaffen hat. Er ist bloß eine Kreatur, die ihr Leben seinem Schöpfer zu verdanken hat. Wenn er jemals ganz erkennen könnte, was er uns anderen verdankt, wäre er so überwältigt, so überflutet von Demut und Dankbarkeit, dass er nur noch seine Schuld begleichen und nicht seine Rechte einklagen wollte. Er wäre der beste Kumpel auf der Welt für ein Ballspiel.«

»Ich glaube nicht«, bemerkte Mr Paley, »dass ich jemandem etwas verdanke. Was ich bin, was ich besitze, ist das Ergebnis meiner eigenen Anstrengungen.«

»Sie haben sich nicht selbst empfangen oder geboren. Sie haben die Sprache, die Sie sprechen und in der Ihnen die Weisheit früherer Generationen vermittelt wird, nicht selbst erfunden. Sie könnten nicht einmal etwas Edles tun ohne unsere Hilfe: Von uns haben Sie den Begriff *edel* gelernt, und Sie bräuchten jemanden, an dem Sie die edle Tat vollbringen könnten. Sie haben weder den Stoff an Ihrem Leib selbst gewoben noch das Brot gebacken, das Sie essen.«

»Ich bezahle dafür.«

»Aber zahlen Sie genug? Zahlt je einer genug? Hat irgendjemand je auch nur den millionsten Teil dessen, was er bekommt, zurückgezahlt? Wo wären Sie ohne uns? Haben Sie vom Leben der Helen Keller gelesen? Blind, taub, stumm... eine gefangene Seele... ein in Einsamkeit erstarrter Intellekt... unfähig, mit uns in Verbindung zu treten... vollkommen *allein*! Und dann...«

Er unterbrach sich, denn Mr Paley fuhr mit einem unterdrückten Schrei in die Höhe.

»Was sagten Sie?«, fragte Mr Siddal.

»Nichts«, keuchte Mr Paley, der sehr blass geworden war.

»Fehlt Ihnen etwas?«, fragte Anna.

»Ja. Ich... ich bin krank...« Er wandte sich wütend zu Mr Siddal. »Sie reden Unsinn. Sie schwatzen dummes Zeug.«

Ein Krampf schüttelte ihn, und er eilte aus dem Zimmer.

»Was habe ich denn gesagt?«, fragte Mr Siddal verwundert. »Warum löst der Name Helen Keller einen Krampf in Paley aus? Es ist eine wundervolle Geschichte. Sie fand zu uns durch das einzige ihr gebliebene Verbindungsglied: den Tastsinn. Sie schütteten Wasser in ihre Hand, immer und immer wieder, und buchstabierten ihr dabei mit den Fingern das Wort Wasser in die andere Handfläche. Endlich verstand sie es. Es war eine Botschaft. Sie hatte zu uns gefunden. Sie wurde fast verrückt. Sie raste durch das Zimmer, riss alle Gegenstände, die sie erwischte, an sich, betastete sie und hielt ihre Hand in die Höhe, um weitere Namen, weitere Worte, weitere Botschaften zu erfahren. Ihr Gehirn lernte zu funktionieren. Dann entfaltete sich ihre Seele. Durch die Fingerspitzen lernte sie alles, was wir wissen.«

Anna gähnte, und der Kanonikus klopfte ungeduldig mit dem Fuß auf den Boden. Sie waren nun Mr Siddals einzige Zuhörer und ermutigten ihn nicht, fortzufahren. Doch er verfolgte seinen Gedankengang, vor dem Feuer stehend und auf und ab wippend.

»Ich glaube nicht, dass der Mensch noch lange existieren wird. Es gibt diesen fatalen Riss in unserer Konstruktion; eine Art moralischer Undurchlässigkeit der Wahrheit, die wir mit dem Verstand durchaus erkennen können. Der Verstand befiehlt uns, dankbar zu sein. Er sagt uns, dass wir imstande wären, bei der Suche nach dem Glück zusammenzuarbeiten. Aber mit dem Verstand läuft die Maschinerie nicht. Er kann nur Vorschläge machen. Eine Kultur nach der anderen ist untergegangen, weil wir es nicht hinkriegen, bescheiden zu sein.«

»Verkriechst du dich deshalb in der Hausdienerkammer?«, fragte Anna.

»Ja. Deshalb verkrieche ich mich in der Kammer. Ich bin ›geboren, um zu sterben, und habe Verstand, um zu irren‹. Wenn jeder das so klar erkennen würde wie ich, würde sich jeder Mensch in einer Kammer verkriechen. Aber ihr seid alle sehr beschäftigt damit, nach Glück und Sicherheit zu streben. Ein vergebliches Streben! Als Einzelne seid ihr nichts und vollbringt nichts. Ihr könntet einander helfen, wenn ihr glauben würdet, dass auch die anderen existieren. Aber das glaubt ihr eben nicht. Nur Wenige sind in der Lage zu glauben, dass außer ihnen selbst noch jemand existiert. Zu wenige Menschen. Sie können nicht mehr tun, als etwas anzusetzen, das ein bisschen wächst und dann stirbt.«

»Was bist du doch für ein Sonnenstrahl!«, sagte Anna und stand auf. »Nun … ich gebe immer noch den Affen die höchste Note. Gute Nacht, Kanonikus Wraxton.«

Der Kanonikus erwiderte den Gruß nicht. Er wartete, bis sie gegangen war, und sagte dann:

»Nun, da wir allein sind, möchte ich Sie kurz sprechen, Mr Siddal.«

»Wenn es um meinen Sohn und Ihre Tochter geht …«

»Tut es nicht. Ich weiß, dass Sie in diesem Haus nicht viel

zu sagen haben. Nein! Es geht um ein Ammenmärchen, das man mir heute erzählt hat. Ich weiß, was dahintersteckt. Jemand versucht, mir den Aufenthalt hier zu vergällen und mich fortzujagen. Es ist nicht der erste Versuch. Ich soll glauben, dass das Haus nicht sicher ist; dass die Klippen einstürzen könnten.«

»Wer behauptet das?«

»Das spielt keine Rolle. Wenn Sie es nicht wissen, werde ich es Ihnen nicht sagen. Aber der Überbringer der Nachricht ist zweifellos von jemandem aufgehetzt worden. Viele Leute hier wollen mich loswerden, denke ich. Falls Sie wissen, wer diese Leute sind, teilen Sie ihnen Folgendes mit: Ich bin nicht von gestern. Sie müssen sich eine bessere Lüge ausdenken.«

»Meinen Sie die Anderen Klippen?«

»Sie werden am besten wissen, welche Klippen ich meine. Man sagte mir, Sie hätten von der Regierung einen Brief erhalten, der Ihnen rät, das Haus zu räumen. Stimmt das, oder stimmt das nicht?«

»Nein«, erwiderte Mr Siddal. »Nicht, dass ich wüsste.«

»Dachte ich's mir. Ich dachte mir, dass Sie's zugeben würden, wenn ich Sie festnagele. Sehr gut. Dann weiß ich, was ich davon halten soll. Ich wünsche Ihnen eine gute Nacht.«

Mr Siddal blieb noch eine Weile nachdenklich im Salon sitzen. Bevor er in seine Kammer zurückkehrte, warf er einen Blick in den Heizraum. Der Ofen knisterte fröhlich, und der Raum war sehr sauber. Nichts ließ erkennen, ob alle Briefe, die er dort gelassen hatte, verbrannt waren oder nicht.

6

Der Poltergeist

»Siebzehn, achtzehn, neunzehn, zwanzig«, zählte Blanche, als sie die Einladungskarten aufeinanderlegte.

»Aber es kommen doch dreiundzwanzig Personen zum Fest«, wandte Maud ein.

»Drei davon sind wir selbst. Lasst uns jetzt bestimmen, wer welche Karte bekommt.«

Jede einzelne Karte war von den Coves, die ausgezeichnet malen und zeichnen konnten, verziert worden. Den ganzen Tag waren sie damit beschäftigt gewesen.

Blanche breitete die Karten auf ihrem Bett aus, und die drei Schwestern knieten darum herum und diskutierten, ob es unhöflich wäre, Mr Siddal die von Maud mit Schlangen bemalte Karte zu geben. Oder er bekäme die Stechpalmenzweige und Robin die Schlangenkarte. Für Nancibel legten sie ihre Lieblingskarte beiseite, auf die Blanche mit Tusche kunstvoll ein Löwenzahnornament gestrichelt hatte. Mrs Paley sollte ihre zweitliebste Karte mit dem Muschelmuster erhalten.

»Die Kaninchen für Mrs Siddal, das Spinnennetz für Duff, Tannenzapfen für Gerry, Farnkraut für Angie. Und für Angies Vater?«

»Gib ihm meine Seeanemone«, schlug Maud vor.

»Nein, das ist die hässlichste Karte. Wir wollen die hässlichste nicht jemandem geben, den wir nicht mögen. Geben wir ihm die Eulen. Ich bin gespannt, in welchem Kostüm er wohl erscheint.«

»Er könnte mit Fred die Kleider tauschen«, meinte Maud. »Dann käme Fred als Geistlicher und der Kanonikus als Kellner. Oh, ich hoffe wirklich, dass es der armen Lady Gifford gut genug geht, um zu kommen. Wir dürfen nicht vergessen, ihr die Karte aufs Frühstückstablett zu legen.«

Ihre eigene Begeisterung erstaunte die drei Schwestern keineswegs, obschon sie dieses erregende Gefühl zum ersten Mal in ihrem Leben empfanden. Sie hatten es immer für eine natürliche Begleiterscheinung eines Festes gehalten, und nahmen es nun als etwas Selbstverständliches hin und berieten sachlich die Einzelheiten. Ihre Kostüme waren rasch bestimmt gewesen. Hebe und Caroline hatten ihnen zwei baumwollene Kimono-Schlafröcke geborgt, in denen Blanche und Beatrix als Geishas erscheinen sollten. Maud hatte Hebes Strandhosen, Vorhangringe, eine Schärpe, ein rotes Taschentuch und einen Bleistifthalter gewählt, der aussah wie eine Pistole. Kein Pirat hätte mehr verlangen können.

»Lasst uns ins Bett gehen«, schlug Beatrix vor. »Wenn wir jetzt schlafen, kommt der Morgen schneller.«

Aber Blanche wandte ein, dass heute ebenso schön war wie morgen. Und wenn das Fest vorbei war, konnten sie sich später immer wieder daran erinnern.

»Morgen um diese Zeit«, sagte sie, »sitzen wir auf den Klippen und feiern und schlemmen. Jetzt sind wir hier und denken an das Fest. Später, wenn es vorbei ist, sind wir woanders und denken daran zurück. Auf diese Weise wird es sozusagen noch oft an verschiedenen Orten wieder stattfinden.«

Sie gingen zum Fenster, lehnten sich hinaus und sahen zu den mächtigen Pendizack-Klippen. Es war Flut. Sie rechneten aus, dass es auch morgen, wenn das Fest begann, Hochwasser geben würde. Sie könnten dann nicht den Weg über den Strand nehmen. Der Musikumzug, die erste Nummer auf

Hebes Programm, musste also über die Zufahrt hinaufsteigen, bis zu der Stelle, wo der obere Klippenpfad abzweigte.

Sie standen immer noch am Fenster, als ihre Mutter ins Zimmer kam. Die hastigen Schritte auf dem Korridor hatten für die Schwestern schon unheilvoll geklungen und ihnen ängstliche Schauer über den Rücken gejagt. Als sie hörten, dass die Tür aufging, drehten sie sich langsam um. Ihre Mutter war außergewöhnlich zornig. Ein Außenstehender hätte es wohl nicht bemerkt, da der Zorn ihren ohnehin mürrischen Ausdruck kaum veränderte. Aber die Kinder erkannten ihn sofort.

»Kommt hierher«, sagte sie und setzte sich auf ihr Bett.

Sie gehorchten und standen in einer zitternden Reihe vor ihr.

»Jemand in diesem Zimmer«, begann sie, »ist eine Diebin. Eine von euch hat meine Schlüssel genommen, während ich im Badezimmer war, hat meinen schwarzen Bernstein gestohlen und ihn aus dem Fenster geworfen. Wer war das?«

Es war leicht zu erkennen. Mauds und Beatrix' Verblüffung konnte nicht gespielt sein. Mrs Cove packte Blanche mit stählerner Hand bei der Schulter.

»Warum hast du das getan?«

»Ich ... ich weiß nicht«, flüsterte Blanche.

»Wer hat dich dazu angestiftet?«

»Niemand.«

»Lüge mich nicht an.«

»Niemand weiß davon. Ich ... wollte einfach nicht, dass wir die Figur haben.«

»Du weißt, was geschieht, wenn du lügst?«

Ein Stöhnen ging durch die Reihe.

»Nein ...«, schrie Blanche. »Nein! Ich lüge nicht. Niemand weiß davon.«

»Jemand muss es gewusst haben. Du lügst. Du legst jetzt

ein Badetuch auf den Boden und stellst einen Stuhl darauf. Tu dir ein Frottiertuch um die Schultern.«

Mrs Cove stand auf und ging zur Kommode. Aus einer der Schubladen nahm sie eine Rasierklinge, mit der sie ihre Oberlippe zu behandeln pflegte.

Beatrix und Maud brachen in Protestgeschrei aus.

»Oh, nicht hier! Nicht hier, wo jeder es sehen kann! O Mutter, bitte! Bitte … Bitte … sie kann so nicht zum Fest gehen … bitte … erst nach dem Fest …«

»Keine von euch geht zu dem Fest«, sagte Mrs Cove, sich umwendend, »es sei denn, Blanche sagt mir die Wahrheit.«

Die Schreie wurden zu Geheul.

»Ich sage die Wahrheit! Wirklich!«, schluchzte Blanche.

Mrs Cove beachtete sie überhaupt nicht. Sie nahm die Seife vom Waschtisch und ging ins Badezimmer, um heißes Wasser zu holen. Die Schwestern weinten hemmungslos, bis Maud mit dem Mut der Verzweifelten aufsprang und die Tür abschloss. Plötzlich herrschte vollkommene Stille.

»Sie darf das nicht tun«, sagte Maud dann. »Wir sperren sie aus.«

»Sie wird die Tür aufbrechen«, flüsterte Beatrix.

»Das schafft sie nicht allein. Die Tür ist sehr stark. Und sie wird es nicht wagen, jemanden um Hilfe zu bitten. Es ist zu gemein. Und grausam. Man würde sie daran hindern.«

»Sie ist unsere Mutter«, sagte Blanche.

»Wir werden hier verhungern«, bemerkte Beatrix.

»Nein. Wenn wir beim Fest nicht erscheinen, wird man uns suchen. Wir sind dann vielleicht sehr hungrig, aber beim Fest gibt es genug zu essen. Man wird uns retten kommen.«

Beatrix seufzte zustimmend. Blanche fühlte sich zu schwach, um noch etwas zu sagen. Sie warteten nun zitternd und immer wieder aufschluchzend, bis ihre Mutter zurückkam.

Nicht einmal Maud hatte den Mut, auf ihr Klopfen und Rufen zu antworten. Sie überließen es der Tür, ihrer Mutter das Ultimatum zu stellen.

Mrs Cove hämmerte und wütete noch eine Weile, bis eine Stimme sie unterbrach.

»Was ist los, Mrs Cove? Ausgeschlossen wurden Sie? So was!«

Es war Miss Ellis. Mrs Cove fragte sie, ob es in diesem Haus wohl einen Schraubenzieher gab.

»Das weiß ich nicht. Wahrscheinlich nicht. Aber dass Ihre Mädchen Ihnen so einen Streich spielen! Wette, die Giffords haben sie dazu angestiftet.«

»Nein, haben wir nicht!«

Die Zwillinge, interessiert an dem Lärm, steckten die Köpfe aus ihrer Tür.

»Ich an Ihrer Stelle, Mrs Cove, würde abreisen. Nehmen Sie Ihre Kinder von hier fort, bevor sie noch weiter verdorben werden. Auch wenn ich für das Zimmer bezahlen müsste …«

»Danke, Miss Ellis. Ich kann selber Entschlüsse fassen.«

»Sieht nicht so aus. Und wenn Sie so viel wüssten wie ich, Mrs Cove, würden Sie für das Zimmer nichts zahlen. Man würde nicht wagen, Ihnen eine Rechnung zu stellen …«

»Was wollen Sie damit sagen?«

»Kann ich Ihnen hier nicht sagen. Kleine Kinder haben große Ohren. Kommen Sie kurz in mein Zimmer. Sie sollten wirklich wissen …«

Dann entfernten sich Schritte, eine Tür wurde geschlossen. Stille.

»Sie sind in Miss Ellis' Zimmer gegangen«, sagte Maud.

Blanche, die auf dem Boden gelegen hatte, setzte sich auf.

»Es hat keinen Zweck«, sagte sie schwach. »Wir können Mutter nicht aus ihrem Zimmer aussperren. Uns bleibt nichts anderes übrig, als auf das Fest zu verzichten.«

»O nein!«, schrien Maud und Beatrix entrüstet.

»Soll Jesus es entscheiden.«

»Das möchte ich nicht«, sagte Maud. »Wir haben schon auf das zugelaufene Kätzchen verzichtet, und Er hat trotzdem nicht gemacht, dass wir es behalten durften.«

»Das war sehr vernünftig von ihm«, meinte Beatrix. »Wir haben es doch nachher gesehen. Wie hätten wir es füttern sollen? Er hat gemacht, dass die Nachbarn es aufnahmen. Dort hatte es ein viel besseres Zuhause.«

»Wenn er noch vernünftiger gewesen wäre, hätte Er es uns behalten lassen und uns Futter geschickt.«

»Wir hätten es nicht mitnehmen können. Vielleicht wusste Er, dass wir hierherkommen. Was dann?«

»Maud!«, rief Blanche. »Vertraust du Jesus nicht?«

»Nicht, wenn ich mir etwas sehr wünsche. Er findet nur das himmlische Königreich wichtig, dabei wird das doch erst in vielen Millionen Jahren sein. Wenn ich mir etwas sehr stark wünsche, dann will ich eben *nicht* darauf verzichten.«

»Wenn wir auf das Fest verzichten, wird nichts Böses geschehen. Nichts, das Er will, kann böse sein. Der Priester sagte das, am Karfreitag.«

»Mag sein. Aber trotzdem kann etwas Schlimmes passieren«, murmelte Maud.

Sie schwiegen. Maud hatte recht. Ihre früheren Versuche, auf etwas zu verzichten, hatten sie nie vor einem Unglück bewahrt. Blanche behauptete allerdings, das liege nur daran, dass sie ihre Wünsche nie völlig hätten unterdrücken können. Es ging auch dieses Mal über ihre Kraft. Sie konnte die Hoffnung nicht aufgeben, dass der Himmel die Rasur ihres Kopfes nicht zulassen würde.

Nach zwanzig Minuten ängstlicher Unschlüssigkeit wurde sogar Maud schwankend. Ihre verwegene Ungezogenheit kam ihnen immer stärker zum Bewusstsein.

Endlich hörten sie ihre Mutter zurückkommen. Sie fand die Tür immer noch verschlossen und rief nach Blanche. Ihre Stimme war verändert; sie klang beunruhigt und unsicher.

»Sei nicht dumm. Öffne die Tür, ich will mit dir sprechen.«

Blanche stand auf, aber Maud hielt sie zurück.

»Wenn du mit diesem Unsinn aufhörst, erlasse ich es dir vielleicht dieses Mal.«

»Nicht aufmachen! Es ist eine Falle!«, schrie Maud und kämpfte mit Blanche.

»Red kein dummes Zeug!«, rief die Stimme von draußen. »Wenn ich's dir erlasse, dann weil ich anderes im Kopf habe. Ich muss vielleicht abreisen ... nach London ... ich muss euch vielleicht allein hier lassen ... In dem Fall ...«

»Weshalb sollte sie so plötzlich abreisen müssen?«

»Wenn ihr hierbleiben wollt, müsst ihr euch anständig benehmen. Ich kann von Mrs Siddal nicht verlangen, auf drei verrückte Kinder aufzupassen ...«

Blanche stieß Maud beiseite und ging zur Tür.

»Versprichst du feierlich, Maud und Beatrix zum Fest gehen zu lassen?«, rief sie. »Wenn du das versprichst, ist es mir egal, was mit mir geschieht.«

»Was? Zum Fest? Ja, ich denke schon ... ich sagte, ich erlasse euch allen die Strafe, wenn ihr zur Vernunft kommt.«

Blanche drehte sich zu ihren Schwestern um.

»Verzichtet auf das Fest! Verzichtet auf das Fest!«, beschwor sie sie. »Es gibt keine andere Hilfe mehr. Wenn Jesus vorhat, uns entkommen zu lassen, so wird Er das tun. Wenn nicht, dann eben nicht. Aber ich muss jetzt die Tür öffnen.«

Blanche entriegelte die Tür. Die Kinder standen unbeweglich, mit geschlossenen Augen da, als ihre Mutter das Zimmer betrat.

7

Atalanta

Die alte Uhr aus Kirschbaumholz in der Küche der Familie Thomas zeigte auf halb zehn, als Nancibel müde die Tür aufstieß. Laute Musikklänge begrüßten sie, und die Stimme ihrer Mutter fragte, wo sie so lange gewesen sei. Alle anderen waren schon zu Bett gegangen, aber Mrs Thomas war aufgeblieben in einer Stimmung zwischen Empörung und Neugierde.

Die Empörung sprach zuerst.

»Ich dachte, es ist dein freier Nachmittag. Ich dachte, du wolltest dir bei Millie Stephens Dauerwellen machen lassen.«

»Ich war nicht dort«, erwiderte Nancibel und warf sich auf einen Stuhl. »Ich habe sie vom Hotel aus angerufen. Mrs Siddal ist in Ohnmacht gefallen, deshalb habe ich meinen freien Nachmittag verschoben und bin dortgeblieben. Es eilt noch nicht wegen der Dauerwellen.«

»Wie ich's mir dachte. *Genau*, was ich mir dachte. Ich sagte zu den anderen, dass du bestimmt wieder deinen freien Nachmittag geopfert hast. Es ist einfach zu viel des Guten.«

»Nur verschoben, Mum. Ich nehme mir dafür in einer anderen Woche zwei Tage frei. Gibt es Tee? Ich sterbe vor Durst.«

»Es ist nicht gut, dass du dich derartig ausnutzen lässt«, sagte Mrs Thomas, als sie den Teekessel vom Herd holte. »Sie sind dir nicht dankbar. Sie halten es für selbstverständlich. Man kann auch *zu* selbstlos sein. Jung bist du nur einmal. Jetzt ist die Zeit, das Leben zu genießen. Später wirst du noch genug Opfer für andere bringen müssen, eh du dich's versiehst. Wenn du erst verheiratet bist, gibt es nichts mehr.«

Nancibel lächelte und nippte an dem süßen Rauchtee.

»Und trotzdem willst du immer, dass ich heirate«, sagte sie.

»Mann und Kinder zu haben, das ist das Leben«, erklärte Mrs Thomas und schenkte sich auch eine Tasse ein. »Man hat nicht viel Spaß dabei, aber hier unten ist das Leben auch nicht lustig. Ich meine, das Hotel Pendizack muss nicht der Nagel zu deinem Sarg sein. Die arme Mrs Siddal hat sich mehr aufgebürdet, als sie tragen kann. Aber deswegen musst nicht auch du schlaflos werden. Mach deine Arbeit, und mache sie gut, und lass sie ihre Suppe selbst auslöffeln.«

»Oh, hör auf, Mum!«

Sie brüllten beide, denn das Radio war voll aufgedreht, ohne dass eine von ihnen es beachtete. Sie waren an den Lärm so gewöhnt, dass ihnen gar nicht in den Sinn kam, das Radio auszustellen. Seit halb sieben Uhr morgens versah es das Leben der Familie mit seiner obligaten Begleitung.

Mrs Thomas, die sich ihre Empörung nun vom Herzen geredet hatte, ging zu einem angenehmeren Gesprächsthema über.

»Oh!«, rief sie, »vergessen! Da ist ja ein Brief für dich.«

Sie nahm ihn vom Kaminsims, wo er den ganzen Tag gestanden hatte, angelehnt an eine kleine Porzellanstatue.

Nancibel richtete sich auf; ihre Wangen begannen zu glühen. Ein Brief? Von Bruce?

Aber es war nicht seine Handschrift, und der Brief war in Wolverhampton abgestempelt worden. Sie saß nun krumm am Tisch, öffnete den Brief und las ihn langsam. Ihre Mutter bemühte sich, sie nicht allzu neugierig zu beobachten. Das Geraldo-Orchester spielte einen Fox-Trott.

Die ganze Thomas-Familie hatte über diesen Brief diskutiert, seit er angekommen war, denn sie wussten, dass Brian in

Wolverhampton wohnte, und sie hatten die Vorstellung, er wolle sich mit seiner alten Liebe versöhnen. Mr Thomas, wütend wegen all des Kummers, den der elende Kerl über Nancibel gebracht hatte, wollte den Brief ins Feuer werfen. Myra hoffte, dass die Heirat doch noch zustande käme; sie fand es schmachvoll, eine sitzengelassene Schwester zu haben, und hatte sich so gefreut, Brautjungfer zu sein. Mrs Thomas schwankte; Brian hatte beruflich gute Aussichten, aber den hübschen und freundlichen Bruce mochte sie lieber. Der Rest der Familie war hauptsächlich neugierig und hoffte, am Nachmittag mehr zu erfahren. Aber dann hatte Nancibel ihren freien Nachmittag verschoben. Sie wollten aufbleiben dürfen, bis Nancibel nach Hause kam. Aber Mrs Thomas hatte es ihnen verboten und sie alle in ihre Betten gesteckt. Sie fand es günstiger, unter vier Augen mit dem Mädchen zu reden.

»Ist er ... von Brian?«, fragte sie schließlich.

»Nein, von seinem Vater. Lies ihn.«

Leise lachend schob Nancibel ihr den Brief über den Tisch zu und trank ihren Tee weiter. Mrs Thomas las:

Meine liebe Miss Thomas,
Sie werden zweifellos sehr erstaunt sein, von mir zu hören. Aber ich bin ein einfacher Mann und finde es unnötig, dass zwei junge Leute sich ihr Leben verpfuschen, nur weil sie sich nicht offen aussprechen. Deshalb schreibe ich Ihnen, um zu erfahren, ob sich Ihre Gefühle für mein Sohn Brian seit dem letzten Jahr geändert haben.

Seine Gefühle für Sie haben sich nicht geändert. Er ist seitdem immer unglücklich gewesen. Er kann Sie nicht vergessen. Er interessiert sich für nichts mehr, geht nie aus, weder mit einem Mädchen noch allein, sondern sitzt nur brütend herum und mag nicht essen. Er sagt, sein Lebensglück sei zerstört, seit er sich von Ihnen getrennt hat. Aber er sagt, er hat nicht den Mut, Ihnen nach all dem zu schreiben. Aber ich sehe nicht ein, weshalb Sie ihm nicht verzeihen sollten, wenn Ihre Gefühle noch die gleichen sind. Ich weiß, dass Sie ein vernünftiges junges Mädchen sind und einen liebenswerten Charakter haben. Sie würden sich eines alten Ärgers wegen bestimmt nicht eine helle Zukunft verderben wollen.

Miss Thomas, ich muss Ihnen leider mitteilen, dass in unserm Haus eine traurige Änderung eingetreten ist. Im Juni ist meine arme Frau verschieden. So sind der Unterzeichnete und sein Sohn allein, und niemand sorgt für sie. Es ist für den armen Brian nun ein großer Trost, dass er den Wünschen seiner seligen Mutter nicht zuwidergehandelt hat. Man sagt, ein guter Sohn wird ein guter Gatte. Ich darf nun gestehen, dass meine Wünsche mit denen meiner Frau nicht immer übereinstimmten. Ich hätte Sie gerne als meine Tochter willkommen geheißen.

Wenn Ihre Gefühle sich geändert haben, ist dieser Brief natürlich zwecklos. Wenn sie jedoch noch die gleichen sind, würde eine Zeile von Ihnen einen neuen Menschen aus Brian machen. Falls Sie das nicht tun können, wäre ich Ihnen für eine Zeile sehr dankbar, damit ich es Brian schonend beibringen kann.

Dann ist da noch das Geschäft. Es geht gut, und er wird es übernehmen, wenn ich mich zurückziehe. Er hat eine schöne Zukunft vor sich, wenn er wieder guten Mutes sein kann.

Mit den hochachtungsvollsten Grüßen an Ihre Eltern und Sie selbst verbleibe ich
Ihr A. Goldie

»Armer Brian!«, sagte Nancibel mit einem erneuten Lachen. »Zuerst verbietet es ihm seine Mutter. Dann erlaubt es ihm sein Vater. Hast du schon mal so einen Weichling gesehen?«

»Was wirst du tun?«, fragte Mrs Thomas.

»Oh, ich werde dem alten Vogel schreiben. Am Sonntag. Herzliches Beileid und so weiter, und dass meine Gefühle sich verändert haben, vielen Dank.«

»Haben sie sich wirklich verändert?«

Nancibel legte den Brief auf die Anrichte hinter das Tintenfass.

»Ganz bestimmt, Mum. Und wenn sonst nichts sie geändert hätte, mit diesem Brief ganz bestimmt.«

»Schade, dass Brian nicht selbst schreibt«, meinte Mrs Thomas.

»Er ist einfach ein verwöhntes Kind. Zuerst lässt er sich davon abraten, und dann stöhnt und jammert er über vergossene Milch. Ich habe es überwunden und bin fertig mit ihm. Aber er hat keinen Mumm in den Knochen.«

»Mumm in den Knochen! Ich wünschte, du würdest dich nicht so gewöhnlich ausdrücken. Warum sprichst du so?«

»Weil ich gewöhnlich bin, ganz einfach. Zu gewöhnlich für die Goldies.«

»Solche Redensarten hast du nicht von mir oder Dad gelernt.«

»Ich weiß. Aber beim Heer, da gab es die verschiedensten Redensarten. Manche der Mädchen hatten zwar adelige Namen, aber wenn ich so reden würde wie die, dann hättest du mich schon vor die Tür gesetzt. Schau Mum, das Wasser im großen Kessel kocht, und ich bin rabenschwarz vor Schmutz. Mir war heute Abend in der Pendizack-Küche so heiß, und alles war so klebrig. Kann ich mich nicht hier unten gründlich schrubben, gemütlich vor dem Feuer, bevor ich ins Bett gehe?«

»Okay«, willigte Mrs Thomas ein und räumte die Teetassen weg.

Der nicht ausgesprochene Name Bruce hing schwer in der

Luft. Mrs Thomas bemerkte, dass er heute noch nicht erwähnt worden war. Erinnerungen an ihre eigene Jugend und Erfahrungen mit ihren anderen Töchtern sagten ihr, dass nicht die Jungen, von denen gesprochen wurde, den Mädchen etwas bedeuteten. Sie brannte darauf zu fragen, ob Bruce etwas mit Nancibels veränderten Gefühlen zu tun hatte, wagte es jedoch nicht, damit Nancibel ihr nicht den Kopf abriss.

Sie ging ein Becken, Seife und ein Frottiertuch holen. Nancibel war wild entschlossen, das Thema zu wechseln, und berichtete lebhaft von den heutigen Geschehnissen im Hotel. Sie erzählte von Gerry Siddals Verlobung, dem Rätsel der verschwundenen Bibliothek, den verbrannten Briefen im Heizofen, von Mrs Siddals Zusammenbruch, Miss Wraxtons Kochkünsten und von ihrer eigenen Angst, verrückt zu werden, wenn sie noch länger in diesem Haus blieb.

»Es reibt mich auf«, erklärte sie, während sie ihre Kleider abstreifte. »Wirklich. Jeden Morgen schleppe ich mich hin und kann mich abends nicht schnell genug aus dem Staub machen. All der Ärger, diese Streitereien und Widerwärtigkeiten! Es sind nur wenige solche Leute, aber sie machen uns anderen das Leben zur Hölle. Man glaubt es nicht, dass so wenige Menschen so viel Schaden anrichten. Ellis ist natürlich die Schlimmste. Weißt du, was sie jetzt erzählt?« Sie machte eine Pause, um sich die Locken auf dem Kopf festzustecken. »Sie geht herum und erzählt den Gästen, dass das Hotel ungesund ist. Dass die Regierung sagt, es müsse geschlossen werden.«

»Die alte Hexe!«

Mrs Thomas stellte das Becken auf einen Stuhl vor den Kochherd und goss aus dem großen Kessel heißes Wasser hinein.

»Wenn ich sie dabei erwischen würde, würde ich sofort zu Mrs Siddal gehen, wirklich, obwohl ich es hasse, jemanden zu verpetzen. Aber sie tut es aus reiner Bosheit, um das Hotel zu ruinieren, und das sollte man unterbinden.«

»Woher weißt du denn, dass sie solche Dinge erzählt?«

»Von Fred. Deshalb will ich mich nicht einmischen. Er versteht immer alles falsch … und es ist gefährlich, jemanden anzuzeigen, ohne sich ganz sicher zu sein. Hätte ich es selbst gehört, wäre es etwas anderes …«

Nancibel kniete sich vor das Becken und seifte sich die Arme, Brüste und Schultern ein.

»Er holte das Teetablett von der Terrasse und hörte Ellis mit Mr Paley im Salon schwatzen. Und schon erscheint Fred in der Spülküche und sagt: ›Neuigkeit gehört? Das Haus muss geschlossen werden. Mr Bevin hat an Mr Siddal geschrieben‹.«

»Mr Bevin!«, rief Mrs Thomas. »Niemals!«

»Er ist doch in der Regierung, nicht wahr?«

»Er ist Außenminister, dummes Mädchen. Der hat genug zu tun, sich mit den Russen herumzuschlagen. Nein, du meinst wahrscheinlich Bevan.«

»Ich weiß es nicht«, sagte Nancibel. »Bevin und Bevan … ich verwechsle diese Namen selbst immer, also kann man Fred keinen Vorwurf machen.«

Sie stand auf, um Hüften und Schenkel einzuseifen.

»Ich weiß nicht, wie ihr Mädchen mit so wenig Wissen auskommt«, sagte Mrs Thomas kopfschüttelnd. »Es heißt immer, ihr hättet eine so viel bessere Bildung genossen als wir … ihr lernt ich weiß nicht was alles in der Schule. Aber ihr lest keine Zeitungen und hört keine Radionachrichten und wisst überhaupt nichts über euer Land. Ich bin mit dreizehn Jahren von der Schule gegangen, und trotzdem interessiere ich mich für vieles, ich gehe zu Vorträgen über Westindien und kenne den Unterschied zwischen Bevin und Bevan.«

»Sei so lieb, Mum, und schrubbe mir den Rücken.«

»Du bist ein kleines Baby«, schalt Mrs Thomas liebevoll.

»Du schrubbst doch auch Dad den Rücken.«

Nancibel kniete genießerisch vor dem Feuer, während ihre Mutter ihr den schönen weißen Rücken wusch und Schultern, Rückgrat, Rippen und Hüften massierte in der überlieferten Art der Frauen, die ihren Männern die müden Muskeln beruhigten.

»Dein Vater wird steif von der Arbeit auf dem Feld.«

»Und ich von der Arbeit im Hotel. Es tut so gut! Mach weiter!«

»Aber was stimmt denn nicht mit dem Hotel?«, fragte Mrs Thomas. »Könnte es der Brunnen sein, was meinst du? Man sagt ja heutzutage, dass Pumpbrunnen unhygienisch sind.«

»Oh, das hoffe ich wirklich nicht. Sie hätten niemals genug Geld, um das Leitungswasser den ganzen langen Weg von Tregoylan herunterführen zu lassen. Ich habe Fred gesagt, er soll den Mund halten und nicht solche Geschichten nacherzählen. Aber daran siehst du, welche Art Boshaftigkeit ich meine. So geht es die ganze Zeit. Ich will Mrs Siddal nicht im Stich lassen, aber ich halte es nicht mehr lange aus.«

»Soll ich dir den Rücken abtrocknen?«

»O ja, bitte. Weißt du, ich bin nicht die Einzige, die es dort kaum noch aushält. Bevor ich nach Hause kam, haben wir in der Küche über das Picknick gesprochen, das morgen stattfinden soll. Die Kinder wollen es unbedingt auf der Pendizack-Spitze abhalten, aber Gerry sagte, wir können nicht all das Essen und die Getränke dort hinaufschleppen. Warum wir nicht auf den Felsen gleich vor dem Garten picknicken? Da sagte Miss Wraxton genau das, was ich eben gesagt habe. Sie sagte, nein, das Fest muss möglichst weit weg vom Hotel sein. Niemand könnte es in der Nähe dieses Hauses genießen, sagte sie. Und ebenso Mrs Paley. Nur schnell weg von hier, das habe sie die ganze Woche gedacht. Und so ist es. Man würde all das Widerwärtige nicht vergessen, wenn man in der Nähe picknicken und der arme alte Mr Paley sein düsteres Gesicht zum Fenster hinausstrecken würde wie ein Pferd, das über einen Zaun stiert, oder wenn Kanonikus Wraxton zu uns herausrennen und uns seine Bosheiten an den Kopf werfen würde. Wirklich, Mum, vielleicht ist dieser Ort nicht ungesund, sondern etwas viel Schlimmeres. Niemand kann im Umkreis von einem Kilometer glücklich zu sein.«

Nancibel stand auf, entspannt und erfrischt nach der Massage. Sie gähnte und reckte die Arme; der Schimmer ihrer Nacktheit erfüllte die Küche.

Mrs Thomas ließ einen zustimmenden Laut hören, aber ihre Gedanken waren zu dem Brief hinter dem Tintenfass gewandert; sie befürchtete, ein wichtiger Beschluss könnte zu voreilig gefasst werden. Denn, dachte sie, gerade wenn er ein Weichling ist, lässt er sich dann nicht sogar besser leiten? Und ihr Leben wäre leichter als meines, auch wenn sie keinen so guten Mann hätte wie Barny. Ich wünsche ihr ein besseres Leben als meines. Die Frage ist ... wie viel besser? Vielleicht, dieser Bruce ...

Sie leerte das Becken, während Nancibel ein altes Kleid überstreifte und die Kleidungsstücke zusammenlegte.

»Dieser Chauffeur ...«, begann Mrs Thomas, als sie zurückkam.

»Oh, der ist fort«, antwortete Nancibel hastig.

»Fort? Ich dachte, sie bleiben hier bis ...«

»Er hat gekündigt. Er wollte sich eine bessere Stelle suchen.«

»Nun ... das nenne ich ein bisschen plötzlich. Klingt etwas überstürzt, eine gute Stelle so Hals über Kopf aufzugeben! Nancibel ... ich finde, du solltest über Brian noch einmal nachdenken, bevor ...«

»O nein, Mum. Es wäre unmöglich. Ich bin über Brian hinausgewachsen.«

»Dieser Bruce … glaubst du, er kommt einmal zurück?«

»Vielleicht«, sagte Nancibel errötend.

»Nun, hoffen wir, dass du, wenn er zurückkommt, nicht auch über ihn hinausgewachsen bist.«

Nancibel überlegte.

»Ich denke nicht, dass ich das bin«, antwortete sie langsam, »wenn er zurückkommt.«

»Du wirst eines Tages noch entdecken, dass du über alle Jungen auf der Welt hinausgewachsen bist«, rief Mrs Thomas in plötzlichem Zorn. »Du wirst über dich selbst hinauswachsen und eine alte Jungfer werden. In zwanzig Jahren bist du eine Trauerweide und bereust, dass du es für nötig hieltest, über jeden Mann so schnell hinauszuwachsen.«

Nancibel lachte, stieg auf Zehenspitzen die kleine Treppe hinauf in ihr Zimmer und schlüpfte in das Bett, das sie sich mit ihren Schwestern teilte. Mrs Thomas seufzte, stellte das Radio aus und folgte ihr.

FREITAG

Aus Mr Paleys Tagebuch

Ich hatte wieder den Traum. Ich sagte, ich würde ihn hier auf-schreiben, wenn ich ihn noch einmal träume. Aber die Erin-nerung daran erfüllt mich mit solchem Schrecken, dass ich kaum schreiben kann.

Es war Siddals Fehler. Er war der Anlass. Hätte er diese eine Sache nicht gesagt, wäre ich dem Traum vielleicht entkommen.

Ich konnte den Eindruck noch Stunden nach dem Erwa-chen nicht verscheuchen. Ich war allein. Christina lässt mich nun jede Nacht allein.

Ich war früh zu Bett gegangen, nach ein wenig Konversa-tion im Salon. Vielleicht war ich überreizt und träumte des-halb. Christina kam herein, um die Schuhe zu wechseln. Sie sagte, sie möchte bis zum Monatsende im Hotel bleiben, zwei Wochen länger als beabsichtigt. Es gibt hier einige Schwierig-keiten. Mrs Siddal ist krank. Miss Wraxton kocht, und meine Frau will ihr helfen. Es geht mich nichts an, und ich habe nichts dagegen zu bleiben. Auch von der Geschichte der dum-men Haushälterin bin ich nicht im Geringsten beeindruckt. Ich habe ihr kein Wort geglaubt. Aber gestern, nach dem Tee, ging ich zu den Klippen hinauf, um mir die besagten Risse anzusehen. Und nun denke ich, an der Geschichte könnte doch etwas dran sein, obwohl ich keine andere Meinung als die eines Sachverständigen gelten lassen sollte. Ich nehme nicht an, dass dieser Bürohengst, der Siddal geschrieben hat, mehr von der Sache versteht als ich. Die Risse scheinen sich rasch zu vergrößern, und sie befinden sich so nahe am Rand der Klippen, dass es gefährlich aussieht. Man kann sich vorstellen, dass die ganze Klippenvorderseite früher oder später abbricht und hinunterstürzt. Es würde mich nicht wundern. Und in dem Fall, das sehe ich, wäre das Haus unrettbar verloren. Siddal muss aber anderer Ansicht sein, sonst würde er nicht hierbleiben.

Ich bin ganz gelassen. Es ist nicht meine Art, ängstlich wie ein Kaninchen davonzuhoppeln. Mein Leben bedeutet mir heute nicht mehr so viel. Ich schreibe nur darüber, weil ich zögere, den Traum zu schildern.

Mein Traum ist folgender:

Im Allgemeinen messe ich Träumen keine große Bedeutung zu. Ich erinnere mich auch nicht an viele meiner Träume. Aber ich hasse sie alle. Man benimmt sich in den meisten Träumen so albern. Sie sind erniedrigend und grotesk. Bei diesem Traum jedoch ist es das Entsetzen, das Entsetzen selbst, das mich aus der Fassung bringt.

Der Traum geht so:

Siddal sagt, er öffnet nie einen der Briefe, die er erhält. Vielleicht hat er auch den einen nicht geöffnet, was sein Hierbleiben erklären würde. Daran habe ich nicht gedacht. Aber es ist bedeutungslos, da ich entschlossen bin hierzubleiben.

Dies ist mein Traum. Es ist immer derselbe.

Ich schlafe. Dann erwache ich in vollkommener Einsamkeit. Ich fühle mich in einer Leere schweben, die weder dunkel noch hell ist. Ich kann keine Dunkelheit sehen. Nicht einmal die Dunkelheit sehe ich. Nichts sehe ich – nichts als mich selbst. Die Tatsache, dass ICH BIN, ist die einzige Tatsache. Es gibt keine andere. Aber nicht seit jeher. Nicht zu Beginn meines Traums. Da ist es noch anders. Da rauche ich eine Zigarre. Ich kann sie sehen, fühlen und riechen. Ich sehe die Glut an ihrem Ende glimmen. Diese Zigarre ist überaus kostbar, da sie das Letzte ist, das außer mir besteht. Wenn sie aufgeraucht ist, wird nichts mehr sein. Deshalb rauche ich sie sehr langsam. Ich wage aber nicht, sie nicht zu rauchen, denn sie könnte ausgehen, und dann würde ich das Glimmen nicht mehr sehen. Aber wie langsam ich sie auch rauche, der Zeitpunkt naht, *die Zeit naht,* da sie zu Ende geraucht sein wird. Der Stummel verbrennt mir die Finger, und ich lasse ihn fallen, obwohl ich mir fest vorgenommen habe, es nicht zu tun, sondern das Brennen zu ertragen, da Brennen und Schmerz, verursacht durch ein Ding, das nicht ich selbst ist, besser sind als die vollständige Einsamkeit. Trotzdem lasse ich den Stummel fallen. Das kleine Glimmen fällt wie ein Stern und ist verschwunden. Danach gibt es nichts mehr, für immer und ewig.

Nichts.
ICH BIN.
Nichts
BIN ICH.
Für immer.
ICH BIN
Nichts.

Unmöglich, dass es je einem … wie soll ich sagen? … einem denkenden Wesen geschehen könnte. *Cogito ergo sum.* Aber ich *denke* nicht, in meinem Traum. Das, was nicht ich selbst ist, nehme ich durch meine Sinne wahr. Sollte ich meine Sinne überleben … was dann? Worüber sollte ich dann nachdenken? *Cogito ergo sumus ego et non ego.*

Ich habe meinen Traum beschrieben, aber unzureichend. Ich habe nicht ausgeführt, dass ich in diese Leere hinein aufwache und dass mein gegenwärtiges Leben der Traum ist … Ich fürchte mich nicht zu träumen. Aber ich fürchte mich aufzuwachen …

Circe

Branw lls unschuldigAug nlid r ..., tippte Anna.

Sie hörte fluchend auf, denn der Buchstabe *e* war aus ihrer Schreibmaschine herausgefallen. Schon seit Wochen hing er nur noch lose, und nun war er ganz verschwunden. *Der blutende Zweig* musste eine Zwangspause einlegen, bis sie eine Ersatzmaschine gefunden hatte.

Im Büro stand eine alte Remington, die von den Siddals nie benutzt wurde, da keiner von ihnen Schreibmaschine schreiben konnte; sie stand dort für den Fall, dass sie eines Tages eine Haushälterin hätten, die tippen konnte. Anna erinnerte sich an die Remington und machte sich auf die Suche nach jemandem, der ihr erlauben konnte, sie zu borgen. Mrs Siddal war wohl nicht die geeignete Person, aber Mr Siddal lieh ihr vielleicht ein offenes Ohr, und so steuerte sie auf seine Kammer zu. Er war nicht dort. Fred, der im Korridor herumschlurfte, erklärte, Mr Siddal sei zu den Stallungen hinübergegangen, um in den Abfalleimern etwas zu suchen. Anna eilte also dorthin.

Die Mülleimer wurden jeden Freitag in den Hof gestellt, wo sie von einem Lastwagen aus Porthmerryn abgeholt wurden. Einige enthielten Abfall, andere Papier, das verwertet wurde. Mr Siddal hatte den Inhalt sämtlicher Eimer in die Mitte des Hofes gekippt. Kohlstrünke, Asche, Teeblätter, Kaffeesatz, Eierschalen und Konservenbüchsen vermengten sich mit Briefen und Zeitungen. Mr Siddal, noch immer in seinem alten Schlafrock, schlurfte um den stinkenden Haufen herum, fischte den einen oder anderen Brief heraus, betrachtete ihn und warf ihn wieder weg. Oben in seiner Kammer hörte Duff Strawinsky.

»Nun…«, sagte Anna. »Suchst du etwas zu essen für dich?«

Mr Siddal erklärte ihr, er suche einen Brief, sei aber nicht sicher, ob dieser Brief überhaupt existierte. Und falls es ihn gegeben hatte, war er vielleicht gestern verbrannt worden. Er könnte aber auch in einem dieser Mülleimer stecken, da Fred, auf Miss Ellis' Weisung hin, alle unverbrannten Briefe dort hineingestopft hatte.

»Jetzt hast du denselben Brief in zwei Minuten schon dreimal angesehen«, sagte Anna. »Warum gehst du nicht methodisch vor? Wie sieht der Brief aus?«

Er konnte ihn nicht beschreiben und bat sie, den braunen Brief, der vor ihren Füßen lag, aufzuheben.

»O nein«, protestierte Anna. »Er ist bedeckt von Teeblättern. Hol ihn dir selbst.«

Murrend griff er danach.

»Wovon handelt denn der Brief?«

Er sagte es ihr. Während er zwischen Kohlstrünken herumkroch und fieberhaft darin wühlte, erzählte er ihr von der Mine, den Rissen, Sir Humphrey Bevins Besuch und der Andeutung des Kanonikus.

»Ich tappe im Dunkeln«, klagte er. »Ich weiß nicht, ob er die Geschichte nicht erfunden hat. Aber wenn sie wahr ist …«

Anna war beeindruckt und schlug vor, er solle Sir Humphrey schreiben. Aber damit wollte er sich nicht begnügen. Mehrmals sagte er, dass Freitag war. Und frühestens am Dienstag würde er eine Antwort erhalten. Und in der Zwischenzeit könnte das Schicksal zuschlagen. Er wirkte panisch.

»Bisher hat es noch nicht zugeschlagen«, beruhigte ihn

Anna. »Bis Dienstag wird es das nicht tun. Du bist nicht einmal sicher, ob der Kanonikus die Geschichte nicht erfunden hat.«

»Aber wohin sollen wir in der Zwischenzeit gehen?«

»Was sagt Barbara dazu?«

»Sie weiß nichts davon. Ich wollte zuerst den Brief finden.«

»Das wird lustig, es ihr zu erzählen! Es wäre einfacher, wenn du deine Briefe öffnen würdest, glaubst du nicht auch?«

»Ach, hör auf, Anna! Ich habe solche Angst. Letzte Nacht habe ich kein Auge zugetan. Ich werde bis Dienstag nicht schlafen. Merkst du denn nicht, wie beängstigend es ist?«

»O doch. Ich glaube, ich reise morgen ab.«

»Was würdest du an meiner Stelle tun?«

»Kein Wort zu niemandem, bis du Nachricht von Sir Humphrey hast.«

Siddal setzte sich auf seine Fersen. Er schwitzte von der ungewohnten Anstrengung.

»Nun«, meinte er, »vielleicht ... Aber wie soll ich es bis Dienstag aushalten. Ich habe alles durchsucht, der Brief ist nicht hier. Mich packt das Entsetzen, wenn ich die Klippen sehe.«

»Du hast nicht gründlich gesucht«, wandte Anna ein. »Da sind noch viele Briefe, die du gar nicht angesehen hast.«

»Ich sterbe an einem Hitzschlag, wenn ich noch lange hier sitze«, sagte er und stand schwerfällig auf, indem er sich am Rand eines Mülleimers festhielt.

Dann schlurfte er über den Hof, während die Kordel seines Schlafrockes hinter ihm nachschleifte.

»Was geschieht nun mit diesem Zeug?«, rief ihm Anna nach und deutete auf den Abfallhaufen.

»Jemand muss es in Eimer zurückstopfen. Ich habe meine Arbeit getan.«

Er blieb stehen und brüllte nach Duff, der gleich den Kopf aus dem Fenster seiner Kammer steckte.

»Mach hier Ordnung«, befahl sein Vater und schlurfte weiter.

Die Klänge von Strawinskys Musik brachen ab, und Duff kam herunter.

»Der alte Dreckskerl«, sagte er, als er das Durcheinander sah. »Was zum Teufel hat er hier gemacht?«

»Nach etwas gesucht, das er verloren hat«, erklärte Anna.

»Ich räume das nicht auf. Ich muss nach Porthmerryn, um mir eine Perücke zu kaufen für das Fest.«

»Können Sie ein Auto fahren?«, fragte Anna.

Er könne, erklärte er, jedes beliebige Auto fahren.

»Würden Sie mich in meinem Wagen nach Porthmerryn fahren? Ich hasse das Fahren und möchte mir eine Schreibmaschine mieten.«

Duff versuchte, seine Begeisterung nicht allzu deutlich zu zeigen. Er kam selten dazu, ein Auto zu fahren, und genoss es dann so sehr, dass er alle wölfische Prahlerei vollkommen vergaß, bis er den Hillman von der Zufahrt auf die Hauptstraße lenkte, ohne dass es beim Wechseln der Gänge ein einziges Mal geknirscht hätte. Nun entspannte er sich ein bisschen und erwiderte Annas Blick von der Seite.

»Sie gehen also zum Fest«, sagte sie. »Wie komisch!«

Ein Wolf ging nicht zu einem Fest, erkannte er sogleich. Er erwiderte träge, ja, es werde zwar sicher schrecklich langweilig werden, aber man könne sich schließlich nicht davor drücken. Und ging Anna übrigens nicht auch hin? Er habe so etwas gehört.

»Man hat mir eine Einladungskarte aufs Frühstückstablett gelegt«, antwortete sie. »Sehr hübsch. Und ich habe zugesagt. Der Kanonikus hat seine übrigens zerrissen, aber erst, als die Kinder den Speisesaal verlassen hatten. Und der alte Paley hat seine Einladung auf dem Tisch liegen lassen, zwischen leeren Briefumschlägen. Es sind wirklich zwei garstige alte Männer. Sie hätten zusagen und sich dann immer noch drücken können.«

»Werden Sie das tun?«, fragte Duff.

»Wie amüsant wird es denn werden?«

»Kein bisschen. Kinderspiele und Limonade. Fürchterlich langweilig.«

»Aber allein im Hotel zu sitzen ist auch nicht sehr unterhaltsam.«

»Sie wären nicht ganz allein. Sie könnten die Gesellschaft der garstigen alten Männer genießen. Und die Lady Giffords, die viel zu krank ist, um zu kommen.«

»Na gut. Wenn Ihnen nichts Besseres einfällt, dann müssen wir wohl hingehen. Vorsicht! Sie fahren fast in den Graben.«

Duff fuhr schweigend weiter und lenkte den Wagen dann ins Gras neben der Straße. Es war unmöglich, gleichzeitig Wolf und Chauffeur zu sein. Er stellte den Motor ab. Die Klippenlandschaft mit ihren schmalen Feldern und Steinmauern umfing sie mit großer Stille. Lerchen trillerten. Anna fragte nicht, weshalb er angehalten hatte. Vielleicht hielt sie das für sicherer.

»Ich wüsste schon etwas Besseres für uns«, sagte nun Duff.

»Ich auch«, stimmte Anna zu.

»Ich mag Sie nicht«, gestand er ihr, seine wölfische Technik fallen lassend. »Es ist nur fair, Ihnen das vorher zu sagen.«

»Aber das weiß ich ja.«

»Es macht Ihnen nichts aus?«

»Gar nichts. Es macht mir höchstens noch mehr Spaß.«

»Mehr Spaß, wenn der Mann Sie nicht mag?«

»Ja. Gucken Sie mich nicht so erstaunt an. Ihnen geht es doch auch so.«

Duff lachte erregt.

»Vielleicht. Es stört mich nicht, wenn Sie wissen, was für ein Rohling ich bin.«

»Gut«, sagte Anna. »Ich werde mich also von dem Picknick drücken und in meinem Zimmer bleiben.«

»Ich kann nicht gar nicht auf dem Fest erscheinen. Man würde mich suchen gehen, wenn ich zu Beginn nicht da bin – wir fangen mit einem Musikumzug an. Aber später könnte ich für eine Weile verschwinden – vielleicht…«

»Sie sollten sich entscheiden, denn morgen fahre ich weg.«

Und Duff entschied sich.

3

Manchmal schweigend, manchmal schreiend

»Vor langer Zeit, als junges Blut, vertat er all sein Hab und Gut und wanderte ...«, flüsterte Sir Henry vor sich hin.

Er musste seinem Gedächtnis mit dem Blatt Papier nachhelfen, das er in der Hand hielt. Caroline hatte es ihm gegeben mit der Anweisung, die darauf stehenden Verse noch vor Einbruch der Dämmerung auswendig zu lernen. Denn in dem großen Finale des Festes sollten alle Edward-Lear-Gestalten ihre entsprechenden Gedichte rezitieren. Sie hatte ihn gewarnt, dass seines recht traurig sei, aber er war nicht derselben Meinung. Der alte Onkel Arly schien sein Leben nicht schlecht angepackt zu haben.

Sir Henry wünschte, er hätte sein Leben auch nur halb so vernünftig zugebracht. Aber vor zwölf Jahren war es kaputtgegangen, in einem Sommer wie diesem, in einem kleinen Dorf am Meer, das Pendizack glich.

Sie hatten nach Carolines Geburt eine junge Säuglingsschwester gehabt – ein blondes, frisches Mädchen, dessen Name ihm entfallen war. Sie war nicht lange bei ihnen geblieben, aber er hatte sich in den vergangenen Tagen ein paar Mal an sie erinnert. Denn sie hatten das Mädchen und das Kind in die Sommerferien in ein kleines Hotel am Meer mitgenommen. Das Wetter war heiß und schön gewesen. Eirene erholte sich nur langsam von ihrem Kindbett. Jeden Tag lagen sie auf den Felsen in der Sonne und kletterten gelegentlich zum Meer hinunter, wo sie träge in dem lauwarmen Wasser herum-

schwammen. Es war wundervoll. Denn damals, nach andert-
halb Jahren seit ihrer Heirat, war er noch sehr verliebt gewesen in Eirene, trotz gewisser Prüfungen, die ihm gestellt wurden. Eirenes Leiden während der Schwangerschaft und der
Geburt war in seinen Augen groß genug gewesen, um Egois-
mus und kindliches Selbstmitleid zu rechtfertigen. Nach ihrer
Genesung würde es bestimmt verschwinden, dachte er. Er
verstand sehr wenig von Frauen. Er hatte keine Schwestern
und in seiner arbeitsreichen Jugend nur sehr wenige Mädchen
kennengelernt. Für ihn war Eirene ein seltenes und zerbrech-
liches Wesen, ähnlich einer Treibhausblume, und er war von
der Grausamkeit der Natur ebenso abgestoßen wie sie. Nach
neun Monaten ständigen Elends war sie fast gestorben. Die
Ärzte hatten es nicht ausgesprochen, aber Eirenes Mutter
hatte es ihm gesagt. In seiner Dankbarkeit, sie gerettet zu wissen, war er entsetzt darüber, dass er ihr gegenüber je ungeduldig gewesen war.

Tag für Tag lagen sie auf den Felsen. Und Tag für Tag saß
die junge Säuglingsschwester in ihrer gestärkten Tracht neben
dem Kinderwagen am Strand. Er konnte nicht sagen, wann er
sich zu wundern begonnen hatte, weshalb die Nanny nie
schwimmen ging. Vielleicht hatte er andere Kinderschwestern aus dem Hotel schon zum Strand hinunterlaufen und
schwimmen gehen sehen. Er fand es seltsam, dass ein junges,
lebhaftes Mädchen sich damit zufriedengab, neben dem Wasser zu sitzen, ohne ein einziges Mal zu baden, und endlich
fragte er Eirene, was der Grund war. Eirene erwiderte, einen
Hauch zu hastig, die Nanny mache sich nichts aus dem
Schwimmen.

Er hätte das bis an sein Lebensende geglaubt, wenn er nicht
später einmal vom benachbarten Balkon aus einige Gesprächs-
fetzen gehört hätte. Mrs Gifford sei hart wie Stein zu ihrer
netten kleinen Nanny; nie gebe sie dem Mädchen eine Minute

frei, damit sie mit den anderen Kinderschwestern schwimmen gehen könne. Mrs Gifford wolle nie auch nur eine halbe Stunde selbst ihr Kind hüten. Es sei für ihre Nanny besonders hart, da sie eine Meisterschwimmerin sei. Sie habe eine Silbermedaille gewonnen. Und das wisse Mrs Gifford auch.

Er nahm all seinen Mut zusammen und warf Eirene vor, sie habe gelogen und verhalte sich unmenschlich zur Nanny. Es war ihr erster ernsthafter Streit. In gewisser Weise war es auch ihr letzter, denn nur dieses eine Mal beharrte er auf seiner Meinung und handelte danach. Während der restlichen Ferientage saß er jeden Tag eine Stunde bei Caroline, während die Nanny schwimmen ging. Es war im August. Und kurz vor Weihnachten meinte er annehmen zu dürfen, dass Eirene ihm verziehen hatte; denn an einem frohen Weihnachtsvorabend hatten sie einträchtig Carolines ersten Strumpf gefüllt. Wochen und Monate zuvor hatte er neben einer verwelkenden Blume gelebt, gegessen und geschlafen. Sie machte ihm nie Vorwürfe. Sie sprach überhaupt wenig. Sie kam einfach nicht wieder auf die Beine, und ihre Mutter fand immer einen Grund, dies zu erklären.

Danach hatte er es nie wieder darauf angelegt, seine Meinung zu äußern, und es gab auch keine Gelegenheit mehr, sie so wirkungsvoll zu äußern wie damals, obwohl er oft die Geduld verlor und Eirene anfuhr. Sie tat einfach, was sie wollte. Als er aufhörte sie zu lieben, was sehr bald geschah, fand er es leichter, ihr in nichts mehr hineinzureden. Er schrieb sein Familienleben ab als einen Misserfolg und widmete sich und seine Fähigkeiten ganz dem Beruf. Er nahm es als Tatsache hin, dass seine Frau eine Lügnerin war.

An all das erinnerte er sich, als er im Garten des Hotels umherwanderte und das Gedicht auswendig lernte. Und er fragte sich, ob er Eirene hätte beibringen können, ihn zu lieben, wenn er sich behauptet hätte. Er war kalt und hart geworden, anstatt ihr zu helfen, ihre Fehler zu überwinden. Und nun, da sie wirklich krank zu sein schien, trug er sich mit dem Gedanken, sie zu verlassen. Sie würde nie verstehen, weshalb ...

Manchmal schweigend, manchmal schreiend,
Bis nach Borley Melling hin,
Zu dem Wohnsitz seiner Ahnen;
(Und seine Schuhe waren ihm viel zu klein.)

Manchmal schweigend, manchmal schreiend, dachte er, das war eine gute Beschreibung seines Lebens mit Eirene.

Zur Teezeit trug er ihr Tablett hinauf und fand sie in düsterer Stimmung. Sie seufzte und klagte, ihre elende Krankheit habe sein Leben ruiniert. Das sagte sie oft. Er stellte das Tablett auf ihr Bett und setzte sich neben sie auf die Bettkante.

»Deine Krankheit wäre nicht mehr als ein nebensächliches Unglück«, sagte er, »wenn wir einander liebten.«

»Du würdest mich lieben, wenn ich nicht krank wäre. Keine kranke Frau kann ihren Mann bei sich halten.«

»Aber du liebst mich nicht.«

»Harry! Du weißt genau, dass ich dich tief liebe!«

»Du zeigst es nie. Wenn du mir ein Beispiel deiner Liebe zeigen könntest, so ... nun ... so würde ich über alles ganz anders denken.«

Er schenkte sich eine Tasse Tee ein. Er merkte, dass sie mit der Antwort zögerte, nicht weil sie keine fand, sondern aus einem anderen Grund.

»Nun ...«, begann sie endlich, »ich hätte mich von dir scheiden lassen können, wenn ich gewollt hätte. Aber ich wollte nicht.«

»Wie bitte?«

Er war zutiefst überrascht.

»Halt still. Du wirfst noch das Tablett um. Wenn ich dich nicht liebte, hätte ich mich scheiden lassen nach meiner Rückkehr aus Amerika. Es gab genügend Beweise. Ich tat es trotzdem nicht. Ich habe dir nicht einmal Vorwürfe gemacht, obwohl es mir fast das Herz brach ...«

»Du meinst Billie Blacker ...?«

»Ich weiß, dass Männer oft diese animalischen Triebe verspüren, und du warst ganz allein. Deshalb verzieh ich dir. Viele Frauen hätten das nicht getan.«

»Wie hast du es erfahren?«

»Viele Leute wussten es. Auch einige meiner Bekannten. Glaubst du, sie hätten es mir nicht erzählt? Du ... du hast ja mehrere Monate praktisch mit ihr gelebt, in einer Wohnung in Bayswater.«

»Ja. Ja ... Ich glaube, die Leute wussten es. Es war alles so ... es war während des Blitz ... das Leben stand Kopf. Man hatte keine Freunde, nur das eigene Leben ... und den Krieg.«

»Alle dachten, ich würde mich scheiden lassen. Aber ich sagte, nein. Ich liebe ihn. Ich verstehe ihn. Ich finde Eifersucht abscheulich. Wenn ich geduldig auf ihn warte, wird er zu mir zurückkehren.«

»Aber Eirene ... Die Schwierigkeiten zwischen uns begannen doch schon viel früher, vor Jahren, kurz nach Carolines Geburt. Als wir diese Kinderschwester hatten, erinnerst du dich? Und du erlaubtest ihr nicht, schwimmen zu gehen, und dann ...«

»Mein Gott, Harry! Nicht damals! Nicht mit dieser Schwester! Ich habe nie ...«

»O nein, nein! Ich meine nicht, dass ich ein Verhältnis mit der Nanny hatte. Aber ihretwegen haben wir zum ersten Mal gestritten.«

»Das weiß ich nicht mehr. Wie du solche Erinnerungen hütest! Ich tue das nicht. Ich versuche unsere kleinen Zwistigkeiten zu vergessen. Da hast du mir einen Schrecken eingejagt mit der Nanny! Denn ich war sicher, dass diese Luftschutzwartin die Erste war. Das habe ich jedem gesagt. Ich sagte, ich weiß, dass er zum ersten Mal eine andere Frau angeschaut hat. Und das ist wirklich recht bewundernswert, wenn man meine schlechte Gesundheit in Betracht zieht.«

»Wem hast du das alles erzählt?«

»Lulu Wilmott, in Massachusetts. Und allen meinen Bekannten dort. Sie fanden es fabelhaft, dass ich zu dir zurückkehre und kein Wort davon sage. Sie sagten, ich solle mich scheiden lassen und in Amerika bleiben. Ich hätte es getan, wenn ich dich nicht so sehr geliebt hätte. Es gefiel mir in Amerika. Ich würde gerne dort leben.«

»O gewiss. Bis es dir auch dort zu ungemütlich würde.«

Er biss sich auf die Zunge und schämte sich für seine Bitterkeit. Aber Eirene schien den Stachel nicht zu spüren. Sie nippte an ihrem Tee und meinte ruhig:

»Ich glaube nicht, dass es dort ungemütlich werden könnte, auch wenn es noch einen Krieg gäbe. Amerika ist so groß. Sie werden dort immer von allem genug haben.«

Der alte Zorn und das Verlangen, sie anzuschreien, erstickten ihn beinahe.

»Ich bin wirklich dagegen, die Kinder deiner Erziehung zu überlassen!«, rief er aus. »Du bist unfähig dazu.«

Dies verletzte sie nun ein wenig. Sie erwiderte scharf:

»Red keinen Unsinn! Ich bin sehr wohl dazu fähig. Meine Gesundheit hat mich nie daran gehindert. Ich kümmere mich besser um sie als manche Mutter, die ihr ganzes Leben noch nie krank war. Sieh dir nur einmal diese schrecklichen kleinen Coves an! Wie vernachlässigt sie sind!«

»Du bist nicht in der Lage dazu. Ich will nicht, dass die Kinder ohne loyale Verbindungen aufwachsen. Sie sollen kein Schaum werden ... Jede Nation wirft ihren Schaum ab ... er treibt von Ort zu Ort, auf der Suche nach einem vollen Trog. Sie müssen zu einem Land gehören. Zu einer Gemeinschaft gehören, zu der sie in guten und schlechten Zeiten treu halten sollen. Ich will nicht, dass sie in Ratten verwandelt werden.«

Gegen seinen Willen hatte er laut gesprochen. Nun schrie er wieder. Eirene dämpfte ihre Stimme und sprach betont sanft.

»Ich wünschte«, sagte sie, »sie würden mir hier nicht immer Himbeerkonfitüre geben. Sie wissen doch, dass ich sie nicht essen darf. Du hättest nachsehen können, Harry, bevor du mir das Tablett brachtest. Und du kannst mich nicht daran hindern, die Kinder aufzuziehen, nicht wahr?«

»Ich kann sie dir wegnehmen.«

»Nein. Du kannst sie nicht ihrer Mutter wegnehmen, wenn sie nichts Unrechtes getan hat. Ich hätte sie dir wegnehmen können, wenn ich mich hätte scheiden lassen. Aber du kannst sie mir nicht wegnehmen. Solltest du wirklich beabsichtigen, mich zu verlassen, werde ich mich trotzdem nicht scheiden lassen. Ich werde dann hoffen, dass du es bereust und eines Tages zu mir zurückkehrst. Ich werde immer auf dich warten. Aber du wirst die Kinder nicht sehen, bis du zurückkehrst.«

Es wurde an die Tür geklopft. Hebe steckte den Kopf ins Zimmer. Er bedeutete ihr, sie solle verschwinden, und sagte:

»Nicht jetzt, Hebe.«

»Nein… warte…«, rief Eirene und hob die Schale mit Konfitüre hoch.

»Bring dies hinunter, Liebling, und frag nach Gelee.«

Hebe trat zum Bett und reichte Sir Henry einen kleinen, einer Grille ähnlichen Gegenstand aus Wolle und Draht.

»Das habe ich heute Nachmittag gemacht«, sagte sie. »Und Caro macht noch dein Bahnbillet. Hast du deine Rolle gelernt?«

»Welche Rolle?«, fragte Eirene.

»Für das Fest«, erklärte Hebe. »Das Fest der Coves. Hast du deine Einladungskarte auf dem Frühstückstablett nicht gesehen?«

»Diese Karte? O doch. Ich habe mich gefragt, was in aller Welt sie bedeutet. Wie konntet ihr glauben, dass es mir gut genug geht, um dergleichen mitzumachen?«

»Jeder ist eingeladen«, erklärte Hebe. »Sie fanden es wohl unhöflich, dich nicht einzuladen, da wir ja alle hingehen.«

»Was meinst du? Ihr geht alle hin? Wann habe ich euch das erlaubt?«

Hebe blickte sie verzweifelt an und dann hilfeflehend ihren Vater.

»Wir dachten nicht, dass du etwas dagegen hast.«

»Allerdings habe ich etwas dagegen. Hatte ich euch nicht verboten, mit den Cove-Kindern zu spielen? Mit dieser Familie will ich nichts zu tun haben. Ihre Mutter war am Dienstag unerträglich gemein zu mir.«

»Mrs Cove kommt nicht zum Fest, Mutter. Sie muss zu Hause bleiben und packen, weil sie morgen nach London fährt…«

»Diese Kinder waren dir gegenüber gar nicht nett, als sie dich beschuldigten, du hättest sie ertränken wollen. Das reicht. Ich schlage dir ungern etwas ab, Liebling, aber dieses Mal muss es sein. Dieses Fest gefällt mir ganz und gar nicht.«

»Aber Mutter…«

Sir Henry mischte sich ein:

»Es ist meine Schuld, Eirene. Ich habe es ihnen erlaubt. Ich hatte keine Ahnung, dass es dir nicht recht wäre. Jetzt ist es zu spät, es zu verbieten. Es wäre ein schrecklicher Schlag für die Coves, wenn wir sie jetzt im Stich ließen.«

Eirene warf ihm einen kalten, starren Blick zu. Er begriff, dass sie ihm seine Drohung, er würde ihr die Kinder wegnehmen, heimzahlen wollte. Neckisch sagte sie:

»Liebling! Ich weiß, du denkst, dass ich sie verwöhne und dass du der einzige Mensch bist, der fähig ist, sie großzuziehen. Aber du irrst dich. Du bist derjenige, der ihnen nichts abschlagen kann. Ich bin viel konsequenter als du.«

»Aber Mutter, wir müssen zum Fest gehen! Wir müssen!«, schrie Hebe, inzwischen ganz außer sich.

»Ich will kein *muss* hören, mein Schatz. Ich verbiete es.«

»Aber warum? Warum?«

»Ich habe es dir erklärt. Ich mag die Coves nicht.«

»Du täuschst dich in ihnen, Eirene. Sie sind sehr nette kleine Mädchen. Und sie tun uns allen ziemlich leid.«

»Es ist nicht nur der Coves wegen. Es wird zu spät werden für die Zwillinge. Und keines unserer Häschen hat eine gute Verdauung. Ihnen wird nur übel, wenn sie sich mitten in der Nacht mit solchem Zeug vollstopfen.«

»Es ist kein Zeug. Es sind wundervolle Sachen. Hummersalat und Huhn und Eis ... wir haben alle dafür gesammelt«, protestierte Hebe.

»Höchst unverdaulich. Die kleinen Coves haben es vielleicht nötig, mitten in der Nacht durch eine öffentliche Sammlung gefüttert zu werden. Aber meine Kinder ...«

»Ich glaube«, heulte Hebe nun wütend, »du hättest lieber, wir würden Bandwürmer essen.«

Der Streit wurde jäh beendet durch das scharfe Einatmen von Hebe und ihrer Mutter gleichzeitig. Sir Henry, der sich umgedreht hatte, um Hebe wegen der abstoßenden Idee zu tadeln, erschrak über den Ausdruck in ihrem Gesicht – das bleiche Entsetzen und zugleich der Triumph eines Kindes, das weiß, dass es zu weit gegangen ist. Er sah seine Frau an.

Eirene fragte nicht nach der Bedeutung von Hebes Worten. Ihr Entsetzen war noch größer als das Hebes. Sie hielt die Konfitürenschale noch immer in der Hand, als wollte sie sich mit ihrer Hilfe Hebe vom Leibe halten. Sie leckte sich die

Lippen, versuchte etwas zu sagen und stellte die Schale auf das Tablett. Dann lehnte sie sich in ihre Kissen zurück und schloss die Augen.

»Du solltest jetzt besser gehen«, sagte Sir Henry streng zu Hebe.

Doch Hebe wich nicht von der Stelle, obwohl sie zitterte.

»Können wir zum Fest gehen?«, fragte sie und starrte ihn kalt an.

»Ja«, antwortete er, nur um der Szene ein Ende zu setzen. »Ja. Sie können gehen, nicht wahr, Eirene?«

Eirene öffnete einen Augenblick die Augen und warf einen hasserfüllten Blick auf Hebe. Sie sagte schwach:

»Geh, wenn du willst. Aber verschwinde.«

Hebe rannte hinaus.

»Ich will keinen Tee mehr«, flüsterte Eirene. »Diese Auftritte schaden mir so sehr. Ich darf mich nicht aufregen. Würdest du bitte das Tablett hinunterbringen, Liebling. Ich muss mich nun vollkommen entspannen.«

Er hörte sie kaum. Er stand am Fußende ihres Bettes und klopfte den Takt zu den Worten des alten Onkel Arly, die in seinem verwirrten Kopf hämmerten.

»Nimmst du bitte das Tablett weg, Harry?«

Er riss sich zusammen.

»Was … was meinte sie?«, fragte er endlich.

»Hebe? Wie soll ich das wissen? Irgendein ordinärer Ausdruck, den sie aufgeschnappt hat. Das kommt vom Umgang mit diesen grässlichen Kindern. Nimm jetzt das Tablett weg.«

Er gehorchte. Auf dem Treppenabsatz stolperte er beinahe über Hebe, die dort zusammengekauert auf ihn wartete. Sie sagte sofort:

»Es wäre besser, ihr schickt mich zurück ins Waisenhaus. Ich bin nicht euer Kind, und ich habe mich schlecht entwickelt. Ich sollte lieber fortgehen.«

»Wir sind verantwortlich für dich«, sagte er trostlos.

»Du kannst mich nicht behalten wollen, nach dem, was ich gesagt habe.«

»Es war wirklich ungezogen von dir. Wie …«

Er unterbrach sich. Er konnte sie nicht ausfragen.

»Ich habe Edmée gehört, das war Mrs Wilmotts Dienstmädchen. Sie redete mit einem anderen Dienstmädchen darüber …«

»Oh … in Massachusetts?«

»Ja. Edmée sagte, auf diese Weise bleiben die Leute schlank. Sie erzählte, dass Mrs Wilmott Mutter deswegen sehr böse war und gesagt hätte, dass Mutter verrückt ist. Sie war in Amerika dick geworden, weißt du. Sie wurde immer dicker. Und plötzlich wurde sie schrecklich dünn. Edmée sagte …«

»Das war nur Geschwätz«, beruhigte er sie. »Nichts daran stimmt. Das *kann* nicht wahr sein.«

Hebe nickte.

»Hast du … schon jemandem davon erzählt?«

»O nein. Nur vorhin … ich war so wütend …«

»Denk nicht mehr daran.«

»Aber *sie* wird daran denken. Du wirst mich wegschicken müssen.«

Er wusste, dass sie recht hatte.

»Vielleicht«, überlegte er laut, »beträgst du dich in der Schule besser.«

»Ja, vielleicht tu ich das«, stimmte sie ihm ein bisschen fröhlicher zu. »Wie Jane Eyre.«

Er brachte das Tablett hinunter und ging zum Strand. Soweit er es beurteilen konnte, änderte die groteske Entdeckung nichts an seiner Lage. Er kam sich noch mehr vor wie ein Idiot. Seine Sorgen hatten nun jegliche Würde verloren.

4

Der Hut des Quangle-Wangle

Der Erdball drehte sich immer schneller auf den Zeitpunkt des Festes zu. So kam es wenigstens dem Großteil der Bewohner des Hotels Pendizack vor. Den sieben Kindern jedoch drehte er sich viel zu langsam, und der Tag schien kein Ende zu nehmen. Die Erwachsenen, gequält von Sorgen und müde von der Arbeit, hatten keinen solchen Groll gegen die Zeit. Evangeline, immer noch in der Rolle der Köchin, bereute es, dass sie die Ausführung so vieler Kostüme übernommen hatte. Erst in letzter Minute konnte sie Mrs Paleys Hut fertigstellen, und als sie mit ihm die Treppe hinaufrannte, hatten sich die Kinder bereits in der Halle für den Umzug versammelt.

Sie fand Mrs Paley, die sich soeben in Duffs alten grünen Regenmantel hineinzwängte. Er war ihr viel zu eng und die Ärmel zu kurz. Er erfüllte jedoch zweifellos seinen Zweck, nämlich den Anschein von Haut zu geben.

»Da ist er«, sagte Evangeline und legte den Hut auf das Bett. »Aber wie er auf Ihrem Kopf halten soll, kann ich mir nicht vorstellen.«

»Er ist ein Meisterwerk!«, rief Mrs Paley aus. Der Hut maß einen Meter zwanzig im Durchmesser. Er war aus Karton, und an seiner Krempe baumelten Bänder und Glöckchen. Oben saßen zwei Kanarienvögel, ein Storch, eine Ente, eine Eule, eine Schlange, eine Biene, ein Hänfling, ein goldenes Birkhuhn, ein Pobble, ein kleiner olympischer Bär, ein orientalisches Kalb, ein Attery Squash und ein Bisky Bat, die alle zu der Flöte eines Blue Baboon tanzten. Mrs Paley setzte den Hut auf, und sofort neigte er sich auf höchst respektlose Weise seitwärts.

»Das habe ich befürchtet«, sagte Evangeline. »Aber ich habe ein paar Bänder mitgebracht. Wenn ich sie annähe, können Sie sie fest unterm Kinn zusammenbinden…«

Sie setzte sich aufs Bett und nähte die Bänder an, während Mrs Paley schwarze Handschuhe überstreifte, in denen Bleistifte steckten, damit die Finger wie Klauen wirkten.

»Stellen Sie sich vor«, rief sie dabei aus, »Mrs Cove hat mich gebeten, ein Auge auf ihre Kinder zu haben, während sie weg ist. Und sie war fast nett. Sagte, ich sei so freundlich gewesen zu ihnen. Dankte mir für das Fest. Und *lächelte!*«

»Ich kann es kaum glauben«, sagte Evangeline. »Sie kann bestimmt gar nicht lächeln.«

»Nun, sie hat wenigstens in einer Art Grinsen die Zähne gezeigt. Ich möchte wissen, was sie im Schilde führt.«

»Oh, ist das nicht offensichtlich? Sie hat das Zimmer gemietet. Sie will nicht dafür bezahlen, wenn sie es nicht benutzt. Warum sollte sie die Kinder nicht hierlassen?«

»Ja, so könnte man meinen, nicht wahr? Aber Hebes Motto *Cave Cove* trifft den Nagel auf den Kopf: Hüte dich vor der Cove! Ich fürchte mich beinahe vor dieser Frau. Als sie sagte, sie lässt die Kinder hier, schwante mir etwas Ungutes.«

»Glauben Sie, sie will sie los sein … für immer, meine ich?«, fragte Evangeline und biss einen Faden ab.

»Ja. Glauben Sie nicht? Haben Sie nicht auch irgendwie das Gefühl?«

»Doch. Aber ich kann mich auf nichts stützen als auf ihr seltsames Betragen.«

»Ich denke, sie ist sich dessen selbst nicht bewusst. Aber sie … sie lässt sie direkt in eine Gefahr laufen … Ich weiß nicht … Sie scheinen oft nur knapp dem Tod entgangen zu sein. Ich werde ihr Gesicht nie vergessen, als sie ihnen zusah, wie sie zum Totenfelsen hinaufkletterten. Ich habe sie durch das Fernglas beobachtet. Sie machte zwar Anstalten, zu den Kindern hinunterzugehen und sie zu warnen, aber nur sehr zögerlich. Sie liebt sie nicht, kein bisschen. Ich glaube, sie sind ihr bloß im Weg. Als sie mich so grässlich anlächelte, dachte ich sofort: Ist es etwa gefährlich für die Kinder, hierzubleiben?«

»Weshalb sollte es das denn sein?«, fragte Evangeline.

»Nein, das stimmt sicher nicht. Ich habe vielleicht zu viel Fantasie. Und ich glaube wirklich nicht, dass sie die Kinder absichtlich … ich habe nur das Gefühl, dass sie ihnen unbewusst Böses wünscht, aus irgendeinem Grund. Sie will sie los sein. Bemüht sich nicht im Geringsten, sie davor zu bewahren, dass sie sich selbst aus dem Weg räumen. Ich wünschte, es wären meine Kinder, Angie, und ich dürfte sie behalten!«

»Jetzt«, sagte Angie. »muss ich laufen und meine Narrenkappe aufsetzen. Sie müssen die Bänder sehr fest binden …«

Sie rannte die Treppe hinauf, um sich als Mrs Discobbolos zu verkleiden. Mrs Paley musste die Klauenhandschuhe wieder ausziehen, um den Hut festzubinden. Auch mit den Bändern neigte er sich noch ein wenig seitwärts, aber sie konnte dem mit Haarnadeln abhelfen, die sie ins Hutband steckte und an ihren Haaren befestigte.

Während sie noch damit beschäftigt war, hörte sie ihren Mann hereinkommen, konnte ihn jedoch nicht sehen, da ihr der riesige Hut mit seinen Bändern und Glöckchen die Sicht nahm. Mr Paley verhielt sich ganz still, und sie wusste, dass er sie betrachtete. Dann sagte er:

»Willst du dich allen Ernstes lächerlich machen? Du nützt niemandem. Ich weiß, dir tun diese Kinder leid. Aber was bringt ihnen dein Aufzug?«

»Er bringt sie zum Lachen«, murmelte sie mit Haarnadeln zwischen den Lippen.

Nach einer Minute fügte sie hinzu:

»Es ist schade, dass du nicht auch kommst. Ich weiß, du würdest es nicht mögen. Aber du würdest dich dort nicht elender fühlen als hier, und die Kinder würden sich sehr darüber freuen. Dich würde es nichts kosten, und ihnen würde es eine Freude bereiten.«

Er antwortete nicht gleich, und sie fühlte sein Zögern. Sie neigte den Kopf und blickte ihn schräg unter ihrem Hut hervor an.

»Komm mit«, sagte sie. »Es würde dich ablenken von ...«

»Von was?«, fragte er scharf.

»Von ... was auch immer an dir nagt. Du willst es mir nicht sagen, also kann ich nicht wissen, was es ist.«

»Es ist ein Traum ...«, antwortete Mr Paley leise.

Da drang Lärm von der Terrasse zu ihnen herauf. Die ersten Gäste kamen zu den Klängen von Freds Handharmonika herausmarschiert.

»Ich verstehe nichts«, sagte Mrs Paley.

»Und ich kann es dir nicht erzählen, wenn du dieses lächerliche Ding auf dem Kopf hast. Nimm es ab!«, rief er.

»Das kann ich nicht. Es dauert Stunden, ihn zu befestigen. Und ich muss jetzt los.«

Unten hatten sie zu singen begonnen.

Die Tiere gingen zwei und zwei!
Hurra! Hurra!

»Wen stellst du dar?«, brüllte Mr Paley.

»Einen Quangle-Wangle«, brüllte Mrs Paley zurück.

»Und was soll das sein?«

»Ich weiß es nicht. Niemand weiß es.«

Mrs Paley schnäuzte sich unter ihrem Hut. Sie wurde von Kummer und Bedrückung überwältigt und hatte keine Lust mehr, auf das Fest zu gehen.

»Nun?«, rief er. »Worauf wartest du?«

»Ich weiß es nicht. Lebwohl, Paul.«

Sie neigte wieder den Kopf und warf ihm einen schrägen Blick zu. Er hatte sich umgedreht, saß nun im Lehnstuhl am Fenster, den Kopf in die Hände gestützt. Er antwortete nicht.

Mit einiger Mühe zwängte sie sich samt Hut aus der Tür.

5

Der vergessene Wein

Tiefe Stille lag über dem Hotel. Der Umzug war singend über die Terrasse verschwunden und über die Zufahrt zum Klippenweg hinaufgestiegen. Der Strand war vom Hochwasser bedeckt. Die Stimmen und die Musik verhallten allmählich, und die Stille umfing das Haus wie dichter Nebel.

Mrs Siddal, die reglos auf ihrem Bett lag, empfand diese Stille als Erleichterung. Der Lärm, den die Kinder während des Ankleidens im obersten Stock gemacht hatten, die Schreie von einem Zimmer ins andere, waren unerträglich gewesen. Sie war froh, als sie sie die Treppe hinunterrennen hörte.

Sie lag angezogen auf dem Bett, denn sie war nicht krank, sondern nur müde, und sie war jederzeit bereit, die Zügel wieder in die Hand zu nehmen. Irgendeine Katastrophe würde sich bestimmt ereignen, die die anderen in die Knie zwang. Aber sie würde erst hinuntergehen, wenn man sie darum bat. Und sie würde nicht hinuntergehen, wenn Evangeline Wraxton im Haus war.

Die Mahlzeiten waren ihr von Robin, Duff oder Nancibel auf einem Tablett heraufgebracht worden, und alle versicherten ihr, dass sie nicht gebraucht wurde, dass auch ohne sie alles wunderbar gehe. Sie glaubte ihnen nicht. Sie wollte ihnen nicht glauben. Und dass das Essen so ausgezeichnet war, verhärtete ihr Herz nur noch mehr. Gerry und das Mädchen waren schlau; sie kamen nie herauf und boten ihr keine Gelegenheit, ihrer beider Zuversicht zu erschüttern.

Sie waren glücklich dort unten, wo sie nach Herzenslust in der Küche schalten und walten und ihre Zukunft planen konnten. Sie dachten bestimmt nicht an sie und ihre zerbrochenen Hoffnungen.

Die Dämmerung senkte sich herab. Ihr Zimmer war zu jeder Tageszeit ein wenig dunkel, denn es hatte keinen Meeresblick. Es war das reizloseste der Zimmer, und deshalb hatte sie es gewählt; keinem der Gäste hätte man es anbieten können. Früher hatte es als Rumpelkammer gedient. Aus dem kleinen Fenster sah man hinunter in die schmale Seitenbucht und auf die drohende Masse der Anderen Klippen. Das Haus stand so dicht an den Felsen, dass man den Kopf zum Fenster hinausstecken musste, um ein Stückchen Himmel zu sehen. Sie hörte, wie die Flut die Wellen gurgelnd in die kleine Bucht jagte, aber den lärmenden Umzug der Festteilnehmer auf der Terrasse hörte sie nicht. Sie wusste nur, dass Stille herrschte, dass sie allein war und dass die Nacht nahte.

Es war der zweite Abend, den sie ganz allein hier oben verbrachte, allein mit ihren Sorgen, während der Tag draußen verblasste und die Schatten an der Felswand zu einem einzigen dräuenden Schatten verschmolzen. In diesem Zimmer trug die Dämmerung keine weichen Farben, sie war nur das Zusammensinken, der Tod des Tages. Und in der Stille dieses Zimmers lag kein Friede, keine Ruhe; sie war starr und leer.

Mrs Siddal weinte ein wenig und nickte dann ein, bis ein kurzer, schriller Schrei sie auffahren ließ. Es war nur eine Möwe gewesen, die am Fenster vorbeiflatterte, aber ihr Herz hämmerte laut, als ahnte es Gefahr. Ein überwältigendes Bedürfnis überkam sie, aufzustehen, dieses Zimmer zu verlassen, menschliche Gesichter zu sehen und Stimmen zu hören. Einige Sekunden lang versuchte sie dagegen anzukämpfen, aber die Furcht, die sie gepackt hatte, war zu stark. Ihr Stolz beugte sich. Sie sprang auf und eilte in den Korridor hinaus, wo ihr die gleiche tödliche Stille entgegenschlug. Hier draußen wirkte sie jedoch noch viel stärker. Sie wich davor zurück, wie jemand, der vom Geruch des Feuers aufgeweckt wird, aus dem Zimmer läuft und gegen eine Wand aus erstickendem Rauch prallt. Dann quietschten Schritte, und eine Tür öffnete sich. Ihre panische Furcht ließ nach. Zum ersten Mal in ihrem Leben war sie froh, Miss Ellis zu sehen. Dieses Froschgesicht, das sie durch die Türspalte anstarrte, war in diesem Augenblick ihr Schicksalsgenosse.

»Oh!«, sagte Miss Ellis. »Ich dachte, alle sind fort.«

»Das dachte ich auch«, sagte Mrs Siddal. »Es ist so still. Wo sind denn alle?«

»Zum Fest.«

Das erklärte natürlich alles. Sie hatte das Fest vergessen, obwohl Robin ihr heute Morgen eine Einladung heraufgebracht hatte. Sie hatte den kleinen Coves ausrichten lassen, wie leid es ihr tue, nicht kommen zu können, aber sie fühle sich nicht gut genug.

»Ging alles drunter und drüber in der Küche«, berichtete ihr Miss Ellis. »Sie werden sich ärgern, wenn Sie die Bescherung sehen ... Fred hat zwei Gemüseplatten zerschlagen. Und wie viel Zucker Miss Wraxton braucht! Geht es Ihnen besser?«

»Ja, danke. Sind alle gegangen? Wollen Sie nicht auch auf das Fest, Miss Ellis?«

»Ich? Zu diesem Kinderpicknick? Nein, gewiss nicht!«

»Aber wurden Sie nicht auch eingeladen?«

»O doch, zusammen mit Nancibel und Fred. Sehr nett von ihnen, gewiss. Haben Sie gehört, was für einen Lärm sie beim Weggehen machten?«

»Nein. Ich höre in meinem Zimmer nichts von dem, was auf der Seite des Hauses vor sich geht.«

»Sir Henry war sehr fahl. Diese ... junge Hebe wird noch

einmal ein schlechtes Ende nehmen. Das Kind hat etwas an sich ... etwas wirklich Garstiges. Was glauben Sie, was für ein Kostüm sie trug?«

»Ich weiß es nicht.«

»Nichts.«

»Was?«

»Nichts als ein Paar Papierflügel und einen Köcher mit Pfeil und Bogen. Sagte, sie sei Kupido. Vor all diesen Jungen. So mussten alle warten, weil man sie hinaufschickte, damit sie sich etwas anzieht. Sie war so unverschämt, nur ein Nachthemd unter die Flügel anzuziehen. Sagte, sie habe sich in einen Engel verwandelt ...«

»Mrs Siddal!«

Miss Ellis und Mrs Siddal fuhren herum. Mrs Cove war aus ihrem Zimmer getreten.

»Ich bin froh, dass Sie wieder nach dem Rechten sehen«, sagte sie. »Sorgen Sie bitte dafür, dass man mir mein Couponheft morgen beim Frühstück auf den Tisch legt? Ich brauche es. Ich muss morgen nach London fahren und möchte es rechtzeitig vor meiner Abreise zurückbekommen. So oft geschehen in den Hotels Irrtümer, dass zum Beispiel zu viel Punkte herausgeschnitten werden, und man hat nicht mehr genug Zeit, um nachzukontrollieren.«

»Nach London?«, rief Mrs Siddal aus. »Reisen Sie alle ab? Ich wusste nicht ...«

»Nein«, warf Miss Ellis ein. »Sie lässt die Kinder hier. Nicht wahr, Mrs Cove?«

Mrs Cove sah Miss Ellis an. Die erstickenden Wellen der Stille schienen wieder durch den Korridor zu rollen, als die Frauen einander anblickten. Etwas geschah zwischen ihnen, aber keine rührte sich oder sagte etwas. Mrs Siddal ließ sie stehen und ging hinunter in die Küche, so weit wie möglich fort von den beiden.

Aber auch in der Küche wurde es ihr nicht leichter. Die Totenstille und die Beklemmung schienen in jeder Ecke des Hauses zu lauern. Sie konnte sich nicht einmal über die zerbrochenen Gemüseplatten ärgern oder die Unordnung triumphierend bemerken. Nie zuvor hatten Küche und Spülraum ein solches Chaos gesehen, denn alle hatten sich in ihre Kostüme gestürzt, ohne vorher noch das Geschirr aufgewaschen oder Ordnung hergestellt zu haben. Aber sie nahm es alles mit gleichgültigem Blick wahr. Nichts schien ihr mehr wichtig. Auch Lady Giffords Klingel, die nach Horlicks Malzmilch rief, konnte die schwere Stille nicht zertrümmern.

Gut, dass ich hier bin, dachte Mrs Siddal müde. Die anderen haben es vergessen.

Sie stellte den Kessel auf den Herd und holte die Büchse von der Anrichte. Da fand sie noch etwas Vergessenes – einen Korb mit vier Flaschen Wein, der offensichtlich für das Fest gepackt worden war.

Idiotischer Luxus, dachte sie mit derselben stumpfen Distanziertheit. Und dann blitzte ein klarer Gedanke in ihr auf, der erste, seit sie ihr Zimmer verlassen hatte. *Sie hatten ihn vergessen.* Dies tat ihr leid für sie. Sie empfand es als ein Unglück. Während das Wasser im Kessel kochte, ging sie schnell auf die Terrasse, um zu sehen, ob sie vielleicht noch jemanden von ihnen am Strand entdeckte. Sie könnte winken, damit irgendwer kam und den Korb abholte.

Doch es war niemand zu sehen. Die Flut hatte den Strand bereits überschwemmt, sie mussten also den Klippenweg eingeschlagen haben. Sie verharrte eine Weile auf der Terrasse, denn die Luft war frisch und angenehm nach der stickigen Bedrückung des Hauses, und die untergehende Sonne glänzte auf der Pendizack-Spitze. Die kühle Luft und die starken Farben drangen ihr bis ins Herz. Sie dachte, sie sollte in Zukunft mehr ins Freie gehen.

Jemand bog um die Hausecke. Es war Dick Siddal, der eilig daherschlurfte. Er blieb stehen, als er seine Frau sah.

»Nun, Barbara«, sagte er, »geht es dir besser?«

»Ja.«

Sein Anblick versetzte sie in Erstaunen, denn er war sauber, geradezu elegant gekleidet. Doch er sah sehr krank aus und atmete schwer.

»Wohin gehst du?«, fragte sie. »Und so eilig?«

»Oh, nur spazieren, spazieren …«

Er blickte verlegen um sich und fügte hinzu:

»Dachte, ich schlendere ein wenig am Strand entlang, aber nun geht das nicht, wegen der Flut.«

Ihr fiel das kochende Wasser im Kessel ein, und sie wandte sich zum Haus.

»Deshalb bin ich die Zufahrt hinaufgegangen«, keuchte Dick und schlurfte hinter ihr her. »Aber meine Pumpe macht es nicht mehr gut, Barbara. Ich war schon vor der ersten Kurve erledigt.«

»Nun, es muss Jahre her sein, seit du diesen Hügel hinaufgestiegen bist … Stell dir vor, Dick. Etwas Trauriges ist geschehen. Die Picknicker haben ihren Wein vergessen.«

Sie zeigte ihm den Korb, und er lachte.

»Armer Gerry!«

»Weshalb armer Gerry?«

»Er wird ihn holen müssen. Er und seine Angie. Gifford hat den Wein gestiftet, und Gerry und Angie hatten den Auftrag, ihn mitzunehmen, aber sie standen schäkernd vor meinem Kammerfenster und haben ihn vergessen. Ich habe gehört, wie sie das Picknick verfluchten und sich wünschten, sie müssten nicht hingehen.«

»Ach? Ich dachte, sie waren so erpicht darauf.«

»Ich nehme an, sie wären lieber allein miteinander. Schließlich trotteten sie davon und vergaßen den Wein.«

»Ich wünschte, wir könnten jemanden damit zu ihnen schicken … aber es sind nur noch Mrs Cove, Miss Ellis und Lady Gifford da. Und die können uns nicht helfen.«

»Paley und Wraxton sind auch noch hier«, sagte er. »Versuch es bei ihnen. Wraxton setzt im Salon sein Testament auf, hat er mir erklärt. Er will seine Tochter enterben. Sie verliert einen hübschen Haufen Geld, wenn es stimmt, was er sagt. Vielleicht fragst du ihn doch lieber nicht. Aber Paley ist mit nichts beschäftigt; er starrt bloß zum Fenster hinaus.«

»Da könnte ich ebenso gut Hebes Katze bitten.«

Lady Giffords Glocke ertönte wieder, und Mrs Siddal trug die Malzmilch hinauf. Das Treppensteigen strengte sie an. Es hob ihre Stimmung auch nicht zu wissen, dass das Haus gar nicht leer war, sondern dass auf jeder Etage Leute waren.

»Oh … Sie sind es«, sagte Lady Gifford. »Wie schön! Gerade sehnte ich mich nach ein bisschen Gesellschaft. Setzen Sie sich doch. Ich sehe Sie so selten. Ich hatte mich so gefreut … oh, meine gute Malzmilch! Wie nett von Ihnen!«

»Ich habe leider sehr viel zu …«, murmelte Mrs Siddal.

Aber Lady Gifford hatte schon eine Klaue ausgestreckt und packte ihre Hand.

»Sie arbeiten zu viel, wissen Sie. Ich finde Sie wundervoll. Aber Sie müssen sich nicht zu einer Martha machen. Das empfinde ich auch so oft, wenn ich hier liege. Ich möchte auf den Beinen sein und etwas tun. Es macht mich ganz ungeduldig. Und dann denke ich … nun ja … *soll* es nicht in gewisser Weise so sein? Wenn ich aufstehen könnte, würde ich sicher einen Großteil erledigen, vielleicht aber versäumen, die eine nützliche Sache zu tun. Und so bin ich, hier liegend, gezwungenermaßen eine Maria, ob ich möchte oder nicht …«

Die Klaue hielt Mrs Siddal noch immer fest. Sie muss mich loslassen, dachte Mrs Siddal, spätestens, wenn sie ihre Milch trinken will. Lady Gifford schien dasselbe zu denken, denn sie warf einen flüchtigen Blick auf die Tasse in ihrer anderen Hand. Aber ihr Bedürfnis zu sprechen überwog.

»Ich finde immer, materielle Dinge sind nicht wichtig. Die Liebe allein zählt, nicht wahr? Die Menschen, die man liebt ... und was für sie das Beste ist. Ich habe natürlich großes Glück, ich war mein Leben lang von Liebe umgeben und bin es noch. Ich war das einzige Kind, und meine Eltern vergötterten mich. Und dann heiratete ich ... eine perfekte Ehe. Harry ist ein wundervoller Gatte. Ich hielt es immer für selbstverständlich, dass mir, wenn ich Liebe schenke, Liebe entgegengebracht wird. Ich habe nie daran gezweifelt. Die Leute fragten mich, als ich ein Baby adoptieren wollte, ist das nicht ein großes Wagnis? Ich antwortete ihnen, ich mag Wagnisse. Sie machen mir Spaß. Ich liebte das kleine Wesen. Nicht einen Augenblick kam mir der Gedanke, meine Liebe könnte nicht erwidert werden. Jeder hat mich immer geliebt. Nur Hebe liebt mich nicht, und es hat mir einen schmerzlichen Schlag versetzt, das erkennen zu müssen.«

»Oh, Kinder gehen durch verschiedene Phasen ... Wird Ihre Milch nicht kalt?«

Diese Möglichkeit beunruhigte Lady Gifford offensichtlich, doch sie ließ die Hand Mrs Siddals nicht aus ihren Klauen.

»Es ist keine Phase. Irgendetwas an ihr ist ungewöhnlich. Etwas Beängstigendes. Und ich muss dem ins Gesicht sehen, während ich hier liege. Es ist nicht nur ihr Betragen mir gegenüber. Es ist ihr Einfluss auf andere Kinder. Diese Geschichte vom letzten Dienstag ... Sie entwickelt sich nicht normal. Ich glaube, eine ganz andere Umgebung ... wenn sie schleunigst wegginge von uns, uns allen ... ein neues Leben beginnen würde, unter anderen Leuten ... natürlich wäre es ein großer Kummer für uns. Für mich besonders, denn sie ist so sehr mein Kind, als hätte ich sie geboren. Wenn Caroline sich wie

Hebe verhalten würde, würde ich genau das Gleiche tun. Ich würde sagen, Liebe ist das Einzige, was zählt. Und da ich sie wahrhaftig liebe, tue ich alles, das zu ihrem Besten ist, selbst, wenn ich sie aufgeben muss ...«

Hier endlich siegte die Milch. Lady Gifford ließ ihre Gefangene los und hob die Tasse an die Lippen.

»Oh, gehen Sie noch nicht«, rief sie jedoch schon nach dem ersten Schluck. »Ich brauche Ihren Rat so nötig. Sie sind auch eine Mutter ... und ich fühle mich heute Abend so einsam ...«

»Morgen ... ein andermal ...«, versprach Mrs Siddal. »Ich muss nun wirklich ...«

Der vergessene Wein beherrschte noch immer ihre Gedanken. Sie eilte in die Küche zurück. Dick war nicht mehr dort und auch nicht in seiner Kammer. Er musste sich auf einen seiner kleinen, strapaziösen Spaziergänge gemacht haben.

Als sie den Korb von der Anrichte hob, fand sie ihn unerwartet schwer. Sie hatte erwogen, ihn selbst zur Pendizack-Spitze hinaufzubringen. Aber nun war sie unsicher. Mit einer solchen Last den Hügel zu erklimmen und über die Klippen zu kraxeln wäre kein leichtes Unterfangen; sie war zu müde und zu alt dazu. Wenn sie das Versäumnis entdeckten, würden sie jemanden schicken, den Korb zu holen. So weit waren sie ja nicht entfernt, es würde bestimmt nur etwa zwanzig Minuten dauern. Sie würden Gerry schicken, davon war sie überzeugt. Er hatte ihn ja vergessen, und außerdem war es immer Gerry, der die Botengänge für alle erledigte. Schon bald würde sie hastige Schritte im Korridor hören und Gerrys besorgtes Gesicht in der Tür erscheinen sehen. Hier ist euer Wein, würde sie zu ihm sagen. Er würde nur zwanzig Minuten des Festes verpassen. Und er war ja, hatte Dick behauptet, nur ungern hingegangen. Sie verstand deshalb nicht, weshalb sie so stark hoffte, er käme nicht.

Mechanisch begann sie das Geschirr in der Spüle zu stapeln und die Küche aufzuräumen. Aber die Überzeugung, dass nichts mehr von Bedeutung war, umfing sie mit solcher Macht, dass sie ebenso gut alles Geschirr hätte auf den Boden werfen können. Nur der Korb auf der Anrichte rief sie immer wieder mit der Beharrlichkeit einer dringenden Pflicht. Er hob sich von all den leblosen Dingen ab, als strahlte er ein Licht aus oder machte ein lautes Geräusch. Er beschwor sie, ja befahl ihr, hinauszugehen und den Hügel hinaufzusteigen.

Schließlich hob sie ihn erneut hoch, um sein Gewicht abzuschätzen. Ihr war ein Ausweg eingefallen. Sie musste ja nicht den ganzen Weg gehen. Sie konnte den Korb die Zufahrt hinauf bis zum Beginn des Klippenweges hinauftragen und dort auf den armen Gerry warten. So wären ihm doch einige Zeit und Mühe erspart. Er musste nicht ganz bis zum Haus zurücklaufen, und die anderen mussten nicht allzu lang auf den Wein warten.

Aber sie wollte Gerry nicht gerade jetzt begegnen. Ein versöhnliches und zärtliches Gefühl würde ihn unfehlbar überkommen, wenn er sah, wie sie sich seinetwegen abmühte; und sie war ihm immer noch böse.

»Zum Teufel mit dir!«, sagte sie ärgerlich zu dem Weinkorb.

Sie schleppte ihn zum Haus hinaus. Sie wollte nur ein kurzes Stück gehen. Sobald sie müde würde, könnte sie sich hinsetzen und an der frischen Luft ausruhen, bis Gerry käme. Alles war besser, als im Haus zu bleiben. Gerade als sie die Zufahrt betrat, schoss etwas aus der Tür, vorbei an ihren Beinen, über die Zufahrt, den Hügel hinauf und verschwand zwischen den Bäumen. Sie war so erschrocken, dass sie aufschrie. Dicks Stimme antwortete ihr. Er kam um die Hausecke geschlurft.

»Was ist los?«, fragte er ängstlich.

»Hebes Katze. Sie hat mich beinahe überrannt. Etwas muss sie aufgescheucht haben.«

»Vielleicht die vielen Mäuse«, sagte Mr Siddal.

»Was für Mäuse?«

»Hast du keine gesehen? Ich habe noch nie so viele auf einem Haufen gesehen. Aberhunderte von Mäusen. Auf der Terrasse. Wohin gehst du?«

Zu ihrem Erstaunen erklärte er, er komme mit ihr. Seit Jahren hatte sie ihn nicht so unternehmungslustig gesehen.

»Aber Dick! Du kannst nicht bis zum Klippenweg steigen!«

»O doch. Das kann ich. Wenn du mir deinen Arm gibst.«

Er griff nach ihrem Arm und stützte sich schwer darauf. Das war zu viel. Ihr Mann und dazu noch der schwere Weinkorb, es war mehr, als ihre Kraft zuließ. Sie protestierte. Aber er klammerte sich keuchend an sie, und so krochen sie zusammen bis zu der ersten Kurve der Zufahrt, wo sie beide ausruhen mussten. Dick lauschte beständig auf irgendetwas und blickte ruhelos zu den Klippen hinauf.

»Meine Pumpe«, sagte er. »Sie ist in einem grässlichen Zustand. Ich brauche einen Luftwechsel. Morgen miete ich mir ein Auto und fahre nach St Sody. Ich werde einige Tage im One and All verbringen. Hier bekomme ich Platzangst. Ich werde bis Dienstag ... oder Mittwoch bleiben.«

»Oh, diese Pest ...«, sagte Mrs Siddal plötzlich.

Von ihrem Platz aus war, durch die Äste eines Baumes, ihr Haus sichtbar, und sie erkannte einen Lichtschimmer hinter den Fenstern des Gartenzimmers.

»Anna ist ausgegangen und hat ihr Licht brennen lassen! Was für eine Verschwendung! Mach es bitte aus, Dick, wenn du zurückgehst.«

»Sie ist nicht fort. Sie ist in ihrem Zimmer. Ich habe sie gesehen, als ich ums Haus ging.«

»Ich dachte, sie wollte mit den anderen gehen.«

»Nein. Sie muss es sich anders überlegt haben.«

Noch jemand, der unten geblieben ist, dachte sie. Alle sitzen sie allein in ihren Zimmern, aber keiner findet Ruhe und Frieden.

Als sie sich erholt hatte, stand sie auf und sagte, ein bisschen höher müsse sie noch steigen, denn wenn sie hierbliebe, würde sie Gerry nicht viel Zeit ersparen.

»Er kommt bestimmt gleich.«

»Ich erwarte nicht Gerry«, sagte Mr Siddal, »sondern Duff.«

»Duff? O nein. Duff holt nie etwas für jemanden.«

»Um was wetten wir? Wetten wir um den Preis meiner Autofahrt morgen nach St Sody, dass du Duff auf dem Weg begegnest?«

»Gut. Aber ich wette nicht um den Preis eines Zimmers für dich im One and All. Ich finde die Idee albern.«

Sie wandte sich zum Gehen, aber er rief:

»Warte eine Minute, Barbara! Wenn ich noch ein wenig länger ausruhe, schaffe ich es bis zu der nächsten Kurve. Ich bin noch nicht hoch genug.«

»Hoch genug? Wozu?«

»Hoch genug über all dem da unten. Ich habe das Gefühl … es verfolgt mich … das Gefühl, dass alles auf mich herunterstürzt. Es sind die Nerven!«

Er lachte unsicher.

»Wirklich, Dick, ich kann nicht länger warten. Und ich glaube nicht, dass diese Kraxelei gut ist für dich, nach so vielen Jahren der Unbeweglichkeit.«

»Ja. Aber etwas höher könnte ich schon steigen. Ich ruhe ein bisschen, dann versuche ich noch ein Stück. Vielleicht schaffe ich so den ganzen Weg.«

»Den ganzen Weg zur Pendizack-Spitze?«

»Nein. Nach St Sody. Sollte ich oben ankommen, bleibe ich gleich dort und gehe nicht noch einmal zurück.«

Sie verließ ihn nun und schleppte sich den steilen, gewundenen Pfad hinauf bis zur Abzweigung des Klippenwegs, durch einen Tunnel aus Rhododendren. Sie hatte beabsichtigt, hier zu warten, aber unter den Bäumen war es dunkel geworden, wohingegen am Ende des Tunnels noch die letzten Sonnenstrahlen glühten. Also kroch sie noch einige Meter weiter, bis sie auf dem Plateau stand. Hier konnte sie in Ruhe warten, bis Gerry kam. Sie meinte ihn schon um die Wegbiegung kommen zu sehen, aber in dem weichen, schummrigen Licht war nichts mehr deutlich zu unterscheiden. Jemand bewegte sich dort hinten.

Sie stellte den Korb ab und ließ ihre Blicke über die Klippen schweifen. Trotz der sich verdichtenden Dunkelheit bemerkte sie Bewegung in der Landschaft – mehr, als sie je an diesem wilden und buschigen Ort bemerkt hatte. Weiße, tanzende Flecken ließen darauf schließen, dass unter den Kaninchen eine außergewöhnliche Regsamkeit herrschte. Meistens hoppelten sie scharenweise auf den Klippen herum, aber so spät abends blieben sie eigentlich in ihren Löchern. Jetzt schienen sie einen Massenauszug beschlossen zu haben. Ein weißes Schwänzchen nach dem anderen flackerte auf und verschwand.

Nun kam wirklich ein Mann über den Klippenweg. Er war zu groß, um Gerry sein zu können. Er sah aus wie Duff. Er ging wie Duff. Aber er war kahl. Und doch war es Duff, erkannte sie, als er näher kam. Er schien ihr so befremdlich, wie alles ihr plötzlich fremd erschien. Etwas Eigentümliches war in ihr Leben gezogen und hatte sie hinauf zu den Felsen getrieben.

»O Duff!«, rief sie. »Dein Kopf!«

Er fuhr zusammen.

»Mutter! Wie kommst du denn hierher?«

»Was hast du mit deinen Haaren gemacht? Du siehst schrecklich aus ...«

Er griff sich auf den Kopf und zog die Kahlkopfperücke herunter. Seine eigenen flachsgelben Haare kamen zum Vorschein.

»Ich habe vergessen, dass ich sie trage«, erklärte er. »Ich soll ein Pobble sein.«

»Willst du den Wein holen gehen? Ich habe ihn hier.«

»Welchen Wein?'

Er wusste nichts von dem Wein, entdeckte sie. Sie hatten dessen Fehlen noch nicht bemerkt, als Duff sie verlassen hatte. Sie hätten mit dem Picknick noch nicht begonnen, sagte er; sie spielten noch Pantoffelsuchen. Er kam zurück, weil es ihn langweilte. Er sah nicht allzu erfreut aus, als sie ihn nun bat, den Wein für sie hinaufzubringen.

»Ich kann jetzt nicht zurückgehen«, sagte er ungehalten. »Du hast keine Ahnung, wie langweilig es ist. Später gibt es keine Gelegenheit mehr zu entwischen.«

»Ich trage diesen Korb nicht weiter hinauf«, sagte Mrs Siddal. »Er ist sehr schwer, und ich finde, es war nett von mir, ihn immerhin bis hierher zu schleppen.«

Duff hob ihn an und gab mit schlechtem Gewissen zu, dass er wirklich schwer war.

»Gerry wird ihn jeden Augenblick holen kommen«, sagte er. »Sie werden es bald bemerken, dass sie ihn vergessen haben. Kannst du nicht auf ihn warten?«

»Weshalb sollte er kommen? Armer Gerry! Wo es gar nicht nötig wäre. Ich finde, wir sind Gerry gegenüber alle sehr selbstsüchtig.«

»Keine zehn Pferde bringen mich zu diesem Picknick zurück«, erklärte er. »Aber ich trage den Korb für dich bis zur Spitze hinauf und dann verschwinde ich, bevor sie mich entdecken. Du musst ihn nur noch die letzten Meter tragen und wirst dafür mit dem Anblick Freds als Torero belohnt werden.«

Aber das, beklagte sie sich, würde sie zwingen, an dem Picknick teilzunehmen. Das wollte sie aber nicht. Es würde sie ebenso sehr langweilen wie ihn. Sie wollte nach Hause und ins Bett. Sie standen einander gegenüber, den Weinkorb zwischen sich, und stritten. Duff befürchtete, sie könnte die wahre Absicht seiner Rückkehr erraten. Sie schreckte davor zurück, einzugestehen, warum sie nicht auf das Fest gehen, nämlich weil sie Evangeline Wraxton meiden wollte. Sie wurden beide immer zorniger, als ein Schrei aus dem Gebüsch sie aufschreckte.

»Oh … oh … eine Schlange!«

Es war Blanche Cove, die den Weg heruntergelaufen war.

»Mrs Siddal, geben Sie acht. Eine Schlange …«

»Schon gut«, rief Duff. »Es ist nur eine Grasschlange. Man sieht sehr viele heute Abend. Sie kriechen den Hügel hinauf und über den Weg. Sie tun dir nichts.«

Blanche kam hervor, atemlos und schreckensbleich, gekleidet in einen rosa Kimono.

»Ich wollte ins Haus zurücklaufen, ohne dass mich jemand sieht«, sagte sie. »Um den Wein zu holen. Sie haben den Wein vergessen. Wir haben es eben entdeckt und wollten nicht, dass die Gäste es merken … Fred unterhält sie, während ich …«

»Wir haben ihn hier«, sagte Duff.

»O Duff! Haben Sie ihn geholt? Wie lieb von Ihnen!«

»Nein, meine Mutter hat ihn hierhergebracht.«

»Oh, Mrs Siddal! Geht es Ihnen wieder ganz gut? Wir hatten Sorge, Sie würden das Fest verpassen. Jetzt kommen Sie aber rasch, denn es ist wirklich Zeit zum Essen.«

Blanche ergriff den Korb und war ganz betrübt, als Duff

ihn ihr abnahm, da sie fand, ihre Gäste sollten keine Mühe haben.

»Noch haben Sie nicht viel verpasst«, sagte sie zu Mrs Siddal, als sie Mutter und Sohn den Weg hinauftrieb wie ein kleiner wachsamer Schäferhund. »Nur einige Spiele. Das Beste kommt noch.«

»Aber ich bin nicht kostümiert«, protestierte Mrs Siddal. »Ich wusste nicht, dass ich kommen würde.«

»Ach, das macht nichts, Mrs Siddal, Sie können Duffs Tante Jobiska sein. O Duff ... wo ist Ihr lustiger Kopf?«

Widerstrebend zog Duff die Perücke aus der Tasche und setzte sie auf. Er sah nun keine Möglichkeit mehr, dem Fest zu entrinnen, ohne Blanche zu beleidigen. Er ergab sich, wie jeder, der Macht der Coves. Er war wütend und mürrisch, aber zugleich wusste er, dass er gerettet war. Denn wäre seine Mutter ihm nicht begegnet, hätte er nicht an seine Kahlköpfigkeit gedacht. Er wäre als Wolf in der Verkleidung eines Pobble zu Anna ins Hotel hinuntergestiegen. Ein Missgeschick wie dieses, überlegte er, konnte so demütigende Nachwirkungen haben, dass sie das Geschlechtsleben eines Mannes zerstören konnten, bevor es überhaupt begonnen hatte.

6

Das Fest

Das Picknick war so lange hinausgezögert worden, dass der letzte Funken Fröhlichkeit zu erlöschen drohte, obschon alle Gäste pflichtbewusst eine heitere Miene aufgesetzt hatten. Die meisten von ihnen waren in niedergedrückter Stimmung erschienen. Gerry und Evangeline waren übermüdet und sehnten sich nach ungestörter Zweisamkeit. Sir Henrys stumpfe Trübseligkeit wurde durch die Grille auf seiner Nase kaum erhellt. Mrs Paley verbarg ihre Tränen unter dem Hut; Paul konnte sie mit seiner Verachtung noch immer verletzen. Caroline hatte schon den ganzen Abend gegen die Tränen angekämpft, denn während des Verkleidens hatte Hebe verkündet, sie habe etwas Schreckliches getan und werde deshalb für immer weggeschickt. Sie wollte weder sagen, was es war, noch wollte sie zugeben, dass sie ihre Geschwister ungern verließ. So war Caroline froh, ihr tieftrauriges Gesicht mit der Kapuze ihres Gespenstermantels aus Laken verhüllen zu können. Und Hebe war ein sehr mürrischer Engel.

Nur Fred, Robin, die Zwillinge und die Gastgeberinnen waren vollkommen glücklich, und Nancibel hatte ihren Kummer so tief in ihrem Herzen vergraben, dass niemand ihn vermutet hätte.

Als Mrs Siddal und Duff von Blanche in ihren Kreis eingereiht wurden, sangen sie soeben zu Freds Begleitung *Zehn grüne Flaschen*. Niemandem gefiel dieses Lied, außer den Zwillingen, die es vorgeschlagen hatten, aber man konnte dem

Sog der herunterzählenden Strophen kaum entkommen. Hin und wieder schnurrte der Gesang zu einem trüben Gemurmel zusammen und erhob sich dann, angetrieben vom Pflichtbewusstsein, zu einem gezwungenen Geschrei. Zeitweise sangen Luke und Michael allein:

Und wenn eine grüne Flasche
aus Versehen fiel...

Karuu! Karuu! jaulte die Harmonika zwischen jedem Vers.
»Alle mitsingen!«, rief Robin. *»Fünf grüne Flaschen...«*
Man machte Mrs Siddal neben Mrs Paley Platz, und Gerry reichte den Wein herum, bei dessen Anblick er eine um Verzeihung flehende Grimasse geschnitten hatte.
»Ein schreckliches Picknick«, flüsterte Angie Duff zu. »Am besten trinken wir uns einen Schwips an. Dem Himmel sei Dank für den Wein! Aber die Coves sind selig.«
»Die Coves«, sagte Duff, »sind eine Gefahr für uns alle. Sie sehen aus wie weiße Mäuse, aber schauen Sie, was sie mit uns gemacht haben!«
Karuu! Karuu!

Drei grüne Flaschen,
die hängen an der Wand...

»Singt mit!«

Drei grüne Flaschen,
die hängen an der Wand...

»Schwestern sollte man nicht trennen«, sagte Caroline zu Hebe. »Wenn du weggehst, gehe ich auch. Hast du ein Taschentuch?«

»Nein. Schnäuz dich doch in dein Laken.«

Nancibel saß auf einem Felsen und sah wunderschön aus. Der spanische Schal und das hochgekämmte Haar verliehen ihr eine ungewohnte Würde. Für einen Moment schweiften ihre Gedanken fort von dem Fest, und ihr Ausdruck wurde nachdenklich. Dann bemerkte sie Mrs Siddal und strahlte sie mit ihrem warmen Lächeln an.

Dann gäb's keine grünen Flaschen mehr,
die hingen an der Wand.

Endlich war der Pflichtgesang zu Ende, und das Vergnügen sollte ihm folgen. Das Essen war bereits auf einem weißen Tuch ausgebreitet worden, und Robin hatte sich während der letzten Strophe mit einem Korkenzieher beschäftigt. Beatrix raffte den viel zu weiten Kimono zusammen und erhob sich.

»Und nun, meine Damen und Herren«, verkündete sie, »sind Sie herzlich eingeladen, einen kalten Imbiss zu nehmen und von dem köstlichen Wein zu trinken, den uns freundlicherweise unser hochverehrter Gast, Sir Henry Gifford, gestiftet hat.«

Alle versammelten sich um das Tuch, wo Evangeline und Robin den Wein in Gläser einschenkten.

»Kriegen die Kinder auch Wein?«, fragte Gerry.

»Wir haben ihn alle nötig«, sagte Duff fest. »Da, Nancibel.«

Aber sie lehnte ab, da sie zum Bund der Abstinenzler gehöre.

»Er ist alkoholfrei«, versicherte er ihr. »Versuche ihn einmal. Er ist ja weiß und nicht rot.«

»Ich weiß nicht. Champagner ist auch weiß.«

Sie nippte an dem Glas und war sicher, dass Duff ihr einen Bären aufgebunden hatte. Aber der tiefe Kummer um Bruce in ihrem Herzen hatte nichts gegen etwas Aufhellendes, und nachdem sie den Hummersalat herumgereicht hatte, trank sie ihr Glas aus. Warme Zuversicht durchflutete ihre Adern und ließ sie die Trauer über die Vergangenheit vergessen. Eine helle Zukunft winkte ihr durch die Abendwolken zu.

Er hat mich zum Besten gehalten, dachte sie. Noch nie hat Limonade so stark gewirkt. Ich trinke nichts mehr von diesem Zeug ...

Aber sie sah sich doch gezwungen, mehr zu trinken, denn Maud Cove brachte soeben einen Toast aus.

»Füllt bitte alle eure Gläser«, rief sie, »und trinkt mit mir auf den abwesenden, aber hochverehrten Spender der Tomaten: Mr Bruce ... Mr Bruce ... oje!«

»Partridge«, half Nancibel nach, die als Einzige Bruce' Familiennamen kannte.

»Auf Bruce ...«, brüllten nun alle. »Auf Bruce!«

Eine wohltuende Ausgelassenheit ergriff die Gesellschaft. Nur wenige von ihnen hatten schon zuvor Wein getrunken, einzig Sir Henry war daran gewöhnt. Angie hatte wenig in die Gläser der Kinder gefüllt, aber genug, um sie zu erheitern. Caroline und Hebe begannen zu kichern. Sie nahmen Sir Henry die Grille von der Nase und setzten sie in Freds Salatteller, um ihn zu erschrecken. Gerry erzählte eine Geschichte und lachte laut.

»Sie sagte: ›Wer ist einem Tarsus begegnet?‹ Doch. Du hast das gesagt, nicht wahr, Angie?«

»Man könnte erwarten«, sagte Angie zu Mrs Paley, »dass dieser Scherz ihm langsam zu Hals heraushängt.«

»Er wird ihm nie zum Hals heraushängen«, erwiderte Mrs Paley. »Merken Sie sich das, Angie. Männer haben einen einseitigen Verstand. Sie werden sich diesen Scherz Ihr Leben lang anhören müssen. Er wird ihn auch bei Ihrer silbernen Hochzeit noch zum Besten geben.«

»Welchen Scherz?«, fragte Mrs Siddal und steckte den Kopf unter Mrs Paleys Hut durch, um Evangeline ansehen zu können.

Es war das erste Mal seit der Verlobung, dass sie zu dem Mädchen sprach. Evangeline nahm die Worte in ihrem weinseligen Optimismus als Ölzweig entgegen und antwortete:

»Gerry hat mir von Tarsus und Metatarsus erzählt.«

Robin, der am anderen Ende der Picknickdecke saß, stieß Duff in die Seite und bemerkte:

»Die Mädchen schließen Bekanntschaft.«

Sowohl ihre Mutter als auch Evangeline hatten die Köpfe unter Mrs Paleys Hutkrempe gesteckt, sodass die beiden Brüder ihre Gesichter nicht beobachten konnten. Aber nun drang ein verstecktes Kichern unter den Bändern und Tierchen hervor.

»Sie sind alle ein bisschen beschwipst«, sagte Duff.

Caroline meinte zu Hebe, sie fühle sich, als schwebte sie.

»Wir sind betrunken«, erklärte Hebe.

»Ja? Woher weißt du das?«

»Ich war schon einmal betrunken. Viel schlimmer als jetzt.«

Karuu! Karuu!

Fred intonierte *The Lily of Laguna*, das Mrs Paleys Lieblingslied war, wie sie geantwortet hatte, als sie gefragt wurde. Aber es war gar nicht ihr Lieblingslied. Eigentlich hatte sie *Pale Hands I loved* nennen wollen, sich aber versprochen. Alle fielen mit Eifer in die Melodie ein:

I know … she loves me!
I know, she loves me,
Because she says so …

»Ich dachte, darin kommen Lotosblüten vor«, klagte Mrs Paley.

»Gebt den Kindern keinen Wein mehr!«

»Robin! Keinen Wein mehr für die Kinder!«

»Ich werde das Versprechen noch einmal ablegen müssen. Was wohl unsere Mum dazu sagen wird?«

»Es ist ein wundervolles Picknick.«

»Ein tolles Picknick.«

»Wo ist denn meine Grille? Wer hat mir meine Grille geklaut?«

»Onkel Arly hat seine Grille verloren.«

I know, she loves me ...

»Nein, aber hören Sie, Angie. Ich muss Ihnen eine komische Geschichte von Gerry erzählen, als er noch ein Baby war. Ich hatte ihn in seinem Wagen stehen lassen und ...«

»Ich habe ein Wunschknöchelein! Mrs Paley, möchten Sie sich mit meinem Wunschknöchelein etwas wünschen?«

»Nein, Hebe. Du sollst dir selbst etwas wünschen.«

»Nun ... ich wünsche mir, dass die Coves Ihre Kinder sein dürfen, und Sie müssen es sich auch wünschen; dann ziehen wir, und wer das Wunschende erwischt ...«

»Es hat keinen Sinn, sich etwas Unmögliches zu wünschen ...«

She's the lily of la ... gu ... na ...

Die Coves waren zu glücklich, um zu singen, ja, zu glücklich, um essen zu können. Feierlich gingen sie um den Kreis herum und boten allen Gästen von den Speisen und dem Wein an. Sie leiteten das Fest, auch wenn es nicht den Anschein hatte, und sorgten dafür, dass alles in gebührender Weise geschah. Als die Zwillinge, die als »Indianer« verkleidet waren, plötzlich ihre Nachbarn mit ihren Tomahawks überfallen wollten, unterband Blanche das sogleich mit den Worten:

»Oh, mit den Tomahawks warten wir noch bis Mitternacht. Jetzt ist Nancibel an der Reihe. Sie wird das Lied von dem bösen alten Delfin singen.«

Eine plötzliche Stille trat ein, und Nancibel sah erschrocken auf.

»Es ist ein schrecklich altmodisches Lied«, erklärte sie. »Ich weiß nicht, warum ich versprochen habe, es zu singen. Meine Urgroßmutter hat es oft gesungen.«

»Es ist so ein hübsches Lied«, sagte Beatrix. »Nancibel hat es uns vorgesungen, an dem Tag, als wir fast ertrunken sind.«

»Los, Nancibel!«

Nancibel hob das Kinn und sang in dem süßen, sicheren Ton einer alten Überlieferung.

»Es ist ein Volkslied«, flüsterte Duff aufgeregt. »Es ist in keiner Sammlung enthalten.«

Mitten im Lied hielt Nancibel inne.

»Ist das alles?«, schrien die Zuhörer.

»Nein. Aber an mehr kann ich mich nicht erinnern. Es geht noch ewig weiter.«

Begeisterung für das Lied summte durch den Kreis, was Nancibel erstaunte. Sie hatte vorgehabt, ein anderes Lied zu singen, *A Sunbeam Don' Cost Nothun*, aber die Coves hatten wie immer die richtige Wahl getroffen. *The Wicked Old Dolphin* hatte großen Anklang gefunden.

Und nun, nach einem Blick auf das Programm, erhob sich Blanche, um noch einen Toast auszubringen.

»Können Beatrix, Maud und ich noch ein bisschen Wein haben?«, fragte sie atemlos »Wir hatten bis jetzt keine Zeit dazu, aber wir möchten auf eure Gesundheit trinken und euch dafür danken, dass ihr gekommen seid.«

Man reichte ihnen Gläser, und sie fuhr fort:

»Wir möchten euch allen danken für euer Kommen und euch sagen, wie sehr wir uns freuen, euch so glücklich zu sehen. Wir wissen, dass ihr uns einen Gefallen tun wolltet, aber wir sehen, dass ihr euch jetzt wirklich gut unterhaltet. Ich glaube, das ist dem wunderbaren Wein zu verdanken. Er ist der Lohn für euer Kommen. Wir trinken jetzt auf eure Gesundheit und hoffen, dass ihr bis ans Ende eures Lebens glücklich seid, besonders Gerry und Angie.«

»Prost! Auf euch!«

»Danke, Blanche.«

»Eine hübsche Rede!«

»Und so ein nettes Fest!«

»Hoch ...«

HOCH SOLLN SIE LEBEN,
HOCH SOLLN SIE LEBEN,
DREIMAL HOCH!

Alle sangen. Alle brüllten. Sie machten einen solchen Lärm, dass sie für ein paar Sekunden den anderen Lärm nicht hörten, der sich ausbreitete, bis plötzlich alles von einem einzigen donnernden, ohrenbetäubenden Dröhnen verschluckt wurde, das sie alle zu Boden warf, hinein in Dunkelheit und Entsetzen. Einzelnen kam es so vor, als dauerte der Lärm unendlich lange, wogegen andere später behaupteten, alles sei sehr schnell gegangen. Auch wussten sie nicht mehr, ob sie sich vielleicht selbst auf den Boden geworfen hatten. Aber da lagen sie nun, in einer erstickenden Staubwolke, während das Dröhnen langsam schwächer wurde und in ein Arpeggio fallender Steine ... hüpfender Kiesel ... murmelnder Wellen überging.

Schwaches Jammern erhob sich zwischen den Felsblöcken – Husten, Schluchzen, Schreie und Fragen, als die Menschen in dem staubigen Dunst umhertasteten. Sie waren zu verwirrt, um laut zu rufen, bis endlich eins der Kinder schrie:

»Oh! Das ist die Atombombe! Die Atombombe!«

»Was ist geschehen?«

»Die Atombombe!«

»Angie! Wo bist du? Ist alles in Ordnung?«

»Hier, Gerry ...«

»Oh, Mrs Paley ...«

»Ich bin hier, Maud ... ich halte dich ... wo ist Blanche? Wo ist Beatrix?«

»Die Atombombe!«

»Die Zwillinge sind hier, bei mir. Alles in Ordnung, ihr Häschen? Ich bin's, Nancibel ...«

»Wo ist Caroline?«

»Daddy ...«

»Es ist Staub ...«

»Die Atombombe!«

»Das hat mich umgeschmissen, verdammt! Dachte, irgendwas ist passiert ...«

»Hör auf zu schreien, Hebe. Das war nicht die Atombombe. Es gab keinen Blitz.«

»Überhaupt keine Bombe. Keine Explosion ...«

»Ein Erdbeben ...«

»Ist jemand verletzt? Sind alle da?«

»Seid bitte still. Ich möchte die Namen aufrufen.«

»Ruhe! Sir Henry will die Namen aufrufen ...«

Sir Henry rief ihre Namen auf, einen nach dem anderen. Die Staubwolke begann sich zu lichten. Alle antworteten. Alle waren unversehrt.

Aber sie konnten es nicht begreifen und glaubten noch, irgendein Feind habe sie angegriffen. Denn sie waren es gewohnt, derart gewaltige Ereignisse mit den Menschen in Verbindung zu bringen und nicht mit Gott. Verwirrt und entsetzt krochen sie durch den staubigen Dunst zueinander, bis sie einen Schimmer des Mondes auf der Meeresoberfläche erblickten und friedliche Wellen, die an den Strand rollten; ein vertrautes Bild, wäre es ein ihnen fremder Strand gewesen, den sie nie zuvor gesehen hätten.

Gerry und Sir Henry waren die Ersten, die errieten, was geschehen war. Aber sie sagten nichts. Schweigend beobachteten sie, wie die Staubwolke absank. Als allen dann die Wahrheit dämmerte, zog ein klagendes Stöhnen durch jeden Einzelnen von ihnen. Sie schmiegten sich enger aneinander, als klammerten sie sich an die zarte, vergängliche Gemeinsamkeit, die sie auf so seltsame Weise hier oben vereint und beschützt hatte. Niemand sagte ein Wort, bis einer der Zwillinge den Kopf aus Nancibels Umarmung hob, auf die Szenerie hinunterblickte und verwundert fragte:

»Wer hat das getan?«

Man hörte Rufe vom Hügel hinter ihnen. Kleine Gestalten erschienen am Horizont. Es waren Leute aus dem Dorf und den Bauernhäusern, die zur Pendizack-Bucht heruntergerannt kamen. Die Menschen auf dem Plateau setzten sich in Bewegung und brachen auf. Sie sprachen flüsternd miteinander und nannten das Geschehene beim Namen. Schon sank es in die Vergangenheit. Schon richteten sich ihre Gedanken auf die Zukunft.

»Am besten, wir gehen hinauf ins Dorf«, sagte Gerry. »Zum Pfarrhaus. Vater Bott wird uns einlassen.«

Langsam zogen sie davon, in einer wankenden Prozession, und nahmen die Bürde ihrer sechzehn einzelnen Leben wieder auf.

Margaret Kennedy

Margaret Kennedy, geboren 1896 in London, gestorben 1967 in Adderbury, stammte aus einer großbürgerlichen Londoner Familie und studierte am Somerville College in Oxford. Schon ihr zweiter Roman *The Constant Nymph* wurde 1924 zu einem weltweiten Bestseller, der bereits drei Mal verfilmt wurde. Fünfzehn weitere, ebenso erfolgreiche Romane folgten, die Kennedy teils selbst fürs Theater adaptierte. Außerdem schrieb sie Sachbücher, unter anderem eine Jane-Austen-Biographie, und arbeitete als Drehbuchautorin. Kennedy hatte drei Kinder, eine ihrer Töchter und eine Enkelin wurden ebenfalls Schriftstellerinnen.

SCHÖFFLING & CO.

Margaret Kennedy
Die englische Scheidung

Roman

Aus dem Englischen von
Petra Post und Andrea von Struve

Ein Rosenkrieg ließe sich vermeiden –
wären da nicht die lieben Verwandten.

»Alec und ich gehen getrennte Wege«, eröffnet Betsy
Canning in ihrem Brief. »Wir lassen uns scheiden.« Die
Mütter der Eheleute sind sich sofort einig: Das muss um
jeden Preis verhindert werden! Weder Betsys Geständnis,
in der Ehe unglücklich zu sein, noch Alecs Seitensprünge
ändern daran das Geringste. Ist das letzte Wort möglicherweise noch nicht gesprochen? Alec hofft, seine Frau
umzustimmen, wenn er an sich arbeitet, und vielleicht
bedenkt Betsy ja die Folgen einer Trennung für ihre drei
Kinder. Doch die Mütter und all die anderen, die unbedingt
mitreden wollen – Hausangestellte, Nachbarn, Freunde –,
machen das letzte bisschen Hoffnung auf eine Versöhnung
zunichte. Ein hochkomischer Scheidungsroman und ein
Porträt der feinen englischen Gesellschaft.

»Die menschlichen Abgründe, die Kennedy
seziert, sind von ewiger Aktualität.«
Cathrin Wißmann / STERN über *Das Fest*

OKTOPUS VERLAG

Josephine Tey
Wie ein Hauch im Wind

Roman
Aus dem Englischen von Manfred Allié

»Wie Agatha Christie, aber viel subversiver.«
Frankfurter Allgemeine Zeitung

In dem einst beschaulichen englischen Dörfchen Salcott St Mary haben sich die überspanntesten Künstlerinnen und Künstler Londons niedergelassen: Lavinia Fitch, Autorin romantischer Frauenromane, und Bühnenstar Marta Hallard sind noch die Harmlosesten. Dazu kommen ein verlogener Rundfunkjournalist, ein arroganter Dramatiker und ein verkrachter Balletttänzer. Der Besuch eines kalifornischen Starfotografen mischt die Künstlerkolonie gehörig auf: Von Leslie Searle geht eine schier übermenschliche Attraktivität aus. Doch dann verschwindet der geheimnisvolle Schöne spurlos. Wem im Dorf wäre ein so ausgeklügelter Mord zuzutrauen, dessen Opfer sich in Luft aufgelöst zu haben scheint?

»Einer der besten Krimis,
die je geschrieben wurden.«
The New York Times